Mechthild Gläser
Stadt aus Trug und Schatten

Von Mechthild Gläser bisher im Loewe Verlag erschienen:

Stadt aus Trug und Schatten
Nacht aus Rauch und Nebel

Die Buchspringer
Emma und das vergessene Buch
Ophelia und die Bernsteinchroniken
Worte des Windes

Mechthild Gläser wurde im Sommer 1986 in Essen geboren. Auch heute lebt und arbeitet sie im Ruhrgebiet, wo sie sich neben dem Schreiben ihrem Medizinstudium widmet und außerdem ab und an unfassbar schlecht Ballett tanzt – aber nur, wenn niemand hinsieht. Sie liebt es, sich abstruse Geschichten auszudenken, und hat früh damit begonnen, sie zu Papier zu bringen. Inspiration dafür findet sie überall, am besten jedoch bei einer Tasse Pfefferminztee.

MECHTHILD GLÄSER

STADT AUS TRUG UND SCHATTEN

Loewe

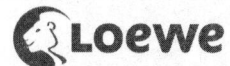

ISBN 978-3-7432-1246-6
1. Auflage als Loewe-Taschenbuch 2021
© 2012 Loewe Verlag GmbH, Bindlach
Dieses Werk wurde vermittelt durch die
Literarische Agentur Thomas Schlück GmbH, 30161 Hannover.
Umschlagmotive: © yaalan/Shutterstock.com, © Pakhnyushchy/Shutterstock.com,
© liza1979/Shutterstock.com, © Viacheslav Lopatin/Shutterstock.com, © Dan
Breckwoldt/Shutterstock.com, © Vermette108/Shutterstock.com,
© Composer/stock.adobe.com
Umschlaggestaltung: © 2021 Shane Rebenschied
Titellettering: Johanna Mühlbauer
Printed in the EU

www.loewe-verlag.de

PROLOG

Pfeifend strich der Wind durch die Straßen der Stadt und kratzte an den Fassaden der Häuser. Er trug den Geruch von Rauch und Flussschlamm mit sich, der einem in der Nase kleben blieb, bis man an nichts anderes mehr dachte als an die milchig trüben Fluten. Es war kalt, eisig, als habe niemals ein Sonnenstrahl das Dickicht der Häuserschluchten durchdrungen. Und in der Tat: Seit Anbeginn der Zeiten lag Eisenheim in ewiger Nacht. Eisenheim, die Stadt, die weder das Tageslicht noch die Sonne kannte. Für immer lastete die Finsternis auf ihren Dächern, die sich in alle Richtungen bis zum Horizont erstreckten. Nur dann und wann glomm das Licht einer Gaslaterne in der Dunkelheit auf. Überall am Himmel sammelte sich der Qualm, der aus den unzähligen Schornsteinen des Stadtteils Schlotbaron emporstieg, zu einer brodelnden Gewitterwolke.

Undurchdringlich erfüllte die Schwärze auch die schmale Gasse im Herzen von Krummsen, dem westlichsten Viertel Eisenheims. Wie Geisterfinger krochen hier die Nebelfetzen vom Fluss herauf und über das Kopfsteinpflaster hinweg, um nach den

Kellerfenstern zu greifen, genauso wie nach den Füßen des alten Mannes. Es waren die Füße eines Mannes, an dem man vorbeiging, ohne ihn in Erinnerung zu behalten.

Er trug einen grauen Mantel, schlicht und weit, etwas altmodisch vielleicht. Und zerknittert, als wäre er darin gerannt. Die Kapuze hatte er sich so tief ins Gesicht gezogen, dass es im Schatten lag. Nur sein Bart, der bis auf seine Brust hinabreichte, quoll darunter hervor. Blutspritzer klebten in den silbrigen Haaren, das gleiche Blut, das auch in Rinnsalen über seine Hände lief.

»Amadé«, flüsterte er. »Was haben sie dir angetan?«

Das Mädchen in seinen Armen schlug langsam die Augen auf und sah ihn an. Die Verletzungen waren schwer, das hatte er gleich erkannt. Der Mann konnte es kaum ertragen, in das von Wunden und Blutergüssen bedeckte Gesicht zu sehen. Doch nun, da er ihrem Blick begegnete, traten ihm die Tränen in die Augen. »Mein armes Kind. Das habe ich nicht gewollt. Ich hätte es niemals so weit kommen lassen dürfen, niemals hätte – «

»Er«, begann das Mädchen. Es war kaum mehr als ein Hauchen. Ihre Hand krallte sich in den Stoff des Mantels.

Der alte Mann schluckte. »Ist ja gut«, sagte er und strich ihr über das Haar, das bis auf das Kopfsteinpflaster hinabreichte, verklebt von Dreck und Blut. »Jetzt ist es vorbei. Ich bringe dich nach Hause, da bist du in Sicherheit.«

Er wusste nicht, ob sie ihn verstanden hatte, denn seine Worte schienen sie nicht zu beruhigen. Noch immer sah sie ihn an und noch immer versuchten ihre rissigen Lippen, Silben zu formen.

»Er«, wisperte sie wieder und es klang, als käme ihre Stimme von weit her, ein Zischen in der Dunkelheit. »Er ... weiß ... es!«

Der Mann erstarrte, biss sich auf die Zunge. »Was?«, entfuhr es ihm eine Spur zu scharf. »Was hast du ihm erzählt?«

Das Mädchen antwortete nicht, sondern drohte erneut das Bewusstsein zu verlieren. Der Griff seiner Hand lockerte sich, während die Finsternis der Gasse sich weiter zu verdichten schien, sodass nun auch die geschulten Augen des Mannes kaum noch etwas erkennen konnten. Er schüttelte den schmächtigen Körper in seinen Armen. »Amadé! Was hast du ihm erzählt? Sag es mir. Du musst es mir sagen, hörst du?«

Ein Stöhnen, Augenlider, die sich zitternd schlossen.

»Bitte, Amadé!« Der Mann packte das Mädchen fester, so fest, dass es vor Schmerz aufschrie, sich aufbäumte und versuchte, mit letzter Kraft nach ihm zu schlagen. »Sag es«, rief er. Er musste es wissen. Sofort.

Da endlich reagierte das Mädchen und begann zu schluchzen. »Flora«, murmelte es. »Ich ... habe sie verraten.«

1
TRAUMSCHATTEN

»Flora? Also wirklich! Schläfst du etwa?«

Ich schreckte auf. »Was? Äh, nein, gar nicht.« Mein Kopf fühlte sich seltsam leicht an, als wäre er mit Helium gefüllt wie ein Ballon. Doch noch begriff ich nicht, was gerade mit mir geschehen war. Ein wenig verspätet bemerkte ich, wo ich mich befand, musste dann aber noch ein paarmal blinzeln, bis mir auffiel, dass die ganze Klasse mich anstarrte.

»Das sah aber anders aus«, sagte unser Deutschlehrer Herr Bachmann, der sich direkt vor meinem Pult in der dritten Reihe aufgebaut hatte und mich über seinen Schnurrbart hinweg anfunkelte. Es war die siebte Stunde und Herr Bachmann hatte das Licht ausgeschaltet und die Vorhänge zugezogen, um uns zum dritten Mal in dieser Woche mit einer uralten, scheinbar in Echtzeit gedrehten Verfilmung der *Buddenbrooks* zu quälen. Alle paar Minuten stoppte er den Film, um uns Fragen zu stellen.

So wie es aussah, hatte ich einen dieser Stopps verschlafen, was mich verwirrte, denn ich achtete stets darauf, was um mich herum geschah. Einfach im Unterricht einzuschlafen, sah mir nicht ähnlich. Allerdings hatte ich auch die halbe Nacht geholfen, ein entlaufenes Rudel Süßwasserkrabben zu jagen, das aus einem der Aquarien meines Vaters entkommen und in unserem Wohnzimmer unterwegs gewesen war. Bereits beim Weckerklingeln heute Morgen hatte ich mich furchtbar müde gefühlt. Nein, was mich wirklich verwirrte, war eigentlich nicht so sehr, dass ich eingeschlafen war, sondern die Tatsache, dabei auch noch geträumt zu haben.

Ich träumte nämlich niemals.

Und schon gar nicht *so etwas*.

»Ich werte das als mangelndes Interesse am Unterrichtsstoff. Einzuschlafen! Eine Frechheit ist das«, erklärte Herr Bachmann und zückte die Fernbedienung, um den Film weiterlaufen zu lassen.

»Aber ich schlafe nie ein«, sagte ich, weil es das war, was mir gerade durch den Kopf ging.

Herr Bachmann schien das für einen Versuch zu halten, mich herauszureden, und steckte die Fernbedienung zurück in die Tasche seines senffarbenen Sakkos. (Seine Anzüge waren immer senffarben und er trug stets dazu passende Socken und Schuhe.) »Ach nein?«, sagte er. »Was ist denn zuletzt passiert?«

»Tony ist für einige Wochen an die See gefahren.« Das war die letzte Szene, an die ich mich erinnerte.

»Und dann?«

»Dort hat sie sich in den Studenten Morten Schwarzkopf verliebt. Aber der ist arm und kann sie noch nicht heiraten. Als Tony nach Lübeck zurückkehrt, erkennt sie, wie wichtig es ist, zur

Familie zu halten, und willigt in die Hochzeit mit Grünlich ein«, ratterte ich herunter.

Herr Bachmann bedachte mich mit einem triumphierenden Blick. »Ha! So weit waren wir noch gar nicht. Du *hast* geschlafen.«

Ich zuckte mit den Achseln. »Zum Glück kenne ich ja das Buch.« In der Klasse war vereinzeltes Kichern zu hören, während mich von rechts ein Tritt von meiner besten Freundin Wiebke in die Wade traf.

Auf Herrn Bachmanns Hals und Wangen bildeten sich rote Flecken. »Wie bitte?«

»Ich meine, wir haben in diesem Halbjahr noch über nichts anderes als die *Buddenbrooks* gesprochen. Jeder hier kennt die Geschichte zur Genüge«, sagte ich. »Und der Film ist ziemlich, ach, er ist sogar stinklangweilig.« Wie eine Sendung im Teleshoppingkanal, wobei man sich über die wenigstens noch lustig machen konnte.

»Langweilig?« Die roten Flecken bedeckten nun beinahe sein ganzes Gesicht. Herr Bachmann hatte die Wangen aufgebläht wie eine fette Kröte und sah aus, als würde er gleich platzen. »Du findest meinen Unterricht *langweilig*?«

»Na ja – «

»Nein, Herr Bachmann. Flora findet nur diesen speziellen Film ein klein wenig langweilig. Ihr Unterricht hingegen hat dafür gesorgt, dass wir alle uns bestens mit den *Buddenbrooks* auskennen. Er scheint also sogar sehr gut zu sein«, schaltete Wiebke sich ein, nicht ohne Herrn Bachmann ein strahlendes Lächeln zu schenken. Wiebke konnte einfach umwerfend lächeln, ich kannte niemanden, der so viel Charme hatte wie sie.

Dem konnte sich wohl auch Herr Bachmann nicht entziehen, denn er wirkte von einem Moment zum nächsten besänftigt. »Nun, wenn das so ist.« Er strich sich über den Schnurrbart und dachte nach. »Ich glaube, ich habe euch tatsächlich schon sehr viel über dieses literarische Meisterwerk vermitteln können. Also gut, wir sehen uns den Film nur noch in dieser Stunde an«, sagte er schließlich und drückte wieder auf Play.

»Diplomatie«, wisperte Wiebke und warf mir über den Rand ihrer Brille einen strengen Blick zu, während Tony auf dem Bildschirm in die Hochzeit mit Grünlich einwilligte. Diplomatie, das Wort, das Wiebke, seit wir uns vor über acht Jahren in der dritten Klasse kennengelernt hatten, gebetsmühlenartig wiederholte, wann immer ich es schaffte, mich um Kopf und Kragen zu reden. Sie hatte häufig Gelegenheit, es zu sagen, und jedes Mal nahm ich mir vor, in Zukunft erst zu denken und dann zu sprechen.

»Bei dir sind irgendwelche Synapsen falsch verbunden«, erklärte Wiebke mir oft. »Vielleicht hast du Glück und es wächst sich noch aus.« Das hoffte ich auch, denn, nun ja, ich konnte ziemlich gut austeilen, besonders wenn ich es gar nicht wollte.

Der Rest der Stunde verging ohne weitere Nickerchen meinerseits. Herr Bachmann unterbrach den Film nicht noch einmal und so nutzte ich die Zeit, um mich weiter über meinen Traum zu wundern. Jedenfalls glaubte ich, dass es einer gewesen war. Wie gesagt, ich hatte noch nie etwas geträumt und das bisher eigentlich auch ganz in Ordnung gefunden.

»Zu träumen lenkt einen bloß vom richtigen Leben ab und meistens ist es sowieso kompletter Blödsinn«, pflegte unsere Haushälterin Christabel zu sagen, die sich seit der Trennung meiner Eltern vor zehn Jahren um meinen Vater und mich kümmerte beziehungsweise es versuchte. »Wenn es dir aus Versehen doch mal passiert, sag mir Bescheid, Engelchen, dann gebe ich dir eine von meinen Tabletten, damit schläfst du wieder wie ein Stein.«

Ihr Angebot war mir schon immer seltsam vorgekommen, aber jetzt ... Der Traum war wirklich unheimlich gewesen, wie eine Szene aus einem Horrorfilm. Meine Erinnerung begann glücklicherweise bereits zu verschwimmen, doch ein Bild stand mir noch immer deutlich vor Augen: Ich befand mich in einem dunklen Raum, in dem es wie beim Zahnarzt roch, und lag auf dem Rücken. Nein, eigentlich *schwamm* ich auf dem Rücken in einem Behälter, der mit einer nebligen Substanz gefüllt war, und hatte das dumme Gefühl, dass jeden Augenblick Dr. Frankenstein auftauchen und mir eine Elektrode ins Gehirn pflanzen würde. An der Decke über mir hingen altmodische Zirkel und verkorkte Glaskolben mit schimmernden Flüssigkeiten, die diesen Eindruck verstärkten.

Außerdem wirkte alles blass und grau, farblos wie in einem alten Schwarz-Weiß-Film.

»Ich glaube, sie kommt zu sich, Meister«, sagte ein Mann irgendwo außerhalb meines Blickfeldes. Er klang aufgeregt.

»So bald?«, entgegnete jemand deutlich Älteres, dessen Stimme an das Rascheln von Papier erinnerte.

Ein faltiges Gesicht beugte sich über mich. Ich erkannte eisgraue Augen, die in Nestern aus Runzeln saßen, und einen bauschigen Bart, in dem etwas klebte. Feine, schwarz glänzende Spritzer, die sich in den silbrigen Haaren verfangen zu haben schienen ...

Das Klingeln unterbrach meine Gedanken.

»Na endlich«, meinte Wiebke und sprang auf. »Ich dachte schon, die Stunde geht nie vorbei.«

»Ja, ich auch«, stimmte ich halbherzig zu. Geistesabwesend stopfte ich meine Sachen in meinen Rucksack. Dann schlüpfte ich in meine neonfarbene Jacke, die in Wiebkes Augen einfach furchtbar war, weil ihre quadratische Form mich anscheinend noch kleiner wirken ließ, als ich ohnehin schon war. Man sah mir darin tatsächlich nicht unbedingt an, dass ich siebzehn und nicht dreizehn Jahre alt war, aber ich liebte sie, denn sie reichte mir bis fast zu den Knien und ich konnte die Hände problemlos in den überlangen Ärmeln verschwinden lassen. Zwei unschätzbare Vorteile, wenn man schnell fror.

»Los, komm schon. Linus wartet am Schultor auf uns«, sagte Wiebke, drehte sich die schwarze Mähne zu einem Knoten und zog mich an einem der besagten Ärmel Richtung Ausgang, vorbei am Lehrerpult, wo Herr Bachmann gerade etwas im Klassenbuch notierte, was verdächtig nach dem Namen Flora Gerstmann aussah. Meine mündliche Note war heute wohl ins Bodenlose gestürzt.

Ich nagte an meiner Unterlippe und versuchte, mit Wiebke Schritt zu halten, die erst langsamer wurde, als wir den ebenfalls dunkelhaarigen Jungen mit der Lederjacke erreichten, der am Rande des Schulhofs auf uns wartete. Lässig lehnte Linus sich gegen den Zaun und grinste uns über die Köpfe einer Horde von Mittelstufenschülerinnen hinweg an, die auffällig unauffällig in seiner Nähe herumlungerten.

»Buongiorno, die Damen«, rief er und hielt uns einen Pizzakarton unter die Nase. »Einmal mit allem und extra Käse.« Hungrig griffen wir zu, um uns kauend auf den Weg in Richtung U-Bahn zu machen, denn wir wohnten alle drei fast am anderen Ende von Essen. Linus war Wiebkes Zwillingsbruder und ging in die Parallelklasse, weil die Eltern der beiden wollten, dass sie »eigenständige Persönlichkeiten entwickelten«.

Tatsächlich waren die beiden einander so ähnlich, wie zwei Menschen unterschiedlichen Geschlechts es nur sein konnten. Nicht nur, dass sie das gleiche fein geschnittene Gesicht und die dazu passenden seidigen Wimpern besaßen. Sie lachten auch über die gleichen Witze, mochten die gleichen Dinge und waren schlicht unzertrennlich. Manchmal beschlich mich sogar das unheimliche Gefühl, dass sie gegenseitig ihre Gedanken lesen konnten, so wie jetzt, als Linus plötzlich auf mein Gesicht deutete: »Krass, was hast du denn da?«

Ich betastete meine Wange und fühlte Linien und Falten, die dort definitiv nicht hingehörten, aber irgendwie an den Reißverschluss meines Stiftetuis erinnerten. Ich musste es bei meinem Nickerchen als Kopfkissen benutzt haben.

»Wir haben in Deutsch schon wieder die *Buddenbrooks* gesehen«, erklärte ich. »Das war zum Gähnen langweilig.«

Linus tauschte einen Blick mit Wiebke und war sofort im Bilde.

»Du bist eingeschlafen und Herr Bachmann hat dich erwischt?« Er schürzte anerkennend die gepiercte Unterlippe. »Reife Leistung!« Linus legte den Arm um mich, um mir auf die Schulter zu klopfen, und ließ ihn anschließend dort liegen.

Eine Geste, die augenblicklich Lavinia auf den Plan rief, die wie jeden Tag in Minirock und High Heels hinter uns herstöckelte und versuchte, Linus' Aufmerksamkeit zu erregen. »Habe ich eigentlich schon erzählt, dass ich meinen Geburtstag nächste Woche im Knightclub feiern will?«, keuchte sie. Anscheinend war sie gerannt, um uns einzuholen.

»Echt?« Linus ließ sich zu ihr zurückfallen und Wiebke und ich verdrehten gleichzeitig die Augen. Lavinia war eines von diesen Mädchen, die zu viel Make-up auflegten und sich trotz Hüftspeck unerklärlicherweise immer wieder für Klamotten in Größe XS entschieden. Seit ein paar Monaten verfolgte sie Linus auf Schritt und Tritt. Genauer gesagt, seit ich mit ihm Schluss gemacht hatte und es ihr zu Ohren gekommen war. (Ich mochte Linus, aber mit ihm zusammen zu sein, das hatte sich angefühlt, als würde ich mit Wiebke gehen.)

Fast die gesamte U-Bahn-Fahrt über drehte sich das Gespräch um Discos in Essen und Umgebung, ein Thema, zu dem ich als erklärter Partymuffel nur wenig beizusteuern hatte. Also lehnte ich mich in meinem Sitz zurück, während die rot-weiße U-Bahn wie ein Wurm über ihr Gleis zwischen den verstopften Spuren der Autobahn A 40 kroch, und döste vor mich hin. Die Sonne schien durch die staubigen Scheiben und malte helle Flecken auf die Sitzpolsterung, die früher einmal bunt gemustert gewesen, aber jetzt nur noch ausgeblichen und schmutzig war. Mit den Jahren hatten die Bezüge die Farbe alter Kaugummis angenommen und irgendwie rochen sie auch so. U-Bahn-Geruch. Seufzend legte ich den Kopf in den Nacken.

Ich war wirklich verdammt müde.

Ich weiß nicht, ob es daran lag, dass es dunkler wurde, als die U-Bahn wenig später in den Tunnel kurz vor der Haltestelle Bismarckplatz einfuhr, aber das war der Moment, in dem ich es zum ersten Mal bemerkte. Der Moment, in dem mir bewusst wurde, dass sich etwas verändert hatte.

Denn ich sah einen Schatten.

Eigentlich war es mehr eine Bewegung, gleich neben mir, draußen vor dem Fenster. Ein Flackern in der Dunkelheit, das ich aus dem Augenwinkel zu erkennen meinte. Eine schwarze Masse, halb durchsichtig. Erst hielt ich es für eine optische Täuschung und schaute genauer hin. Aber nein, es gab keinen Zweifel. Auch wenn ich es nicht erklären konnte, instinktiv wusste ich es: Dort war etwas, etwas Großes, Unförmiges.

Und es rannte neben der U-Bahn her.

Ich spürte, wie sich die Härchen an meinen Unterarmen aufrichteten. »Hey, Leute, seht ihr das?«, unterbrach ich Lavinia, die gerade über Schaumpartys referierte, und deutete hinaus.

»Was denn? Die Tunnelwand?«, fragte sie genervt und hob eine nachgezogene Augenbraue. »Unglaublich aufregend. Also, was ich eigentlich sagen wollte –«

»Nein, da ist irgendwas ... Lebendiges. Seht ihr das nicht?« Was mochte es nur sein? Ein Tier vielleicht?

»Keine Angst, Flora, das ist nur dein Spiegelbild«, meinte Linus. Ich durchbohrte ihn mit meinem Blick. »Haha.«

Wiebke runzelte die Stirn, rückte ans Fenster und schüttelte dann den Kopf. »Ich kann nichts erkennen, tut mir leid.«

In diesem Augenblick fuhr die U-Bahn in die nächste Haltestelle ein und mit dem plötzlichen Licht verschwand auch der Schatten. Ich blinzelte. »Jetzt ist er weg.«

»Er?« Lavinia wirkte amüsiert.

»Oder es. Wahrscheinlich habe ich mich getäuscht. Ich bin einfach so fertig heute«, sagte ich und hoffte, dass, was immer ich gesehen hatte, sich in Luft aufgelöst hatte. Aber natürlich erfüllte sich mein Wunsch nicht.

Das nächste Mal sah ich den Schatten, als Wiebke und ich am Hauptbahnhof ausstiegen und uns durch das lindgrün gefliese Gebäude auf den Weg zur Ballettschule machten. Seelenruhig stand er inmitten der kreuz und quer vorbeieilenden Reisenden, unmittelbar vor dem Drogeriemarkt. Jedenfalls glaubte ich, dass er stand, er hatte schließlich keine richtige Form, sondern war eher so etwas wie ein blinder Fleck. Ein schwarzes Loch von der Größe eines Basketballspielers, das aus dem gekachelten Fußboden wuchs und scheinbar von niemandem außer mir bemerkt wurde. Mir wurde flau in der Magengegend. Beobachtete ich das alles wirklich? Gerade lief ein Mann mit Anzug und Aktenkoffer schnurstracks durch den Schatten hindurch.

»Da! Hast du das gesehen?« Ich hielt Wiebke, die sich vor mir durch eine japanische Reisegruppe schlängelte, an ihrem Rucksack fest, damit sie stehen blieb. »Da vorne ist er wieder.«

Wiebke folgte meinem Blick. Sie sah den Schattenfleck jetzt direkt an und es kam mir so vor, als starrte dieser zurück. Plötzlich hatte er etwas Lauerndes an sich, wie ein Wolf, der eine Fährte aufnahm.

Wiebke jedoch schüttelte wieder den Kopf. »Ich weiß echt nicht, was du da siehst«, sagte sie. »Vielleicht ist irgendwas mit deinen Augen nicht in Ordnung. Wir haben doch letztens diesen Film gesehen, in dem sich bei einem Jungen die Netzhaut ablöst und er dann die ganze Zeit Blitze sieht, wo keine sind.«

»Ich sehe aber keine Blitze, sondern einen Schatten. Also so ziemlich das Gegenteil«, sagte ich gereizt und setzte mich wieder in Bewegung. »Los, komm. Gehen wir zum Training.«

Dreimal pro Woche fuhren Wiebke und ich nach der Schule zum Ballettunterricht in der Innenstadt. Nicht dass ich viel für Tüllkleidchen und Kitsch übriggehabt hätte, aber ich liebte das Gefühl, meinen Körper bis in den kleinsten Muskel hinein zu kontrollieren. Und man war danach so herrlich müde, ein Umstand, auf den ich heute allerdings gerne verzichtet hätte. Viel müder konnte ich kaum noch werden. Keine gute Ausgangslage für ein Spitzentanztraining.

Tatsächlich war meine Leistung heute ein einziges Desaster. Schon bei den Übungen an der Stange war ich unkonzentriert, hielt dauernd Ausschau nach dem Schatten, als erwartete ich, er würde plötzlich durch eine der Spiegelwände des Tanzsaales hereinschweben. Beim Zählen der Pliés kam ich immer wieder durcheinander, verpatzte anschließend mehrere Sprungkombinationen und zog damit langsam, aber sicher den Zorn unserer

Ballettlehrerin Isabelle auf mich. Andauernd musste sie meine Armhaltung korrigieren.

»Das sieht aus wie die Flügel eines toten Vogels, Flora. Achte auf deine Ellenbogen.«

»Mach ich doch.«

»Machst du nicht. Und denk an deine Handgelenke.«

»Jaa.«

»Die Ellenbogen!«

Nach der Hälfte der Stunde war ich zu frustriert, um weiterzumachen, entschuldigte mich mit einem genuschelten »Mir ist schlecht!« und rannte in die Umkleide. Natürlich war ich es gewohnt, Fehler zu machen. Und mit meiner gedrungenen Statur (»Ein Zwerg mit Stupsnase«, wie Lavinia es gern ausdrückte) würde ich vermutlich niemals für *Schwanensee* engagiert werden. Aber was zu viel war, war zu viel.

Mittlerweile konnte ich vor Müdigkeit kaum noch die Augen offen halten. Hastig zog ich mich um, machte mir nicht einmal die Mühe, die Klammern zu entfernen, mit denen ich mir beim Training mein braunes Haar aus dem Gesicht hielt, und lief auf die Straße hinaus.

Ohne auf irgendwelche dubiosen Schatten zu achten und ohne noch einen einzigen Gedanken an meinen Traum zu verschwenden, bahnte ich mir meinen Weg in Richtung Bushaltestelle. Wahrscheinlich war ich gerade dabei, verrückt zu werden. Nicht dass ich Erfahrung damit gehabt hätte. Aber so was hörte man schließlich nicht gerade selten: Leute, die plötzlich Wahnvorstellungen entwickelten und Dinge sahen, die gar nicht da waren.

Vielleicht war Wiebkes Theorie von meinen falsch verbundenen Synapsen gar nicht so unwahrscheinlich. Schatten zu sehen! Du meine Güte, vermutlich war ich schwer hirnkrank!

»Flora! Was ist mit dir?«, rief Wiebke, die mich auf Höhe der Stadtbibliothek einholte. Auch sie hatte sich nur halb umgezogen, der roséfarbene Träger ihres Trikots lugte aus ihrer Jacke hervor. Außer Atem berichtete ich ihr von meiner Selbstdiagnose, welche sie mit einem energischen »So ein Blödsinn!« abtat. »Na und? Dann siehst du halt mal schwarze Flecken. Das kann auch vom Kreislauf kommen. Was du brauchst, ist jedenfalls keine Gummizelle, sondern ein Kaffee«, erklärte sie und schleppte mich schon in Richtung Starbucks.

»Nein«, protestierte ich. »Du verstehst das nicht. Es sind nicht einfach nur Flecken. Es sind ... Wesen, klar? Sie leben.« Ich hatte nicht den blassesten Schimmer, woher ich das wusste. Aber ich war mir sicher, dass es so war.

»Ich bin deine beste Freundin und das bedeutet, ich verstehe alles«, sagte Wiebke in einem Ton, der keine Widerrede zuließ.

Fünf Minuten später saßen wir jede in einem Plüschsessel und nippten an großen Tassen voller Cappuccino mit Milchschaum.

»Vielleicht sind es die Geister von Verstorbenen, die noch unerledigte Dinge haben und nun deine Hilfe brauchen«, sagte Wiebke und grinste mich an. Sie kicherte. »Das wäre echt cool, oder?«

Leider konnte ich über ihren Witz nicht lachen. Wiebke, die meinen Gesichtsausdruck bemerkte, wurde wieder ernst. »Hey, tut mir leid. Ich wollte mich nicht über dich lustig machen. Aber ich glaube immer noch nicht, dass du verrückt wirst. Und auch nicht, dass da wirklich Schatten sind.«

Sie klaubte eine Haarspange aus meinem von Natur aus immer ein wenig zu welligen Pony. Ich war mal wieder dabei, mir die Haare lang wachsen zu lassen. Seit Jahren hatte ich das schon vor, doch über die Schulterlänge kam ich nie hinaus. Irgendwann verlor ich stets die Nerven und erlag der mysteriösen Vorstellung, ein Bob würde zu meinem Gesicht passen. Dieses Mal hatte ich mir allerdings geschworen durchzuhalten. Und bis zu den Schlüsselbeinen reichte meine Mähne immerhin schon.

»Vielleicht geht es dir heute einfach nicht so gut«, mutmaßte Wiebke und nahm einen zu großen Schluck von ihrem Cappuccino, an dem sie sich die Zunge verbrannte. »Bekommst du deine Tage?«, nuschelte sie.

Ich schüttelte den Kopf. »Nein. Und so fühlt es sich auch nicht an. Ich bin total müde. Und ich *habe* diese Dinger gesehen, ganz sicher.«

»Seltsam.« Wiebke stützte den Kopf in ihre Hand, ihre pinkfarbenen Strassohrringe klimperten gegen den Bügel ihrer Brille.

»Finde ich auch«, sagte ich und zuckte im selben Augenblick zusammen, als hätte ich gerade einen Autounfall beobachtet.

Denn da war schon wieder ein Schatten. Ein ziemlich großer sogar.

Wiebke folgte meinem Blick nach draußen auf die Straße, wo der Schatten vor der Fensterscheibe des Starbucks hing wie eine tieffliegende Gewitterwolke. »Da«, flüsterte ich. »Da ist schon wieder einer.«

»Wo?«

Der Schatten schwebte direkt vor uns und nahm die gesamte obere Hälfte der Scheibe ein, wie ein dunkles Loch, das in die Welt gerissen worden war. Eine schwarze Masse, ein flackernder Leib, augenlos. Und doch wusste ich, dass er mich anstarrte. Ich begann zu zittern. »Na da.«

»Meinst du den von dem Baum dort?« Wiebke zeigte auf eine Linde auf der gegenüberliegenden Straßenseite.

»Nein«, krächzte ich, unfähig, mich zu rühren. Der Schatten fixierte mich. Es kam mir vor, als blickte er durch meine Augen hinab in meine Seele. Als fragte er sich, ob ich diejenige war, die er suchte. Was dachte ich da für einen Quatsch? Ich blinzelte und im nächsten Moment ließ das … Ding von mir ab. Es zog sich unmerklich zusammen, als ducke es sich zum Sprung. Dann flog es davon.

Erst jetzt merkte ich, dass ich Wiebkes Hand umklammerte. Rasch ließ ich los. Meine Finger hatten weiße Flecken auf ihrer Haut hinterlassen. »Tut mir leid«, murmelte ich.

»Schon gut.« Inzwischen lag echte Sorge in Wiebkes Blick. »Mann, bist du blass geworden. Ist dir schwindelig? Könnte gut sein, dass dein Kreislauf absackt, dann wird einem doch auch schwarz vor Augen, nicht? Los, trink noch einen Schluck Kaffee. Oder willst du lieber ein Glas Wasser?«

»Cappuccino reicht«, sagte ich schnell. Ich wollte mittlerweile nur nach Hause, mich in meinem Zimmer verkriechen, mir die Decke über den Kopf ziehen und in Ruhe geistesgestört sein. »Hör zu, ich sollte mich wohl besser ein wenig hinlegen.«

»Gute Idee.« Wiebke stand auf. »Da vorne ist gerade eine von den Couchen frei geworden.«

»Eigentlich hatte ich an mein Bett gedacht«, erklärte ich und leerte meine Tasse, indem ich den Kopf in den Nacken legte und darauf wartete, dass der Rest Milchschaum in meinen Mund lief. Der war schließlich am leckersten.

»Soll ich meine Mutter fragen, ob sie uns abholt und dich nach Hause bringt?« Wiebke hatte bereits ihr Handy gezückt, um ihre Eltern anzurufen.

Doch ich schüttelte den Kopf. Wiebkes Mutter sah genauso aus wie Wiebke, nur ein bisschen älter, und war Hausfrau und Mutter aus Leidenschaft. Wann immer ich bei Wiebke und Linus zu Besuch war, buk sie Kuchen oder Kekse, machte Eiscreme oder legte einem einen Schokoriegel aufs Kopfkissen. In ihrer Gegenwart fühlte ich mich stets wie eine bemitleidenswerte Waise. Etwas, wonach mir gerade so gar nicht der Sinn stand. »Das ist lieb, aber überhaupt nicht nötig. Die Bushaltestelle ist ja gleich um die Ecke«, wehrte ich deshalb schnell ab.

»Na gut, aber bis dorthin bringe ich dich auf jeden Fall.«

»In Ordnung«, sagte ich, froh darüber, mich nun bald hinlegen zu können. Zu Hause würde die Sache sicher schon anders aussehen.

Wie hätte ich auch ahnen können, dass mich dort schon die nächste Katastrophe erwartete?

2
EIN UNGEBETENER GAST

Ich wohnte im Stadtteil Steele in einer kleinen Seitenstraße in der Nähe der Ruhr. Die Häuser hier waren groß und alt, hatten Stuckfassaden und feuchte Keller und ragten unter dem grau-blauen Nachmittagshimmel auf wie schlafende Ungeheuer. Unsere Wohnung lag im dritten Stock von Hausnummer 34, einem sandsteinfarbenen Bau mit Fenstersimsen im Jugendstil, und auf unserem Klingelschild stand in schnörkeliger Schrift »Fam. Gerstmann«.

Auch das Treppenhaus wirkte mit seinen schwarz-weißen Fliesen und dem geschwungenen Geländer antik. Ein blasser Abglanz früherer Tage, der sich allerdings spätestens an unserer Wohnungstür in Luft auflöste, wo Alarmanlagen und Sicherheitsschlösser ihn zusammen mit jedem Einbrecher in die Flucht schlugen.

»Wegen der Fische«, hatte mein Vater mir erklärt, als ich noch klein gewesen war. In unserer Wohnung standen nämlich über zwanzig Aquarien, die teils mit Salz-, teils mit Süßwasser gefüllt waren und allerlei wertvolles Meeresgetier beherbergten. (Mein

Vater besaß ein Aquaristikfachgeschäft und war, damit zogen wir ihn gelegentlich auf, selbst sein bester Kunde.) Ich konnte mir zwar immer noch nicht vorstellen, welcher Einbrecher es ausgerechnet auf unsere Clownfische und Seeanemonen abgesehen haben sollte, aber mein Vater und Christabel schienen von dem Gedanken, ausgeraubt zu werden, regelrecht besessen zu sein. Andauernd modifizierten sie das Alarmsystem. Vor Kurzem hatten sie sogar unsere Fenster elektronisch gesichert und im Arbeitszimmer meines Vaters gab es eine Lichtschranke. Langsam nahm es krankhafte Züge an.

Für die Wohnungstür allein benötigte man mittlerweile sage und schreibe fünf Schlüssel, sodass es eine Weile dauerte, bis ich sie aufbekam. Vor allem weil ich auf meinem Knie einen Korb voller Bügelwäsche balancierte, die ich aus der Waschküche mit heraufgenommen hatte.

Schon in der Diele hörte ich ihre Stimmen.

Erst dachte ich, Christabel würde sich wieder einen Actionfilm aus ihrer umfangreichen Sammlung ansehen. Doch dann erkannte ich, dass es nicht Jackie Chan, sondern mein Vater war, der dort im Wohnzimmer gerade von »Schutzbestimmungen« und »fragwürdigen Einschränkungen aufgrund von Gerüchten« sprach. Er klang ernst.

War etwas mit dem Laden? Ich spürte, wie mein Mund trocken wurde. Um diese Uhrzeit war mein Vater nie zu Hause. Plötzlich war ich wieder hellwach, ließ sowohl den Wäschekorb als auch meinen Rucksack einfach auf den Boden fallen und stürzte ins Wohnzimmer. »Ist alles in Ordnung?«

Drei Köpfe wandten sich erschrocken in meine Richtung.

»Oh, Engelchen, wir hatten noch gar nicht mit dir gerechnet«, sagte Christabel und war mit zwei schnellen Schritten bei mir. Sie trug wie immer einen geblümten Kittel und rosafarbene Plüschpantoffeln, aber heute saß ihre rot gefärbte Dauerwelle nicht annähernd so makellos wie sonst. Eine Locke hing ihr so verwegen ins Gesicht, dass ich mich einmal mehr fragte, wie alt sie eigentlich war. Mindestens sechzig bestimmt. Auf jeden Fall zu alt für quietschpinken Lippenstift.

Neben Christabel wirkte mein Vater mit seinem mausbraunen Haar und der schlichten Kleidung nahezu farblos. Er war groß und schlaksig, maß beinahe zwei Meter, doch hätte er in seinem Ohrensessel nicht eine so natürliche Autorität ausgestrahlt, man hätte ihn neben seiner Haushälterin sicherlich kaum wahrgenommen.

Allerdings waren es weder Christabels Frisur noch die aufeinandergepressten Lippen meines Vaters, die mich aus dem Konzept brachten, sondern der Junge, der es sich auf unserem Sofa bequem gemacht hatte. Aus grünen Augen sah er zu mir herüber, nein, eigentlich starrte er mich an, musterte mich, als wäre ich ein Geist. Er musste ungefähr so alt wie ich sein, war flachsblond, blass und sommersprossig, gut aussehend, auf eine seltsam kühle Art und Weise. Aber nicht mein Typ, entschied ich und fragte mich gleichzeitig, warum mir ausgerechnet das jetzt durch den Kopf ging.

»Wer – «, stammelte ich.

»Setzt dich erst mal hin, Engelchen«, sagte Christabel und legte mir eine Hand auf den Arm, die ich jedoch sofort abschüttelte.

»Wer ist das?«

»Das ist Marian Immonen, ein Austauschschüler aus Finnland. Er wird die nächsten Monate bei uns wohnen«, erklärte mein Vater und sah dabei recht unglücklich aus.

Ich hingegen hatte das dumpfe Gefühl, mich verhört zu haben. Fremde durften unsere Wohnung niemals betreten. Das war eine goldene Regel und für meinen Vater und Christabel beinahe genauso wichtig wie das Alarmsystem. In all den Jahren unserer Freundschaft hatten sie es nicht einmal Wiebke erlaubt, uns zu besuchen. Krankhaft, wie gesagt. Aber ich hatte es akzeptiert. Seit meine Mutter nicht mehr bei uns lebte, waren wir ohnehin keine richtige Familie mehr, sondern nur noch eine chaotische Wohngemeinschaft. Ich hatte kaum je das Bedürfnis verspürt, dies jemandem auf die Nase zu binden.

Doch jetzt beherbergten wir einen *Austauschschüler*?

Ich verschränkte die Arme vor der Brust. »Und wo soll er schlafen?«

»Ich bekomme ein Klappbett im Arbeitszimmer«, sagte Marian mit deutlichem Akzent und für meinen Geschmack ein wenig zu selbstsicher. Seine Stimme kam mir von irgendwoher bekannt vor.

»Mit dir rede ich gar nicht«, beschied ich ihn und funkelte stattdessen meinen Vater und Christabel an. »Ich will sofort wissen, was passiert ist. Wieso ist er hier?«

»Es ist ja nur vorübergehend«, sagte mein Vater.

Ich schwieg zornig und wartete auf eine Erklärung, doch anscheinend konnte sich niemand dazu durchringen. Einen Moment lang hing die Stille zwischen uns wie Qualm, der einem die Luft zum Atmen nimmt. Selbst die Fische in den Aquarien an der Längsseite des Raumes schienen erwartungsvoll zu den Scheiben zu schwimmen.

Christabel und mein Vater tauschten einen langen Blick, während Marian auf seine Hände starrte, als hätte er sich am liebsten in Luft aufgelöst. Auch ich wünschte mir sehnlichst, er wäre in diesem Augenblick irgendwo anders gewesen, im finnischen Wald oder so, aber nicht hier bei uns in Essen, wo meine Familie gerade am Rad drehte.

In den bernsteinfarbenen Augen meines Vaters lag ein gequälter Ausdruck, als er schließlich den Kopf in die Hände stützte und seufzte. »Weißt du, das Problem ist, dass der Laden im Moment nicht besonders gut läuft. Als Gastfamilie bekommen wir etwas Geld und – «

»Das glaube ich dir nicht«, unterbrach ich ihn und erschrak selbst darüber, wie harsch es klang. »Ich meine, das kann doch nicht dein Ernst sein. Seit Jahren lassen wir hier nicht einmal einen Handwerker rein und jetzt nehmen wir plötzlich einen vollkommen Fremden auf? Wenn wir wirklich Geld brauchen, warum verkaufst du nicht einfach ein paar von deinen eigenen Fischen, wenn die doch so wertvoll sind? Warum entlassen wir nicht Christabel?«

»Flora!« Mein Vater war mit einem Mal sehr wütend. »Christabel gehört zur Familie.«

»Ja, ich weiß. Tut mir leid«, sagte ich ein wenig kleinlaut, denn ich war mal wieder über das Ziel hinausgeschossen. Natürlich würden wir Christabel nicht entlassen. Sie war die schlechteste Haushälterin der Welt, aber ich liebte sie. Sie hatte mich praktisch großgezogen. (Na ja, eigentlich hatte ich mich selbst großgezogen, aber sie war immerhin dabei gewesen.)

»Schon gut«, sagte Christabel und legte mir erneut ihre Hand auf den Arm. Dieses Mal ließ ich sie gewähren und tatsächlich tröstete mich die Berührung etwas. Allerdings nur bis zum nächsten halbherzigen Erklärungsversuch.

»Versteh doch, Engelchen, es muss sein«, begann Christabel. »Und so schlimm ist es doch auch gar nicht. Ihr werdet bestimmt Freunde.«

»Pah«, machte ich. Irgendetwas stimmte hier nicht, was wollten sie mir verheimlichen? »Ich bin kein Kind mehr, also sagt mir gefälligst, was los ist.«

»Das haben wir gerade getan.«

»Unsinn.« Ich spürte, wie mir Tränen in die Augen stiegen. Das hatte mir gerade noch gefehlt. Was war nur los mit mir? Heute Morgen noch war alles wie immer gewesen. Dann hatte ich diesen komischen Traum gehabt, auf den ich mir auch jetzt noch keinen Reim machen konnte. Ich hatte Schatten gesehen, wo keine hätten sein dürfen, und nun kam ich nach Hause, um festzustellen, dass meine Familie plötzlich einen ihrer wichtigsten Grundsätze über den Haufen warf, ohne mir den wahren Grund dafür zu sagen.

Meine Unterlippe begann bereits gefährlich zu zittern und so tat ich das einzig Richtige: Ich entschied mich zum Rückzug. »Ich will ihn hier nicht haben«, murmelte ich noch in Marians Richtung, dann stürzte ich hinaus in die Diele.

Meine Zimmertür ließ ich mit einem Knall ins Schloss fallen.

Anschließend warf ich mich auf mein Bett, vergrub das Gesicht in den Kissen und begann zu schluchzen. Es dauerte eine ganze Weile, bis ich mich ausgeweint hatte, besonders weil ich es damit gar nicht eilig hatte. Heiß rollten die Tränen über meine Wangen und bildeten feuchte Flecken auf meinem Kopfkissen. Ich ließ sie gewähren, zu viele Gedanken wirbelten hinter meinen geschlossenen Lidern umher. Ich war wütend. Und ich war verwirrt. Vor allem aber fragte ich mich, ob mein Leben heute tatsächlich auf mysteriöse Weise aus den Fugen geraten war oder ob ich schlicht einen psychischen Aussetzer durchlebte. Hatte ich mir vielleicht meinen Traum, die Schatten und den Jungen in unserem Wohnzimmer vor lauter Müdigkeit zusammenfantasiert? So recht glauben mochte ich das nicht.

Andererseits: Hier in meinem Zimmer war alles wie immer. Mein Blick glitt über meinen stets penibel aufgeräumten Schreibtisch am Fenster, die tiefrot gestrichene Wand mit dem Bücherregal und meinen für ein Mädchen fast schon lächerlich kleinen Kleiderschrank (ich besaß eben nur das Nötigste). An der Decke über meinem Bett hing der einzige Raumschmuck, mit dem ich mich hatte anfreunden können: ein Mobile aus bunten Holzvögeln.

Meine Mutter hatte es mir zusammen mit einem Entschuldigungsbrief vor Jahren aus Brasilien geschickt, wo sie jetzt mit ihrer neuen Familie lebte. Das hatte ich mir jedenfalls erfolgreich eingeredet, nachdem ich das Ding vor sechs Jahren auf einem Flohmarkt gekauft hatte. In Wahrheit hatte ich seit dem Tag, an dem meine Mutter uns verlassen hatte, nie wieder etwas von ihr gehört. Und die Vögel hatten kitschige Glupschaugen. Trotzdem konnte ich mich einfach nicht davon trennen. Es war absurd, aber ich betrachtete es als mein letztes Andenken an Mama.

Jemand klopfte sacht an der Tür. »Engelchen?«, fragte Christabel. »Darf ich reinkommen?«

Ich gab keine Antwort, zog mir stattdessen die Bettdecke über den Kopf und schloss die brennenden Augen. Etwa eine Viertelstunde lang bemühte ich mich einzuschlafen. Immerhin fühlte ich mich auch jetzt noch todmüde, meine Glieder waren so schwer, als steckten Hände und Füße in Betonkübeln. Bestimmt würde ich klarer sehen, wenn ich ein wenig ausgeruhter wäre.

Doch der Schlaf wollte einfach nicht kommen.

Ich hörte ein kratzendes Geräusch an der Wand hinter dem Kopfende meines Bettes, dort, wo sich das Arbeitszimmer meines Vaters befand. Anscheinend stellten sie tatsächlich das Klappbett auf. Sie machten also Ernst.

Noch immer wollte ich es nicht glauben.

Langsam bekam ich Kopfschmerzen. Seufzend warf ich die Decke zurück, unter der es viel zu stickig geworden war, atmete tief durch und stand auf. Zuerst setzte ich mich an den Schreibtisch und kramte das kleine Heft heraus, in dem ich meine Hausaufgaben notierte. Für morgen standen allerdings nur ein paar Matheaufgaben an. Die hatte ich gestern schon gemacht.

Da fiel mir der Korb mit der Bügelwäsche ins Auge und ich begann, die Socken herauszusuchen und zu kleinen Bällen zusammenzufalten. Natürlich wäre das eigentlich Christabels Aufgabe gewesen, genauso wie das Kochen und Putzen. Obwohl

Christabel in ihrer britischen Heimat angeblich eine der besten Schulen für Hauspersonal besucht hatte, schien sie sich zu keiner dieser Tätigkeiten in der Lage zu fühlen. Stattdessen begleitete sie meinen Vater beinahe überallhin und interessierte sich auffallend für Kampfsportarten. Mein Vater, der das anscheinend in Ordnung fand, hatte so viel mit dem Laden zu tun, dass ich bereits seit meiner Kindheit den größten Teil der Hausarbeit übernahm.

Umso erstaunter war ich deshalb, als es eine Dreiviertelstunde später (ich legte gerade Handtücher zusammen) erneut an meiner Tür klopfte. »Das Abendessen ist fertig«, sagte mein Vater. »Kommst du bitte?«

»Ich habe keinen Hunger.«

»Doch, den hast du bestimmt.«

Hatte ich auch. Einen Bärenhunger sogar, wie mir jetzt auffiel. Aber ich hatte heute auch erst einen Apfel und ein einsames Stück Pizza gegessen. Widerwillig schlurfte ich zur Tür und folgte meinem Vater in die Küche, bemüht, möglichst beleidigt auszusehen.

Marian und Christabel saßen bereits am Esstisch, Christabel mit deutlich schlechtem Gewissen, Marian mit einem undurchdringlichen Ausdruck in den Augen. Er wirkte jetzt doch ein wenig älter, als ich zunächst angenommen hatte, sein breiter Kiefer verlieh seinem Gesicht etwas Kantiges, das mir zuvor nicht aufgefallen war.

Auf dem Tisch standen Schüsseln mit Nudeln, Tomatensoße und geriebenem Parmesan. Ich ließ mich auf meinen Platz fallen. »Wer hat gekocht?«, fragte ich teilnahmslos.

»Das war ich«, sagte mein Vater, der mittlerweile ein T-Shirt mit dem Aufdruck »Ein Herz für Guppys« trug, und setzte sich neben mich. Sichtlich stolz reichte er mir die erste Schüssel und tatsächlich schmeckte es gar nicht so schlecht.

Trotzdem wurde das Abendessen zu einer eher schweigsamen Angelegenheit, hauptsächlich deshalb, weil ich die meiste Zeit auf meinen Teller starrte. Christabel versuchte ein paarmal, mich in ein Gespräch zu verwickeln, aber sowohl ihre Nachfragen zu meinem Schultag als auch ihre vorsichtigen Vermittlungsversuche (»Marian kommt aus Südfinnland, wir haben vorletztes Jahr quasi bei ihm nebenan Urlaub gemacht.«) speiste ich mit einsilbigen Antworten ab.

Die meiste Zeit über war nur das Klackern von Christabels Fingernägeln zu hören, die so lang waren, dass es einiges an Geschicklichkeit erforderte, damit eine Gabel zu halten, und spitz genug, um jemanden damit aufzuschlitzen. Es waren natürlich keine echten Nägel, sondern diese Gelversionen aus dem Nagelstudio, also viel härter als normale Fingernägel. Und damit eindeutig auch gefährlicher.

Überhaupt war Christabel schon immer diejenige in unserer Familie gewesen, die die Beschützerrolle einnahm. Ich erinnerte mich noch genau an unseren Urlaub auf Mallorca vor fünf Jahren, in dem ein Taschendieb mit dem Portemonnaie meines Vaters abgehauen war. Christabel hatte sich den Typen nicht nur geschnappt und unser Eigentum zurückgeholt, sie hatte ihn auch ganz schön ... vermöbelt. Unser gesamtes Geld war in dem Portemonnaie gewesen, plus der Ausweise von meinem Vater und mir. Ich war ziemlich geschockt gewesen, als ich sah, wie sie sich auf den jungen Mann stürzte, der nicht mit den Kampfkünsten unserer ältlichen Haushälterin gerechnet hatte. Im Handumdrehen hatte sie ihm die Schulter ausgekugelt und ihn außer Gefecht gesetzt. Der arme Kerl hatte vor Schmerz laut aufgeschrien. Obwohl ich kein Freund von körperlicher Gewalt war, konnten wir nur froh sein, dass Christabel dabei gewesen war. Mein Vater wäre mit der Sache vollkommen überfordert gewesen. Der brachte es noch nicht einmal über sich, eine Mücke zu erschlagen.

Jetzt machte Christabel allerdings eher einen nervösen als einen aggressiven Eindruck. Immer wieder wanderte ihr Blick zwischen Marian und mir hin und her. Auch wenn ich sie kaum ansah, spürte ich, wie sie mich beobachtete. Gerade so, als warte sie nur darauf, dass ich mich mit diesem dämlichen Austauschschüler, den sie angeschleppt hatte, anfreundete. Aber den Gefallen würde ich ihr nicht tun.

Hastig schlang ich die Nudeln in mich hinein. Dann hatte ich es endlich geschafft, meine Portion zu bewältigen. Ich war zwar noch nicht ganz satt, aber einen Nachschlag zu nehmen und noch länger hier sitzen zu bleiben, kam nicht infrage. Dafür war ich eindeutig noch viel zu wütend. Ohne darauf zu warten, dass die anderen aufgegessen hatten, stand ich auf.

»Ich gehe schlafen«, verkündete ich und war schon fast aus der Tür, als ich plötzlich stockte. Nein! Das durfte doch nicht wahr sein! Hatte ich jetzt endgültig den Verstand verloren? Ich wirbelte herum und starrte zur Spüle herüber.

Aus dem Augenwinkel hatte ich eine Bewegung wahrgenommen. Eine Bewegung, wo keine hätte sein dürfen.

Einen Schatten.

Verfolgten mich diese Dinger jetzt etwa schon bis nach Hause? Ich blinzelte, doch der Platz vor der Arbeitsfläche war leer.

Meine Güte! Sollte ich meinen Vater bitten, mich in eine psychiatrische Klinik zu bringen? Ich war mir sicher, dass da gerade etwas gewesen war, etwas oder jemand. Direkt neben der Spüle. Und es hatte einen Schritt in meine Richtung gemacht. Ich spürte, wie sich eine steile Falte auf meiner Stirn bildete, und fuhr mir mit der Hand über die Augen. Zumindest einen Sehtest sollte ich wohl mal wieder machen. Den würde ich für den Führerschein ja ohnehin in ein paar Monaten brauchen. Bei dem Gedanken, demnächst blind oder geistesgestört in der Fahrprüfung zu sitzen, musste ich grinsen und erschrak im selben Augenblick, weil dieses Grinsen ja wohl eindeutig auf Letzteres hindeutete. Mein Vater, der mit dem Rücken zu mir saß, bemerkte von alldem nichts. Christabel und Marian musterten mich allerdings mit einem höchst merkwürdigen Blick.

»Ist alles in Ordnung, Engelchen?«, fragte Christabel.

Ich blinzelte. »Ja, klar«, stammelte ich. »Gute Nacht.«

Verunsichert stolperte ich ins Bad und stellte mich unter die Dusche. Länger als nötig ließ ich mir das heiße Wasser auf Kopf und Rücken plätschern. Es tat gut. Als würde alle Verwirrung von mir gewaschen. Ich fühlte, wie sich meine Muskeln entspannten und das Gedankenkarussell in meinem Kopf langsamer wurde. So langsam, dass ich, als ich kurz darauf satt und schläfrig in meinem Bett lag, beschloss, mich vorhin in der Küche getäuscht zu haben. Es war ein langer seltsamer Tag gewesen. Kein Grund, hinter jeder Ecke einen Schatten zu sehen, dachte ich, schob mir Franz, mein schafförmiges Kuschelkissen, in den Nacken und griff nach dem Buch auf meinem Nachttisch, um noch ein wenig zu lesen. Schon nach ein paar Seiten jedoch fielen mir die Augen zu. Ich war müde, unheimlich müde. Müde wie nie in meinem Leben.

Der Schlaf überkam mich wie ein unbändiger Sog, schien mich zu verschlingen. Es kam mir vor, als würde er mich in die Tiefe reißen. Als fiele ich mitten hinein in ein dunkles Nichts. Als sänke ich hinab zum Grund eines schwarzen Vulkansees. Es fühlte sich gut an, beruhigend. Aber ganz anders als sonst. Normalerweise dämmerte ich langsam hinüber, hatte einen leichten Schlaf.

Jetzt aber ließ ich mich erschöpft fallen, weiter und immer weiter hinab in die Finsternis, ein Meer aus samtigem Schwarz, das über meine Haut strich wie eine Liebkosung. Bis die wohlige Schwärze plötzlich von einem gleißenden Licht durchbrochen wurde, das mich blendete und zurückzucken ließ. Ich konnte die Quelle nicht ausmachen, doch einen kurzen Augenblick lang fühlte ich mich ganz und gar durchleuchtet. Mein Innerstes war erfüllt von dem Licht, heiß glühend und klar. Friedlich. Fast hatte ich den Eindruck, ich selbst wäre es, die leuchtete wie eine Sternschnuppe und am nächtlichen Himmel ihre Bahn zog. Ich genoss die Hitze auf meiner Haut, die mich zu streicheln schien, sah nichts als Helligkeit und fühlte mich geborgen. Am liebsten wäre ich für immer im Licht geblieben.

Doch wenig später erlosch es genauso plötzlich, wie es erstrahlt war. Die Dunkelheit, die mir vorher so angenehm gewesen war, umschloss mich erneut, dieses Mal jedoch mit eisigem Griff, und riss mich weiter hinab in ihren Schlund. Ich fror, schlang im Fallen die Arme um meinen Körper und bemerkte im gleichen Augenblick, dass ich nicht länger allein war.

Überall um mich herum waren jetzt schemenhafte Gestalten. Und auch sie fielen. Wie menschliche Regentropfen rasten wir gemeinsam hinab. Friedend stürzten wir einem Erdboden entgegen, der von einer Sekunde zur nächsten unter uns erschienen war. Ich erkannte ein Meer von Dächern und Schornsteinen, das sich von Horizont zu Horizont erstreckte. Eine Stadt. Grau leuchtete sie mir entgegen. Doch ich verspürte keine Furcht, war seltsam teilnahmslos, wie man es nur im Traum sein konnte.

Träumte ich tatsächlich wieder?

Ich wusste es nicht, fiel einfach immer weiter. Die finstere Stadt unter mir kam unablässig näher. Straßen und Plätze schälten sich aus dem Dickicht der Häuser. Menschen waren auf ihnen unterwegs, wurden rasend schnell größer, während ich geradewegs auf das Dach eines rechteckigen Gebäudes zustürzte, schneller und schneller. Fast schon hatte ich es erreicht.

Den Aufprall erwartend, blinzelte ich, nur den Bruchteil einer Sekunde schlossen sich meine Lider. Doch im gleichen Augenblick spürte ich, wie mein Fallen abrupt endete.

Ungläubig schlug ich die Augen auf.

3
EISENHEIM

Wieder befand ich mich in diesem Raum. Ich erkannte ihn am Geruch und den Gerätschaften unter der Decke. Allerdings schwamm ich dieses Mal nicht in einer Wanne voller Nebel, sondern lag auf einer Art Trage. Und ich fühlte mich auch nicht so erstarrt wie in meinem Traum am Mittag.

Schwungvoll setzte ich mich auf und bemerkte, dass ich mit meiner Vermutung anscheinend gar nicht so falschgelegen hatte: Ich war in einer Art Labor gelandet, und zwar in einem sehr staubigen. Der Raum war klein, kaum größer als mein Zimmer. Vielleicht wirkte er aber auch nur so, vollgestopft, wie er war. Mit Ausnahme der Aussparung, die man für eine niedrige Holztür gelassen hatte, war jeder Zentimeter Wand von Regalen bedeckt, in denen sich Bücher, Tiegel, Dosen und Reagenzgläser in einem heillosen Durcheinander türmten. Dazwischen lugten Werkzeuge und seltsam geformte Metallgegenstände hervor, von denen manche verdächtig nach Skalpellen aussahen. Etwas Schleimiges schwamm in einem Einmachglas auf einem der oberen Bretter.

Ich schluckte. War das hier womöglich der Operationssaal eines

Wahnsinnigen? Meine Trage jedenfalls stand ziemlich mittig im Raum und erinnerte mich an die ledergepolsterte Liege meiner Hausärztin. Auch der Geruch sprach dafür, wobei der Staub und die Spinnweben zwischen den Regalen nicht gerade von Sterilität kündeten. Und das gedämpfte Licht, das von einer Petroleumlampe unter der Decke ausging, schien nicht unbedingt das einer Arbeitsleuchte zu sein.

Ein Schaudern durchlief meinen Körper, vor allem weil mir plötzlich auffiel, wie schal und farblos alles um mich herum wirkte. Ausgewaschen und verblichen. Was war das nur für ein seltsamer Traum? Ich sah an mir herunter und bemerkte, dass auch ich jede Farbe verloren hatte. Einen Moment lang starrte ich auf meine grauweißen Hände.

Ein lang gezogenes Quietschen ließ mich zusammenfahren, als plötzlich die schwere Tür des Labors geöffnet wurde und der alte Mann eintrat, den ich bereits in meinem letzten Traum gesehen hatte.

»Ah«, sagte er, als er mich sah. »Du bist aufgewacht.« Mit zwei raschen Schritten, die ich ihm in seinem Alter gar nicht zugetraut hätte, war er bei mir. Obwohl er mit seiner bodenlangen Robe und den buschigen Brauen nicht gerade aussah, als habe er in nächster Zeit vor, mein Gehirn zu transplantieren, wich ich zurück bis ans andere Ende der Liege.

»Wer sind Sie?«, fragte ich mit belegter Stimme.

»Du hast bestimmt Angst, Flora, das ist ganz normal. Und natürlich verstehst du nicht, was heute mit dir geschehen ist«, sagte der Mann und kam erneut näher. »Ich bin Fluvius Grindeaut und es gibt überhaupt keinen Grund, sich zu fürchten, in Ordnung?«

Ich rutschte trotzdem weiter zurück. Zu weit. Unsanft landete ich auf dem gefliesten Boden.

»Hoppla«, sagte der Mann mit dem Bart, während ich mir die schmerzende Hüfte rieb. Dass sich ein Traum so echt anfühlen konnte ...

»Was ... ist das hier? Wo ...?«, stotterte ich.

»Bitte, Flora, du musst wirklich – «

In diesem Moment, gerade als ich mich wieder aufgerappelt und dabei festgestellt hatte, dass ich statt meines Schlafanzugs eine weite dunkle Hose mit passendem Hemd und weiche Lederstiefel trug, erschien aus dem Nichts heraus eine weitere Gestalt. Von einer Sekunde zur nächsten stand sie da, kaum zwei Meter von mir entfernt. Ich erschrak, denn auch diese Person kannte ich bereits.

Es war Marian. Groß und bleich und genauso farblos wie ich sah er mich an, die Kiefer fest aufeinandergepresst. Er war ähnlich gekleidet wie ich. Betont lässig verschränkte er die Arme vor der Brust. Mit einem langen kritischen Blick musterte er mich.

»Flora?«, murmelte er misstrauisch.

Ich kniff die Augen zusammen, machte noch einen Schritt nach hinten und spürte, wie meine Schultern gegen eines der Regale stießen. Hinter meinem Rücken begann ich nach etwas zu tasten, das sich als Waffe gebrauchen ließe.

»Bitte beruhige dich, Flora. Wir werden dir alles erklären«, redete der alte Mann noch einmal in beschwörendem Tonfall auf mich ein, bevor er sich zu Marian umwandte und ihn zornig anfunkelte. »Ich hatte dir doch gesagt, du sollst nicht hier auftauchen. Nicht, bis ich mit ihr geredet habe.«

»Ich bitte um Verzeihung, Meister«, sagte Marian, während meine Hand etwas Weiches, Felliges ertastete, das mich angeekelt zurückzucken ließ. »Ich hätte nicht so lange bei ihr wachen dürfen.«

»In der Tat«, sagte der Mann und wandte sich wieder mir zu. »Komm, Flora. Wir haben viel zu besprechen und wir sollten es an einem etwas angenehmeren Ort tun.« Er öffnete die Tür und bedeutete Marian und mir, ihm zu folgen.

Zuerst zögerte ich. Ich misstraute diesen Leuten, aber ich fürchtete mich auch vor diesem finsteren Labor. Und außerdem wäre ich jetzt wirklich gerne aufgewacht. Im Vergleich zu meinem Traum am Mittag dauerte dieser hier entschieden zu lang. Ich versuchte es mit diesem alten Trick, indem ich mich selbst in den Arm kniff, aber außer dass der Schmerz sich überraschend echt anfühlte, passierte nichts.

Erwartungsvoll stand Marian in der Tür und sah mich an. »Komm schon«, sagte er. Es klang beinahe freundlich.

Mit einem Seufzen folgte ich den beiden Männern hinaus und durch einen von gräulich leuchtenden Fackeln erhellten Gang aus grob behauenem Stein, der an einem schmiedeeisernen Tor endete. Unversehens fand ich mich im Freien wieder.

Es war Nacht und wir betraten einen kleinen Platz, der von riesenhaften Wohnhäusern gesäumt wurde. Auf der gegenüberliegenden Seite erhob sich die Silhouette einer Kirche, links und rechts zweigten mehrere Gassen ab, die ich in der Dunkelheit nur erahnen konnte. Eisige Kälte schlug mir ins Gesicht, doch meine Kleidung erwies sich als erstaunlich wärmend.

»Es ist nicht weit«, sagte der alte Mann und hielt auf die Kirche zu. »Und du brauchst wirklich keine Angst zu haben.«

»In Ordnung«, sagte ich und ließ mich unauffällig ein paar Schritte zurückfallen.

»Ich werde Mafalda bitten, uns einen Tee zu kochen«, fuhr er fort und sah sich über die Schulter zu mir um, ein Lächeln auf den Lippen. Es gefror jedoch zu einer Maske, denn in diesem Moment rannte ich los.

Ich machte einfach auf dem Absatz kehrt und nahm die Beine in die Hand. Ohne zu überlegen, stürzte ich in die am nächsten gelegene Gasse.

»Warte!«, rief der Mann heiser. »Bleib hier!«

Doch ich achtete gar nicht auf ihn, rannte einfach immer weiter, ganz egal, wohin, bloß weg von diesen Leuten. Dunkel wuchsen die Häuser rechts und links neben mir empor. Nur hier und da drang ein Lichtschein aus den Fenstern und tauchte die Gasse in ein mattes Schimmern. Meine Schritte waren auf dem Kopfsteinpflaster beinahe lautlos. Ich hörte lediglich meinen eigenen fliehenden Atem und das Klopfen meines Herzens. Trotzdem spürte ich, dass ich verfolgt wurde.

Irgendwo hinter mir war Marian.

Und er holte rasch auf. Er war einfach so viel schneller als ich, schon erahnte ich einen Luftzug hinter mir.

Meine einzige Chance war die Dunkelheit. Ich konnte nur hoffen, dass es mir in der Finsternis gelang, ihn im Gewirr der

Gassen abzuhängen. Schnell schlug ich einen Haken, lief wahllos um Kurven, zwängte mich zwischen zwei Häuserwänden hindurch in eine Querstraße und dachte schon, ich hätte es geschafft. Da bemerkte ich, dass ich in einer Sackgasse gelandet war.

Mit einem Satz war Marian bei mir und umfasste meine Schultern mit eisernem Griff. Ich wehrte mich, versuchte, mich ihm zu entwinden und nach ihm zu treten, doch es war zwecklos. Dennoch gab ich nicht auf, zappelte herum, so viel ich konnte, und schrie aus Leibeskräften um Hilfe, während mir der Geruch von Holz und Harz und Erde in die Nase stieg. Wald, schoss es mir durch den Kopf.

»Hiiiiiiilfeeeeeee!«, kreischte ich.

»Beruhige dich, Flora. Niemand hat vor, dir etwas zu tun!«, rief Marian und packte mich noch ein wenig fester. »Beruhige dich!«

»Ich will mich aber nicht beruhigen«, keuchte ich. »Hilfe! Hört mich denn keiner?«

Nirgendwo rührte sich etwas.

»Bitte«, versuchte Marian es etwas freundlicher. »Wir helfen dir. Komm mit mir, ja?«, sagte er und zwang mich, ihm ins Gesicht zu sehen. »Ja?«

Ich schluckte, verwirrt, weil er so anders aussah als heute Nachmittag. Das blonde Haar hing ihm zerzaust und fast weiß in die Stirn und seine vorher grünen Augen wirkten in dieser seltsamen Stadt wie graue Murmeln. Wie glänzendes Glas. Etwas in seinem harten Blick traf mich tief in meinem Innersten, ohne dass ich es hätte fassen oder gar erklären können. Es war ein seltsam vertrautes und doch fremdes Gefühl. Der Ausdruck, der auf seinem ebenmäßigen Gesicht lag, erschütterte mich und beinahe meinte ich, so etwas wie einen Funken Zuneigung darin zu erkennen.

Aber zugleich spürte ich auch, wie ich furchtbar zornig wurde. »Was fällt dir eigentlich ein, dich zuerst in meine Familie und dann auch noch in meinen Traum einzuschleichen?«, fauchte ich und der Funke erlosch. »Ich kenne dich nicht. Ich mag dich nicht. Und ich brauche keine Hilfe, verstanden?«

Einen Augenblick lang taxierten wir uns. Dann kniff ich die Lippen zusammen, starrte betont an ihm vorbei, wartete. Ein paar Sekunden lang hielt Marian mich noch fest, dann lockerte sich sein Griff.

»Verstanden«, sagte er schließlich und ließ mich endgültig los. Abrupt wandte er sich um und ging. Ohne sich noch einmal umzusehen.

Verdattert und außer Atem sah ich ihm nach, bis er kurz darauf um die nächste Kurve verschwand. Ich war allein. Erschöpft hockte ich mich in einen Hauseingang und legte den Kopf in den Nacken. Meine Oberarme schmerzten dort, wo Marians Hände sie umfasst hatten, bestimmt bekam ich blaue Flecken. Ich seufzte. Blutergüsse von einem Traum, das war doch abstrus. Was geschah nur mit mir? Nach allem, was ich über Träume wusste, hatte ich jedenfalls nicht das Gefühl, dass dieser hier normal war. Nein, das Gegenteil war der Fall. Ich war in eine verwirrende Traumwelt geraten, die mir beinahe real erschien, obwohl ich längst zu alt war, um an Orte wie diesen zu glauben. Ich wollte auf die Uhr sehen und tastete in meiner Hosentasche nach meinem

Handy. Vergeblich natürlich, denn dies war ein Traum. Ein mieser, handyloser Traum. Eine Zeit lang blieb ich unschlüssig auf der steinernen Türschwelle sitzen. Vielleicht ist es am klügsten, einfach abzuwarten, bis ich aufwache, überlegte ich, als plötzlich etwas aus der Dunkelheit auf mich zuschoss und mich mit einem Knurren zu Boden riss.

Spitze Zähne blitzten vor meinem Gesicht auf, fauliger Atem schlug mir ins Gesicht. Es war ein Tier, da bestand kein Zweifel. Und es schnappte nach mir. Panisch wand ich mich unter dem Gewicht des Biestes, das in etwa so groß wie ein Schäferhund war, entkam den vorschnellenden Kiefern und rammte meine Faust in die Flanke des Monsters. Meine Fingerknöchel schabten über den von Hornplatten überzogenen Körper, die echsenhaften Augen des Wesens verengten sich zu Schlitzen. Erneut schnappte es nach mir. Diesmal streiften die nadelspitzen Zähne meine Schulter. Ich schrie auf, obwohl die Wunde nicht tief sein konnte. Warmes Blut sickerte in einem Rinnsal meinen Arm hinab, während das Ding auf meiner Brust sich bereit machte, meine Halsschlagader zu zerfetzen.

»Filibert! Aus! Komm her!«, ertönte eine Kinderstimme. Tatsächlich ließ das Ungeheuer augenblicklich von mir ab und trabte zu dem Mädchen hinüber, das in einen altmodischen Mantel und eine Fellmütze gehüllt am Ende der Gasse erschienen war. Ächzend rappelte ich mich auf. Als wäre es so zahm wie ein Regenwurm, strich das Monster um die Beine der Kleinen. Sie mochte vielleicht neun Jahre alt sein. Auf ihrer Stirn bildete sich eine Falte, als sie mich sah.

»Tut ... tut mir leid«, stammelte sie, sah dabei aber nicht sonderlich zerknirscht aus. »Ich habe Filibert erst seit ein paar Wochen. Aber er ist selbst für einen Drago ziemlich wild.« Sie griff in ihre Manteltasche und streckte dem Biest zu ihren Füßen die Hand hin. Der Drago, wie sie ihn genannt hatte, schien kurz zu überlegen, ob er sie abbeißen sollte, entschied sich dann aber doch, sich nur das Leckerchen zu schnappen.

»Dein Vieh da hätte mich fast umgebracht, Kleine«, stieß ich hervor und deutete auf meine Schulter. Ein dunkler Fleck von der Größe eines Handtellers hatte sich rechts über dem Schlüsselbein gebildet.

Das Mädchen tätschelte dem Ungeheuer den Kopf. »Tut mir wirklich leid. Irgendwie macht er so was andauernd«, sagte es und warf mir einen verschwörerischen Blick zu. »Meine Mutter hat gesagt, draußen vor der Stadt, wo das ewige Nichts beginnt, leben Dämonen und warten auf jeden, der sich bis dorthin wagt. Ich habe schon überlegt, ob Filibert vielleicht von so einem besessen sein könnte.« Die Kleine flüsterte jetzt. »Das wäre ganz schön cool, oder? Finden Sie nicht?« Sie grinste ein Zahnlückengrinsen.

»Geht so«, sagte ich langsam und wich zurück, als das Biest in meine Richtung sah.

»Einen besessenen Drago hat jedenfalls keiner«, meinte das Mädchen beleidigt und wandte sich um. »Filibert und ich müssen jetzt gehen. Und Ihre Schulter heilt schon wieder. Ist doch nur ein Kratzer.«

Noch immer vollkommen perplex presste ich den Finger auf

die Wunde, um die Blutung zu stillen, und sah den beiden nach, auch dann noch, als sie schon längst wieder im Gewirr der Gassen verschwunden waren. Ein Monster hatte mich angefallen und gebissen! War ich eigentlich noch gegen Tetanus geimpft? Im Geiste versuchte ich mir die Stempel in meinem Impfpass vorzustellen. Dann schüttelte ich entschieden den Kopf. Verdammt, das hier war ein Traum, mehr nicht. Einer von der beschisseneren Sorte, zugegeben. Und wie es aussah, einer, in dem ich festsaß.

Ich strich mir das Haar hinter die Ohren und hauchte in meine eisigen Hände. Ein heißer Kaffee wäre jetzt gut, dachte ich und bemerkte kaum, wie ich den Hauseingang verließ und mich aufmachte, diese Stadt zu erkunden, die mir von Moment zu Moment merkwürdiger vorkam. Ich lief los, ohne zu wissen, wohin meine Schritte mich lenken würden, und es dauerte nicht lange, bis die Stille von einem Rauschen übertönt wurde, das langsam lauter wurde. Und deutlicher. Ich näherte mich den Geräuschen, erkannte bald Stimmen, hörte Motoren und Menschen. Neugierig bog ich um die nächste Ecke und befand mich plötzlich auf einer breiten Straße, die von Gaslaternen erleuchtet wurde.

Ein bisschen kam es mir so vor, als wäre ich in einen alten Schwarz-Weiß-Film gestolpert: Zwischen Geschäften und Cafés mit Speisekarten in schnörkeliger Schrift flanierten Menschen jeden Alters. Sie alle trugen altmodische Kleidung, die Frauen schmale Kleider mit tief sitzenden Taillen und passenden Hüten, die Männer Einstecktücher und Spazierstöcke. Glänzende Oldtimer bahnten sich ihren Weg vorbei an spielenden Kindern und

Litfaßsäulen, die für Varieté- und Theatervorführungen warben. »Rue Monsieur le Coq« stand auf einem eleganten Schild an einer der Hauswände.

Andererseits bemerkte ich aber auch Dinge, die ich nie zuvor in einem solchen Film gesehen hatte. Menschen zum Beispiel, die von einer Sekunde zur nächsten aufflackerten und sich in Luft auflösten, während andere wie aus dem Nichts erschienen. Da war eine Frau, die gleich drei von diesen Ungeheuer-Hunde-Echsen Gassi führte, als wären es puschelige Haustiere. Und über den Köpfen der Leute schwebten zahlreiche Kugeln in der Größe von Fußbällen, die von innen heraus leuchteten und die farblosen Gesichter in ein sanftes Schimmern hüllten.

Langsam wanderte ich die Straße entlang, wie eine Schlafwandlerin zwischen all diesen Leuten, die mich kaum beachteten. Mein Traum hatte mich jetzt ganz und gar gefangen genommen. Ich staunte über Villen und Stadthäuser aus einer anderen Zeit, Paläste und Plätze mit Springbrunnen und Denkmälern, die mich an Kohlezeichnungen auf alten Postkarten erinnerten. Einmal wäre ich beinahe gestolpert, als ich zu meiner Linken die vertraute Silhouette des Eiffelturms erkannte, hinter der sich unverkennbar die Zwiebeltürme des Kremls erhoben.

Wenig später entfuhr mir ein erschrockener Aufschrei, als ein Lieferwagen einen Moment lang den Weg versperrte und der Oldtimer neben mir sich kurzerhand in die Luft erhob, um das Hindernis zu überfliegen. Das Auto drehte eine kleine Ehrenrunde um die Spitze eines Turmes, den ich für Big Ben gehalten hätte, wenn sich auf seiner Vorderseite anstatt der einen

Uhr nicht gleich ein Dutzend Zifferblätter befunden hätte, die allesamt unterschiedliche Uhrzeiten anzeigten. Als habe ein irrer Architekt versucht, gleichzeitig alle möglichen Zeitzonen abzubilden, überlegte ich, brach dann jedoch mitten im Gedankengang ab. Mittlerweile war es wohl besser, gar nicht erst zu versuchen zu verstehen, was vor sich ging. Träume waren nun mal nicht logisch.

So ging ich weiter und mit der Zeit wurde die Straße merklich schmaler und wieder dunkler. Es gab keine Geschäfte mehr, und wenn, dann waren die Schaufenster mit Brettern vernagelt. Die Häuser wurden hässlicher, verfallener. Der Kaffee, den ich hatte trinken wollen, fiel mir wieder ein, jetzt, da die Cafés weit hinter mir lagen. Immer weniger Menschen waren unterwegs und schließlich war ich allein.

Dafür schlug mir nun der Geruch von heißem Öl und Abgasen entgegen. Um mich herum erhoben sich nach und nach Fabrikhallen und Schornsteine aller Art, aus denen schwarzer Qualm quoll, um sich wie Gewitterwolken an den lichtlosen Himmel zu heften. In der Ferne erkannte ich einen Förderturm, der mich an den der Zeche Zollverein erinnerte, die wir letztes Jahr mit unserem Geschichtskurs besucht hatten. Anscheinend war ich im örtlichen Industriegebiet gelandet.

Trotzdem kehrte ich nicht um. Etwas, ein unbestimmtes Gefühl, zog mich weiter hinein in diese triste Gegend, bis ich schließlich auf einen Platz trat, über den dicke Nebelschwaden waberten. Feucht und grau hingen sie über dem schmutzigen Kopfsteinpflaster und nahmen mir die Sicht. Nur schemenhaft erkannte ich deshalb die Menschen, die in langen Reihen hintereinander hermarschierten. Sie wirkten abgekämpft, verhärmt. Und es waren so viele! Gesichtslos zogen Männer, Frauen und Kinder an mir vorbei. Eingehüllt in Lumpen und Erschöpfung strömten sie auf die Tore der Fabriken rings um den Platz zu, die sie dunklen Schlünden gleich zu verschlingen schienen, ihre Schritte ein einmütiges Schlurfen.

Langsam bahnte ich mir meinen Weg zwischen den Arbeitern hindurch. Ihre müden Augen schienen mich nicht einmal zu registrieren. Ich hingegen erkannte mehr und mehr Einzelheiten, eingefallene Wangen, knochige Schultern. Und das Gesicht eines Mädchens!

»Lena!«, rief ich verwundert, als ein Mädchen mit buschigen Brauen und Akne sich an mir vorbeischob. Das war eindeutig Lena aus meiner Klasse! Doch sie reagierte gar nicht, blickte nicht einmal auf. »Lena! Warte doch mal, ich …«

Es war ein Fehler. Meine Stimme hallte über den Platz und die trägen Schritte hinweg, als hätte ich in ein Megafon gesprochen. Über mir zerriss ein Wiehern die Nacht und ich begriff, dass mein Mundwerk mal wieder schneller als mein Verstand gewesen war. Jemand war auf mich aufmerksam geworden. Jemand, der ganz und gar nicht so klang, als wolle er mich nur höflich bitten, das Werksgelände zu verlassen.

»Da! Da ist wer, ein Mädchen!«, rief jemand außerhalb meines Blickfeldes. Ich legte den Kopf in den Nacken und staunte.

»Haltet sie! Lasst sie nicht entkommen!«, forderte eine männliche Stimme irgendwo weiter oben.

»Ich übernehme das«, antwortete eine andere, während ich mich bemühte, mich aus meiner Erstarrung zu lösen. Zu fasziniert war ich von dem, was sich in der Höhe über dem Platz abspielte, von den Wesen, die dort ihre Kreise zogen.

Zuerst sah ich nur die Hufe des riesenhaften Pferdes, das sich schwarz glänzend aus dem Himmel schälte. Dann erkannte ich die mächtigen Schwingen. Seidig hoben und senkten sie sich in der Dunkelheit, während der meterlange Schweif in der Nachtluft wehte. Beinahe elegant lenkte der Reiter, ein Mann mit Backenbart und Zylinder, das Tier durch die Luft, gab ihm die Sporen und wies es an, auf mich herabzustürzen wie ein Raubvogel. Ich fühlte, wie die glühenden Augen des Pferdes mich fixierten.

Endlich rannte ich los.

Zum zweiten Mal in dieser Nacht ergriff ich die Flucht. Blind wand ich mich zwischen den Arbeitern hindurch, drängte sie zur Seite und spürte, wie sich die Lücken hinter mir gleich wieder schlossen. Unmöglich zu sagen, ob die Leute mir helfen wollten oder schlicht so schnell wie möglich wieder ihre Plätze einnahmen wie zurückschnellende Gummibänder. In diesem Moment war es mir aber auch egal.

Das pechschwarze Ross flog jetzt direkt über die Köpfe der Menschen hinweg, wieherte kreischend. Ich duckte mich, stürzte voran. Gleich hatte ich das Ende des Platzes erreicht. Die von den mächtigen Flügelschlägen aufgewirbelte Luft wehte mir die Haare ins Gesicht. Einen Moment lang sah ich gar nichts mehr, nur die Finsternis. Dann bemerkte ich neben mir eine weitere Gestalt. Ein Mann, abgemagert und schmutzig, rannte mit mir durch die Menge.

»Jetzt oder nie!«, keuchte er. »Ich habe es satt, für einen Hungerlohn in diesem Dreckloch zu schuften.«

»Stehen bleiben«, rief der Reiter über uns.

»Niemals!« Der Mann beschleunigte noch einmal, zog an mir vorbei und …

… lief einem zweiten geflügelten Pferd genau vor die Hufe. Ich erkannte noch, wie das Wesen den Kopf senkte. Das im nächsten Augenblick ertönende Knirschen jagte mir einen Schauer über den Rücken. Der Mann schrie auf. Dann das Geräusch eines Körpers, der auf dem Kopfsteinpflaster aufschlug. Und Flügelschläge. So nah! Ich spürte heißen Atem in meinem Nacken. Aber da, war das nicht das Ende des Platzes? Blind stürzte ich in die nächstbeste Gasse. Es war kaum mehr als ein Spalt zwischen zwei Fabrikhallen, der mich rettete. Noch war mein Verfolger mir auf den Fersen, doch der Durchgang war zu schmal und zwang Reiter und Pferd wieder in die Höhe.

»Wo ist sie?«, rief jemand zornig. »Haben Sie sie etwa verloren?«

»Nein, gleich hier unten …« Die Stimme brach ab, denn ich hatte mich in die finstere Nische unter einer Betontreppe geworfen. Unsanft landete ich auf meinen Knien, während die Flügelschläge leiser wurden, sich hoffentlich entfernten.

»Uups«, flüsterte jemand direkt neben mir.

Ich zuckte zusammen. Mit einem Satz wirbelte ich herum und wäre vor Schreck beinahe wieder aus meinem Versteck herausgesprungen. Der Geruch eines ungewaschenen Körpers stieg mir in die Nase. Vor mir erkannte ich das Gesicht eines Mannes. Es wirkte teigig und starrte vor Dreck, genauso wie die zerschlissene Jacke und die Hose, deren linkes Bein über dem Knie abgeschnitten und zugenäht worden war, weil Schenkel und Fuß darunter fehlten. Halb saß der Mann, halb lag er. Sein Kopf war ein wenig zu groß für seinen mageren Körper und an manchen Stellen kahl, als habe ihm jemand ganze Büschel seines borstigen Haares ausgerissen. Er machte einen erbärmlichen Eindruck, doch er lächelte, als wäre er zur Abwechslung mal jemand, der mich nicht umbringen wollte.

»Guten Abend, die Dame«, sagte er und gab sich zerknirscht: »Hätten Sie Ihren Besuch in meiner bescheidenen Behausung doch angekündigt, jetzt habe ich nichts, was ich Ihnen anbieten kann. Nichts als Asche natürlich. Feinste frische Asche zwar, aber doch nicht jedermanns Geschmack.« Mit einer flinken Handbewegung klaubte er etwas Pulvriges vom Boden auf und ließ es sich in den Mund rieseln. »Ich persönlich finde sie ja vorzüglich«, nuschelte er kauend. »Es gibt nichts Besseres.«

»Äh«, sagte ich.

»Oh, verzeihen Sie«, rief er, wischte sich die Hand an der Jacke ab und streckte sie mir entgegen. »Mein Name ist Barnabas.«

Zögernd schüttelte ich die noch immer schmutzige und, wie mir auffiel, eiskalte Hand. »Äh, Flora«, stammelte ich. »Ich heiße Flora.«

»Angenehm.«

Ich schwieg und lauschte einen Moment lang, ob das fliegende Pferd zurückkehrte. Doch alles blieb still.

»Keine Angst«, sagte Barnabas, der meinen Blick auffing. »Die haben jetzt genug mit dem Schichtwechsel zu tun. Fürs Erste sind wir hier in Sicherheit.«

Erleichtert ließ ich mich gegen die Wand sinken und betrachtete meine Umgebung genauer. Der Raum war größer, als ich zuerst angenommen hatte, im hinteren Teil erkannte ich einen Haufen Lumpen, der dem Bettler (für einen solchen hielt ich ihn jedenfalls) anscheinend als Schlafplatz diente. Der gesamte Boden war von einer fingerdicken Ascheschicht überzogen.

»Wohnen Sie hier?«, fragte ich.

»Mehr oder weniger. Eher weniger«, meinte Barnabas.

Ich nickte, während er sich eine weitere Handvoll Asche in den Mund schob und diese genüsslich verzehrte.

»Und Sie, meine Dame? Was treibt Sie hierher?«, fragte er und leckte sich die Finger ab.

Tja, was trieb mich hierher? Was war dieses »Hier« überhaupt? Ich schlang die Arme um die Knie und starrte auf die grauschwarze Unterseite der Treppe, die das Dach unseres Verstecks bildete.

»Ich … weiß es nicht«, sagte ich schließlich ehrlich. »Das ist, glaube ich, einer meiner Träume, der zweite, um genau zu sein. Ich bin eingeschlafen und war plötzlich in dieser Stadt und –«

»Verstehe«, fiel mir Barnabas ins Wort und verschränkte die Arme vor der Brust. »Sie sind neu.« Einen Moment lang schien er nachzudenken, dann bedachte er mich mit einem seltsamen Blick. Ich spürte, wie er meine Kleidung musterte, anscheinend etwas bemerkte, was ihm bisher nicht aufgefallen war. Ein lauernder Ausdruck huschte über sein Gesicht, nur ganz kurz.

Schon lächelte er wieder. »Als Sie hier ankamen, hat Sie da denn niemand erwartet?«, erkundigte er sich freundlich.

Ich biss mir auf die Lippe. War Weglaufen etwa ein Fehler gewesen? Ich wusste es nicht, ich hatte das Gefühl, ohnehin viel zu wenig zu wissen. Marians Gesicht erschien vor meinem inneren Auge, bleich und hart. »Wir helfen dir«, hatte er gesagt. Dabei brauchte ich gar keine Hilfe. Oder etwa doch? Nein, das alles war schließlich nur ein Traum. Ein blöder, gruseliger Traum, aus dem ich früher oder später aufwachen würde.

»Oh«, sagte Barnabas. Er deutete mein Schweigen anscheinend falsch. »Nun, das kann schon passieren. Manchmal kommt es in den Minen, wie soll ich sagen ...« Der Bettler räusperte sich. »Es kommt zu Unfällen mit ihr. Und in seltenen Fällen bemerken die Aufseher nicht, dass ein Arbeiter dabei aufgeweckt wurde.«

»Unfälle womit?«, fragte ich. »Und aufgeweckt? Was soll das heißen?«

Barnabas' Lächeln wurde breiter, doch mir fiel auf, dass es seine Augen nicht erreichte. Noch einmal schüttelte er meine Hand, dieses Mal mit deutlich festerem Händedruck. »Willkommen«, sagte er feierlich. »Willkommen im Reich der Schatten, in Eisenheim, der Stadt der wandernden Seelen.«

4
FINSTERE JÄGER

Wandernde Seelen, dachte ich noch, da riss mich ein durchdringendes Piepsen aus dem Schlaf. Mein Wecker? Konnte das sein? Das Geräusch kam mir ohne Zweifel bekannt vor. Und es wurde lauter. Vor mir sah ich verschwommen das Gesicht des Bettlers, der mir zum Abschied zunickte, dann schlug ich die Augen auf und lag in meinem Bett. Fassungslos starrte ich an die Zimmerdecke.

Einen Moment lang war ich zu perplex, um den fiependen Wecker auszuschalten, der mittlerweile ein Theater veranstaltete, als wäre er kurz davor zu explodieren. Dann gelang es mir aber doch und mit der plötzlichen Stille brachen wahre Gedankenstürme über mich herein. War ich jetzt in Sicherheit? Hatte ich das alles überhaupt wirklich gesehen und erlebt? Der alte Mann, Marian, die Stadt, das fliegende Auto, der Ölgeruch, die geflügelten Pferde, der Bettler … Ich konnte es mir nicht vorstellen, immerhin war ich nun wieder hier, zu Hause in meinem Zimmer. Doch alles hatte sich so echt angefühlt, nicht unlogisch zusammenfantasiert. Und hörte man so etwas nicht öfter? Wiebke hatte erst neulich davon erzählt, wie sie als Kind geträumt hatte, fliegen zu können. Das war ihr damals so wirklich vorgekommen, dass sie es anschließend mit einem Sprung vom Gartenhäuschen ausprobiert (und sich den rechten Arm gebrochen) hatte. Irgendwie hatte ich trotzdem das Gefühl, mein Traum wäre etwas Besonderes gewesen. Anders als normale Träume.

Verstohlen betastete ich die Stelle an meiner Schulter, an der mich Filibert, die Monsterechse, erwischt hatte, und fühlte mich gleich besser. Denn dort war absolut nichts. Nicht einmal die Spur eines Kratzers. Ich atmete auf. Alles war wie immer. Ein ganz normaler Tag. Schon hörte ich Christabel mit energischen Schritten in Richtung Badezimmer stapfen und im Zimmer meines Vaters schien sich etwas zu regen. Höchste Zeit, dass auch ich aufstand. Es kostete mich enorme Willenskraft, die Decke zurückzuschlagen und in meine Pantoffeln zu schlüpfen. Alles ist wie immer, sagte ich mir noch einmal. Das hier ist ein ganz normaler Morgen.

Dennoch zögerlicher als sonst machte ich mich auf den Weg in die Küche, wo ich ein Chaos vorfand, wie wir es lange nicht mehr gehabt hatten. Tomatensoße klebte auf Ceranfeld und Fußboden und natürlich hatte niemand die Töpfe und Teller vom Abendessen abgeräumt. Aber das war ja auch schon seit Jahren meine Aufgabe, ich wunderte mich also gar nicht mehr, sondern schaltete das Radio und die Kaffeemaschine ein und machte mich daran, die Spülmaschine zu beladen.

»Verdammt!«, hörte ich meinen Vater kurz darauf wie jeden Morgen im Wohnzimmer fluchen. Bewaffnet mit Handfeger und Kehrblech ging ich zu ihm und fegte das Fischfutter zurück in die

Dose, die er heute neben der Heizung hatte fallen lassen. Meistens glitt sie ihm schon beim ersten Becken aus der Hand, dass er es bis hierhin geschafft hatte, war ein gutes Zeichen. Er hatte anscheinend nicht den größten Teil der Nacht wach gelegen und Sudokus gelöst, wie er es sonst häufig tat, wenn er nicht einschlafen konnte.

»Wir müssen mal neues besorgen«, sagte ich mit einem kritischen Blick auf all die Fusseln zwischen den braunen und orangefarbenen Fitzeln des Futters. Wir hatten es mittlerweile schon so oft vom Boden aufgeklaubt, dass mehr Staub als Futter in der Dose war. Nicht sehr appetitlich, das fanden wohl auch die Clownfische, die das an der Wasseroberfläche treibende Gemisch misstrauisch beäugten. »Langsam nehmen sie es dir übel, Papa.«

»Mhm«, machte mein Vater und ließ sich in seinen Sessel fallen. Gerade noch rechtzeitig rettete ich seine Brille von der Sitzfläche. »Danke, Flora«, seufzte er und schloss die Augen. Obwohl er gerade erst aufgestanden war, brauchte er bereits die erste Pause des Tages. Erschöpft legte er den Kopf in den Nacken.

Wiebke war bis heute überzeugt, dass mein Vater ein absoluter Morgenmuffel war. Seit er uns in der Grundschule mal um sieben Uhr morgens zum Sportfest gefahren hatte und dabei achtmal falsch abgebogen war, beharrte sie auf dieser Meinung (na ja, zwischendurch fing sie immer mal wieder von ihrer Theorie einer Entführung durch Aliens an, die meinen Vater in einen von ihnen verwandelt haben sollten).

Aber ich wusste es besser. Mein Vater war kein Morgenmuffel und auch kein Außerirdischer. Er war er und immer so wie jetzt,

24 Stunden am Tag. Denn ihm haftete etwas an, was dafür sorgte, dass ihn schon die einfachsten Dinge des Alltags schlicht überforderten. Wenn er einen Vortrag über die Pflege von Seeanemonen hielt, mochte er die Kompetenz in Person sein, doch wenn es um die Bedienung des Backofens ging, schien sein Verstand zu verlöschen wie das Licht einer Kerze. Es grenzte an ein Wunder, dass er die Nudeln hinbekommen hatte.

»Ich hole dir erst mal einen Kaffee«, erklärte ich.

Mein Vater nickte schwach und wirkte dabei trotz seiner beachtlichen Körpergröße beinahe zerbrechlich. Als wäre er aus Papier und nicht aus Fleisch und Blut. Ein Mann aus Pergament, der ausgeschnitten, angemalt und zurechtgefaltet worden ist und nun versucht, ein Mensch zu sein, dachte ich und trat in den Flur, wo ich gerade noch Christabel begegnete. Sie war kaum geschminkt und trug bereits ihren Mantel und altmodische Pumps. Es war Freitag, da ging sie zum Sport.

»Ach, guten Morgen, Engelchen«, sagte sie und deutete im Gehen auf den gefüllten Thermokaffeebecher in ihrer Hand. »Danke. Ich muss los.«

»Bis später«, sagte ich, während Christabel mitsamt ihrer enormen Krokoledertasche verschwand, aus der ein Zipfel ihres Karateanzugs hervorlugte. Zurück in der Küche befüllte ich meinem Vater ebenfalls einen solchen Becher und brachte ihn ins Wohnzimmer. Auch für mich wurde es nun langsam Zeit. Doch als ich ins Bad gehen wollte, bemerkte ich, dass dieses bereits wieder besetzt war. Von drinnen war das Plätschern der Dusche zu hören. Marian!, schoss es mir durch den Kopf. Natürlich, er wohnte immer noch bei uns, ich hatte gar nicht mehr daran gedacht. Fremde gab es bei uns schließlich nicht. Und dass einer von ihnen unser Bad benutzte, war mir bis gestern noch ungefähr so wahrscheinlich erschienen wie ein Meteoriteneinschlag in unserem Hinterhof. Mein morgendlicher Zeitplan war darauf einfach nicht abgestimmt.

»Ey, da drin!« Ich hämmerte gegen die Tür. »Beeil dich mal ein bisschen.«

Leider schien Marian meine Bitte nicht zu verstehen. Oder fünfzehn Minuten zu duschen war das, was er unter schnell verstand. Jedenfalls dauerte es viel zu lange, bis er in einer Wolke aus Fichtennadelduschgelduft aus dem Bad kam. Ich konnte mir gerade noch das Gesicht waschen und die Zähne putzen, so ein Mist. Ich würde mich im Bus kämmen und darauf hoffen müssen, mein Haar auch ohne Spiegel einigermaßen bändigen zu können. Vor allem bei einer gewissen Stirnlocke war ich mir nicht so sicher, ob es klappen würde, aber ich hatte keine andere Wahl. Rasch schlüpfte ich in Turnschuhe und Jacke, griff meinen Rucksack und rannte auch schon durch das Treppenhaus nach unten.

Erst auf der Straße bemerkte ich, dass Marian es mir nachgetan hatte, als er plötzlich neben mir auftauchte. Eine Weile liefen wir nebeneinanderher und ich wünschte mir, er würde sich in Luft auflösen. Nach meinem Traum letzte Nacht machte mich seine Anwesenheit nervös.

»Ist es weit bis zur Schule?«, fragte er schließlich.

Ich nickte knapp und versuchte, mir nicht anmerken zu lassen, wie geschockt ich war. Marian war ein Austauschschüler, er kam mit zur Schule, klar. Wieso hatte ich nicht daran gedacht? Irgendwie funktionierte mein Gehirn heute nicht richtig. Vielleicht, weil mir die schwarz-weiße Stadt nicht aus dem Kopf ging. Oder weil ich meinte, hinter jeder Mülltonne und in jedem Hauseingang weitere Schatten zu sehen. Erst im Bus wurde ich ruhiger, wenn auch nur ein wenig. Das vertraute Dröhnen des Motors, die Gesichter der anderen Fahrgäste und der Geruch der staubigen Sitze gaben mir das Gefühl, alles sei wie immer.

Alles bis auf Marian natürlich, der mir gegenübersaß und seelenruhig einen Liter Vollmilch direkt aus eben dem Karton trank, der bis vor ein paar Minuten noch neben dem Orangensaft in unserem Kühlschrank gestanden hatte. Wirklich dreist, dass er sich einfach bedient hat, überlegte ich. Doch als der Bus kurz darauf durch ein Schlagloch donnerte und so für einen ansehnlichen Milchfleck auf Marians Sweatshirt sorgte, fand ich es schon ein bisschen weniger schlimm. Die ersten Sonnenstrahlen fielen durch das Fenster auf mein Gesicht, und während Marian an seinem Pullover herumrieb, fiel mir zum ersten Mal auf, dass es ein Mensch war, der dort vor mir saß.

Bisher hatte ich ihn lediglich als unsympathischen Störfaktor wahrgenommen. Marian, der ungebetene Gast, der auf einem Klappbett im Arbeitszimmer schlafen sollte. Marian, der mich bis in meinen Traum hinein verfolgt hatte. Marian, der das Bad besetzte. Doch er war kein Ding. Er war ein Junge. Nein, eigentlich war er ein Mann. Im Tageslicht betrachtet schätzte ich ihn eher auf zwanzig als auf siebzehn, vielleicht sogar noch älter? Und er wirkte seltsam verhalten. Noch immer rieb er über den Stoff seines Sweatshirts, obwohl der Fleck kaum noch zu sehen war. Seinen Bewegungen wohnte eine unterschwellige Energie inne.

Seine Hände waren groß und schwielig, das sah ich jetzt. Beinahe schon aggressiv bearbeiteten sie den Stoff und erweckten dabei zugleich den Eindruck, behutsam zu sein. Ja, Marian selbst, sogar die Art, wie er saß, wirkte behutsam. Vorsichtig, kontrolliert. Beinahe perfekt balancierte er das Schaukeln des Busses aus, bleich und gerade, wie eine Statue aus weißem Marmor. Plötzlich fragte ich mich, wie er sich fühlte, so ganz allein in einem fremden Land und mit einer Gastfamilie, die diesen Namen eigentlich gar nicht verdiente. Wir hatten ihm wahrlich keinen freundlichen Empfang bereitet. Besonders ich nicht.

»Lass gut sein«, sagte ich. »Wenn man es nicht weiß, fällt es gar nicht auf.«

Er hielt inne und hob den Kopf. »Meinst du?«, fragte er. Im Blick seiner grünen Augen lag etwas, was mir gestern noch gar nicht aufgefallen war, etwas Dunkles, Gehetztes. Etwas, was nichts mit meinem bisherigen Verhalten oder etwas so Banalem wie dem Gefühl, fremd zu sein, zu tun hatte. Doch nicht seine Augen waren es, die mich in ihren Bann zogen, sondern seine Lippen. Der Schwung seiner Oberlippe löste etwas in mir aus. Ein warmes Gefühl. Es war ... die Erinnerung an einen Kuss! Nein, das konnte nicht sein. Hatte ich das gerade wirklich gedacht? Ich zwang mich, aus dem Fenster zu sehen. Was auch immer mit mir los war, allmählich begann ich mir ernsthafte Sorgen zu machen. Das mit der Hirnkrankheit erschien mir jedenfalls immer weniger abwegig. Meine Güte, warum konnte dieser Morgen nicht einfach normal sein? Ich schluckte und bemerkte, dass Marian mich anstarrte. Er wartete auf eine Antwort.

»Äh, klar«, murmelte ich und warf ihm einen Seitenblick zu. Plötzlich machte mich seine Gegenwart nervös. »Du ... kommst also aus Südfinnland, ja?«, versuchte ich die peinliche Stille zu durchbrechen.

Er nickte. »Zuletzt war ich auf einem Internat in der Nähe von Helsinki.« Sein Akzent klang hart und doch seltsam melodisch.

»Hast du dort so gut Deutsch gelernt?«

»Nein, das konnte ich schon vorher. Meine Pflegeeltern sind deutsche Diplomaten. Zu Hause haben wir eigentlich immer deutsch gesprochen, und wenn wir im Ausland gelebt haben, war ich meistens auf einer deutschen Schule.«

Pflegeeltern? »Ach so. Was ist mit deinen richtigen Eltern?«, fragte ich so taktlos, dass ich mir im nächsten Augenblick am liebsten die Zunge abgebissen hätte. Das Blut schoss mir in die Wangen. »Ich meine, du musst natürlich nicht darüber reden. Es wird schon einen Grund haben, dass du ... ich meine ...«

Mit einem Mal grinste er mich an. »Schon gut, ich weiß, du trägst dein Herz auf der Zunge«, sagte er und wirkte amüsiert und fasziniert zugleich. »Allerdings habe ich noch nie gesehen, wie du rot geworden bist. Das lässt dich so lebendig aussehen.«

Ich runzelte die Stirn. »Natürlich hast du das noch nie gesehen. Wir kennen uns erst seit gestern. Und wir müssen hier übrigens aussteigen.«

»Mhm«, machte Marian und betrachtete noch einen Wimpernschlag lang meine linke Wange. Dann stand er auf.

Gemeinsam warteten wir am Hauptbahnhof auf die U-Bahn, in der Wiebke und Linus saßen. Ich wippte auf den Zehen auf und ab, weil mir schon wieder ein bisschen kalt war. Ein paarmal spürte ich, wie Marian mich musterte, dann räusperte er sich plötzlich.

»Hör mal, wegen letzter Nacht«, begann er und ich spürte, wie der winzige Funke aufkeimender Freundschaft, den ich eben noch empfunden hatte, mit einem Schlag verpuffte. Ein Eisklumpen bildete sich in meiner Magengegend. Letzte Nacht? Ich starrte ihn an. »Ich ... wollte dich nicht erschrecken«, sagte er und rieb sich über das Kinn. »Und ich hätte dich nicht einfach festhalten dürfen. Das war ... ich habe nicht richtig nachgedacht. Entschuldige bitte.«

Die Anzeigetafel kündigte die Ankunft der U-Bahn an. Schon war das Zischen der Räder auf den Gleisen zu hören, die Oberleitung knackte und der Zug brauste um die Ecke. Erst als sich die Türen vor uns öffneten und ich dahinter Wiebkes dunklen Schopf erkannte, gelang es mir, meine versteinerte Zunge vom Gaumen zu lösen.

»Ich habe keine Ahnung, wovon du redest«, sagte ich kühl. »Letzte Nacht habe ich geschlafen wie ein Stein.«

»Aber – «, sagte Marian.

Ich ließ ihn nicht ausreden. Was immer er mir zu sagen hatte, mein Verstand weigerte sich, ihm zuzuhören. So schnell ich konnte, stieg ich in den Zug und begrüßte Wiebke und Linus, als sei alles in Ordnung. Für einen Augenblick hoffte ich, Marian sei am Bahnsteig zurückgeblieben. Doch er war direkt hinter mir und natürlich setzte er sich zu uns. Mit knappen Worten stellte ich die drei einander vor und versuchte, dabei möglichst lässig zu klingen, was mir anscheinend nicht besonders gut gelang. Jedenfalls wirkten die Zwillinge genauso wenig erfreut über die neue Bekanntschaft, wie ich es war. Ich fasse es nicht, sagte der Blick, den Wiebke mir über den schwarzen Plastikrand ihrer Brille hinweg zuwarf.

»Marian?«, murmelte Linus gedehnt und saugte an seinem Lippenpiercing. Er hatte sich in seinem Sitz aufgerichtet, wohl um mit Marian auf Augenhöhe zu sein. Denn dieser war nicht nur bedeutend breitschultriger als er, sondern auch einen ganzen Kopf größer. »Das ist doch kein finnischer Name.«

»Meine Eltern haben neun Monate vor meiner Geburt in Spanien Urlaub gemacht«, erklärte Marian und meinte damit diesmal höchstwahrscheinlich seine richtigen Eltern. Ich hütete mich jedoch, dies zu bemerken. »Am Cap de Begur an der Costa Brava. Die Reise hat ihnen anscheinend so gut gefallen, dass sie mir gleich einen spanischen Vornamen verpasst haben.«

»Ah«, brummte Linus. »Hey, Flora, deine Haare sehen aus, als hättest du in eine Steckdose gefasst.«

Dieser erhellenden Unterhaltung hatte anscheinend niemand etwas hinzuzufügen. Etwa drei Stationen lang schwiegen wir, während ich mit meinem Pony kämpfte. Dann stieß Lavinia zu uns und begann, Linus mit einem Bericht über irgendeinen neuen Actionfilm ein Ohr abzukauen. Als hoffe sie, er käme auf die Idee, sie zu fragen, ob sie gemeinsam ins Kino gehen würden. Zum Glück tat er es nicht. Überhaupt tat er den ganzen Weg über gar nichts mehr, außer Marian mit einem finsteren Blick zu mustern, während Wiebke sich aufmunternd bei mir einhakte.

»Ein Austauschschüler? Jetzt ist dein Vater wohl endgültig durchgedreht«, wisperte sie und ich nickte heftig.

Allzu durchgedreht war mein Vater allerdings wohl doch nicht. Zumindest schien Marians Auftauchen in Essen seine Richtigkeit zu haben, denn unsere Mathelehrerin Frau Brunner war bereits vollkommen im Bilde. Gleich zu Beginn der ersten Stunde ließ sie Marian nach vorne kommen, gab ihm seine Bücher und einen Stundenplan und stellte ihn der Klasse vor, bevor sie ihm den einzigen freien Platz ganz hinten in der letzten Reihe zuwies. Direkt neben Lavinia. Der Blick, mit dem diese ihren neuen Sitznachbarn willkommen hieß, verriet, dass sie wohl auch ihn gerne zu einem Kinobesuch überredet hätte. Schwungvoll warf sie ihr Haar über die Schulter und schob ihr Heft mit den Matheaufgaben in die Mitte des Tisches.

»Sie lässt nichts anbrennen, das muss man ihr lassen«, meinte Wiebke und lächelte ihr katzenhaftes Lächeln. »Hoffen wir, dass er sie auch mag, vielleicht lässt sie uns dann endlich in Ruhe.«

»Schön wär's«, sagte ich und wandte mich wieder nach vorn, wo Frau Brunner die erste Aufgabe an die Tafel schrieb. Alles ist wie immer, dachte ich und schlug mein Mathebuch auf.

Tatsächlich verlief der Vormittag ruhig und so normal wie an jedem Freitag. Wenigstens bis zur großen Pause. Erst hatten wir Mathe, dann Deutsch bei Herrn Bachmann, der uns stolz das neue Thema Expressionistische Dichtung präsentierte, welches, nun ja, auch nicht gerade Begeisterungsstürme auslöste, aber immerhin eine Abwechslung zu den *Buddenbrooks* darstellte. Die ganze Zeit über meldete Marian sich kein einziges Mal und so kam es, dass ich ihn schon beinahe vergessen hatte, als es zur Pause schellte und Wiebke und ich uns im Strom der Schüler auf den Schulhof hinausschoben.

Wiebke konnte es wie immer gar nicht abwarten, endlich ins Freie zu kommen, doch als ich auf dem Gang einen karottenroten Schopf ausmachte, lenkten mich meine Schritte wie von selbst wieder ein paar Meter zurück in Richtung Klassenzimmer.

»Hast du was vergessen?«, fragte Wiebke.

Ich schüttelte den Kopf und drängte mich durch eine Traube Fünftklässler mit bunt bedruckten Schultornistern. Dann stand ich vor ihr und erntete als Erstes einen geringschätzigen Blick. Jetzt, bei Tag und in Farbe, sah Lena ganz anders aus als in meinem Traum. Die Aknenarben waren die gleichen, doch ihre Wangen wirkten überhaupt nicht eingefallen und auch ihre Haut war nicht fahl, sondern glänzte unter einer dicken Schicht Make-up. Anstelle von Lumpen trug Lena Jeans und ein teures Poloshirt mit aufgestelltem Kragen.

Sie musterte mich von oben herab. »Ist was?«

Einen Herzschlag lang überlegte ich, ob ich etwas sagen, sie nach der Sache auf dem Platz heute Nacht fragen sollte. Doch es erschien mir einfach zu lächerlich. Ich habe von dir geträumt. Nein, das konnte ich unmöglich sagen. Zumal Lena und ich nicht gerade Freundinnen waren. Lena hatte sich nämlich im Laufe der Jahre angewöhnt, im Unterricht stets genau das, was jemand anderes vor ihr gesagt hatte, in ihren eigenen Worten zu wiederholen, eine Taktik, die ihr zwar gute Noten, aber reihenweise genervte Mitschüler eingebracht hatte. Seit der Siebten machte ich mir einen Spaß daraus, ihr in jeder Diskussion zu widersprechen. Aus Prinzip.

Auf dem Flur lieferten wir uns heute allerdings alles andere als ein Wortgefecht. Mit einem genuschelten »Nö, ich dachte bloß, hinter dir säße eine Spinne an der Wand« wandte ich mich ab und ließ mich von Wiebke nach draußen ziehen.

Es war ein überraschend warmer Herbsttag und wir breiteten unsere Jacken an unserem Lieblingsplatz in der hintersten Ecke des Schulgartens aus und setzten uns darauf. Halb verborgen hinter Hecken und Bäumen konnte man hier wunderbar reden. Nur äußerst selten verirrte sich jemand hierher, vielleicht weil Wiebke und ich diesen Platz, an dem es so herrlich nach Moos und Gräsern roch, bereits seit sechs Jahren für uns beanspruchten.

Den Rücken gegen den Stamm einer Linde gelehnt, berichtete ich Wiebke, wie genau ich meine Familie gestern zu Hause vorgefunden hatte. Den Schatten in der Küche und meinen seltsamen Traum behielt ich allerdings lieber für mich. Irgendetwas sagte mir, dass es besser wäre, Wiebke in dem Glauben zu lassen, ich hätte gestern tatsächlich Kreislaufprobleme gehabt. Es war komisch, normalerweise erzählten wir uns alles. Aber diese Schatten-Traum-Sache hatte mittlerweile etwas so Reales angenommen, dass es geradezu unheimlich war. Das Ganze war nichts, was man mit einer Freundin analysieren und ausdiskutieren sollte, das spürte ich.

»Und dann haben sie ihm ein Klappbett im Arbeitszimmer aufgestellt«, sagte ich.

»Das ist doch verrückt«, unterbrach Wiebke zum fünften Mal meine Erzählung. »Keine Fremden in der Wohnung, das Gesetz gilt bei euch so uneingeschränkt wie eine päpstliche Bulle im Mittelalter.«

»Ja«, sagte ich. »Genau.«

»Das ist absolut verrückt.«

Eine Weile zerbrachen wir uns den Kopf darüber, was zu diesem plötzlichen Sinneswandel meines Vaters geführt haben mochte. Aber außer bewusstseinserweiternden Drogen, der altbekannten Alientheorie oder einem richtig harten Schlag auf den Kopf fiel uns nichts ein. Schließlich gaben wir es auf und Wiebke kramte stattdessen ihren Hello-Kitty-Terminkalender hervor. Er hatte ein grauenvolles Glitzercover und stammte aus New York, wo Wiebkes Familie im Sommer Verwandte besucht hatte. Passend dazu zückte Wiebke einen Kugelschreiber mit Plüschüberzug und einem Federbüschel am Ende. Alles in Rosa natürlich.

»Wir sollten mal überlegen, was wir dieses Wochenende unternehmen. Wenn ich das richtig sehe, ist es das letzte vor Probenbeginn. Hast du dich jetzt eigentlich endlich entschieden?«, fragte sie.

Ich schüttelte den Kopf. Wie jedes Jahr hatte unsere Ballettgruppe am Vortanzen für das Weihnachtsmärchen des Aalto-Theaters teilgenommen. *Der Nussknacker* stand auf dem Programm, und während Wiebke für die Solorolle einer aufziehbaren Puppe ausgewählt worden war, wollte man mich wieder in den Chor der Mäuse stecken. Wegen der Größe. Noch immer rang ich mit mir, ob ich es wirklich mit meinem Stolz vereinbaren konnte, mit ausgepolstertem Bauch und einem Kopf aus Pappmaschee inmitten einer Horde Elfjähriger über die Bühne zu hüpfen. Mit dreizehn war das noch irgendwie okay gewesen, mit fünfzehn schon ein bisschen peinlich. Aber jetzt? Jetzt erschien es mir lächerlich.

»Wahrscheinlich sage ich ab«, erklärte ich. »Tut mir leid.«

Auf Wiebkes Gesicht machte sich Enttäuschung breit. »Das wäre schade.«

»Ja«, sagte ich. Immerhin waren wir bisher immer zusammen zu den Proben gegangen. Jahr für Jahr hatten wir gemeinsam den Aufführungen entgegengefiebert und uns gegenseitig bei den Schrittkombinationen geholfen. Und dann der Moment, in dem sich der Vorhang hob! Ich würde das alles vermissen. Aber ich wollte keine kleine Maus sein. Punkt.

»Also, was wollen wir morgen machen?«, kam ich auf das eigentliche Thema zurück. »Irgendwelche Vorschläge?«

»Shoppen und DVD-Nacht bei mir?«

»Filmegucken klingt gut, aber Einkaufen?« Ich schnitt eine Grimasse, Wiebke jedoch zupfte schon mit spitzen Fingern an meinem Pulli herum.

»Ach, komm schon, du brauchst dringend neue Klamotten. Ich berate dich auch.« Sie setzte ihren Hundeblick auf. »Biiiiitteeee!«

»Ich weiß nicht.« Wenn ich mir Wiebkes Barbie-Shirt und ihre pinkfarbene Jeans so ansah, zweifelte ich doch arg an ihren Fähigkeiten als Stilberaterin. Andererseits konnte ich wirklich eine neue Hose vertragen. Erst letzte Woche hatte ich meine Lieblingsjeans entsorgen müssen, weil sie mittlerweile aus mehr Löchern als Nähten bestanden hatte. Und ohne Wiebke würde ich mich wahrscheinlich nie dazu aufraffen, ins Einkaufszentrum zu gehen.

Ich seufzte. »Na gut. Aber ich suche die Filme aus.«

Wiebke strahlte mich an und zuckte im nächsten Moment erschrocken zusammen. Etwas raschelte. Eine Falte bildete sich auf ihrer Stirn.

»Was ...«, begann sie. Die Hecke vor uns bewegte sich, knackte. Einige Blätter segelten zu Boden. Zweige erzitterten. Dann brach plötzlich Marians bleiche Gestalt dazwischen hervor und stürzte uns entgegen.

»Weg da!«, keuchte er und warf sich auf uns wie ein geistesgestörter Rugbyspieler.

»Aua!«, rief ich, als seine Schulter mich hart an der Schläfe traf und ich gegen Wiebke geschleudert wurde. Gemeinsam flogen wir in den Schatten der Gartenmauer, deren rauer Putz mir Handrücken und Ellenbogen aufschürfte. Sofort war Marian wieder auf den Beinen und baute sich vor uns auf, als wolle er uns beschützen. Seine Schultern bebten vor Anspannung. Ich bemerkte eine Bewegung aus dem Augenwinkel und die Härchen an meinen Armen richteten sich auf. Ein Knistern hatte sich über den Schulgarten gelegt, als wäre die Welt um uns herum mit einem Mal ein überdehntes Gummiband kurz vor dem Reißen.

Dann sah ich den Schatten.

Schon wieder.

Er war groß und schwarz, aber nicht länger formlos, im Gegenteil. Entsetzt erkannte ich eines der geflügelten Pferde aus meinem Traum, das mit glühenden Augen wie ein lebendiges schwarzes Loch aus dem Himmel herabstürzte und an eben der Stelle seine Hufe in den Boden rammte, wo wir gerade noch gesessen hatten. Ein schattenhafter Mann mit Zylinder saß auf seinem Rücken und wandte mit abgehackten Bewegungen den Kopf in alle Richtungen, als suche er etwas. Oder jemanden. Mir wurde kalt vor Angst. Die Konturen von Pferd und Reiter zuckten, ihre Gestalten flimmerten wie bei einem schlecht eingestellten Fernsehsignal.

Wie konnte das sein? Was passierte hier? Ich zitterte, war unfähig, mich zu rühren. Anders als Wiebke, die sich vollkommen unbeeindruckt zeigte. Wutentbrannt sprang sie auf.

»Sag mal, spinnst du?«, fauchte sie und klopfte sich den Schmutz von der Hose. Doch Marian reagierte nicht. Noch immer wandte er uns den Rücken zu, stand mit ausgebreiteten Armen zwischen uns und dem Schattenpferd, wie ein menschlicher Schutzschild.

»Idiot«, murmelte Wiebke und reichte mir die Hand, um mir aufzuhelfen.

Doch ich regte mich nicht. Zu sehr zog das, was hier im Schulgarten geschah, mich in seinen Bann. Schnaubend stand das Pferd da, während Marians Gestalt dunkler wurde. Ein flirrender Schatten hatte sich um seine Züge gelegt und dann geschah das Unglaubliche: Marian verdoppelte sich. Das heißt, nein, vielmehr tat sein Schatten einen Schritt nach vorn, dunkel und flackernd, und begann leise auf den Reiter einzureden, der sich im Sattel ein Stück zu ihm herunterbeugte. Der echte Marian stand weiterhin wie ein Fels vor uns, gleichzeitig klopfte ein schwärzlich flimmernder Marian dem Pferd den Hals. Mir wurde schwindelig.

»Los, Flora, lass uns von hier verschwinden«, sagte Wiebke, die von alldem nicht das Geringste mitzubekommen schien, und zog an meinem Arm. »Der Typ hat sie doch nicht mehr alle. Stürzt sich auf uns und erstarrt dann zur Salzsäule. Hallo? Hörst du mir überhaupt zu?«

Ich zwang mich, meinen Blick von den Schattengestalten zu lösen. »Ich ...«, begann ich mit belegter Stimme. »Äh ... ich komme gleich. Geh du ruhig schon mal vor.«

Wiebke senkte die Stimme. »Dein Austauschschüler ist ein Psychopath, auf keinen Fall lasse ich dich mit dem allein.«

»Ja«, sagte ich. Marians Schatten verschmolz wieder mit seinem Körper. »Vielleicht. Aber ich glaube, ich sollte trotzdem kurz mal mit ihm reden, von Gastschwester zu Gastbruder sozusagen.«

Hinter den Gläsern ihrer Brille verengten sich Wiebkes Augen zu sorgenvollen Schlitzen. »Aber wenn du in fünf Minuten nicht da bist, dann komme ich und rette dich«, drohte sie und machte sich auf den Weg in Richtung Toiletten, vermutlich um die Grasflecken auf ihrer Hose auszuwaschen.

Unter der Linde gab der Schattenreiter seinem Pferd derweil die Sporen, woraufhin es die mächtigen Schwingen entfaltete und mit drei kräftigen Schlägen abhob. Fassungslos beobachtete ich, wie es in den Himmel entschwand. Auch Marian, der nun wieder in einfacher Ausführung dastand, hatte den Kopf in den Nacken gelegt. Eine halbe Ewigkeit lang blickten wir beide dem Schattenpferd nach, obwohl es längst nicht mehr zu sehen war. Dann wandte er sich endlich um.

»Möchtest du jetzt vielleicht über letzte Nacht sprechen?«

»Was war das gerade?«, flüsterte ich.

Marian ließ sich neben mir an der Mauer nieder. »Das war ein Späher, ein Schattenreiter«, erklärte er. »Es gibt eine ganze Armee von ihnen. Ihr oberster Befehlshaber hat sie ausgeschickt, um nach dir zu suchen.«

Nur die Hälfte seiner Worte erreichte meinen Verstand. »Nach mir? Warum? Ich meine, ich habe gerade den Schatten eines fliegenden Pferdes gesehen. Und du bist auch … und … ich hatte davon geträumt«, stammelte ich, unfähig, einen klaren Gedanken zu fassen. »Hast du das alles auch gesehen?«

»Hör zu«, sagte Marian ernst. »Gestern Nacht ist etwas mit dir geschehen. Etwas hat sich verändert. Deine Träume haben sich verändert.«

Ich nickte, zu verwirrt, um mich über das kleine selbstgefällige Lächeln zu ärgern, das über Marians Gesicht huschte, bevor er weitersprach.

»Hast du dich nicht schon mal gefragt, was mit dem Bewusstsein der Menschen geschieht, wenn sie schlafen?«, fragte er.

»Bisher nicht. Man macht die Augen zu und ruht sich aus. Man schläft einfach, oder?« Schlaf war für mich immer so etwas wie schwarze Zeit gewesen. Ein dunkles Nichts.

Marian legte den Kopf auf seine angewinkelten Knie und rupfte gedankenverloren ein Büschel Gras aus dem Boden. »Nicht ganz. Was du gesagt hast, stimmt für unsere Körper, sie ruhen sich aus und schöpfen neue Kraft, wenn wir schlafen. Aber unsere Seelen tun das nicht. Wenn der Körper ruht, ist die Seele frei und wandert hinüber in die Welt der Schatten.«

»Eisenheim«, wisperte ich. »Die Stadt der wandernden Seelen.«

»Genau. Heute Nacht hast du es zum ersten Mal bewusst miterlebt. Die Seelen aller Menschen wandern, Nacht für Nacht finden sie sich in der dunklen Metropole ein. Doch es gibt nur wenige Wandernde wie uns, die es bemerken. Die meisten Leute schlafen und träumen einfach. Wir nennen sie Schlafende. Sie haben keine Ahnung, was ihre Seelen in Eisenheim tun, denn sie erinnern sich nicht. Bis gestern war es bei dir ebenso.«

Mein Kopf schwirrte. Also war mein Traum doch etwas Besonderes gewesen. Er war echt gewesen! Die ganze Zeit über hatte ich es geahnt, doch noch immer mochte ich es nicht so recht glauben. Ein ganzer Wust von Fragen lag mir auf der Zunge. Was war diese Schattenwelt? Wo lag sie, was geschah in dem Moment, in dem ich einschlief? Und vor allem: Warum passierte all das ausgerechnet mir? Doch das Klingeln der Schulglocke verkündete bereits das Ende der Pause und so begann ich mit dem Naheliegendsten. »Heißt das, ich werde von jetzt an immer, wenn ich einschlafe, in dieser komischen Stadt landen?«

Marian nickte. »Alle Seelen *landen* dort, Nacht für Nacht. Auch deine hat das schon seit deiner Geburt getan. Doch seit gestern bist du eine Wandernde und deshalb wirst du es von nun an immer miterleben und dich daran erinnern.«

Trotz wallte in mir auf und bildete einen heißen Knoten in meiner Kehle. Dieses dämliche Eisenheim konnte mir gestohlen bleiben. Mein Leben war doch gut so, wie es war. »Und wenn ich das gar nicht will?«

»Es gibt kein Zurück. Von jetzt an wirst du wandern und auch in dieser Welt die Schatten der Wandernden erkennen können. Von nun an können Schattenwesen wie der Reiter dir auch in dieser Welt etwas anhaben.«

»Nein!«, rief ich. »Warum? Warum ich?«

»Es geht nicht anders, Flora. Der Späher gerade, weißt du, was er wollte? Er wollte dich«, sagte Marian. »Jemand aus der Schattenwelt hat es auf dich abgesehen. Deswegen wurdest du zur Wandernden. Nur deswegen hat Christabel mich zu euch geholt, damit ich auf dich aufpassen und dich beschützen kann.«

»Christabel ist auch eine ...« Ich brach ab.

»Sie gehört zu uns, zu den Wandernden, ja.«

»Und wieso ist dieser Monsterreiter hinter mir her?«

Marian öffnete den Mund, um zu antworten, doch in diesem Augenblick kam Wiebke zurück.

»Flora! Wo bleibst du denn? Wir müssen zum Unterricht«, rief sie schon von Weitem.

»Ich bin zu euch gezogen, um dich zu beschützen, Flora, und das werde ich auch tun. Den Späher gerade habe ich fürs Erste abgewimmelt. Im Schatten konnte er dich nicht sehen, also mach dir keine Sorgen. Den Rest erkläre ich dir nachher«, sagte Marian rasch.

Ich nickte und bückte mich nach den beiden Jacken, die noch immer ausgebreitet unter der Linde lagen. Dass ein riesiges Pferd darauf gelandet war, sah man ihnen nicht an.

5
SCHLAFWANDERUNG

An diesem Abend war ich müde. Unser Sportlehrer Herr Wilhelms hatte uns den Nachmittag über das extremste Training seit Wochen absolvieren lassen. Denn momentan spielten wir im Unterricht Hockey und unglücklicherweise hatte sich herausgestellt, dass Marian auf seinem Internat in Finnland einem recht ambitionierten Eishockeyteam angehört hatte. Wir spielten hier ja ganz normal in der Turnhalle und mit diesen Sicherheitsschlägern, die wie riesenhafte Wattestäbchen aussahen, doch Marian, der selbst mit einem solchen Ding in der Hand und ohne Helm, Schulterpolster und Schlittschuhe gefährlich aussah, hatte Herrn Wilhelms anscheinend tief beeindruckt. Ebenso wie den größten Teil der Mädchen in unserem Kurs, die bei Marians geschmeidigen Bewegungen und den sich unter seinem T-Shirt abzeichnenden Muskeln abwechselnd in Verzückung geraten oder in albernes Gekicher ausgebrochen waren.

»Wie gackernde Hühner«, hatte Wiebke gemeint und mich zur Seite gezogen. »Aber süß ist er schon. Bloß leider ein Psychopath.«

Ich hatte antworten wollen, dass er vielleicht doch nicht so gestört war, wie sie annahm, doch dazu hatte mir die Atemluft gefehlt.

Jedenfalls hatten wir in den drei aufeinanderfolgenden Stunden Sport erst mehrere Spiele machen und anschließend ein Zirkeltraining XXL absolvieren müssen, weil Herr Wilhelms anscheinend beweisen wollte, dass auch er etwas von echtem Hockey verstand. Obwohl ich eigentlich ein sportlicher Typ war, hatte ich mich am Ende des Unterrichts vollkommen gerädert gefühlt. Schon den ganzen Abend über brannten meine Augen vor Müdigkeit.

Doch nun, da ich in meinem Bett lag, fiel mir das Einschlafen schwer, viel zu schwer. Denn ich war nervös. Und ich fürchtete mich. Obwohl Marian mir ganz genau erklärt hatte, was ich tun musste, sobald ich in Eisenheim angekommen wäre, zitterte ich, brachte es nicht über mich, die Augen zu schließen. Allein der Gedanke daran, erneut im freien Fall auf die Dächer der Stadt zuzustürzen, sorgte dafür, dass ich mich hellwach fühlte.

Unruhig warf ich mich in meinem Bett hin und her, fand jede Position unbequem und verfing mich immer wieder in meiner Decke. Nicht einmal ein paar Seiten zu lesen, half mir. Und nach eineinhalb Stunden begriff ich auch, warum: Ich wollte nicht wieder zurück in diese unwirtliche Schattenstadt und der Gedanke, es nicht verhindern zu können, machte mich wütend. Ich war es schon lange gewohnt, meine eigenen Entscheidungen zu treffen, so gut wie erwachsen, mein eigener Herr. Und wenn ich nicht dorthin wollte, dann musste ich auch nicht. Punkt. Vielleicht sollte ich einfach die Nacht durchmachen, überlegte ich, steckte mir die Kopfhörer meines iPods in die Ohren und drehte die Lautstärke hoch.

Eine Weile funktionierte es, aber irgendwann passierte es doch. Wieder sog der Schlaf mich in sich auf. Wieder begann ich zu fallen. Erst durch vollkommene Schwärze, dann durch das gleißende Licht, das mich erneut viel zu früh in die Kälte entließ. Eisiger Wind zerrte an meinen Kleidern und Haaren.

Unvermittelt schälten sich die Dächer Eisenheims aus der Dunkelheit. Rasend schnell stürzte ich ihnen entgegen und wieder fiel ich nicht allein, bemerkte aus dem Augenwinkel weitere Gestalten neben mir. Andere Seelen. Unter mir erkannte ich die Fabriken und den Förderturm, dazwischen den Platz, auf dem sich in der letzten Nacht die Arbeiter gedrängt hatten. Schlotbaron wurde dieser Teil der Stadt genannt, hatte Marian mir erklärt.

Ich blinzelte.

»Da sind Sie ja wieder. Guten Abend«, sagte Barnabas, kaum dass ich die Augen aufgeschlagen hatte. »Da hat aber jemand ganz schön lange wach gelegen«, stellte er grinsend fest.

»Hallo«, grummelte ich und setzte mich ächzend auf. Wieder saß ich auf dem aschebedeckten Boden unter der Treppe und war, nun ja, peinlich berührt. Marian hatte mich vorgewarnt, die Seele kehrte immer an den Ort zurück, wo sie zuletzt gewesen war. Aber irgendwie fühlte es sich doch komischer an, als ich gedacht hatte. Was sagte man denn so, wenn man sich gerade aus dem Nichts heraus unter einer Treppe materialisiert hatte? War es für die anderen Wandernden normal, dass neben ihnen urplötzlich Leute auftauchten?

Der Bettler sah mich erwartungsvoll an. »Ich hoffe, Sie haben einen angenehmen Tag in Ihrer Heimat verlebt?«, erkundigte er sich. »Ein langer war es wohl auf jeden Fall. Ich rechne schon seit drei Stunden mit Ihrer Ankunft.«

»Ja, einigermaßen angenehm«, sagte ich und fragte mich, ob nicht auch Marian schon länger auf mich wartete, um mich zu seinen Leuten zu bringen. Bestimmt. Immerhin hatte die Digitalanzeige meines Weckers bereits auf 2.15 Uhr gestanden, als ich zum letzten Mal daraufgesehen hatte. Sicher war er lange vor mir eingeschlafen. Und nun, da ich doch wieder hergekommen war, sollte ich ihn wohl besser treffen, wenn ich nicht an der nächsten Ecke erneut von irgendeinem Monster angefallen werden wollte.

»Leider muss ich jetzt gehen«, sagte ich deshalb. »Ich bin verabredet.«

Barnabas hob erstaunt eine borstige Augenbraue. »Ach, dann ist die Dame also nicht mehr so ratlos wie gestern?«

»Nein. Zumindest weiß ich jetzt, von wem ich ein paar Erklärungen bekommen kann«, sagte ich und erhob mich umständlich aus der Enge des Verschlags. »Also dann, auf, äh ... Wiedersehen.«

»Oh, nicht so schnell«, rief Barnabas. »Warten Sie, ich möchte Ihnen etwas schenken.« Aus der Tasche seines speckigen Mantels kramte er einen Gegenstand hervor, silbern und nicht länger als mein Finger. »Das hier wird Sie beschützen. Es hat mir in meinem Leben viel Glück gebracht, doch nun bin ich alt und brauche es nicht mehr«, erklärte er und reichte mir das sichelförmige Metall. Es war glatt und kalt, ein schmuckloser kleiner Bogen, der schwer in meiner Hand lag. Zum einen Ende hin ein wenig verstärkt, sodass er sich in meine Hand schmiegte, als wäre er nur dafür gemacht worden, um von mir gehalten zu werden.

»Was ist das?«

»Es wird Sie beschützen«, wiederholte Barnabas und zog sich in die Ecke zurück, in der sich sein Bett aus Lumpen befand. »Ihr Besuch in meinem bescheidenen Heim hat mich sehr geehrt. Leben Sie wohl.«

»Also dann …«, murmelte ich, schob das Geschenk des Bettlers in die Tasche der dunklen Hose, die ich gestern bereits getragen hatte, und trat in die Gasse hinaus. Mein erster Blick galt dem Himmel, der nackt und vollkommen pferdeleer über den Fabriken hing. Zum Glück. Auch Menschen waren nirgendwo zu sehen, genau wie Marian es mir prophezeit hatte. Ich atmete auf und setzte mich in Bewegung. Also war ich gestern tatsächlich mitten in einen Schichtwechsel geraten. Die Erinnerung an die verhärmten Gestalten huschte durch meine Gedanken. Jetzt hingegen schienen alle bei der Arbeit oder zu Hause zu sein.

Trotzdem wäre es unklug gewesen, den großen Platz noch einmal zu überqueren, denn er wurde Tag und Nacht bewacht. Auf keinen Fall wollte ich in die Hände dieser unheimlichen Reiter fallen, ich war schließlich nicht lebensmüde. Marian hatte mir eingeschärft, stattdessen in die genau entgegengesetzte Richtung zu gehen, bis ich den Krawoster Grund, die Kolonie der Arbeiter, erreichte, zu der anscheinend alle Gassen und Straßen des

Industriegebiets früher oder später führten. Dort würden wir uns treffen.

Umhüllt von Dunkelheit und Stille machte ich mich auf den Weg, Kilometer um Kilometer, so kam es mir vor, hörte ich nur meine eigenen Schritte zwischen Schornsteinen und fensterlosen Hallen, Fördertürmen und Halden. Die ganze Zeit über begegnete ich nicht einer Menschenseele. Fast befürchtete ich schon, ich hätte mich erneut in dieser gespenstischen Stadt verlaufen, da erkannte ich vor mir plötzlich die geduckten Häuser der Arbeiter. Kaum mehr als Baracken waren es, aufgereiht wie hässliche Perlen an einer Kette klebten sie in der Senke eines Tales, das sich zu meinen Füßen entfaltete wie ein schmutziger Teppich. Es waren unzählige. Ich wandte den Kopf, doch weder zu meiner Linken noch zu meiner Rechten konnte ich das Ende der Siedlung ausmachen. Nur vor mir sah ich in der Ferne das Band eines Flusses. Die Straße wurde breiter, aber dafür unbefestigter. Zu beiden Seiten säumten Abwassergräben den Weg, aus denen ein fauliger Geruch kroch, der eine Horde magerer Kinder in Lumpen jedoch nicht davon abzuhalten schien, Staudämme in der Brühe zu errichten, während ihre Eltern in den Fabriken schufteten.

Ein Stück weiter erkannte ich endlich Marians hellen Schopf. Die Arme hinter dem Kopf verschränkt, lehnte er an einer windschiefen Wand. Eine graue Gestalt in einer grauen Welt.

»Da bist du ja«, unterbrach er seine Unterhaltung mit einer knochigen Frau, die daraufhin auffallend hastig in einem der Häuser verschwand. »Ich dachte schon, du hättest es dir anders überlegt.«

Noch immer hing mein Blick an den im Unrat spielenden Kindern. Fast alle von ihnen liefen barfuß herum, trotz der Kälte und des Schmutzes.

»Sie sind arm«, sagte Marian, der anscheinend ahnte, was in mir vorging, und zog mich mit sich. »Aber es stört sie nicht, glaub mir. Komm, wir müssen uns beeilen. Alle warten schon auf uns.«

»Es *stört* sie nicht?« Ich stolperte neben ihm her, während ich mich über die Schulter immer wieder umsah. Gerade krabbelte ein Kleinkind zu nah an den Graben heran und fiel kopfüber hinein. Lachend fischten die Älteren es wieder heraus.

»Sie sind Schlafende, okay? Alle Arbeiter sind Schlafende, sie erinnern sich nicht. In den Bergwerken zu ackern und hier zu leben, macht ihnen nichts aus, denn sie bemerken es ja nicht einmal.« Er beschleunigte seine Schritte, sodass ich Mühe hatte mitzuhalten. »Natürlich heißt das noch lange nicht, dass es deswegen in Ordnung ist. Niemand sollte ausgebeutet werden, selbst dann nicht, wenn er nichts davon mitbekommt«, sagte er. »Aber leider denken nicht alle Wandernden so. Der Großmeister, ein paar andere ... Seit Jahren kämpfen wir für eine bessere Behandlung der Schlafenden, doch der Weg ist noch weit.«

»Verstehe«, murmelte ich, obwohl das nicht der Fall war.

»Nein, tust du nicht«, seufzte auch Marian und ging wieder ein wenig langsamer. Seine Muskeln zuckten, als koste es ihn Kraft, nicht einfach loszulaufen. Wir mussten wirklich spät dran sein. Doch ich war einfach nicht in der Lage, schneller zu gehen. Meine Füße fühlten sich an wie Bleiklumpen und meine Gedanken kamen kaum nach, alles, was ich sah, zu erfassen.

»Tut mir leid, ich vergesse immer wieder, wie wenig du bisher weißt«, sagte Marian schließlich. »Eigentlich soll ich dich ja nur zu unserem Großmeister bringen, damit er dir alles erklären kann. Aber ich glaube, das Grundsätzliche kann nicht länger warten. Also pass auf: Alles, was du hier siehst, die ganze Schattenwelt, besteht aus einem Stoff, den wir Dunkle Materie nennen. Vielleicht hast du schon einmal davon gehört, Dunkle Materie, daraus sind auch schwarze Löcher gemacht. Am einfachsten ist es, wenn du dir vorstellst, dass Eisenheim hier auch so etwas wie ein schwarzes Loch ist, das wir alle tief in unserem Bewusstsein tragen. Ein Ort, der außerhalb der realen Welt liegt. Ein schwarzes Loch eben.«

»Okay«, sagte ich langsam.

»Die Dunkle Materie ist natürlich etwas anderes als die Materie, aus der die reale Welt gemacht ist. Und deshalb hat sie auch andere Eigenschaften. Zum Beispiel ist sie farblos, es gibt nur Graustufen. Überhaupt ist alles ein bisschen anders. Obwohl wir aus allen Teilen der Welt stammen und die unterschiedlichsten Sprachen sprechen, können wir einander innerhalb Eisenheims verstehen. Und die Naturgesetze sind anders, flexibler.«

Ich dachte an das fliegende Auto, während Marian irgendwas von Isaac Newtons Apfel sagte, der in der Schattenwelt nicht einfach zu Boden plumpsen, sondern vorher eine kleine Spirale drehen würde. In Physik war ich noch nie besonders gut gewesen, vor allem, weil ich mich überhaupt nicht dafür interessierte.

»Ja, gut«, unterbrach ich Marians Wortschwall. »Weißt du, die Naturgesetze hier unten sind gerade nicht mein größtes Problem.

Ich meine, alle Seelen wandern hierhin, aber manche, also die Schlafenden, müssen für die anderen arbeiten?«

»Na ja, die Stadt lebt von der Dunklen Materie, aus ihr wird alles gemacht, aus ihr gewinnen wir auch unsere Energie, die wir übrigens Dunkle Energie nennen, welche der kosmologischen Konstante entspricht und dafür sorgt, dass wir Licht und Strom und Wärme haben und die Manufakturen – «

»Die Schlafenden«, beharrte ich.

»Die Schlafenden bauen die Dunkle Materie unterirdisch ab und erledigen auch alle anderen Arbeiten für uns. Wir brauchen die Dunkle Materie, deshalb sind wir auf die Schlafenden angewiesen und sie kennen es ja auch nicht anders«, erklärte er und seufzte. »Manche Dinge sind, wie sie sind, und Eisenheim ist kein friedlicher Ort, an dem man sie ändern könnte.«

Wir hatten die Arbeiterkolonie mittlerweile hinter uns gelassen und steuerten nun auf das metallene Gerüst einer Brücke zu, die sich über einen Fluss wölbte. Die Häuser am gegenüberliegenden Ufer machten schon von Weitem einen deutlich geräumigeren und luxuriöseren Eindruck.

»Heißt das, *alle* Schlafenden arbeiten für die Wandernden?« Ich versuchte mir vorzustellen, wie viele Menschen das sein mochten. Wenn die Seelen der gesamten Weltbevölkerung Nacht für Nacht hierherkamen (und es gab nur einige Tausend Wandernde, wie Marian mir am Nachmittag erklärt hatte), dann musste es eine unvorstellbar große Gruppe sein, mehrere Milliarden. Sicher viele Leute, die ich kannte. Vielleicht auch mein Vater? Und Wiebke? Linus? Ein Gefühl, als wäre mein Gehirn ein nasser Tafelschwamm, der in meinem Kopf herumrutschte, ließ mich schwanken.

»Vermutlich alle, genau wissen wir es nicht, es tauchen immer wieder mal welche von ihnen ganz woanders auf. So wie du zum Beispiel.«

»Ich?« Wir waren auf dem höchsten Punkt des Brückenbogens stehen geblieben. Die Adern auf Marians Händen traten hervor, so fest umfasste er das Geländer, als er weitersprach.

»Ach, Flora, das ist alles furchtbar kompliziert. Wie ich schon sagte: Deine Seele lebt seit Jahren in der Schattenwelt, nur eben als Schlafende. Seit einigen Monaten hat deine Seele bei uns im Hauptquartier gewohnt, wir wissen nicht genau, von wo aus Eisenheim du stammst. Anscheinend warst du keine Arbeiterin, bevor du zu uns kamst. Und du und ich …« Er lächelte wehmütig und umklammerte das Brückengeländer noch eine Spur fester, bevor er weitersprach. »Aber das ist jetzt nicht wichtig. Der Großmeister kann dir alles viel besser erklären. Was passiert ist und warum wir deine Entscheidung, eine Wandernde zu werden, akzeptieren mussten.«

»Meine Entscheidung?« Der Schwamm in meinem Kopf verwandelte sich in einen Felsbrocken, der drohte, mich zu Boden zu reißen.

»Alles zu seiner Zeit«, sagte Marian und grinste plötzlich. »Denk nicht weiter darüber nach, du wirst diese Welt schon noch früh genug verstehen. Ach, das hier gehört übrigens dir.«

Er öffnete seine Jacke und im selben Moment schwebte eine der ballgroßen Kugeln daraus hervor, die ich bereits auf der Rue

Monsieur le Coq hatte herumfliegen sehen. Auch diese Kugel leuchtete von innen heraus und glitt wie von selbst zu mir herüber. Eine Handbreit vor meinem Gesicht blieb sie stehen und hüllte mich in einen sanften Schimmer. Ich erkannte, dass sich die Oberfläche der Kugel bewegte, als bestünde sie aus Flüssigkeit. Unwillkürlich streckte ich die Hand danach aus, um sie zu berühren.

»Nicht«, rief Marian erschrocken. Ich hielt in meiner Bewegung inne. »Das ist ein Heliometer. Unter der Magmakruste herrschen über tausend Grad.«

»Ein Heliometer?«, fragte ich, den Blick noch immer fest auf die Kugel gerichtet, von der nicht die geringste Hitze ausging.

»Viele Wandernde haben eins«, erläuterte Marian. »Die Dinger sind nämlich ganz praktisch. Ich selber mag die Kleinen ja nicht so sehr und komme auch ganz gut ohne zurecht. Aber wie dir vielleicht schon aufgefallen ist, liegt über Eisenheim ewige Nacht. Ein Heliometer ist so etwas wie eine persönliche kleine Sonne, die dir überallhin folgt. Und wenn du genau hinsiehst, wirst du erkennen, dass ihr Licht einen Hauch wärmer ist, als es in einer farblosen Welt der Fall sein dürfte. Im Schimmer der Heliometer sehen wir also etwas weniger wie lebendige Leichen aus.« Er grinste schon wieder. »Dein Exemplar hört übrigens auf den Namen Sieben, die letzte Ziffer seiner Seriennummer.«

»Äh, hallo, Sieben«, sagte ich zu der Kugel vor meinem Gesicht und kam mir dabei ziemlich dämlich vor. Das Licht des Heliometers glomm eine Sekunde lang zu einem Gleißen auf, dann schwebte es ein Stück weiter nach oben und blieb irgendwo über meinem Kopf in der Luft hängen. »Ist es ein ... ich meine, *lebt es*?«, flüsterte ich.

Marian schüttelte den Kopf. »Nein, aber es reagiert auf deine Befehle, wird zum Beispiel heller oder dunkler, wenn du es möchtest, oder wartet auf dich, wenn du mal ... allein sein möchtest.« Er zwinkerte mir zu. »So. Und jetzt begeben wir beide uns erst mal in luftige Höhen. Dann weißt du auch, wie ich das mit der Schwerkraft vorhin meinte.«

Wie Marian »das mit der Schwerkraft« gemeint hatte, sollte ich tatsächlich schon kurz darauf erfahren. Und es behagte mir gar nicht.

Auf der anderen Seite des Flusses angekommen, führte Marian mich auf einen belebten Platz, in dessen Mitte ein Turm in die Höhe ragte, der der Form nach an eine riesige Muschel erinnerte. In die Windungen des Gesteins war eine Treppe eingelassen, die zu einer Plattform hinaufführte. Männer, Frauen und Kinder in altmodischer Kleidung stiegen hinauf und hinab, während zwei gigantische Zeppeline ihre Kreise um die Spitze des Turmes zogen. Ihre silbrigen Hüllen glommen im Licht der Gaslaternen und herumschwirrenden Heliometer, das dumpfe Dröhnen der Motoren hallte von den Häuserwänden wider. Gerade tauchte ein dritter Zeppelin am Himmel auf. Er war kleiner und windschnittiger als die anderen beiden, besaß eine schwarz lackierte Außenhaut und fegte mit einer solchen Geschwindigkeit über den Platz hinweg, dass der Muschelturm erzitterte.

Ich staunte.

»Die Luftschiffe sind so was wie unsere U-Bahnen, sie halten an

Sturmdornen wie diesem, überall in der Stadt. Damit sind wir im Handumdrehen am Ziel«, sagte Marian, machte jedoch keinerlei Anstalten, sich dem Haltestellenturm zu nähern. Stattdessen zog er mich in den Schatten eines viktorianischen Stadthauses, vor dem sich ein Mann mit einem Leierkasten postiert hatte und ein Lied über eine in einem Turm gefangene Fürstentochter zum Besten gab.

Marian legte den Kopf in den Nacken. »Siehst du die beiden Seile dort?« Er deutete auf das Heck des Zeppelins, dessen Ruder sich etwa dreißig Meter über unseren Köpfen befand. Ich kniff die Augen zusammen und erkannte tatsächlich zwei Seile, die dort herabbaumelten.

»Das sind unsere Plätze«, verkündete Marian und sprang.

Einfach so.

Aus dem Stand.

Soweit ich es erkennen konnte, ging er nicht einmal in die Hocke, um Schwung zu holen. Dennoch schnellte er im nächsten Augenblick mehrere Meter in die Höhe, ganz so, als habe er sich von einem Trampolin abgestoßen. Von einem großen Trampolin. Ungläubig sah ich, wie er auf dem Sims eines Fensters zwischenlandete, um sich sogleich weiter an der Fassade des Hauses emporzuschwingen und kurz darauf mit einem Hechtsprung das hintere der beiden Seile zu erreichen. Mit einem Winken bedeutete er mir, es ihm gleichzutun.

Sieben schwebte ein Stück in die Höhe, doch ich rührte mich natürlich nicht von der Stelle, ich dachte gar nicht daran. Auf keinen Fall würde ich wie ein Flummi herumspringen, ob es nun möglich war oder nicht. Allein der Gedanke, was passieren würde, wenn ich das Seil verfehlte! Marian winkte noch immer. Ich verschränkte die Arme vor der Brust, betrachtete aufmerksam das Muster des Kopfsteinpflasters.

»Flora!«, rief Marian, als er eine Minute später wieder neben mir landete. Sein Haar war zerzaust, die Wangen wirkten dunkler, gerötet, nur dass sie eben nicht rot, sondern grau waren. »Es ist wirklich ganz einfach, komm schon.« Er streckte mir die Hand entgegen, als wolle er mir helfen. Doch ich nahm sie nicht.

»Nein.« Ich schüttelte den Kopf. »Hast du mal geguckt, wie hoch das ist? Das ist Wahnsinn. Bist du lebensmüde?«

Marian winkte ab. »Quatsch, ich hab's dir doch gesagt: Die Schwerkraft ist hier ganz anders. Es macht Spaß.«

»Ach, und warum steigen alle anderen ganz normal die Treppe hinauf und benutzen die Passagiergondel?«

»Na ja, ein bisschen gefährlich ist es schon«, gab Marian zu. »Aber das ist doch egal. Vertrau mir einfach, du kannst es. Früher, als Schlafende, warst du nie so ein Angsthase.«

»Meine Seele hat sich freiwillig an so ein Seil geklammert?«

Marian zuckte mit den Achseln. »Ehrlich gesagt hast du diese Art des Reisens erfunden. Dafür bin ich dir übrigens immer noch dankbar.« Er sah mich erwartungsvoll an. »Also, was sagst du?«

»Blödsinn«, entfuhr es mir. »Ich bin ja nicht mal schwindelfrei. Niemals hüpfe ich da hinauf. Es ist gefährlich und dumm und albern.«

»Aber –«

Zehn Minuten später teilten wir uns eine der gusseisernen

Bänke, die sich zu beiden Seiten eines schmalen Mittelgangs in der Passagiergondel drängten. Nach meinem langen Marsch durch das Industriegebiet tat es gut zu sitzen und auch Marians enttäuschtes Schweigen war mir nicht unwillkommen.

Leider dauerte es nicht allzu lange an. Kaum hatte er bemerkt, dass mein Blick aus dem Fenster und über die Dächer der Stadt schweifte, da setzte er auch schon zu einer weiteren Erklärung an: »Eisenheim besteht aus fünfeinhalb Stadtteilen. Da hinten, dort wo die Schornsteine in den Himmel ragen, das ist Schlotbaron, das Industriegebiet mit der angrenzenden Arbeiterkolonie im Krawoster Grund und den im Qualm verborgenen Horsten der Schattenpferde. Auf der anderen Seite des Flusses liegen Graldingen und Mylchen, die Viertel der Wandernden, zwischen denen sich der Grind mit dem Palast des Schattenfürsten erhebt wie ein Buckel.«

Ich betrachtete den felsigen Hügel in der Ferne.

»Und ganz dort hinten liegt das Backand, der Stadtteil der Künstler, der im Grunde aus einem einzigen riesigen Haus besteht. Wir beiden müssen allerdings nach Krummsen, wo schon seit Langem kaum noch jemand lebt. Seit das Nichts, das die Stadt umgibt, eines Nachts vor etwa dreihundert Jahren unseren Nachbarstadtteil Schlund mit all seinen Bewohnern verschluckt hat, befürchten viele, Krummsen könnte als Nächstes an der Reihe sein.«

Ich kniff die Augen zusammen, um den Schlund zu betrachten. Doch dort, wo er anscheinend einmal gewesen war, war nun nichts mehr. Nichts als das Nichts.

Ich erschauderte. »Sieht gruselig aus.«

Marian nickte. »Damals sind viele Wandernde gestorben. Niemand weiß, was hinter dem Nichts liegt, vielleicht andere Städte wie diese. Und es heißt, im Nichts selbst würden schaurige Kreaturen hausen.« Seine Augen leuchteten bei diesen Worten.

Ich hob die rechte Braue. »Das macht es nicht weniger gruselig.«

Er seufzte. »Nein. Allerdings kannst du beruhigt sein, das Nichts bewegt sich nur etwa alle achtzig bis hundert Jahre und das letzte Mal ist es vor etwa zehn Jahren geschehen. Im Moment droht also keine Gefahr. Eine ganze Kompanie von Wissenschaftlern forscht auf Hochtouren nach den Ursachen des Nichts und einer Möglichkeit, es aufzuhalten. Mittlerweile glaubt man, es könnte sich aus den Schadstoffen gebildet haben, die seit einer halben Ewigkeit von der Industrie in den Himmel gepustet werden.«

Marian sprach noch weiter, aber ich hörte nicht länger zu. Seine Worte mischten sich mit dem Dröhnen der Motoren. In meinen Gedanken verschwamm alles, was ich heute gesehen und gehört hatte, zu einem klebrigen Brei. Namen und Erklärungen schwirrten mir im Kopf herum. So vieles war in den letzten Stunden auf mich eingestürmt. Ich hatte das Gefühl, mein Schädel würde jeden Augenblick platzen vor lauter unbeantworteter Fragen, von denen mir von Sekunde zu Sekunde mehr in den Sinn kamen. Vor allem, als zuerst der Säugling auf dem Arm der Frau vor mir verschwand und wenige Sekunden später auch von der Frau selbst nichts mehr zu sehen war.

»Sie sind aufgewacht«, flüsterte Marian, der meinen verwirrten

Blick auffing. »Normalerweise ist es natürlich höflicher, nicht in der Öffentlichkeit zu wandern. Aber in manchen Situationen lässt es sich nicht vermeiden ...«

Ich starrte ihn an. »Was ist denn, wenn der Pilot dieses Luftschiffes plötzlich aufwacht? Dann stürzen wir doch sicher ab.« Panik beschlich mich, doch Marian lächelte.

»Keine Sorge. Bei Schlafenden in wichtigen Funktionen messen wir mithilfe einer Elektrode am Handgelenk die Schlaftiefe, sodass wir rechtzeitig für Ersatz sorgen können, wenn wir merken, dass einer von ihnen bald aufwacht. Und wenn du als Wandernde etwas Wichtiges zu erledigen hast, dann versuch es mal mit einer von Christabels speziellen Schlaftabletten.«

Ich öffnete den Mund, um etwas zu sagen, ließ es dann aber doch. Das alles hier war einfach zu verrückt. Verrückt und kompliziert und seltsam. Ich schloss die Augen und versuchte, nicht weiter über diese Stadt und ihre seltsamen Gesetze nachzudenken.

Zum Glück dauerte unsere Fahrt nicht mehr allzu lange, sodass meine sinnlose Grübelei schon bald ein jähes Ende fand. Erleichtert erhob ich mich, kaum dass wir den richtigen Sturmdorn erreicht hatten, und folgte Marian nach draußen und hinab in das Gewirr der Gassen, wo ich beinahe über die Mutter mit dem Säugling gestolpert wäre, die plötzlich auf der Straße auftauchte, die wir vorhin noch überflogen hatten. Ich erschreckte mich fast zu Tode, doch Marian zuckte nur mit den Achseln und zog mich weiter, bis wir den weitläufigen Platz erreichten, von dem aus ich in der letzten Nacht in die Stadt hinaus geflohen war.

»Da wären wir«, sagte er kurz darauf und sah mich erwartungsvoll an. »Na, erkennst du es?«

Wir standen vor einem imposanten Gebäude, das mir tatsächlich bekannt vorkam. Ich überlegte. Es handelte sich eindeutig um eine Kirche, so viel stand fest. Das Portal war riesig und wirkte noch größer, weil ein meterbreiter steinerner Bogen aus Verzierungen es überwölbte. Links und rechts davon ragten eckige Türme in den Himmel. Ich kannte diese Kirche, da bestand kein Zweifel. Doch woher? Während ich nachdachte, hatte ich plötzlich das Bild einer Zeichentrickziege mit Ohrring vor Augen ... und eine schwarzhaarige Frau ... und einen Wasserspeier mit Flügelchen. Na klar! Diese Kirche kam in einem Disney-Film vor.

»Das ist doch ...«, begann ich.

»Es ist Notre-Dame«, beendete Marian meinen Satz mit einem Funkeln in den Augen. »Das heißt, es ist natürlich nicht die echte Notre-Dame in Paris, sondern ihre Schattenversion. Vielleicht hast du es noch nicht bemerkt, aber im Grunde ist Eisenheim ein zusammengewürfeltes Spiegelbild aller großen Metropolen.«

»Doch, ich habe auch schon den Eiffelturm und den Kreml gesehen«, sagte ich.

»Na, dann weißt du ja, was ich meine.«

»Aber was wollen wir hier?«

Statt zu antworten, klopfte Marian an das Portal, woraufhin von drinnen ein kratzendes Geräusch zu hören war, als würde ein Riegel weggeschoben. Ich runzelte die Stirn. Waren Gotteshäuser nicht üblicherweise offen? Ich wollte Marian danach fragen, aber ich vergaß es, als ich in der nächsten Sekunde das Innere der Kathedrale betrat. Nur verschwommen registrierte ich das Spitzenhäubchen des Dienstmädchens, das uns anscheinend geöffnet hatte und auf Marians Anweisung hin davoneilte. Zu stark nahm mich der Anblick der gewaltigen Eingangshalle gefangen. Denn sosehr das Bauwerk von außen auch an eine Kirche erinnerte, so wenig tat es sein Inneres.

Noch niemals hatte ich so viele Spiegel gesehen. Der Fußboden, die Wände, das Deckengewölbe, ja sogar das Geländer und die Stufen der monströsen Freitreppe an der gegenüberliegenden Seite des Raumes – alles war aus Glas. Tausendfach reflektierte es das Licht des Lüsters unter der Decke zusammen mit Marians und meinem Spiegelbild. Aus allen Winkeln starrte mir ein Mosaik meines Gesichts entgegen, sodass ich Mühe hatte, die Türen und Flure auszumachen, die sich von hier aus in die Tiefen des Baus zu fressen schienen. Ich versuchte mich zu orientieren in all dem Licht, das mich nach dem Weg durch die Dunkelheit der Stadt blendete. Die Luft um mich herum flirrte, als bestünde sie aus flüssigem Silber.

»Sei uns willkommen, Wandernde, sei willkommen in den geweihten Hallen des Bundes der Grauen«, sagte eine Stimme, die wie das Rascheln von Papier klang. Es war kaum mehr als ein Flüstern, doch es hallte von den Wänden wider, umtoste mich. Da bemerkte ich die Gestalt des alten Mannes aus dem Labor. Fluvius Grindeaut, so hatte er sich gestern vorgestellt, meinte ich mich zu erinnern. Mit ausgebreiteten Armen stand er am Fuß der Treppe und sah mich an. War er schon die ganze Zeit dort gewesen? Oder hatte ich nur nicht bemerkt, wie er hereingekommen war? »Willkommen«, sagte er noch einmal, dieses Mal wärmer, weniger feierlich.

»Hallo«, murmelte ich, während Sieben sein Licht respektvoll dimmte und Marian neben mir eine Verbeugung andeutete.

»Guten Abend, Großmeister«, sagte er.

»Danke, Marian, ich brauche dich vorerst nicht mehr«, erklärte Fluvius Grindeaut und bedeutete mir, ihm zu folgen.

»Bis später«, sagte Marian so leise, dass nur ich es hören konnte, und verschwand im Gewirr der Spiegel. Auch Sieben zischte davon, anscheinend begleitete der Kleine mich nur draußen auf Schritt und Tritt.

Der alte Mann führte mich die Treppe hinauf, durch einen Flur, in dem die Verspiegelung glücklicherweise normalen Wänden Platz machte, und ein weiteres Stockwerk nach oben, bis wir einen quadratischen Raum erreichten, der vermutlich in einem der Türme lag. In der Mitte des Zimmers stand ein wuchtiger Schreibtisch, die Wände waren mit einer geblümten Tapete bedeckt und im Kamin prasselten milchweiße Flammen.

»Setz dich.« Fluvius Grindeaut bot mir einen der Sessel vor dem Feuer an und ließ sich selbst in dem anderen nieder. Eine Weile betrachtete er mich, ohne eine Regung zu zeigen, das verwitterte Gesicht glich einem Stein, die Falten um seine Augen wirkten wie mit einem spitzen Bleistift in die Haut getrieben. Das Knistern der Flammen neben mir erschien mir ohrenbetäubend und ich fragte mich, ob es richtig gewesen war hierherzukommen. Was immer dieser Bund der Grauen sein mochte, er schien mächtig zu sein, immerhin war *Notre-Dame* sein Hauptquartier, ein Gebäude, das bestimmt auch in dieser Welt kein unbedeutendes war, oder?

Nervös rutschte ich auf der samtenen Kante meines Sessels hin und her, wartete und hielt es dann doch nicht mehr aus. Schweigen war nun mal nicht meine Stärke.

»Okay«, begann ich. »Wir sollten einige Dinge klären: Wer sind Sie? Was wollen Sie von mir? Warum haben Sie mich zu einer Wandernden gemacht? Wie haben Sie das gemacht? Und weshalb zum Kuckuck war das alles meine eigene Entscheidung?«, sprudelte es aus mir hervor.

Fluvius Grindeaut antwortete nicht gleich. Stattdessen griff er nach einer mit einer dunklen Flüssigkeit gefüllten Karaffe, die auf einem Tischchen neben ihm stand, und goss sich etwas davon in ein Glas.

»Es geht doch nichts über einen guten Tropfen«, sagte er wie zu sich selbst, dann räusperte er sich und schenkte mir ein knittriges Lächeln. »Wie ich sehe, hat der junge Marian seinen Mund doch nicht halten können, obwohl ich es ihm ausdrücklich aufgetragen hatte.« Er seufzte und stützte den Kopf in die Hände. »Nun gut, ich will versuchen, deine Fragen zu beantworten, soweit es mir möglich ist. Zumindest bei der ersten ist dies der Fall: Ich bin Fluvius Grindeaut, Großmeister des Grauen Bundes, eines Ordens, in dessen Hauptquartier wir uns befinden. Wir sind Kämpfer, die besten Kämpfer der Schattenwelt. Unsere Leben haben wir dem Schutz des Schattenfürsten geweiht.«

»Aha«, sagte ich.

Er genehmigte sich noch einen Schluck. »Was ich von dir will, ist schon komplizierter zu beantworten. Lass es mich so sagen: Im Palast geht etwas vor sich, das ich und ein Teil des Bundes nicht hinnehmen können, etwas Dunkles ist dort am Werk. Jemand war im Begriff, unsere Welt in Gefahr zu bringen, und –«

»Entweder Sie hören auf, in Rätseln zu sprechen, oder Sie lassen das mit dem Erklären gleich bleiben. Ich verstehe überhaupt nicht, wovon Sie da reden. Um welchen Palast geht es? Was heißt ›etwas Dunkles‹?«, schnaubte ich und erschrak, als ich die Miene des Großmeisters bemerkte. Anscheinend war er es nicht gewohnt, unterbrochen zu werden. Überhaupt machte er den Eindruck, nicht oft so respektlos behandelt zu werden, wie ich es gerade getan hatte.

Als er fortfuhr, war seine Stimme nicht länger raschelnd, sondern kühl wie Eis, sein Lächeln fortgewischt, als habe es niemals existiert.

»Vor etwa acht Monaten stand die Seele eines Mädchens vor unserer Tür. Wir wussten nicht, wo sie herkam, was sie zuvor erlebt hatte. Doch wir nahmen sie bei uns auf, obwohl sie eine Schlafende war. Denn sie war ungewöhnlich willensstark und entschlossen, uns zu helfen. Ja, sie kannte Details unserer Sache, die wir selbst gerade erst herausgefunden hatten«, erklärte er. »Wir bildeten sie aus zu einer von uns, lehrten sie zu kämpfen. Und als es so weit war, als wir in den Palast eindrangen und den Weißen Löwen stahlen, da half sie uns. Nein, vielmehr war sie es, die ihn an sich nahm und an einen geheimen Ort brachte. Wir haben diesem Mädchen viel zu verdanken und deswegen will ich über die Frechheit seines realen Ichs noch einmal hinwegsehen.«

Ich schluckte. »Ich habe etwas gestohlen?«, stammelte ich. »Einen *Löwen*?«

»Der Weiße Löwe ist ein Stein. Der wertvollste in der Schatzkammer des Fürsten, denn er besitzt ... Kräfte.« Die Augen des alten Mannes blitzten bei diesen Worten, ganz kurz nur. »Doch er ist gefährlich. Er muss zerstört werden, deshalb hast du ihn für uns gestohlen und versteckt.«

Meine Gedanken schwirrten, als wäre mein Kopf ein Korb voller Bienen. »Was meine Seele auch getan hat und warum auch immer Ihr Orden den Fürsten beklaut, obwohl es, wie Sie sagen, seine Aufgabe ist, ihn zu beschützen ...«, sagte ich langsam. »Ich verstehe nicht, was all das mit mir zu tun hat. Warum haben Sie mir das angetan? Warum bin ich hier?«

Der alte Mann faltete die knochigen Finger ineinander und stützte sein Kinn darauf. »Nur du weißt, wo sich der Weiße Löwe befindet, und auch im Palast hat man das leider herausgefunden. Glaub mir, sie werden dort nicht eher ruhen, bis sie dich gestellt haben, ob nun in dieser oder in der realen Welt. Deine Seele wollte nicht, dass du ihnen vollkommen wehrlos gegenübertrittst. Ich hätte dich nicht aufgeweckt, ich hielt es nicht für notwendig. Doch deine Seele hat darauf bestanden, sie ist selbst in mein Labor eingedrungen und hat von der Dunklen Energie getrunken. Es ging alles so schnell, gleich nach dem Diebstahl hast du es getan, Flora. Mir blieb nichts anderes übrig, als es zu Ende zu bringen.«

»Aber ich weiß nicht, wo dieser Stein sein soll.«

Jetzt lächelte er wieder. »Natürlich nicht. Flora, mit deiner Wandlung zur Wandernden hast du all deine Erinnerungen an dein Leben als Schlafende verloren. Es wird einige Zeit dauern, bis sie zurückkehren, das ist ganz natürlich, aber früher oder später wird es so weit sein. Und dann sagst du mir, wo sich der Stein befindet, damit ich ihn zerstören kann, und alles wird gut, in Ordnung?«

»Ja«, sagte ich. »Das heißt, ich weiß nicht ... ich meine ... warum ist dieser Weiße Löwe denn so gefährlich?«, setzte ich stammelnd hinterher, denn ehrlich gesagt hatte ich nicht den blassesten Schimmer, ob das Ganze für mich so »in Ordnung« ging. Und außerdem beschlich mich allmählich das blöde Gefühl, die Schattenwelt immer weniger zu verstehen, je mehr Erklärungen ich bekam.

Fluvius Grindeaut schien derselben Ansicht zu sein, denn auf meine weiteren Fragen hin schüttelte er den Kopf.

»Genug für heute«, sagte er, erhob sich aus seinem Sessel und trat ans Fenster. »Es war ein langer Tag. Katharina bringt dich auf dein Zimmer. Das heißt, eines noch: Nur eine Handvoll Menschen in diesem Gemäuer weiß von der ganzen Sache. Dass du eine Wandernde geworden bist, habe ich meinen Leuten erklärt. Die Geschichte mit dem Weißen Löwen hingegen muss geheim bleiben. Wir haben gegen den Willen des Fürsten, dem wir dienen, gehandelt, Flora. Zum Besten dieser Welt zwar, aber doch war es Unrecht. Der Fürst und sein Kanzler lassen bereits nach dem Verbrecher suchen und natürlich wollen wir nicht, dass sie ihn auch finden. Was ich sagen will, ist: Sprich nicht über den

Weißen Löwen. Du und mit dir auch wir anderen schweben in großer Gefahr.«

»Aber –«, versuchte ich es noch einmal, jedoch ohne Erfolg. Für den Großmeister war das Gespräch beendet.

»Wir warten darauf, dass dein Gedächtnis zurückkehrt, Flora. Und so lange möchte ich kein Wort mehr über diese Sache verlieren«, beschied er mich und leerte sein Glas in einem einzigen Zug.

6
EIN FREMDES LEBEN

Katharina war ein dunkelhaariges Mädchen in meinem Alter, dem ein Muttermal über dem rechten Mundwinkel etwas Hochnäsiges verlieh. Vom ersten Augenblick an hasste sie mich. Ich erkannte es an dem Blick, mit dem sie mich musterte, als ich auf den Flur vor Fluvius Grindeauts Büro trat. Von oben nach unten, unverhohlen, geringschätzig. Ein Blick, der so voller Verachtung war, dass ich zurückzuckte und mich fragte, was meine Seele getan haben mochte, um diese Kälte zu verdienen.

Wortlos machte Katharina auf dem Absatz kehrt und lief los, die Treppe hinab, durch eine Tür, über einen Flur. Erhobenen Hauptes marschierte sie vor mir her, beinahe hätte ich rennen müssen, um mit ihr Schritt zu halten. Und als sich der Gang plötzlich an einer Seite zu einer Galerie öffnete, von der aus man in einen Saal hinuntersehen konnte, hätte ich sie tatsächlich fast verloren.

»Warte mal«, bat ich und beugte mich über das Geländer, um das, was unter mir geschah, besser betrachten zu können.

Natürlich tat sie es nicht. »Trödel nicht so«, war alles, was sie mir über die Schulter zuwarf. Ihre Stimme war hoch und schneidend.

Doch ich vermochte nicht, mich loszureißen. All diese Leute dort unten – es mussten etwa dreißig sein, so genau konnte ich es nicht erkennen, denn sie bewegten sich zu schnell – trugen die gleiche Kleidung wie Katharina und ich, dunkle Hosen und Hemden, dazu Lederstiefel. Männer und Frauen jeden Alters. Wirbelnd bewegten sie sich durch den Raum, immer zu zweit, in den Händen lange Stöcke, die mit klackernden Geräuschen aufeinandertrafen, wieder und wieder. Sie kämpften miteinander. Und wie sie kämpften! Ihre Bewegungen waren ein Gleiten, die Stöcke schienen natürliche Verlängerungen ihrer Gliedmaßen zu sein. Mitten unter ihnen erkannte ich Marian, der gerade in einem Salto über seinen Gegner hinwegsetzte und ihm dabei die Waffe aus der Hand schlug. Es sah so mühelos aus, kaum anstrengender als ein Wimpernschlag. Und dort in der Ecke, die ältliche Frau, die Hiebe austeilte, als wären es Bonbons, war das nicht Christabel? Ja! Ich kannte diese Dauerwelle.

»Das ist doch nur das Dämmerungstraining«, riss mich Katharina aus meiner Faszination.

»Dämmerungstraining. Was bedeutet das? Wofür trainieren sie da unten?« Mir fiel auf, dass Marians Bewegungen schneller und eleganter waren als die der anderen, die zudem deutlich Abstand zu ihm hielten.

Katharina seufzte. »Jetzt komm endlich. Du tust ja gerade so, als wärst du zum ersten Mal hier.«

»Na ja«, sagte ich und setzte mich wieder in Bewegung. »Im

Grunde ist es ja auch so. Ich erinnere mich an nichts mehr aus meiner Zeit als Schlafende.«

»An gar nichts mehr? An niemanden?«, fragte Katharina.

Mit einem Sprint holte ich zu ihr auf. »So ist es«, sagte ich, als ich wieder neben ihr herging. Ich meinte, ein zufriedenes Lächeln über ihr Gesicht huschen zu sehen. Oder war es Schadenfreude?

»Nun, das hast du dir alles selbst zuzuschreiben. Du allein wolltest unbedingt zur Wandernden werden. Der Großmeister war dagegen. Es ist deine eigene Schuld. Ich kann nicht glauben, dass du ernsthaft erwartest, jetzt von allen hier wie ein rohes Ei behandelt zu werden«, wetterte Katharina. »Was denkst du dir dabei?«

»Aber das erwarte ich doch gar nicht. Bist du eigentlich immer so ätzend drauf?«

»Pah!«, machte Katharina.

Wir stiegen eine Treppe hinab und standen schließlich in einem weiteren Flur, von dem zu beiden Seiten in regelmäßigen Abständen Türen abgingen. Vor einer von ihnen blieb Katharina stehen.

»Du solltest endlich damit aufhören, dich dumm zu stellen«, schnaubte sie und ließ mich mit einem hingeworfenen »Hier ist es« allein.

Einen Moment stand ich unschlüssig vor der Tür. Dann ergriff ich die geschwungene Klinke und drückte sie herunter. Ein muffiger Geruch schlug mir entgegen. Ich tastete nach dem Lichtschalter, fand ihn und erschrak.

Mein Zimmer erwies sich als furchtbar. Furchtbar chaotisch.

Obwohl der Raum sicher doppelt so groß wie mein Zimmer zu Hause war und außer einem Bett und einem Schrank keinerlei Möbel beherbergte, konnte man sich kaum darin bewegen. Überall lag oder stand etwas herum. Kleidungsstücke, Kisten, Kampfstöcke, zerknülltes Papier, schmutziges Geschirr, eine Apfelkitsche, ein altmodisches Radio, ein hölzernes Surfbrett. Zwischen all diesen Dingen hindurch bahnte ich mir einen Weg zum Bett, das vor dem einzigen Fenster stand, fegte ein Sweatshirt und eine Umhängetasche auf den Boden und setzte mich. In einer Art Nest unter der Decke entdeckte ich Sieben und seufzte.

Das sollte also mein Zimmer sein? So hatte meine Seele gehaust? Ich konnte es mir nicht vorstellen. Niemals hätte ich mich in diesem Durcheinander wohlgefühlt. Zwischen all diesem Kram, dem Müll, teilweise überzogen von einer Schicht aus Staub. Dem Geruch nach zu urteilen, musste irgendwo etwas schimmeln.

Ich riss das Fenster auf und sog die eisige Nachtluft ein. Nein, unmöglich konnte dies mein Zimmer sein. Allein sein Anblick sorgte dafür, dass es in meinen Fingerspitzen zu kribbeln begann. Ohne es bewusst entschieden zu haben, griff ich nach dem nächstbesten Gegenstand, dem Pullover, der auf dem Bett gelegen hatte, und begann, ihn zusammenzulegen, wobei mir auffiel, wie groß er war. Definitiv viel zu groß für mich. Ich stutzte, zog den zusammengelegten Stoff wieder auseinander und betrachtete ihn. Nein, dieses Shirt konnte nicht mir gehören. Es war eindeutig ein Männerpullover. Einer, der den Duft von finnischen Nadelwäldern verströmte.

Ich hängte ihn mit spitzen Fingern über eine der Kisten und wandte mich stattdessen dem Müll zu, den ich aufsammelte und in der Ecke hinter der Tür zusammentrug. Anschließend widmete ich mich den herumliegenden Klamotten, unter denen ich eine Art Abendkleid aus dunkler Seide entdeckte, dessen Stoff durch meine Finger floss. Die Robe war zart wie ein Spinnennetz, ein wenig zu tief ausgeschnitten, wie ich fand, aber wunderschön. Vorsichtig hängte ich sie in den Schrank und fühlte mich gleich besser.

Ordnung tat gut, sie hatte eine beruhigende Wirkung auf mich. Eine Weile räumte und sortierte ich deshalb stupide vor mich hin, fand zwar keine weiteren Herrenpullover oder Ballkleider, dafür jedoch jede Menge schmutziger Socken, einige davon an den unmöglichsten Stellen (eingeklemmt im Fensterrahmen, also wirklich!).

Eine Viertelstunde später befand sich das Zimmer in einem halbwegs annehmbaren Zustand. Nur das Bett hatte ich noch nicht gemacht, weil ich mit dem Gedanken spielte, mich hineinzulegen. Immerhin war ich nun schon recht lange in der Schattenwelt und mein Hirn fühlte sich vertrocknet an, so viele neue Informationen waren in den letzten Stunden auf mich eingeprasselt. Viel zu viele und nur die Hälfte von ihnen hatte ich verstanden. Ich war müde, ich hatte genug von all dem Gerede über Wandernde und Schlafende und darüber, was meine Seele nun getan hatte oder nicht. Ich wollte fort, zurück in mein Leben. Und ich fragte mich, was geschah, wenn ich mich einfach schlafen legte. Ob ich dann aufwachen würde? Hoffentlich.

Ich kroch unter die Decke, zog sie mir bis zur Nasenspitze hinauf, schloss die Augen und wartete.

Wartete.

Wartete noch immer.

Vergeblich. Der Schlaf wollte nicht kommen, wie sehr ich ihn auch herbeisehnte. Es war zwecklos. Meine Güte, wieso konnte ich denn nicht endlich aufwachen? Ich warf mich zur Seite, knautschte das Kopfkissen zu einem Ball und … stutzte. Denn etwas hatte geraschelt, ein Stück Papier. Oh nein, nicht noch mehr Müll, schoss es mir durch den Kopf. Ich schob die Finger in den Spalt zwischen Matratze und Wand und angelte einen zusammengefalteten Zettel daraus hervor. »Für Flora«, stand darauf, ordentlich geschrieben in *meiner eigenen Handschrift*.

Ich brauchte einen Moment, um wieder Luft holen zu können, dann strich ich den Brief auf der Bettdecke glatt und las.

»Liebe Flora,
dies ist eine Nachricht für Dich, mein reales Ich. Bitte entschuldige, dass ich Dich in unsere Welt gebracht habe, das ist sicher nicht einfach für Dich. Doch es ging nicht anders, glaub mir. Wenn Du das hier liest, ist es bereits geschehen. Ich bin in den Buckingham-Palast eingebrochen und habe den Weißen Löwen gestohlen und versteckt. Er muss zerstört werden! Doch ich kann Dir nicht sagen, wo er sich befindet, genauso wenig wie so vieles, was ich Dir gern erklären würde. Aber es wäre zu gefährlich. Dieser Brief könnte in die falschen Hände fallen. Deshalb musst Du warten. Warte auf Deine Erinnerungen,

dann wirst Du wissen, was zu tun ist. Und bis es so weit ist, darfst Du niemandem trauen! Unter keinen Umständen, hörst Du? NIEMANDEM. Nicht einmal Dir selbst.

Deine Flora
PS Nun liegt es an dir.«

Unter den Text hatte mein anderes Ich etwas gezeichnet, einen Kreis mit einer Spinne darin. Ihre Beine waren behaart und aus dem Maul ragten lange Säbelzähne, während Linien und Pfeile um sie herum ein seltsames Muster bildeten. Im Zeichnen war ich noch nie gut gewesen. Doch ich wunderte mich weniger über die Spinnenskizze als über die Tatsache, dass ich selbst mir eine Nachricht hinterlassen hatte. Wieder und wieder las ich den Brief, er klang nach mir, es war meine Handschrift. Und doch erinnerte ich mich nicht daran, ihn geschrieben zu haben. Vertraut und doch fremd lag der Brief in meinen Händen. Es war gruselig. So musste sich jemand fühlen, der gerade feststellt, dass er an Schizophrenie leidet, überlegte ich und spürte, wie mir eine bittere Übelkeit den Hals hinaufkroch.

Der Ratschlag, niemandem zu vertrauen, machte es nicht gerade besser. Schweißperlen traten mir auf die Stirn. Das alles hier war zu viel für mich. Ein Zittern durchlief meinen Körper, das sich verdächtig nach Panik anfühlte. Nein, ich durfte nicht zulassen, dass ich den Kopf verlor. Meine eigene Handschrift! Ein Brief von mir selbst! Genug, ich würde mich einfach weigern, weiter darüber nachzudenken.

Hastig steckte ich den Papierbogen wieder zurück in seinen Spalt und zog mir die Bettdecke über den Kopf.

Wirklich, ich wollte jetzt bitte gerne aufwachen. Meine Hände waren eiskalt, ich spürte, wie sich eine Träne aus meinem Augenwinkel stahl und mir über Wange und Hals bis in die Kuhle lief, in der sich meine Schlüsselbeine trafen. Bedrückt schlang ich die Arme um die Schultern, weil plötzlich eine Welle der Einsamkeit über mich hinwegrollte, und dachte an zu Hause, meine Familie, Wiebke. Wie sehnte ich mich danach, mit Wiebke den versprochenen Einkaufsbummel zu unternehmen! Wann würde dieser Albtraum nur endlich ein Ende haben?

Gab es einen Trick, wie man sich selbst wieder in die reale Welt befördern konnte? Irgendetwas, was man tun oder sagen musste? Etwas, was man mir zu erklären vergessen hatte, weil ich es gestern zufällig richtig gemacht hatte? Ja, das muss es sein, überlegte ich und schlüpfte auf den Gang hinaus, um jemanden zu suchen, den ich fragen konnte. Besser, ich tat etwas, ehe diese Schlafende-Wandernde-Geschichte und die Vorstellung, ein anderes Ich mit einem geheimen Leben gehabt zu haben, mich endgültig wahnsinnig machten.

Leider kamen zwei Dinge zusammen, die mein Vorhaben erschwerten: Erstens war Notre-Dame zu dieser Uhrzeit anscheinend nicht gerade bevölkert. Zweitens war der für den Innenausbau zuständige Architekt wohl kein Freund von Geometrie gewesen oder von Fluren, die irgendwohin führten. Eine Ewigkeit, so kam es mir vor, irrte ich durch das Gemäuer, durch Korridore und Treppenhäuser, die sich ab und an zu Räumen oder

Sälen öffneten und einander allesamt so ähnlich sahen, dass ich mir nicht sicher war, ob ich nicht im Kreis ging. Die ganze Zeit über begegnete ich keiner Menschenseele und irgendwann begriff ich, dass ich vermutlich als Einzige noch nicht aufgewacht war. So ein Mist! Bestimmt war es bereits helllichter Tag, vielleicht sogar schon Mittag. Was, wenn ich nun bis zum Abend hier in Eisenheim bleiben musste? Würde meine Familie mich für tot halten? Andererseits stammten die Wandernden doch aus den unterschiedlichsten Zeitzonen der Erde. Warum war also außer mir niemand mehr hier?

Ich malte mir gerade aus, wie mein Vater einen Krankenwagen rief und ich als Komapatientin auf die Intensivstation gebracht wurde, als ein Geräusch die Stille der Flure durchdrang. Erst war es nur ein einzelner Ton, stark und weich zugleich, wie ein Baum, der sich im Wind wiegte. Dann folgte ein zweiter, tieferer, kaum mehr als ein Brummen. Ein dritter, der sich flüchtig wie Rauchfäden zwischen den anderen beiden hindurchwand. Es war der Klang eines Cellos, das hörte ich gleich. Und als ich kurz darauf den mit dunklem Holz vertäfelten Raum am Ende des Gangs betrat, sah ich die beiden auch, das Cello und das Mädchen, das darauf spielte.

Sie war blond, etwa Anfang zwanzig und sicher einmal schön gewesen. Mit geschlossenen Augen saß sie da und ließ den Bogen über die Saiten gleiten, während die Finger ihrer anderen Hand über den Hals ihres Instruments strichen, als würden sie tanzen. Das Mädchen hielt den Kopf leicht zur Seite geneigt, sodass das Haar ihm bis zur Hüfte hinabreichte. Nur schwach fiel das Licht der Petroleumlampe an der Wand auf das Gesicht. Doch selbst in ihrem kümmerlichen Schein waren sie zu erkennen, die Narben, die die Haut des Mädchens überzogen, sich über Hände, Hals, Gesicht und vermutlich auch unter dem Stoff ihres Gewandes rankten. Das Geflecht dunkler Striemen zeugte von Schnitten, die tief ins Fleisch gegraben worden waren. Was war ihr zugestoßen?

Sie bemerkte mich nicht, war versunken in ihr Spiel, in den Klang des Cellos, der auch mich einhüllte. Ich kannte das Stück nicht, doch es erinnerte mich an den Tag, an dem meine Mutter uns verlassen hatte. An die Leere, die ich empfunden hatte, an den offen stehenden Kleiderschrank, aus dem in der Nacht das Nötigste herausgerissen worden war, ein vergessener Pullover, der auf dem Boden davor lag, in der Eile wohl heruntergefallen. Die Musik war jetzt überall, erfüllte den Raum, das Mädchen spielte lauter, führte den Bogen mit einer Kraft, die nicht zu ihrem gebrochenen Körper zu passen schien. Wut lag in ihrem Spiel ... und Trauer.

Die Töne streichelten meine Seele, trieben mir erneut die Tränen in die Augen, und ohne es zu bemerken, war ich mit einem Mal in ein Grand Plié geglitten und von dort aus in einen Sprung, dann in eine Pirouette.

Ich tanzte.

Ohne nachzudenken. Ohne auf meine Schritte zu achten. Der Klang des Cellos erfüllte jede meiner Fasern. Auch ich schloss nun die Augen, fühlte die Musik, ließ mich von ihr treiben und spürte, wie alle Anspannung, alle Angst, all meine Fragen von mir abfielen. Es war nicht mehr wichtig, was geschehen war oder wo ich mich befand. In diesem Augenblick zählten nur die Musik und der gleichmäßige Fluss meiner Bewegungen. Ich verlor jegliches Zeitgefühl, glitt dahin wie in einem Traum, tanzte einen Tanz, der niemals enden sollte, es dann aber doch tat. Ganz unvermittelt.

Vielleicht war eine Stunde vergangen, vielleicht waren es aber auch nur ein paar Minuten gewesen, ich drehte mich gerade in einer weiteren Pirouette, als ich plötzlich gegen jemanden prallte. Hände griffen nach meinen Ellenbogen und bewahrten mich davor zu stürzen. Ich riss die Augen auf.

Vor mir stand Marian.

Atemlos starrte ich ihn an. Noch immer hielt er mich. Der Geruch von Holz und Erde stieg mir in die Nase, eine herbe Note hatte sich hineingemischt. Die Bartstoppeln auf seinen Wangen schimmerten im Licht, in seinem Blick lag Erstaunen. Einen Moment lang sahen wir einander an. Sprachlos, umtost vom Klang der Musik.

Es war Marian, der als Erster die Sprache wiederfand.

»Das ...« Er räusperte sich. »Das hast du früher nie getan«, sagte er und es klang irgendwie enttäuscht, beinahe traurig. Ernst sah er mich an, der Übermut, mit dem er sich noch vor ein paar Stunden an ein von einem Zeppelin herabhängendes Seil geklammert hatte, war wie weggeblasen.

»Getanzt?«, flüsterte ich.

Er nickte. »Diesen ganzen Mädchenkram fandest du immer albern. Seit wann tust du so etwas?«

»Mit dem Ballett habe ich schon als kleines Kind angefangen«, wisperte ich und wurde mir plötzlich der irritierenden Nähe bewusst, in der Marian vor mir stand. Viel zu nah für einen Austauschschüler. Und auch viel zu gut aussehend für jemanden mit leichenblasser Haut und farblosem Blick. Bisher war ich zu verwirrt gewesen, ich hatte kaum wahrgenommen, mit wem ich da durch Eisenheim spaziert war. Doch nun ... Ich erinnerte mich daran, wie er mich angesehen hatte, als er mir all diese Dinge über die Schattenwelt erklärt hatte, gerade so, als könne er es kaum abwarten, mir seine Welt zu zeigen. Und an die Art und Weise, wie er gelächelt hatte, als wir auf der Brücke gestanden hatten, bitter und voller Sehnsucht. Ich spürte, wie mir das Blut in die Wangen schoss – du meine Güte, was waren das schon wieder für Gedanken? Entschlossen löste ich meinen Blick von Marians Zügen, blinzelte und presste die Lippen aufeinander. »Im Grunde tanze ich also schon fast mein ganzes Leben lang«, sagte ich rasch und eine Spur barscher als beabsichtigt.

Marian schien es nicht zu bemerken. »Wirklich? Aber deine Seele ...«, murmelte er und hob eine Hand, als wolle er mir eine Haarsträhne aus der Stirn streichen, verharrte dann jedoch wenige Zentimeter vor meinem Gesicht, als er meinem Blick begegnete.

Er seufzte. »Du bist so anders, Flora. Deine Seele und du, das gleiche Gesicht, die gleichen Augen, das gleiche Lächeln. Sogar das gleiche lose Mundwerk. Und trotzdem seid ihr zwei vollkommen verschiedene Menschen.«

Ich dachte an das chaotische Zimmer und Marians absurde Vorstellung, ich würde mich an einem Seil durch die Luft hoch über Eisenheim schwingen, und zuckte mit den Achseln. »Sieht ganz so aus.«

»Ja, allerdings«, sagte Marian und machte dabei eine derart enttäuschte Miene, als wäre mein »neuer«, echter Charakter eine totale Katastrophe.

Jetzt reichte es aber! Mit einem Schlag waren meine Gedanken wieder vollkommen klar. Ich verschränkte die Arme vor der Brust. »Also, so unsympathisch, finde ich, bin ich ja nun auch wieder nicht.«

»Nein, aber eben anders als die Flora, die ich bisher kannte«, sagte Marian und sah mich so fest an, dass ich erschrocken zurückwich.

»Na und?«, fragte ich. »Dann mag ich eben andere Dinge als diese frühere Version von mir. Was ist so schlimm daran? Ich meine, es ist verwirrend für mich, in diese Welt zu kommen, all diese Leute kennenzulernen und zu erfahren, dass ich schon mein Leben lang ein Doppelleben geführt habe und alle Menschen dies im Grunde tun. Und natürlich ist es unheimlich zu wissen, dass es da mal mein anderes Ich gegeben hat, von dem ich weder weiß, was es genau getan hat, noch warum. Allerdings verstehe ich nicht, was eigentlich *dein* Problem bei der ganzen Sache ist.«

»Mein Problem ist, dass ... dass ...« Er sah mich an, suchte nach Worten. »Mein Problem ist, dass ich dich gar nicht wiedererkenne. Ich dachte, wenn ich dich durch die Stadt bringe und dir alles erkläre ... Und nach und nach wirst du dich ja auch erinnern, aber jetzt ist da plötzlich diese andere Person. *Du* bist verschwunden, Flora, verstehst du das denn nicht?«

»Nein«, sagte ich schlicht. »Für mich fühlt es sich so an, als wäre ich jetzt erst hier aufgetaucht. Ich bin schließlich die echte Flora. Und ich bin, wie ich schon immer war.«

Marian wollte etwas erwidern, doch in diesem Augenblick brach die Musik ab. Das Mädchen hatte den Bogen gesenkt und starrte mich an. Tränen liefen ihm über die Wangen und hinterließen feuchte Striemen zwischen den dunklen Narben, ein Geflecht aus Trauer und Schmerz.

»Ähm –«, begann ich, doch Marian hatte mich bereits erneut beim Ellenbogen gepackt und zog mich mit sich durch die Flügeltür. »Was ist denn jetzt schon wieder?«, fragte ich, kaum dass wir auf den Gang getreten waren. »Passt dir schon wieder irgendetwas nicht? Wer war das da drin überhaupt? Sie ist sicher nur ein paar Jahre älter als ich und wurde anscheinend ziemlich übel zugerichtet und –«

»Amadé, die Tochter des Großmeisters«, antwortete Marian knapp.

»Hatte sie einen Unfall oder so was?«

»Nein. Komm, ich führe dich erst mal herum und zeige dir alles. Du sollst dich schließlich nicht andauernd verlaufen.« Er setzte sich in Bewegung. »Also, das hier ist der nördliche Trakt, er beherbergt –«

»Nein?« Ich folgte ihm. »Woher hat sie dann all diese Narben?«

»Sie wurde ... gefoltert.« Er deutete auf eine Treppe. »Geh da nie runter, dort entsorgen sie den Müll, es stinkt fürchterlich.«

»Von wem? Warum?«

»Wir sollten nicht darüber sprechen. Nicht hier. Zu viele Uneingeweihte leben in diesen Mauern.«

»Was ist passiert?«, fragte ich unerbittlich.

Marian zögerte, schließlich seufzte er. »Also gut.« Er hielt einen Augenblick inne und sah mir erneut in die Augen. Dann begann er langsam und sehr leise zu sprechen: »Amadé hat geholfen, den Weißen Löwen zu stehlen. Noch im Palast wurde sie erwischt und gefoltert, bis sie verriet, wer den Stein an sich genommen und versteckt hat.«

»Nämlich ich.« Mir wurde schlecht. Welche unvorstellbaren Schmerzen musste Amadé gelitten haben? Nur um mich nicht zu verraten. Und wie grausam mussten unsere Feinde sein. Erst jetzt begriff ich, was es bedeuten würde, den Männern mit den geflügelten Pferden in die Hände zu fallen. »Aber ... ich dachte, das alles wäre erst vor zwei Tagen geschehen. Amadés Wunden sehen älter aus, sie sind doch bereits verheilt und ...«, stammelte ich.

»Der Großmeister hat die Heilung mithilfe der Dunklen Energie beschleunigt. Äußerlich ist Amadé wiederhergestellt, auch wenn die Narben ihr immer bleiben werden. Viel schlimmer aber sind die Wunden in ihrem Innersten. Die kann keine Energie der Welt lindern und vielleicht werden sie niemals heilen«, sagte er und seufzte. »Amadé spricht nicht mehr.«

Vom Grauen gepackt sah ich ihn an, als könne er etwas sagen oder tun, um all das ungeschehen zu machen. Angst und Verzweiflung drohten mich in einen Abgrund zu reißen. Wo war ich nur hineingeraten? Was war dies für eine Welt? Und warum, verdammt noch mal, erinnerte ich mich an nichts? Nein, eigentlich wollte ich mich auch gar nicht erinnern, erkannte ich. Ich wollte fort.

»Es ist nicht deine Schuld«, beeilte sich Marian zu sagen. »Und ich wünschte, du hättest Amadé nicht gesehen.« Dieses Mal strich er die Haarsträhne tatsächlich hinter mein Ohr. Die Berührung fühlte sich tröstlich an, doch ich wich instinktiv vor ihr zurück. Marian tat, als habe er es nicht bemerkt. »Du brauchst keine Angst zu haben, okay? Ich werde dich beschützen«, erklärte er.

Ich schüttelte den Kopf. »Sag mir einfach, was ich tun muss, um endlich aufzuwachen aus diesem Albtraum. Ich will zurück in die richtige Welt, das ist alles.«

Marian senkte den Blick. »Das kannst du nicht steuern«, sagte er. »Du kannst nur warten.«

7
DÄMMERUNGSTRAINING

Den ganzen nächsten Tag über dachte ich nicht an die Schattenwelt. Das heißt, doch, ein Mal kurz nach dem Aufwachen, als ich die metallene Sichel, die der Bettler mir geschenkt hatte, auf meinem Nachttischchen entdeckte. Ich fragte mich, wie sie dort wohl hingekommen war. Wenn ich es richtig verstanden hatte, sollte das Ding ja so eine Art Talisman sein, oder? Ich hatte noch nie an die Kraft von Glücksbringern geglaubt, trotzdem steckte ich die Sichel in die Tasche meiner Jeans, als ich mich wenig später (es war bereits Mittag und ich musste mich beeilen, weil ich verschlafen hatte) auf den Weg in die Innenstadt machte. Schließlich hatte ich bisher auch die Existenz von geflügelten Pferden für unmöglich gehalten.

»Ich habe schon mindestens sieben Outfits für dich entdeckt«, rief Wiebke mir entgegen, kaum dass ich den Kennedyplatz im Herzen der City betreten hatte. Im Winter richteten sie hier immer eine Schlittschuhbahn ein, doch jetzt war der Platz übersät von den Tischen und Stühlen der Cafés, die ihren Besuchern die Gelegenheit boten, die letzten Sonnenstrahlen des Jahres zu genießen. Ich schlängelte mich zwischen Latte macchiatos und Fruchteisbechern zu Wiebke hindurch und wurde im selben Augenblick in ihr verrücktes Shoppinguniversum aus Glitzernagellack und Pulloverkleidern gesaugt. Ein Umstand, der mir heute gar nicht so unwillkommen war.

Gemeinsam tauchten wir in die Tiefen der Fußgängerzone ein, und während Wiebke mir mit leuchtenden Augen ein Kleidungsstück nach dem anderen anhielt, spürte ich, wie ich immer entspannter wurde. Auch wenn es anstrengend war, sich gegen den Kauf von untragbaren Handtaschen und Riesenohrringen zu behaupten, der Samstagnachmittag, die Schlangen an den Kassen, der Lärm auf den Straßen, Wiebkes Ideen, das alles machte mich froh, weil es so normal war.

Und nach fünf Stunden, gefühlten dreihundert Geschäften und etwa einer Million Anproben besaß ich neben ein paar mehr oder weniger brauchbaren Klamotten (ich hatte ja zum Glück alle Kassenbons) außerdem die Gewissheit, dass nicht mein gesamtes Leben in den letzten Tagen aus den Fugen geraten war.

»Und du willst ernsthaft schon wieder *Stolz und Vorurteil* sehen?«, fragte Wiebke.

Wir saßen zusammen mit Linus und einer Schüssel Salzbrezeln auf ihrer Schlafcouch und begutachteten ihre DVD-Sammlung, die wir auf dem Boden vor uns ausgebreitet hatten.

Ich zuckte mit den Achseln. »Ich darf aussuchen. Das war der Deal«, erklärte ich. »Und ich mag den Film eben.«

»Aber du hast ihn schon hundertmal gesehen«, seufzte Linus.

»Und wir mit dir. Ich kann mittlerweile jeden Dialog auswendig. Das ist doch krank.«

»So war es abgemacht. Dafür durfte deine Schwester mir einen Minirock andrehen«, sagte ich, stand auf und öffnete das Laufwerk des DVD-Players. »*Stolz und Vorurteil*, das ist mein letztes Wort.«

»Na gut«, sagte Wiebke, während ihrem Bruder hörbar die Luft wegblieb.

»Nee, ohne mich. Das stehe ich nicht noch mal durch. Echt nicht«, stammelte er. Das Menü erschien und mit dem Einsetzen der Titelmusik (zu der ich mich verträumt im Takt wiegte) gab Linus auf. Er schleppte sich aus dem Zimmer, als leide er grausame Schmerzen. Dabei murmelte er irgendwas von Mädchenkacke und Irrenhaus.

Wiebke und ich grinsten uns an. Einen Moment lang ließen wir die DVD noch laufen. Dann tauschten wir sie gegen den zweiten Teil von *Der Herr der Ringe* aus. In letzter Zeit war es zunehmend schwierig geworden, Linus loszuwerden.

»Er will dich zurück«, hatte Wiebke mir erklärt. »Er versteht nicht, dass es aus ist.«

Dabei hatten wir schon mehrere klärende Gespräche geführt, doch was ich auch sagte, schien wie Wasser von ihm abzuperlen. Egal, wie oft ich beteuerte, dass es mit uns nichts werden konnte, jetzt nicht und auch später nicht, es schien einfach nicht zu ihm durchzudringen. Einmal hatte ich ihm sogar gestanden, dass ich mir rückblickend sicher war, die Beziehung mit ihm vor allem deshalb eingegangen zu sein, weil man das eben so machte, weil einen Freund zu haben dazugehörte. Ich mochte ihn, ja. Sehr sogar. Aber echte Liebe war es eben doch nicht gewesen, das hatte ich schnell gemerkt.

Doch Linus *wollte* es anscheinend nicht verstehen und die Aussicht auf einen DVD-Abend mit seiner Schwester und mir hatte ihn in ein solches Entzücken versetzt, dass wir quasi keine andere Wahl gehabt hatten, als zu einem fiesen Trick zu greifen.

Gemein, aber erfolgreich.

Nun gehörte der Abend uns Mädels. Und das schlechte Gewissen war schnell vergessen. Wir machten es uns bequem und waren schon bald in eine Diskussion über Schauspieler und Kostüme vertieft, unsere Lieblingsbeschäftigung beim Fernsehen. Irgendwann begannen wir außerdem damit, uns bessere Dialoge für die einzelnen Szenen auszudenken, und als ich Gimli nach einer Hautcreme fragen ließ, wäre Wiebke vor Lachen beinahe vom Bett gefallen. Im Grunde sah alles nach einem ruhigen Abend in bester Wiebke-Flora-Manier aus: wir beide, ein Berg von Süßigkeiten, ein guter Film und außer denen auf der Leinwand kein Junge weit und breit. Letzteres änderte sich jedoch schlagartig gegen kurz nach zehn. Auf dem Bildschirm tobte gerade die Schlacht um Helms Klamm, als mich plötzlich etwas zusammenzucken ließ. Mein Atem beschleunigte sich und mein Herz pochte, als stünde es kurz vor einem Infarkt.

»Hey, das war doch nur ein Ork«, meinte Wiebke und bemerkte nicht, dass ich mir längst nicht mehr die Schlacht ansah, sondern auf eine Stelle neben dem Fernseher starrte.

»Hallo«, sagte Marians Schatten, der flackernd vor Wiebkes

Bücherregal aus dem Boden gewachsen war. »Ich hole dich ab. Können wir dann los?«

»Was? Verschwinde«, zischte ich und wedelte mit beiden Händen durch die Luft, als wäre er ein lästiges Insekt, das es zu verscheuchen galt. Doch Marian zuckte nicht einmal mit der Wimper.

»Wie bitte?« Wiebke drückte die Pause-Taste. »Sorry, ich war grad so in den Film und Viggo Mortensen vertieft. Hast du was gesagt?«

»Wir treffen uns in einer Viertelstunde draußen. Ich warte auf dich«, sagte Marians Schatten, wobei er jedes Wort einzeln betonte und eine Miene aufsetzte, die keine Widerrede duldete. Anscheinend war er wütend. Stinkwütend sogar, so fest ballte er die Fäuste.

Ich hob verständnislos eine Augenbraue und schüttelte den Kopf. »Nein«, sagte ich zu Wiebke und ihm und ließ mich betont langsam tiefer in die Kissen sinken.

Was dachte Marian sich nur? Was wollte er hier? Und was fiel ihm ein, so mit mir zu reden? Auf keinen Fall würde ich mich von ihm herumkommandieren lassen, beschloss ich. Das hier war immer noch mein reales, normales Leben. Mein Mädelsabend mit Wiebke. Es durfte doch wohl nicht wahr sein, dass sich nur wegen dieser seltsamen Schattengeschichte plötzlich alles änderte! Wenigstens der Tag musste doch weiterhin mir gehören, oder etwa nicht? Wenn ich heute nach Hause kam, würde ich Marian schon verklickern, was ich davon hielt, wenn Schattengestalten einfach so im Zimmer meiner besten Freundin auftauchten.

Tatsächlich bekam ich schon kurz darauf die Gelegenheit, Marian die Meinung zu sagen, denn ich traf ihn (diesmal den echten) vor Wiebkes Haustür, als ich mich eine halbe Stunde später auf den Heimweg machte, nachdem Wiebke beim Abspann eingeschlafen war. Auch wenn ich selbst es mit dem Zubettgehen nicht gerade eilig hatte, war ich gegangen. Zu Hause gab es ohnehin noch einiges im Haushalt zu tun und eine Nachtschicht würde meinen Aufenthalt in Eisenheim, so hoffte ich, wunderbar verkürzen.

»Na endlich«, schnaubte Marian. Er hatte seine Arme hinter dem Kopf verschränkt, wie er es häufig tat. Doch heute wirkte es gar nicht lässig, sondern angespannt. Verkrampft.

Ich begrüßte ihn mit einem Nicken. »Nur damit du's weißt: Ich gehe, weil ich es will. Das hat nichts mit deinem Auftritt zu tun. Und den Weg nach Hause finde ich auch allein.«

Statt etwas zu erwidern, griff Marian nach meinem Handgelenk und zog mich mit versteinerten Zügen in den Park auf der gegenüberliegenden Straßenseite.

»Hey!«, rief ich und wollte mich losmachen, was mir natürlich nicht gelang. »Du tust mir weh!«

Doch Marian reagierte nicht. Erst im Schutz einer Baumgruppe blieb er stehen und baute sich vor mir auf, ein Funkeln in den Augen. »Nachdem ich heute den ganzen Tag nach dir gesucht und mir Sorgen gemacht habe, werde ich dir jetzt beibringen, wie du dich verteidigen kannst«, erklärte er ohne Umschweife.

»Aha«, sagte ich und reckte das Kinn. »Da bin ich ja erleichtert.« Ich schnitt eine Grimasse.

»Leider scheinst du die Lage vollkommen falsch einzuschätzen. Sie jagen dich, verstehst du das denn nicht? Es ist nur eine Frage der Zeit, bis die Späher deine Spur wieder aufnehmen und dich finden. Beim Grauen Bund bist du in Sicherheit, dort stehst du unter dem Schutz des Großmeisters. Zu Hause können sie dir auch nichts anhaben. Aber hier?« Er legte den Kopf in den Nacken und blickte in den Nachthimmel. »Jeden Augenblick könnte einer der Schattenreiter auftauchen. Und glaub mir, obwohl sie für den Kanzler und damit ja indirekt auch für den Fürsten der Schattenwelt arbeiten, genau wie der Graue Bund: Sie können deutlich ungemütlicher werden. Nicht umsonst fürchtet man sie in beiden Welten.«

Bei diesen Worten lief mir ein Schauer über den Rücken. Ich dachte an Amadés Narben und den Mann auf dem Platz vor den Fabriken. Ich erzitterte. Nein, es stimmte, ich hatte mir überhaupt keine Gedanken mehr um die geflügelten Pferde gemacht. Marian hatte recht.

Auch ich sah nun nach oben in die Dunkelheit und spürte plötzlich, wie Marian von hinten seine Arme um meine Schultern schlang. Einen Moment lang hüllte mich die Wärme seines Körpers ein, ich fühlte seinen Atem in der Halsbeuge und seine sich hebende und senkende Brust an meinen Schulterblättern. Für etwa eine Sekunde standen wir so da, dann versteifte ich mich. Marian seufzte und auch seine Berührung veränderte sich, wurde weniger ... zärtlich.

»Okay«, sagte er gleich neben meinem Ohr. »Als Erstes musst du lernen, dich von deinem Schatten zu trennen. Das Ganze ist eine reine Kopfsache. Stell dir vor, du würdest einen Schritt nach vorn machen. Und dann tu es auch, allerdings ohne deine Beine zu bewegen«, erklärte er. »Am Anfang wird es leichter sein, wenn ich deinen Körper halte. Also gut, bist du bereit?«

Ich nickte und schloss die Augen, während Marians Griff fester wurde. »Gut, dann stell es dir jetzt vor. Stell dir vor, wie du die Muskeln deiner Beine anspannst, wie du erst den einen Fuß hebst und dann den anderen.«

Marians Atem streifte meine Wange. Ich konzentrierte mich, dachte an den Schritt, fühlte das Gras unter meinen Fußsohlen und die Leere vor mir. Dann tat ich es … nicht. Mein Körper wurde zurückgehalten.

Ich öffnete die Augen. »Mist.«

»Versuch es gleich noch einmal«, sagte Marian und hinderte mich erneut daran, tatsächlich einen Schritt nach vorn zu gehen. »Nein, nicht so. Nur in Gedanken.«

Ich probierte es. Wieder und wieder. Aber jedes Mal zog Marian mich zurück.

»Ich schaffe das nicht«, murmelte ich nach dem zwanzigsten Fehlversuch und schüttelte seine Arme von mir ab. »Lass uns nach Hause gehen.«

Er presste die Lippen aufeinander. »Du gibst auf? Warum?«

»Weil ich es nicht hinbekomme und gleich die letzte U-Bahn für heute fährt«, sagte ich und ging los.

»Du machst dir Sorgen um die letzte Bahn?«, fragte Marian und klang dabei, als hätte ich ihm eröffnet, einen rosafarbenen Elefanten in unserem Hinterhof halten zu wollen.

»Ich wüsste nicht, was daran so schrecklich sein sollte.«

Wir liefen die Straße entlang, eine Katze kreuzte unseren Weg und verschwand unter einem parkenden Auto. Unsere Schritte klapperten auf dem Asphalt.

»Nichts natürlich.« Marian warf mir einen schnellen Seitenblick zu. »Du bist nur so anders. So vernünftig. So ... scheißerwachsen.«

Wie bitte? Ich schnaubte.

»Ich meine, du übernimmst so viel Verantwortung, machst den Haushalt und bemutterst deinen Vater und Christabel, als wären sie kleine Kinder. Du bist siebzehn, Flora.«

»Ich kümmere mich um die beiden, weil ich es muss. Sie würden ohne mich doch gar nicht klarkommen.«

»Natürlich würden sie das. Sie sind erwachsen.«

Wir hatten die U-Bahn-Station erreicht und betraten die Rolltreppe, die sich heulend in Bewegung setzte.

»Du hast keine Ahnung, weißt du das? Nicht mal so ein bisschen.« Ich presste Zeigefinger und Daumen aufeinander, während wir nebeneinander in die Tiefe fuhren. Besprayte Wände zogen an uns vorbei. »Ich *muss* das alles tun, klar?« Weil Mama abgehauen ist.

Marian zuckte mit den Achseln. »Aber so vorsichtig, so pflichtbewusst, das bist doch gar nicht *du*.«

Hitze stieg mir ins Gesicht. »Ich hab dir schon mal gesagt, dass die Flora, die du bisher kanntest, und die echte hier wohl nicht viel miteinander zu tun haben.«

»Ja, ja. Das habe ich jetzt kapiert.«

»Ach?«

»Natürlich«, sagte er leise.

»Gut. Können wir dann das Thema wechseln? Es nervt nämlich echt, jeden Tag die gleiche Diskussion mit dir zu führen.«

Marian schwieg. Seine Kiefer mahlten.

Ich verdrehte die Augen. »Was ist denn noch?«

»Na, die Sache ist die ...« Er biss sich auf die Unterlippe und sah mir fest in die Augen. »Die Sache ist die, dass ich dich *liebe*, nein, geliebt habe, also, deine Seele.« Marian holte Luft. »Wir waren zusammen. Ich habe deine Seele geliebt und sie mich.« Er setzte sich in Bewegung. »So! Jetzt kennst du die Wahrheit«, rief er, während er die Rolltreppe hinunterhastete.

Ich vergaß weiterzuatmen, brauchte einen Moment, bis ich mich wieder gefangen hatte. Marian und ich ein Paar? Ich starrte ihm hinterher. Ich gestand es mir nur ungern ein, aber die Vorstellung hatte was, er war schließlich recht, nun ja ... Verdammt, er sah umwerfend aus. Er beschützte mich. Und da war diese unterschwellige Energie in jeder seiner Bewegungen. In jedem seiner Worte spürte ich, dass dort hinter der Fassade des bleichen Kriegers noch viel mehr war, was es zu ergründen galt. Doch – nein, stopp. Rasch schob ich dieses Gefühl beiseite. Wir kannten uns schließlich kaum und diese ganze Wandernden-Sache war auch so schon verwirrend genug. Nicht einmal ich selbst, die echte Flora, war diejenige, die er mochte. Ich sah nur zufällig genauso aus wie seine Exfreundin. Nein, was auch immer zwischen uns gewesen sein mochte, es war vorbei, oder?

»Aber davon weiß ich nichts mehr«, rief ich und begann nun

ebenfalls zu rennen. Die metallenen Stufen flogen unter meinen Füßen dahin, dann erreichte ich den Bahnsteig und fand Marian in den Fahrplan vertieft. Ohne nachzudenken, drängte ich mich zwischen ihn und den Schaukasten. Mein Atem ging fliehend.

»Wie ...«, begann ich, doch der Rest meiner Frage entfiel mir, ehe ich sie aussprechen konnte.

Stattdessen sahen wir einander an, die Blicke ineinander verschränkt, als wären sie durch ein unsichtbares Band verbunden. Mit einem Mal hatte ich das Gefühl, einem vollkommen anderen Menschen gegenüberzustehen. Marians Gesicht war blass, doch der harte Zug um die Lippen verschwunden. Das Grün seiner Augen schien mich verschlingen zu wollen und erneut durchzuckte mich die Wärme der Erinnerung, der Erinnerung an einen Kuss. Ich zitterte.

»Wir haben uns geliebt«, wiederholte Marian kaum hörbar.

»Du und meine Seele«, murmelte ich und sog seinen Duft ein.

»Ja«, flüsterte er und sein Gesicht war meinem plötzlich ganz nahe.

Rasch senkte ich den Blick. »Aber ... ich bin nicht wie meine Seele«, sagte ich. »Ich bin jemand anderes.«

Marian nickte und trat einen Schritt zurück. »Ich weiß.«

Auch in der Schattenwelt wollte man mir in dieser Nacht beibringen, mich zu verteidigen, was naheliegend war bei einem Orden, dessen Hauptaufgabe der Kampf war. So viel hatte ich immerhin verstanden, auch wenn mir die genaue Tätigkeit des Grauen Bundes selbst nach einem ausführlichen Rundgang durch das

Gebäude noch immer schleierhaft war. Neben dem Westflügel, in dem sich nicht nur mein Zimmer, sondern ebenso die Schlafkammern der anderen Mitglieder befanden, beherbergte Notre-Dame einen Hauswirtschaftstrakt sowie eine ganze Reihe von Sälen mit schwindelerregenden Deckenhöhen und etwa eine Million leer stehende Räume ohne erkennbare Funktion. Irgendwo gab es auch eine Waffenkammer.

Doch wo genau sich was befand, vermochte ich nicht einmal ungefähr zu sagen. Das Gebäude kam mir noch mehr als zuvor wie ein Labyrinth vor. Es war für Neulinge schier unmöglich, sich darin ohne Karte zurechtzufinden. Denn die meisten Flure schienen sich überhaupt nicht an die Gesetze der Geometrie zu halten. Sie wanden sich durch das Gemäuer wie Würmer, mal verspiegelt wie die Eingangshalle, mal verstaubt und mit dicken Teppichen ausgelegt, in denen die Füße bei jedem Schritt einsanken.

Wie alles in der Schattenwelt war auch die Inneneinrichtung von Notre-Dame schwarz-weiß und auf die eine oder andere Weise antik. Und fast genauso antik wirkten die Bewohner der Kathedrale in ihren Gewändern und Pluderhosen aus dunklem Stoff. Insgesamt lebten 63 Menschen im Hauptquartier des Grauen Bundes. Die meisten von ihnen waren Kämpfer, hinzu kamen der Großmeister und seine Familie, einige Dienstboten, ein uralter Sekretär namens Demetrius, der wie ein Skorpion durch die Gänge und Treppenhäuser zu huschen pflegte, und eine geheimnisvolle Frau, die von allen nur »die Dame« genannt wurde und ihr Gesicht stets hinter einer Maske verbarg. Sie lebte angeblich bereits seit einigen Jahren beim Bund, hatte die Kathedrale in der ganzen Zeit erst ein paar Dutzend Male verlassen und nicht einen Hinweis auf ihre wahre Identität gegeben. Ich selbst war ihr bisher noch nicht begegnet.

Mein erstes Dämmerungstraining fand im Tiberischen Saal statt. Seine Wände wurden von wie Quecksilber glitzernden Wasserfällen überzogen, die sich in ein System von handbreiten Kanälen ergossen und den Boden durchschnitten. Zum Glück war nur eine Handvoll Personen anwesend, um meine ersten Kampfversuche zu begutachten. Allen voran Mafalda Drosophila Grindeaut, Fluvius Grindeauts jüngere Schwester. Von einem storchenbeinigen Stuhl in der Mitte des Raumes aus beobachtete Madame Mafalda, wie sie von allen genannt wurde, jede meiner Bewegungen. Mit kaum verborgenem Missfallen.

»Du meine Güte, doch nicht so!«, rief sie und wedelte sich mit einem monströsen Fächer Luft zu. »Flora! Du hältst den Langstock, als wolltest du ihn einem Hund zum Apportieren hinwerfen!«

Madame Mafalda war fett. Unglaublich fett. Ihr Gesicht besaß die Form und Konsistenz eines Pfannkuchens, in dem winzige Rosinenaugen prangten. Ihr Busen quoll so weit aus dem Ausschnitt ihres Kleides hervor, dass er ihre Doppelkinne berührte und es jedes Mal ein saugendes Geräusch gab, wenn die alte Dame den Kopf schüttelte und mich tadelte. Zwar hingen ihre Pobacken an den Seiten ihres Stuhles hinunter wie Schlauchboote und ihre Stimme besaß in etwa die Tonlage eines Kanarienvogels, dennoch wagte es niemand, Madame Mafalda zu belächeln. Denn sie war eine Legende.

Als junge Frau, so hatte Marian mir erklärt, war Madame Mafalda nämlich die beste Kämpferin des Ordens gewesen. Ganz allein hatte sie seinerzeit das Leben des jetzigen Fürsten gerettet, der damals noch Thronfolger und ein Kleinkind gewesen war, indem sie einen tödlichen Anschlag vereitelt hatte. Angeblich war sie so wendig wie eine Forelle gewesen. Etwas, was man von mir nun wirklich nicht behaupten konnte.

Ich schwang den Langstab über meinem Kopf und hätte damit beinahe Marian eins übergebraten, der neben mir mit einem bulligen Mann namens Arkon trainierte.

»Um Himmels willen! Wir können nur beten, dass deine Erinnerung bald zurückkehrt. Deine Seele war ein Naturtalent«, erklärte Madame Mafalda und hüstelte empört, weil ich schon wieder etwas falsch machte.

Ich war schlecht, anders konnte man es nicht sagen. Nichts, aber auch gar nichts wollte mir gelingen. Weder Tritte noch Sprungkombinationen. Und der hölzerne Langstab, der beinahe zwei Meter maß, behinderte mich mehr, als dass er mir geholfen hätte.

»Bei dir sieht das alles aus wie *Schwanensee*, Flora. Willst du deine Gegner in die Flucht tanzen? Sollen sie sich vor Lachen ergeben?« Madame Mafalda rümpfte die erbsengroße Nase, während ich den Kopf hängen ließ.

»Ich bin wohl ein hoffnungsloser Fall«, murmelte ich und wollte meinen Stab weglegen.

»Halt! Das kommt gar nicht infrage«, protestierte die Schwester des Großmeisters und ich hielt in meiner Bewegung inne.

Madame Mafalda fuchtelte mit ihrem Fächer aus Straußenfedern.

»Aufgeben, das wäre ja noch schöner. Nein, nein, nein, Katharina wird dir helfen. Katharina?«

Es wäre wohl niemand weniger dazu geeignet gewesen, mir etwas beizubringen, als Katharina. Mit gelangweilter Miene trat sie mir gegenüber.

»Natürlich, wie Sie wünschen«, sagte sie zu Madame Mafalda und nur das gehässige Blitzen in ihren Augen verriet, was sie vorhatte. Ich bemerkte es zwar, doch ich hatte trotzdem keine Chance. Ohne mich zu warnen, ließ Katharina ihren Langstab auf mich niederschnellen. Sie hatte nicht einmal ausgeholt.

Es gelang mir nur noch, mich zur Seite zu werfen, sodass der hölzerne Stab nicht meinen Kopf, sondern meine Schulter traf, was, unter uns gesagt, schon schlimm genug war. Es hätte mich nicht gewundert, wenn sowohl meine Knochen als auch Katharinas Langstab bei diesem Schlag zersplittert wären. Ich meinte tatsächlich ein Knirschen zu hören, als die Wucht des Aufpralls mich einen Sekundenbruchteil später in die Knie gehen ließ. Heißer Schmerz durchzuckte meinen Arm. Ich schrie auf.

»Ein wenig vorsichtiger«, mahnte Madame Mafalda und Katharina machte ein betroffenes Gesicht.

»Ich konnte ja nicht ahnen, dass sie *so* unfähig ist«, sagte sie und schickte sich an, einen neuen Hieb auf meinem Körper zu platzieren, diesmal tatsächlich etwas langsamer.

Allerdings war ich nun noch weniger in der Lage, mich zu verteidigen. Vor Schmerz waren mir die Tränen in die Augen geschossen. Schniefend saß ich auf dem Marmorboden des Saales und hielt mir die Schulter, meinen Langstab hatte ich längst fallen lassen. Ich kniff die Augen zusammen, wartete auf den nächsten Schlag.

Und der kam.

Mein Körper zitterte vor Anspannung, die Härchen auf meinen Armen richteten sich auf. Ich hörte das feine Sirren, mit dem der Stab die Leere über mir durchschnitt, und spürte den Luftzug auf meinen Wangen. Gleich war es so weit. Jetzt!

Ich zuckte zusammen, als der Hieb mit einem Knall unterbrochen wurde. Holz prallte auf Holz. Jemand wirbelte um mich herum, ein Stück Stoff berührte mein Haar und ein bekannter Duft streifte meine Nase. Finnischer Wald. Ich blinzelte und erkannte Marian, der mich gerettet hatte und Katharinas Langstab mit seinem eigenen zurückdrängte.

Im Hintergrund seufzte Madame Mafalda auf ihrem Stuhl und schürzte die wulstigen Lippen. »Also gut, Flora. Mach eine Pause. Vielleicht solltest du erst mal zusehen, wie es geht.«

Auf allen vieren kroch ich zu der Bank, die gleich vor einem der Wandwasserfälle stand, und ließ mich darauf nieder. Mit dem Ärmel wischte ich mir die Tränen aus dem Gesicht, dann betastete ich meine Schulter. Sie tat weh, bewegen konnte ich sie aber noch, sie war wohl nicht gebrochen. Vermutlich würde mir allerdings ein Bluterguss von der Größe eines Fußballs blühen. Was hatte diese Katharina nur gegen mich? Warum hasste sie mich so?

Auch im Kampf gegen Marian zeigte sie keine Gnade. Die beiden umkreisten einander, schnellten vor, sprangen, wichen aus. Die Luft war erfüllt vom Geräusch der aufeinanderprallenden

Langstäbe, Hiebe, die wie Regen auf die beiden Gegner niederprasselten.

Marian war stark. Und er war schnell, viele seiner Bewegungen vermochte ich nur zu erahnen, denn mit bloßem Auge waren sie nicht erkennbar. Doch Katharina hielt dagegen. Sie war kleiner und wendiger. Und gemeiner, wusste jede Unachtsamkeit für sich zu nutzen, fuhr ein Ablenkungsmanöver nach dem anderen.

Eine Weile lang waren beide Kontrahenten gleichauf. Doch dann landete Katharina plötzlich einen empfindlichen Tritt in Marians Magengrube und löste damit etwas aus, was mich nach Luft schnappen ließ.

Von einer Sekunde zur nächsten war Marian wie ausgewechselt. Sein Blick wurde hart wie Granit, seine Bewegungen versanken in einem Strudel von verwischten Konturen. Er warf den Langstab von sich, der mit einem Knall an der Wand über mir zerbarst. Wasser spritzte. Ich duckte mich, um nicht von den herabstürzenden Teilen getroffen zu werden, während Marian sich wie ein wildes Tier auf Katharina stürzen wollte, jedoch von Arkon zurückgehalten wurde, der wie aus dem Nichts hinter ihm aufgetaucht war.

Es war, als ob die mühsam unterdrückte Wut, die ich schon längst an Marian wahrgenommen hatte, mit einem Mal aus ihm hervorbrach. Ein Teil seines Wesens, den er sorgsam zu verbergen suchte.

»Komm zu dir, Marian!«, rief Madame Mafalda. »Sofort!«

Marian bäumte sich auf, wollte sich aus dem Griff des älteren Kämpfers befreien. Er heulte auf, trat um sich wie von Sinnen.

»Aufhören!«, schrie Madame Mafalda und da durchzuckte es mich wie ein Blitz.

Ich erinnerte mich.

Zusammenhanglos zwar, doch ich tat es. Wie Nebelfetzen tauchten die Schemen in meinem Gedächtnis auf. *Es war dunkel. Ich hörte meinen Atem, der fliehend ging, und Schritte auf kaltem Kopfsteinpflaster. Und da war ein Geruch, metallisch und schwer, gemischt mit etwas Süßem. Er umhüllte mich, wie ein Leichentuch, legte sich kratzend um meine Kehle.*

Dann war es vorbei.

»Das ist jetzt schon das dritte Mal diese Woche. In letzter Zeit passiert es wieder häufiger«, sagte jemand und ich blinzelte. Vor mir sah ich Katharina, die blass, aber unverletzt auf Madame Mafalda einredete. Von Marian hingegen fehlte jede Spur und auch Arkon und die anderen beiden Kämpfer, die mit uns trainiert hatten, waren verschwunden. Madame Mafalda wiegte nachdenklich den Kopf, betrachtete Katharina einen Augenblick lang und erhob sich dann aus ihrem Stuhl.

»Genug für heute«, verkündete sie. »Es wird Zeit, wir müssen ohnehin zur Sitzung im Marmorsaal.« Die Fettmassen ihres Körpers wogten, als sie den Raum verließ, schwer gestützt auf Katharinas Schulter.

Nur langsam löste ich mich aus meiner Erstarrung, räusperte mich, wollte fragen, was geschehen war. Aber Madame Mafaldas Schritte waren längst verklungen, als es mir endlich gelang, einen Ton hervorzubringen. Und dann schwieg ich auch gleich wieder, denn aus dem Augenwinkel bemerkte ich plötzlich eine

Bewegung. Ja, wirklich: Da war jemand. Und dieser Jemand kam näher, glitt durch die Schatten wie ein Geist, war nun bei mir, *berührte* mich. Ich erschrak. Es dauerte einen Moment, bis ich begriffen hatte, wer dort neben mir auf der Bank saß und meine Hand drückte.

Es war Amadé.

8
DIE DAME

Es war nicht weit bis zum Marmorsaal, in dem sich in dieser Nacht die »Verfechter der Freiheit des Schlafes« zusammenfanden, eine Art Geheimgesellschaft einiger Wandernder, die ihre monatlichen Treffen innerhalb der Mauern Notre-Dames abhielt. Viele Kämpfer des Bundes waren Mitglieder, aber auch zahlreiche Fremde scharten sich in dem vor Büsten und Statuen strotzenden Raum um eine lange Tafel, die man u-förmig in der Mitte des Saals aufgestellt hatte. Männer und Frauen mit ernsten Gesichtern, die über das Leid dieser Welt debattierten. Nichts Besonderes also, dachte ich, als Amadé mich dorthin führte und mir mit einem Nicken zu verstehen gab, ich möge mich setzen.

»Ähm, hierhin?« Ich deutete auf einen schmucklosen Stuhl ohne Polsterung gleich neben der Tür, doch Amadé lächelte nur, zuckte unbestimmt mit den Achseln und verschwand so lautlos, wie sie vorhin aufgetaucht war.

Bereits vor dem Dämmerungstraining hatte Fluvius Grindeaut angekündigt, dass ich der Sitzung der Gesellschaft beiwohnen sollte, um Eisenheim besser zu verstehen zu lernen. Und das wollte ich wirklich. Allerdings stand mir der Sinn im Augenblick nun wirklich nicht nach einer langweiligen Konferenz. Unruhig rutschte ich auf der Kante meines Stuhls hin und her. Anstatt hier zu sitzen und darauf zu warten, dass einer der verkniffen dreinblickenden »Verfechter« das Wort ergriff, wäre ich viel lieber durch die Kathedrale gestreift, um nach Marian zu suchen. Die kalte Wut in seinem Blick, der raubtierhafte Sprung, mit dem er sich auf Katharina gestürzt hatte – das Bild wollte mir einfach nicht mehr aus dem Kopf gehen.

Noch immer fragte ich mich, was um alles in der Welt ihn so zornig gemacht haben mochte. Ich wusste es nicht, doch irgendwie hatte ich das Gefühl, dass sein Ausbruch diesmal nichts mit mir zu tun gehabt hatte. Oder besser gesagt mit der Flora, die ich nun einmal nicht mehr war. Da war etwas anderes gewesen. Eine Wut, die viel älter war als seine Verzweiflung über den Verlust seiner Freundin. Eine Wut, die erahnen ließ, dass ihm in seinem Leben bereits weitaus Schlimmeres widerfahren war. Obwohl ich gerade meinen ersten Kampfunterricht erhalten und mich an etwas erinnert hatte, was einzig meine fremde Seele erlebt hatte, kreisten meine Gedanken um nichts anderes als Marian. Wo hatten sie ihn hingebracht? Wie ging es ihm jetzt? Würde er Schwierigkeiten wegen seines Ausrastens bekommen?

So saß ich also zwischen altgedienten Kämpfern mit Backenbärten und in Charlestonkleider gehüllten Frauen mit Hüten und langen Perlenketten und starrte vor mich hin. Tatsächlich war ich so sehr in meine Überlegungen versunken, dass ich nicht einmal bemerkte, wie die Gespräche um mich herum verstummten und einem ehrfürchtigen Raunen wichen. Erst als die Frau, die den Raum durch eine in der Wand verborgene Tür betreten hatte, das Kopfende der Tafel erreichte, wo sie sich neben den Großmeister setzte, fiel mir die plötzliche Stille auf. Ein Schweigen, das niemand anderem als dieser zierlichen Person galt, die ihr Gesicht hinter einer Maske verbarg und dennoch hoheitsvoll von ihrem leicht erhöhten Platz auf die versammelten Menschen sah.

Die Dame, dachte ich und war im selben Moment genauso verzaubert wie alle anderen. Dabei war ihre Erscheinung weder besonders imposant noch Ehrfurcht gebietend. Die Dame trug ein schlichtes Kleid aus dunklem Stoff, das um ihre mageren Schultern einige Falten warf. Ihr Haar war dunkel und zu einem einfachen Knoten gewunden und die Maske, die ihr Antlitz verbarg, war nichts als ein Stück weißer Gips. Einzig ihre Augen, die sich kaum mehr erahnen ließen, blitzten in die Runde, ihre sehnigen Hände lagen ruhig auf der Tischplatte.

Doch noch immer hielt der ganze Saal den Atem an, so sehr umfing uns die Anwesenheit dieser einzelnen Frau. Obwohl sie nur dasaß, war es einfach unmöglich, den Blick von ihr zu wenden.

Und dann begann sie zu sprechen.

»Willkommen, meine Freunde«, sagte sie mit leiser Stimme und erreichte dennoch jeden Winkel des Saales. Tief und klar erfüllte ihr Klang die Luft und drang direkt in die Herzen der Zuhörer, als sie fortfuhr: »Lasst uns ohne Umschweife anfangen. Wir müssen weiter über eine alternative Energiegewinnung nachdenken.«

Von allen Seiten erntete sie zustimmendes Nicken und ich spürte, wie auch mein Kopf sich wie von selbst bewegte, um der geheimnisvollen Dame recht zu geben. Denn das wollte ich unbedingt, obwohl ich gar nicht wusste, was sie gemeint hatte. Es war, als habe sie einen Zauber über uns geworfen. Natürlich, wir müssen über die alternative Energiegewinnung sprechen, fand ich, obwohl ich nicht einmal verstand, wie die Dinge momentan funktionierten. Einzig der Großmeister und ein dicker Mann weiter unten am Tisch, dessen dunkles Haar in Strähnen auf seiner Halbglatze klebte, schienen gegen die Magie der Dame immun zu sein.

Fluvius Grindeaut, der anscheinend ein anderes Thema erwartet hatte, hob sogar missbilligend die buschigen Brauen. »Gibt es denn diesbezüglich seit unserem letzten Treffen irgendwelche neuen Erkenntnisse?«

»Nun, Professor Akinori, der kürzlich mit der Erforschung des Nichts beauftragt worden ist, vermutet in der völligen Abwesenheit von Materie rund um die Stadt ein geradezu gigantisches Energiepotenzial«, erklärte die Dame, ließ ihren Blick über die ernsten Gesichter der etwa fünfundzwanzig Verfechter der Freiheit des Schlafes schweifen und zuckte kaum merklich zusammen, als sie mich ganz hinten bei der Tür entdeckte.

»Aber er steht mit seinen Untersuchungen noch ganz am Anfang«, schaltete sich der korpulente Mann mit dem geölten Haar und einer Stimme wie ein knarrender Baum ein. »Wir wissen bisher viel zu wenig.«

»Mir war klar, dass Sie das sagen würden, Suttini«, beschied ihn die Dame. »Aber stellen Sie sich doch nur für einen einzigen Moment vor, was es für uns und die Schlafenden bedeuten würde, wenn Professor Akinori mit seiner Vermutung richtigläge. Keines Menschen Seele bräuchte mehr dort unten in den Minen zu schuften oder an den Hochöfen zu stehen, um die Dunkle Materie zu Dunkler Energie einzuschmelzen. Mit einem Schlag läge das, wofür wir so lange schon kämpfen, in greifbarer Nähe: Die Schlafenden könnten frei sein, auch in dieser Welt.«

»Möglicherweise«, sagte Suttini. »Aber selbst wenn es so wäre, verstehe ich nicht, weshalb wir uns hier Professor Akinoris Kopf zerbrechen sollten. Noch sind das alles nichts weiter als Spekulationen. Wir aber wollen die Situation der Schlafenden verbessern und das erreichen wir ganz bestimmt nicht dadurch, dass wir hier sitzen und reden und von Entwicklungen träumen, die vielleicht niemals eintreten werden.«

Die Dame erhob sich von ihrem Platz und begann, den Raum zu durchqueren. Ihre Schritte klapperten auf dem Marmorboden. »Das sehe ich ganz genauso. Reden allein bewirkt rein gar nichts«, sagte sie. »Deswegen schlage ich vor, dem Professor eine finanzielle Unterstützung zukommen zu lassen, damit er sich voll und ganz auf das Nichts konzentrieren kann.«

»Wie hoch müsste eine solche Unterstützung denn ausfallen?«, fragte Fluvius Grindeaut.

Die Dame stand nun genau in der Mitte der u-förmigen Tafel und wirkte auf mich wie eine Angeklagte vor einem Geschworenengericht. Beinahe verloren sah sie aus, wie sie dort stand, die schmalen Schultern, das dunkle Kleid, den Kopf leicht in den

Nacken gelegt, um zum ehrwürdigen Großmeister aufsehen zu können.

Sie nannte eine Summe.

Und im selben Augenblick begriff ich, dass sie ihren Auftritt wohlweißlich inszeniert hatte. Denn anscheinend handelte es sich um eine ganze Menge Geld. Ein Zischen erfüllte den Saal, so viele Wandernde sogen vor Überraschung die Luft ein.

»Das wäre unser gesamtes Budget für die nächsten zwei Jahre«, stieß eine Frau mit Hut hervor, auf dem sich Blüten in der Farbe von altem Haferschleim türmten. »Was wird dann mit der geplanten Suppenküche?«

»Wäre es nicht klüger, das Übel an seiner Wurzel zu bekämpfen, statt nur die Symptome zu lindern?«, fragte die Dame in die Runde. Sie sprach noch immer leise. Fast schüchtern hingen ihre Worte im Raum und schickten sich an, die Leute zu überzeugen. Sogar der dicke Suttini wiegte nun nachdenklich den Kopf hin und her.

Lediglich der Großmeister lachte auf. »An der Wurzel?«, echote er und strich sich über den Bart. »Was ist das überhaupt? Genügt es denn, wenn die Schlafenden nicht mehr für uns schuften müssen? Fängt die wahre Freiheit nicht bereits im Kopf an?« Aus einer Falte seines Gewandes zog Fluvius Grindeaut eine daumengroße Phiole hervor, in der eine schwarze Flüssigkeit schimmerte. »Dunkle Energie«, murmelte er. »Ein paar Tropfen für jeden Menschen würden genügen. Nur ein paar Tropfen.«

Die Dame reckte das Kinn. »Mit Verlaub, Großmeister, alle Schlafenden zu Wandernden zu machen, ist nach wie vor unmöglich. Dazu würde alle Dunkle Energie dieser Welt nicht ausreichen, selbst wenn Sie jedem Schlafenden nur einen einzigen Tropfen geben würden.«

Fluvius Grindeaut nickte. »Das ist mir bewusst.«

Seufzend verstaute er die Phiole wieder in seiner Tasche, während direkt hinter mir jemand zu sprechen begann, dessen Tonfall mir sehr bekannt vorkam: »Nun, *vollkommen* unmöglich ist es nicht.«

Ich zuckte zusammen, als sich in der nächsten Sekunde zwei große blasse Hände auf meine Schultern legten.

»Theoretisch müssten wir nur auf ein paar gewisse Erinnerungen warten«, erklärte Marians Stimme.

Erschrocken fragte ich mich, wie lange er schon hinter mir gestanden hatte, ohne dass ich es bemerkt hatte. Mein Herz begann ein wenig schneller zu schlagen. Er war hier. Es ging ihm anscheinend wieder besser.

Bisher hatte niemand großartig Notiz von mir genommen, doch nun wandten sich alle Köpfe im Saal in meine Richtung. Selbst die Dame betrachtete mich jetzt genauer. Nein, sie *starrte* mich an. Ihr Blick glitt mit einer solchen Intensität über meine Gestalt, dass ich ihn beinahe fühlte wie eine Berührung. Ein blitzender Blick aus einem reglosen Maskengesicht. Und dann sah sie mir für einen winzigen Moment direkt in die Augen.

In meiner Brust breitete sich ein Prickeln aus. Plötzlich kam mir die Dame eindeutig bekannt vor. Ich schluckte. War das eine neue Erinnerung meiner Seele, die sich da in meinem Innersten anbahnte? Ich wusste es nicht. Alles, was ich wahrnahm, waren diese funkelnden Augen und die Gewissheit, sie früher schon gesehen zu haben ...

»Was soll das heißen?«, fragte ich in die Stille hinein. Ich taxierte die Dame. »Und wer sind Sie überhaupt? Warum verstecken Sie sich hinter einer Maske?«

Meine Worte hallten von den Marmorwänden wider. Die Dame schwieg und auch sonst rührte sich niemand. Marians Griff auf meinen Schultern verstärkte sich ein wenig. Die Frau neben mir zupfte verlegen am Bordürenbesatz ihrer Ärmel herum, während der Großmeister demonstrativ etwas in dem Stapel Unterlagen auf seinem Schoß suchte.

Ich biss mir auf die Lippe. Was hatte das zu bedeuten? Hatte ich etwas falsch gemacht? Etwas Falsches gesagt? Was hatten die Leute denn plötzlich?

Es war Suttini, der schließlich das Schweigen brach und so tat, als hätten Marian und ich nie etwas gesagt. »Das alles ist doch Blödsinn!«, rief er. »Alle Schlafenden aufwecken! Unsere gesamten Mittel einem Wissenschaftler für die Erforschung des Nichts zur Verfügung stellen! Wir wollen den Arbeitern helfen und die brauchen uns jetzt, meine Damen und Herren. Denken Sie nur an die Hungeraufstände. Allein im letzten halben Jahr gab es drei von ihnen.«

»Und mal davon abgesehen: Wenn es keine Schlafenden mehr gäbe, würde auch niemand mehr für uns arbeiten«, warf die Frau mit dem Blütenhut ein.

Hinter mir keuchte Marian auf. »Ach?«, stieß er hervor. »Das ist also das Problem. Wir sitzen hier zusammen und tun so, als wollten wir das Leben der Arbeiter verbessern, aber in Wahrheit geht es nur darum, die Schlafenden zu besänftigen. Wir geben ihnen also ein bisschen Suppe, damit sie satt genug sind, um weiter für uns zu schuften? Und das, obwohl niemand in dieser Welt essen muss. Wir wissen genau, dass die Unterernährung der Schlafenden mit ihrer seelischen Auslaugung zusammenhängt. Aber wir wollen sie belügen, damit sie sich nicht gegen uns erheben?«

»Stopp, Marian«, sagte die Dame bestimmt und mit einem Mal mit deutlich lauterer Stimme. »Jetzt schießt du über das Ziel hinaus. Wir denken immerhin auch über alternative Methoden der Energiegewinnung nach und – «

»Ich verstehe es nicht«, rief Marian. »Ich meine, sie sitzt hier mitten unter uns! Und sie wird sich erinnern, vielleicht sogar schon bald. Denkt doch an die Möglichkeiten – «

»Genug!«, donnerte nun auch der Großmeister. »Die Hälfte der Anwesenden hier hat keine Ahnung, wovon du sprichst. Und du solltest besser keine Gerüchte mehr in die Welt setzen. Flora ist nun eine Wandernde und mehr braucht uns im Augenblick nicht zu interessieren.« Er sah Marian eindringlich an. Es schien ihm große Mühe zu bereiten, seinen Zorn darüber, dass Marian beinahe vor einem Haufen Uneingeweihter die Sache mit dem Weißen Löwen erwähnt hätte, vor den Leuten zu verbergen. »Es reicht jetzt, Marian«, sagte der Großmeister gefährlich leise. »Hast du mich verstanden?«

»Allerdings«, knurrte es hinter mir. Hastige Schritte entfernten sich, dann fiel die Flügeltür des Saals mit einem Krachen ins Schloss. Ich hörte noch, wie der Großmeister auf die Suppenküche zurückkam, dann war auch ich draußen. Erleichtert, all den Menschen entflohen zu sein, trat ich in den stillen Flur hinaus. Meine Füße versanken im zentimeterdicken Flor des Teppichs.

Marian lehnte mit geschlossenen Augen an der gegenüberliegenden Wand.

Langsam trat ich auf ihn zu.

Seine Haut schimmerte weiß und gespenstisch im Halbdunkel des Gangs. Er stand leicht vornübergebeugt, in sich zusammengesunken. Die Hände hielt er flach an die Vertäfelung hinter sich gepresst.

Mein Kopf schwirrte von der Diskussion im Marmorsaal, von der ich nicht einmal die Hälfte verstanden hatte, und dem seltsamen Verhalten der Leute. Doch in diesem Augenblick dachte ich an nichts anderes als die halbmondförmigen Schatten, die Marians Wimpern auf seine Jochbeine malten. Mein Herz pochte und der Gedanke, ihm nahe zu sein ...

Was war nur in mich gefahren? Hatte Marians Geständnis auf der U-Bahn-Rolltreppe etwa dafür gesorgt, dass die Gefühle meiner Seele aus dem Vergessen zurückgekehrt waren? Oder stand ich, die wahre Flora, nun ebenfalls auf diesen bleichen blonden Jungen? Konnte es sein, dass ...

Meine Gedanken verpufften, denn mit dem nächsten Schritt stand ich vor ihm, so dicht, dass ich die Wärme seines Körpers spürte, und auch Marian entging meine Anwesenheit nicht. Ohne die Augen zu öffnen, beugte er sich weiter vor. Seine stoppelige

Wange glitt über meine, seine Lippen streiften mein Ohrläppchen wie der Flügelschlag eines Schmetterlings.

Ich erschauderte.

»Flora«, murmelte er und zog mich an sich, hielt mich wie ein Ertrinkender, der sich an einen Rettungsring klammert. Ich ließ es geschehen und schmiegte mich in seine Umarmung, genoss die Wärme, seinen Duft. Irgendwo in den hintersten Windungen meines Gehirns fragte ein kreischendes Stimmchen, was um alles in der Welt ich da tat. *Wieso stehst du da mit diesem Typen, den du nicht einmal richtig kennst, und –?* Ich beachtete es nicht weiter.

Stattdessen fanden meine Finger wie von selbst den Weg in Marians Haar, während seine Lippen die Linie meines Halses entlangfuhren und seine Hand meine Taille hinab und über meine Hüfte strich.

»Du bist da«, flüsterte er.

»Mhm«, sagte ich und spürte, wie Marian sich im selben Moment versteifte.

»Verdammt!«, rief er und stieß mich so plötzlich von sich, als habe er sich verbrannt.

Überrumpelt taumelte ich mehrere Schritte nach hinten, bevor ich mein Gleichgewicht zurückfand. »Was … was ist denn?«, fragte ich und kniff die Augen zusammen. Was hatte er denn auf einmal? Würde er jetzt wieder ausrasten? Ich strich mir eine Haarsträhne aus dem Gesicht und verschränkte die Arme vor der Brust. »Was für ein Problem hast du jetzt wieder?«

Marian straffte keuchend die Schultern und brachte noch ein

wenig mehr Abstand zwischen uns. Er blinzelte krampfhaft, als müsse er eine plötzliche Benommenheit abschütteln.

»Ich habe gar kein Problem«, sagte er heiser und räusperte sich. »Vergiss ... vergiss einfach, was gerade geschehen ist. Das wollte ich nicht. Tut mir leid.«

Ich runzelte die Stirn. Noch immer spürte ich die Stelle an meinem Hals, an der Marians Lippen mich liebkost hatten, als würde die Haut dort glühen. »Schon gut«, stammelte ich. »Ich meine, es hat mir gefallen.«

»Ach ja?« Marian zuckte mit den Schultern. »Aber mir nicht«, erklärte er. »Denn ich habe nicht dich gemeint. Du hast recht, du bist nicht wie deine Seele. Du bist jemand vollkommen anderes.«

»Aber –«, begann ich verwirrt, doch ich brach ab, weil seine Worte dafür sorgten, dass sich ein stacheliger Knoten in meiner Brust bildete.

»Es wird nie wieder vorkommen. Lass uns von nun an einfach Freunde sein, in Ordnung?«

Ich sah ihn an. Freunde? Wollte ich das? War Freundschaft das, was ich für ihn empfand? Vor wenigen Stunden noch wäre ich mir vollkommen sicher gewesen. Aber nun? Waren es fremde Erinnerungen gewesen, die mich überrollt hatten, oder ...

»In Ordnung?«, wiederholte Marian seine Frage. Es klang ungeduldig.

Ich senkte das Kinn zu einem Nicken. »Klar«, flüsterte ich.

»Na dann«, sagte er förmlich. »Wenn du mich jetzt entschuldigen würdest? Ich habe mein Dämmerungstraining noch nicht beendet.«

Ich öffnete den Mund, um noch etwas zu sagen, doch Marian wandte mir ohne ein weiteres Wort bereits den Rücken zu. Mit langen Schritten eilte er den Flur entlang und war kurz darauf verschwunden.

Unschlüssig betrachtete ich die Biegung des Ganges, die ihn verschluckt hatte, und wunderte mich, warum ich keine Erleichterung verspürte. Immerhin war die Sache zwischen uns und mit unserer Vergangenheit nun geklärt. Stattdessen fühlte ich mich ... zurückgewiesen.

Ich schüttelte den Kopf. Was ich empfand, war verrückt. Es war lächerlich. Wir kannten uns gerade mal seit zwei Tagen. Und ich hatte im Augenblick nun wirklich genug andere Probleme. Nein, Freundschaft war genau die Art Beziehung, die wir beide miteinander führen sollten, entschied ich und überlegte, ob ich wieder hineingehen wollte, als die Flügeltür des Marmorsaals sich erneut öffnete.

Dieses Mal war es die Dame, die zornig auf den Gang hinausstürmte. Als sie mich entdeckte, blieb sie abrupt stehen und musterte mich. Ihre Schultern bebten vor Wut, die Hände hatte sie zu Fäusten geballt. Nur ihr Gesicht mit der Maske war noch immer ausdruckslos.

Eine Minute lang standen wir einander schweigend gegenüber und erneut beschlich mich diese seltsame Vertrautheit beim Blick in ihre blitzenden Augen. Eine Vertrautheit, die beinahe schon unheimlich war, denn sie beschwor ein Gefühl von Geborgenheit in mir herauf.

Einen Augenblick lang hatte ich das Gefühl, die Dame wollte

etwas sagen. Verwirrt starrte ich sie an. Die Knöchel ihrer schmalen Handgelenke traten hervor, so fest presste sie die Fäuste zusammen.

»Oh, dieser ganze Laden hier macht mich noch wahnsinnig«, schnaubte sie und hastete ebenfalls davon, während ich mich an der Wand hinunter in die Hocke gleiten ließ und die Augen schloss.

»Wahnsinn«, murmelte ich. »Das trifft es im Moment eigentlich ganz gut.«

9

DER ANGRIFF

Dass jemand in der Schattenwelt nach mir suchte, hatte ich mittlerweile begriffen. Und ja, natürlich erinnerte ich mich an den Späher auf dem Schulhof und an Marians Versicherung, dass jederzeit weitere Schattenreiter in meiner Nähe auftauchen konnten. Die Vorstellung der flackernden und ruckenden Gesichter gruselte mich. Dennoch war mir die Bedrohung bisher wenig real erschienen. Weder hatte ich das Gefühl, verfolgt zu werden, noch, mich verstecken zu müssen. Vermutlich hatte ich deshalb nicht einmal ansatzweise darüber nachgedacht, was ich zu tun hätte, sollte ich das nächste Mal einem dieser Wesen gegenüberstehen. Leider, denn dies sollte sich als Fehler erweisen.

Der Sonntag begann mit einer verblüffenden Ankündigung. Zwar gehörte Marian zu der Sorte Jungen, die nie etwas über sich erzählten, wenn es sich vermeiden ließ, doch heute war er mit einem Mal wild entschlossen, unsere neue *Freundschaft* zu festigen und unserer Familie seine finnische Heimat näherzubringen. Mit Letzterem erklärte er meinem Vater, Christabel und mir (ohne mich eines Blickes zu würdigen) jedenfalls, warum er sich ab acht Uhr in der Früh in der Küche einschloss und uns so um das Frühstück brachte.

Tatsächlich schien er etwas zu kochen. Mal hörten wir ein hackendes Geräusch, dann klatschte etwas auf die Tischplatte und schließlich lief der Backofen. Beinahe fünf Stunden lang. Und noch immer blieb die Küchentür verschlossen, ein Umstand, an dem sich außer mir niemand zu stören schien. Mein Vater nutzte die Zeit, um mit Hingabe die Stifte und Papiere auf seinem Schreibtisch zu ordnen. Christabel lag auf dem Sofa im Wohnzimmer, hatte ihre in Hausschlappen steckenden Füße über die Armlehne gehängt und sah sich *Karate Kid* an. Nur ich wusste nichts so recht mit mir anzufangen, versuchte es kurz mit Hausaufgaben, hörte ein bisschen Musik, überlegte, ob ich Wiebke anrufen sollte, um ein wenig zu quatschen, und tigerte etwa einhundertmal aus meinem Zimmer, den Flur entlang und wieder zurück.

Die Küchentür besaß eine Scheibe aus geriffeltem Glas. Man konnte also nicht wirklich hindurchsehen. Allerdings reichte es, um zu erkennen, dass Marian neben dem Backofen saß und etwas auf dem Schoß hielt. Ein Buch vielleicht? Las er? Das war natürlich egal. Unser Austauschschüler und Exfreund meines anderen Ichs kochte für uns etwas zum Mittagessen. Kein Grund, sich davon so beunruhigen zu lassen.

Eigentlich wusste ich selbst nicht, woher dieses Kribbeln in meinem Magen stammte, das mich in solche Unruhe versetzte. Es war ja nicht so, dass ich befürchtete, Marian würde da drin eine Bombe basteln. Aber ... er war immer noch ein Fremder und diese ...

Sache mit ihm und mir, das, was letzte Nacht zwischen uns geschehen war, ging mir nicht mehr aus dem Kopf. Ihm so nahe zu sein, hatte sich gut angefühlt, auch wenn ich heute Morgen beim Aufwachen beschlossen hatte, den Vorfall ebenso wie die Begegnung mit der Dame unter »skurrile Schattenwelterlebnisse« zu verbuchen, die mein wahres Leben nicht weiter beeinflussen würden. Aber es gefiel mir weder, wie Marian sich in meine Welt, meine Familie und meine Küche drängte, noch, welche aufgesetzte Fröhlichkeit er plötzlich an den Tag legte. Fröhlichkeit war etwas, was nicht so recht zu ihm passte.

Trotzdem gelang es mir schließlich, mich abzulenken, indem ich meine Trainingssachen anzog und an der Ballettstange in der Diele ein paar Übungen machte. Vor allem meine Knöchel hatten es nötig. Fast zwei Stunden lang trainierte ich meine Sprungkraft, während sich der Duft von frisch gebackenem Brot unter der Küchentür hervorschlängelte. Erst jetzt bemerkte ich, wie hungrig ich mittlerweile war. Allerdings nicht hungrig genug für finnisches Essen, wie sich herausstellen sollte.

Gegen halb zwei rief Marian uns endlich in die Küche. Mit erwartungsvollen Mienen setzten mein Vater, Christabel und ich uns an den Tisch, in dessen Mitte ein glänzender Brotlaib lag. Dazu hatte Marian jedem ein Glas Milch eingeschenkt.

»Das ist Kalakukko, ein finnisches Nationalgericht«, erklärte er. Sein Gesicht glänzte ebenfalls von der Hitze des Backofens und auf seinem dunklen T-Shirt prangten mehrere Mehlflecken, anscheinend hatte er seine Hände daran abgewischt. Trotzdem (oder gerade deshalb?) sah er einfach umwerfend aus. Ich musste mich regelrecht zwingen, ihn nicht mit offenem Mund anzustarren.

»Euer Nationalgericht ist Brot mit Milch?«, fragte ich deshalb schnell und mit einem zugegebenermaßen etwas zu schnippischen Unterton. »Und dafür hast du geschlagene fünf Stunden gebraucht?«

Marian lächelte, vermied es jedoch sorgsam, mich anzusehen. »Oh, das ist nicht einfach nur Brot«, sagte er, zückte ein Messer und schnitt den Laib wie eine Torte in Stücke. Unter der Brotkruste kam eine gräuliche Masse zum Vorschein. Ich presste die Lippen aufeinander. Das war tatsächlich nicht »einfach nur Brot«. Es war totes Brot. Eine Mischung aus Brot und einem verwesenden Tier, aus dem die Gedärme hervorquollen. Zumindest sah es so aus. Eine Füllung aus glibberigen Würmern, die sich über- und untereinanderwanden. Als eines der Tortenstücke mit einem schmatzenden Geräusch auf meinem Teller landete, konnte ich nicht umhin zurückzuzucken.

Marian lachte leise auf. »Es sieht nicht toll aus, aber es schmeckt wirklich gut.«

»Äh, was ist es denn genau?«, fragte Christabel.

»Barschfilets mit Schweinespeck in Brotteig«, sagte Marian und klatschte ihr ebenfalls eine Portion vor die Nase.

Ihre pinkfarbenen Mundwinkel verzogen sich einige Millimeter nach unten. »Ah ja.«

»Mein Lieblingsessen«, sagte Marian und nahm sich selbst ein ordentliches Stück. »Los, probiert mal.«

Mein Vater, der ohnehin nicht gerade ein Freund von toten Fischen war, nahm als Erster und Einziger von uns dreien einen Bissen, einen ziemlich kleinen nur, doch es dauerte fast drei Minuten, bis er es schaffte, ihn herunterzuschlucken. Christabel hingegen nuschelte irgendetwas von einer Getreideallergie, während ich sehr vorsichtig meine Gabel in die schleimige Masse steckte und versuchte, mir mit der Milch in meinem Glas Mut anzutrinken. Vergeblich.

Es lief darauf hinaus, dass Marian ein Drittel des Kalakukkos allein aß, während Christabel unter dem Tisch einen Pizzaprospekt herumreichte. Erst als er selbst aufgegessen hatte, schien Marian aufzufallen, dass unsere Portionen so gut wie unangetastet geblieben waren.

»Ihr mögt es nicht«, stellte er fest.

»Vielleicht kann man es einfrieren«, schlug ich halbherzig vor. Der Gedanke, dieses Zeugs in unsere Gefriertruhe zu verfrachten, behagte mir ganz und gar nicht. Im Grunde gehörte es in den Sondermüll und sonst nirgendwohin.

Marian wiegte skeptisch den Kopf. »Es schmeckt eigentlich nur, wenn es ganz frisch ist«, sagte er und holte eine Schüssel Nusseis aus dem Kühlschrank. »So was isst man hier aber schon, oder?«

Noch immer würdigte er mich keines Blickes.

Den Nachmittag verbrachte mein Vater damit, seinen Koffer zu packen. Siebenmal. (Er war nicht nur mit der Ordnung auf seinem Schreibtisch ziemlich pingelig.) Natürlich half ich ihm, suchte dieses und jenes für ihn heraus, räumte Dinge wieder weg, die er doch nicht auf seine Vortragsreise mitnehmen wollte, und überzeugte ihn davon, unnötigen Kram zu Hause zu lassen. Schneeschuhe zum Beispiel waren in Berlin ja wohl zu keiner Jahreszeit notwendig, schon gar nicht Ende September. Aber wie gesagt, mein Vater war in solch praktischen Angelegenheiten recht schwierig. Wir brauchten deshalb mehrere Stunden, bis alles für seine dreitägige Reise verpackt war. Die meiste Zeit nahmen dabei seine Hemden in Anspruch, die rechtwinklig und auf Kante zu liegen hatten.

Und dann, als wir es beinahe geschafft hatten, traf mein Vater eine Entscheidung. »Nein, das gestreifte nehme ich doch nicht mit«, erklärte er. Wir knieten nebeneinander auf dem Wohnzimmerboden und wollten gerade den Reißverschluss des Kofferdeckels schließen. Mit einem einzigen, blitzschnellen Griff angelte mein Vater das unterste Hemd wieder heraus, wobei, wer hätte es gedacht, die übrigen Klamotten in Unordnung gerieten.

»Oh«, sagte mein Vater und wirkte ehrlich erstaunt. »Die müssten wir noch mal bügeln.« Mit »wir« meinte er mich. Seufzend schaltete ich das bereits abgekühlte Bügeleisen wieder ein.

Da ich schon seit siebzehn Jahren mit meinem Vater zusammenlebte, konnte mich so schnell nichts aus der Ruhe bringen. Wer mich jedoch nervte, war Christabel oder besser gesagt ihr Schatten. Denn seit ich den Pizzamann bezahlt hatte, schien sie sich einen Spaß daraus zu machen, unsichtbar durch die Wohnung zu streifen, während ihr Körper vorgab, lesend in der Küche zu sitzen. Andauernd lief sie von Raum zu Raum, manchmal sogar schwebend wie ein Geist oder kopfüber unter der Decke hängend. Gerade so, als wollte sie mir um jeden Preis zeigen, wie wunderbar und leicht es doch war, sich von seinem Schatten zu trennen.

Mittlerweile war mir fast schon ein bisschen übel von der Absurdität der Situation. Menschen, die grau flackernd um einen herumflogen, so etwas gab es einfach nicht. Trotz allem, was ich in den letzten Tagen erlebt hatte, das hier fühlte sich schlicht falsch an. Selbst mein Vater blickte mittlerweile stirnrunzelnd auf die Schattengestalt unserer alten Haushälterin, die er ja nicht einmal sehen konnte. Als ob sein Bauchgefühl ihm ebenso wie das meine mir sagte, dass bei uns etwas ganz und gar nicht in Ordnung war. Seine Bewegungen jedenfalls wurden zunehmend fahrig.

Umso erleichterter war ich deshalb, als wir eine Dreiviertelstunde später alle mit unseren echten Körpern im Auto saßen, um meinen Vater zum Bahnhof zu bringen. Der Verkehr auf der Ruhrallee staute sich, doch zur Abwechslung übernahm Christabel, die vorn auf dem Beifahrersitz saß, die undankbare Aufgabe, meinen Vater zu beruhigen, dass er seinen Zug schon nicht verpassen würde. So hatten Marian und ich auf der Rückbank Gelegenheit, einander anzuschweigen.

Gleich nach dem Einsteigen war Marian, der die letzten Stunden allein im Arbeitszimmer gehockt und sich dort anscheinend vor mir versteckt hatte, so nah an die Tür herangerutscht, dass sich der Griff des Fensterhebers in seinen Oberschenkel bohrte. Dabei schaute er betont aus dem Fenster. Als befürchte er, allein den Kopf in meine Richtung zu wenden, würde schon zu viel Aufmerksamkeit bedeuten. Nach der Hälfte der Strecke entschied ich mich schließlich dazu, sein kindisches Verhalten nicht länger zu dulden.

»Na, immer noch beleidigt wegen des Essens?«, fragte ich in bestem Plauderton.

Obwohl er mir den Rücken zugedreht hatte, meinte ich in der Spiegelung der Scheibe zu erkennen, wie sich sein Gesicht zu einer Grimasse verzog. Seine Hände ballten sich zu Fäusten, eine Sekunde lang verkrampfte er sich. Dann entspannten sich seine Schultern plötzlich und er wandte sich lächelnd zu mir um.

»Ehrlich gesagt hatte ich so etwas in der Art befürchtet. Unser finnisches Essen ist im Ausland nicht gerade beliebt.«

»Weil es echt ekelig ist«, sagte ich. »Man könnte auch ein verwesendes Tier servieren, anstatt fünf Stunden daran herumzukochen. Wahrscheinlich würde man den Unterschied nicht einmal bemerken.«

Marian grinste und sah mir nun doch zum ersten Mal seit letzter Nacht wieder in die Augen. Es war ein Blick, in dem weder Verzweiflung noch Wut oder Verlangen lagen. Tatsächlich entdeckte ich nichts als Freundschaft im Grün seiner Iris. Trotzdem war es ein Blick, der mir gefiel, weil die Dinge plötzlich wieder so viel unkomplizierter waren.

»Allein dafür, eure Gesichter zu sehen, als ich den Brotlaib aufgeschnitten habe, hat sich die Mühe gelohnt«, sagte er und lachte.

»Dann wusstest du, dass wir es nicht essen würden?« Auch ich kicherte jetzt.

»Klar. Dass ausgerechnet Kasimir einen Bissen versuchen würde, hätte ich ihm wirklich nicht zugetraut. Dazu gehört schon einiges.«

»Ich wollte eben nicht unhöflich sein«, schaltete sich mein Vater in das Gespräch ein und überfuhr eine rote Ampel. Die übrigen Verkehrsteilnehmer schickten uns ein wütendes Hupkonzert hinterher, während ich mich in meinem Sitz zurücklehnte.

»Aber du persönlich stehst auf schleimiges Essen, ja?«, fragte ich.

Marian zuckte mit den Schultern. »Ich bin nicht wählerisch. Vor fünf Jahren haben mein Pflegevater und ich einen Trip durch die kolumbianische Wildnis gemacht. Wenn du dich mal einen Monat lang von gegrillten Riesenspinnen und Tausendfüßlern ernährt hast, findest du nichts mehr ekelig, glaub mir.«

»Riesenspinnen?« Ich schüttelte mich.

»Bernhard hat ein Faible für Extremsport und Survival-Touren in den Ferien. Schon als ich noch klein war, hat er mich oft mitgenommen. Wildwasser-Rafting in Südamerika, Paragliding in Neuseeland, Klippenspringen in Griechenland, das volle Programm eben. Zwei-, dreimal im Jahr ziehen wir los und suchen uns eine neue Herausforderung«, erklärte Marian. »Wir testen unsere Grenzen aus, verstehst du?«

»Nicht so richtig«, sagte ich und dachte daran, wie Marian sich an das Seil des Zeppelins geklammert hatte. »Aber es erklärt zumindest einiges. Du bist also süchtig nach dem Adrenalinkick.«

Er schüttelte den Kopf. »Nein«, sagte er leise, während sich sein meergrüner Blick in meinen brannte. »Ich will nur wissen, wie weit ich gehen kann.«

»Ach so«, flüsterte ich und nun war ich diejenige, die sich abwandte, um aus dem Fenster zu starren. Bäume, Plakatwände,

Laternen und Häuser glitten daran vorbei, eine Wolke schob sich vor die Sonne, mein Vater schaltete das Radio ein, um die Nachrichten zu hören, und dann erreichten wir auch schon den Bahnhof. Wir parkten in einer Seitenstraße. Die Rollen des Koffers schabten über den Asphalt, Christabel lief noch einmal zurück, weil sie ihre Handtasche mit den Zigaretten im Wagen vergessen hatte.

Und schließlich ging alles sehr schnell: Der Zug nach Berlin wartete bereits am Bahnsteig, als wir am richtigen Gleis ankamen. Mein Vater nahm mich kurz in seine Arme, dann verschwand er mitsamt seinem Gepäck hinter den verspiegelten Scheiben des ICEs. Wir winkten und sahen dem Zug nach, ohne zu ahnen, was uns unmittelbar bevorstand. Ich war einfach zu verwirrt, weil ich mich immer wieder fragte, was es war, was da zwischen Marian und mir ablief. Dabei hätte ich der unheilvollen Spannung, die in der Luft lag, bloß ein bisschen mehr Beachtung schenken müssen.

Es geschah auf dem Weg zurück zum Auto, mitten in der Bahnhofshalle. Christabel war gerade von einem Sicherheitsmann der Deutschen Bahn darauf hingewiesen worden, dass das Rauchen innerhalb des Gebäudes verboten war, als sie über uns herfielen. Aus dem Nichts tauchten sie auf.

Geflügelte Pferde.

Drei.

Kreischend flogen sie über die Köpfe der Menschen hinweg und stürzten sich auf uns. Ich war viel zu geschockt, um zu reagieren. Schwarz flackernde Schwingen durchschnitten die Luft über unseren Köpfen, mächtige Hufe streiften den Hut einer alten Dame. Die Nüstern der Pferde waren geweitet, ihre Augen glühten und ihre Reiter schwangen Peitschen aus Dunkelheit über ihren Zylindern. Die Spannweite der Pferdeflügel nahm fast die gesamte Breite der Halle ein.

Scheiße, dachte ich. Mir sträubten sich die Nackenhaare beim Anblick der Wesen. Die Angst schnürte mir die Kehle zu. Ich merkte, dass ich vor Schreck die Luft anhielt, und musste mich zwingen weiterzuatmen.

Marian und Christabel schienen die Lage längst erfasst zu haben. Blitzschnell rissen sie mich mit sich in den schmalen Raum zwischen einem Bäckerstand und einem Fahrkartenautomaten. Binnen eines Sekundenbruchteils verließen die Schatten der beiden ihre Körper, die mit ausdruckslosen Gesichtern bei mir zurückblieben, und stellten sich den Reitern entgegen.

Dieses Mal versuchte Marian gar nicht erst, mit ihnen zu reden, es wäre ohnehin zwecklos gewesen, denn das hier waren keine Späher, das erkannte selbst ich.

Es war ein Angriff.

Fast synchron duckten sich Marian und Christabel, machten sich bereit zum Sprung in einen Kampf, den außer uns niemand im überfüllten Bahnhof bemerken würde. Menschenmassen strömten an uns vorbei, ohne die Schattenwesen zu beachten. Auch die geflügelten Pferde machten sich bereit und senkten die Köpfe. Dann begann das Gefecht. Von zwei Seiten griffen sie uns an und Marian und Christabel flogen ihnen entgegen.

Einer der Reiter fixierte mich mit seinem Raubvogelblick.

Seine Bewegungen waren abgehackt wie die eines Roboters. Marian schwang sich hinter ihm in den Sattel und zwang ihn mit einem Griff, sich von mir abzuwenden. Christabel holte derweil zum Schlag gegen das zweite Monstrum aus, während eine Frau mit Kinderwagen einfach durch die beiden hindurchging. Peitschen knallten, Tritte fanden ihr Ziel. Vor mir verschwammen die Kämpfenden zu einem flackernden Knäuel. Wie eine Gewitterwolke hingen sie in der Luft. Und die Spannung, die von dieser Wolke ausging, erinnerte tatsächlich an das Zucken sich entladender Blitze. Gefolgt vom Donnerschlag.

Ich hörte, wie Christabel etwas rief. Ein weiterer Peitschenknall, Marian stöhnte auf, ich zuckte zusammen. Das dritte Schattenpferd sprang zwischen seinen beiden Artgenossen hervor. Ein feines Lächeln umspielte die Lippen seines Reiters, als er mich in meiner Ecke entdeckte. Er hob die Hand mit der Peitsche, die über seinem Kopf züngelte wie eine Giftschlange, holte aus. Weder Marian noch Christabel schienen es zu bemerken. Ich war ganz allein.

Zitternd presste ich mich an die Wand des Bäckerstandes und erregte damit bereits das Aufsehen einiger Vorübergehender. Sicherlich wäre es klug gewesen, wenn ich mich ebenfalls von meinem Schatten getrennt hätte, aber das schaffte ich bisher nun mal nicht. Und bestimmt hätte es auch etwas genützt, um Hilfe zu rufen, damit Christabel und Marian auf mich aufmerksam wurden. Doch stattdessen duckte ich mich und wartete, bis ich das sirrende Geräusch der Peitsche in der Luft hörte. Dann rannte ich los.

So schnell ich konnte, sprintete ich zwischen den Hufen des Pferdes hindurch in Richtung Ausgang. Immerhin war ich klein und wendig und tatsächlich schaffte ich es zu einer nahe gelegenen Unterführung, in die sich kaum einer der Reisenden jemals verirrte. Für einen winzigen Augenblick hatte ich alle anderen hinter mir gelassen. Doch, nun ja, leider konnte ich im Gegensatz zu meinem Verfolger nicht fliegen. Sofort war er wieder bei mir. Die Schwingen strichen an den rauen Wänden entlang. Es war hoffnungslos, von Anfang an. Unter einem der Hiebe tauchte ich noch hinweg, dann wickelte sich die Peitsche um mein Fußgelenk und ich schlug der Länge nach hin. Mein Ellenbogen schürfte über den Asphalt, ich warf mich herum, wollte aufstehen, doch ich brauchte zu lange, um mich zu orientieren.

Im nächsten Moment war der Reiter auch schon von seinem Pferd gesprungen und stand über mir, packte mich mit behandschuhten Händen.

»Unser Herr wird erfreut sein, Sie endlich als seinen Gast begrüßen zu dürfen, kleines Fräulein«, verkündete er mit einem Lispeln. Sein Kopf ruckte immer wieder hin und her, während seine Augen mich mit stechendem Blick fixierten.

Ich presste die Kiefer aufeinander, wand mich in seinem Griff, trat um mich. Das Schnauben des Schattenpferdes hallte von den Betonplatten wider und der Reiter machte Anstalten, mich hinauf auf den Rücken des Wesens zu hieven. Amadés gezeichnete Gestalt tauchte vor meinem inneren Auge auf und ich begriff, was immer dieser Fürst im Schilde führte, zu dem mich der Reiter bringen wollte, er würde nicht zimperlich sein, um an das

Versteck des Weißen Löwen zu gelangen. Und ich hatte noch immer keine Ahnung von dieser ganzen Sache. Nein, er durfte mich nicht bekommen.

Endlich brachte ich einen Ton hervor. »Lassen Sie mich los!«, schrie ich und wehrte mich heftiger. »Ich kann Ihrem Herrn nicht helfen. Ich will runter! Sie sollen mich sofort – hey, was machen Sie denn da? Aua!«

Der Reiter hielt mich noch immer, unerbittlich. Mittlerweile hatte er mich quer vor sich über den Sattel des Monstrums gelegt, sodass der Knauf mir in die Brust stach. Und auch an meinem Oberschenkel spürte ich einen harten Gegenstand. Es war die schmale Sichel, die der Bettler mir geschenkt hatte. Sie steckte noch immer in der Hosentasche meiner Jeans. Bildete ich es mir nur ein oder ging tatsächlich ein Prickeln von dem kleinen Bogen aus? Besonders gut beschützt hatte mich das Ding bisher ja wahrlich nicht.

Dennoch bäumte ich mich ein letztes Mal auf und bekam die Hand meines Entführers zu fassen. Das Pferd hatte sich bereits in Bewegung gesetzt, als ich mit aller Kraft hineinbiss. Der Schattenmann heulte auf und ich glitt zu Boden, rollte mich ab und sprang auf die Füße.

»Ha!«, rief ich. Rasch angelte ich die Sichel aus meiner Tasche hervor und staunte einen Wimpernschlag lang, denn sie leuchtete in einem kräftigen Blau, und wo meine Finger sie berührten, breitete sich ein Kribbeln auf meiner Haut aus, das langsam über meine Handgelenke hinweg über den Nacken bis zu der Stelle hinter meinen Ohren hinaufkroch. Die Sichel schmiegte sich in meine Hand, als wolle sie mit ihr verwachsen. Instinktiv begriff ich, was ich zu tun hatte, umfasste das glühende Metall mit beiden Händen und richtete es auf den Reiter.

Hitze durchzuckte mich wie ein Schlag, als grelles Licht an der Spitze der Sichel explodierte und sich in die Gestalt des Mannes vor mir bohrte.

Ich hörte ein erschrockenes Keuchen.

»Nicht! Bitte!«, rief er noch, doch es war schon zu spät. Das Licht tauchte die Unterführung in ein Gleißen, gierig leckte es an meinen Verfolgern, während ich selbst mich in einem Kegel aus Dunkelheit befand. Im nächsten Moment brannten Reiter und Pferd lichterloh. Weiße Flammen züngelten über ihre Körper. Das Knistern war ohrenbetäubend, der beißende Gestank verbrannten Haares stieg mir in die Nase. Der Mann schrie gellend, das geflügelte Pferd wand sich in der Luft und wieherte vor Schmerz.

Ich ließ die Sichel sinken und wich zurück. Gerade warf sich der Mann auf den Boden, wälzte sich auf dem Asphalt, während das Feuer seine Haut fraß, sein Backenbart sprühte Funken, das Fleisch schrumpelte zusammen und gab den Blick auf graue Knochen frei. Seinem Reittier erging es nicht viel besser. Der Zylinder rollte mir vor die Füße.

Ich übergab mich krampfhaft, so lange, bis ich nur noch bittere Galle hervorwürgte.

Als ich wieder aufblickte, hatten Pferd und Reiter aufgehört, sich zu wehren. Nur das Knacken der Flammen war noch zu hören und auch die Sichel in meiner Hand fühlte sich wieder kühl und schwer an. Sie war nicht länger blau, sondern hatte sich zurück in einen unscheinbaren silbernen Bogen verwandelt. Das

Geschenk des Bettlers hatte mich gerettet! Wieso nur hatte Barnabas mir etwas derart Wertvolles überlassen?

Ich steckte den Glücksbringer weg, unfähig, meinen Blick von den brennenden Körpern abzuwenden, die in rasender Geschwindigkeit zerfielen, bis nur noch zwei Aschehäuflein und ein hässlicher Abdruck auf dem Boden von ihnen zurückblieben. Ich taumelte, musste mich an der Wand abstützen. Kalter Schweiß rann mir über die Stirn, ich spürte erneut Übelkeit in mir aufsteigen.

Am Eingang der Unterführung tauchte ein blonder Schopf auf. »Da bist du ja! Gott sei Dank, du hast ihn abgehängt und dich versteckt!«, rief Marian und stürzte auf mich zu. Seine Arme umschlangen mich und pressten mich an ihn, dann nahm er mein Gesicht in beide Hände und bedachte mich mit einem Blick, der nichts mehr mit Freundschaft zu tun hatte. »Hey, du zitterst ja! Ist alles okay mit dir?«

Mühsam brachte ich ein Nicken zustande, während Marian mich an sich zog und festhielt. Ich barg meinen Kopf an seiner Brust, im Augenblick einfach nur froh, nicht mehr allein an diesem grauenhaften Ort zu sein.

»Ganz ruhig«, flüsterte Marian in mein Haar. »Jetzt bin ich ja da. Ich passe auf dich auf.«

Er strich mir über den Rücken und ich begann zu schluchzen. So standen wir eine ganze Weile, er hielt mich und ich weinte in den Stoff seines Pullovers.

Bis Marian sich plötzlich versteifte. Genau wie in der letzten Nacht ließ er mich so abrupt los, dass ich erschrocken zurücktaumelte. Rasch blinzelte ich die Tränen fort.

»Ich ... ich kann das so nicht«, stieß Marian hervor. Er hatte die Hände zu Fäusten geballt. Mit bebenden Schultern stand er da. In seinem Blick sah ich, was er dachte, bevor er es aussprach. »Du bist nicht meine Flora. Aber du siehst ihr so verdammt ähnlich, dass ich das immer wieder vergesse.«

Ohne Vorwarnung hieb er mit solcher Wucht gegen die Betonwand der Unterführung, dass die Haut seiner Fingerknöchel aufplatzte. Er keuchte. Feine Blutstropfen rannen auf den schmutzigen Boden.

Ich starrte auf die rötlichen Flecken. »Das ... hatten wir doch geklärt, dachte ich.«

Marian zuckte mit den Schultern. »Theoretisch schon. Aber praktisch funktioniert das mit unserer Freundschaft nicht. Merkst du das denn nicht? Wir sollten es lassen.«

»Was lassen?« fragte ich, doch Marian hatte sich bereits umgedreht. Mit langen Schritten eilte er davon und ich blieb zurück mit einem schwarzen Ascheflex zu meinen Füßen und roten Spritzern, die ihn durchzogen.

10
DER EISERNE KANZLER

In der Nacht erhielt Fluvius Grindeaut einen Besuch, den er nicht erwartet hatte. Der Gast, der niemals zuvor persönlich beim Grauen Bund gewesen war, entstieg einem Zeppelin mit schwarz lackierter Außenhaut und versetzte ganz Notre-Dame in helle Aufregung, sobald er den ersten Schritt in die verspiegelte Eingangshalle tat. Beinahe wäre das Dienstmädchen, das ihm die Tür geöffnet hatte, bei seinem Anblick in Ohnmacht gefallen. Sofort wurde der Großmeister gerufen, doch auch viele andere Bewohner der Kathedrale ließen es sich nicht nehmen, einen Blick zu erhaschen. Noch ehe Fluvius Grindeaut selbst in der Halle eintraf, hockten Kämpfer wie Dienstboten bereits Seite an Seite hinter dem Geländer der Galerie und spähten zwischen den Spiegelsäulen nach unten.

Auch ich hatte mich zu den Schaulustigen gesellt, obwohl ich keinen Schimmer hatte, wer dieser Eiserne Kanzler, wie die anderen den Gast nannten, war und was an ihm so besonders sein sollte. Allerdings hatte mich allein das Getuschel, das mitten im Dämmerungstraining ausgebrochen war, neugierig gemacht.

Da Madame Mafalda der Übungsstunde wegen ihrer Migräne ferngeblieben war, hatte es nicht lange gedauert, bis die Kämpfe eingestellt worden waren und jeder, den es danach verlangte, in Richtung der Eingangshalle gestrebt war, ein Funkeln in den Augen, als wäre Weihnachten. Warum alle so aus dem Häuschen waren, begriff ich jedoch erst, als ich den Gast mit eigenen Augen sah. Zwischen Arkon und einem jungen Mann mit Segelohren kniete ich auf den Spiegelfliesen und betrachtete den Eisernen Kanzler, der ganz anders aussah, als sein Titel es vermuten ließ.

Das Erste, was mir an ihm auffiel, war seine Jugend. Der Mann, der dort unten mit einem löwenknäufigen Säbel am Gürtel stand und den Eindruck erweckte, als wäre er es gewohnt zu befehlen, war jung. Höchstens zwanzig Jahre alt, schätzte ich, fast noch ein Junge. Und er war schön, auf eine altmodische Art und Weise. Das dunkle Haar reichte ihm bis auf die Schultern, sein Gesicht war schmal, die Nase lang und gerade und in seinen Augen lag etwas, ein Glimmen, eine Ahnung von Weisheit, die nicht so recht zu seinem Alter passte. Er wirkte stolz, wie ein Monarch aus dem vorletzten Jahrhundert, der für eine der ersten Schwarz-Weiß-Fotografien posierte, stand er da, die eine Hand auf dem Waffengriff ruhend, die andere lässig auf dem Rücken liegend.

Mit einem feinen Lächeln auf den Lippen ließ er seinen Blick durch den Raum schweifen. Auch wenn er einfach nur zu warten schien, ich war mir sicher, er war sich dessen bewusst, dass er in diesem Augenblick beobachtet wurde. Seine ganze Körperhaltung verriet es, die gestrafften Schultern, das erhobene Haupt. Und das

Lächeln. Immer wieder wanderte mein Blick zurück zu seinem Mund, dessen Winkel amüsiert zuckten.

Er wusste, dass alle ihn anstarrten.

Er wusste, dass ich es tat, daran hatte ich keinen Zweifel.

»Ihre Exzellenz.« Fluvius Grindeaut betrat die Halle mit schlurfenden Schritten, als bereite es ihm Mühe, sich aufrecht zu halten.

Der Kanzler begrüßte ihn mit einem Nicken. »Ehrwürdiger Großmeister.«

»Was verschafft mir die Ehre Ihres Besuches?«, sagte Fluvius Grindeaut mit schwerer Zunge. »Darf ich Sie auf eine Tasse Tee in mein Büro bitten?«

»Oh, ich möchte Ihnen keinesfalls Umstände bereiten, und was ich Ihnen zu sagen habe, können wir genauso gut hier besprechen«, erklärte der Eiserne Kanzler und sah zur Galerie hinauf. Vielleicht bildete ich es mir nur ein, doch ich hatte das Gefühl, als vergewissere er sich, ob ich auch wirklich noch da wäre, bevor er sich wieder an den Großmeister wandte. »Wie ich sehe, haben Sie dem Cognac bereits zugesprochen, deshalb will ich es kurz machen: Wie Sie wissen, ist dem Fürsten vor Kurzem etwas entwendet worden, was ihm nicht nur lieb und teuer war, sondern in den falschen Händen großes Unheil anrichten kann. Der Weiße Löwe – «

»Seine Hoheit hat es eindeutig erklärt: Wir sind in dieser Angelegenheit über jeden Zweifel erhaben«, erklärte Fluvius Grindeaut mit einer Spur zu viel Nachdruck.

Der Kanzler presste die Lippen aufeinander. »Selbstverständlich«, sagte er und blickte erneut in unsere Richtung, bevor er weitersprach. »Meine Schattenreiter suchen bereits unter Hochdruck nach dem Dieb. Doch bisher konnte er noch nicht gefasst werden. Deshalb bin ich gekommen, Sie und Ihren Orden um Hilfe zu bitten. Jeder, der etwas über den Vorfall weiß, könnte uns zum Ziel bringen. Und mag die Information auch noch so winzig oder brisant sein, er oder sie ist mir jederzeit willkommen. Der Weiße Löwe muss in den Palast zurückgebracht werden. Dem Fürsten geht es dabei nicht um Rache, er will sein Eigentum zurück.« Er atmete aus. Jetzt sah er mich direkt an. »Es ist wichtig, in dieser Welt nicht den Falschen zu trauen.«

Auch Fluvius Grindeaut war mittlerweile seinem Blick gefolgt. Er schnappte hörbar nach Luft. »Ich verbitte mir derlei Unterstellungen«, rief er. Es fiel ihm schwer, das letzte Wort deutlich auszusprechen.

»Und ich appelliere an Ihre Vernunft, ehrwürdiger Großmeister.« Der Titel klang nun wie eine Beleidigung.

»Diese Unterredung ist beendet«, entschied Fluvius Grindeaut und wandte sich mit solcher Heftigkeit zum Gehen, dass er nun tatsächlich ein paar Schritte taumelte, bevor er sein Gleichgewicht wiederfand. »Verlassen Sie mein Haus!«, murmelte er.

»Für heute werde ich Sie in Frieden lassen.« Der Kanzler deutete eine Verbeugung an. »Doch spätestens bei den Feierlichkeiten im Palast werden Sie sich aus Ihrem Schneckenhaus wagen müssen. Und dann werden wir uns wiedersehen. Wir alle.«

Er zwinkerte in meine Richtung und ich spürte, wie mir eine Gänsehaut über die Schultern kroch. Wer war dieser Mann? Und was wollte er von mir?

Mit einem Donnern fiel das Portal hinter ihm ins Schloss. Einen Augenblick lang herrschte atemloses Schweigen. Nur Fluvius Grindeauts sich entfernende Schritte waren zu hören, und erst als sie verklungen waren, machte sich ein Tuscheln unter den Schaulustigen breit.

In Grüppchen standen die Kämpfer beisammen, nur Amadé, die anscheinend später zu uns gestoßen war, lehnte starr vor Schreck in einer Ecke. Sie hatte die Augen weit aufgerissen und Schweißtropfen rannen über ihre narbige Stirn. Ihr Atem ging stockend. Mit zwei Schritten war ich bei ihr.

»Ist alles in Ordnung?«, fragte ich und legte meine Hand auf ihren Unterarm. Amadé erzitterte unter der Berührung, doch sie nahm mich kaum wahr. Noch immer klebte ihr Blick an der Stelle unten in der Eingangshalle, von der der Kanzler zu uns heraufgesehen hatte.

»Amadé?« Ich rüttelte sie, bis sie mich überrascht ansah. »Geht es dir gut?«

Sie schüttelte den Kopf. Doch ehe ich genauer nachfragen konnte, zuckte sie mit den Achseln, kramte etwas aus der Tasche ihres Kleides hervor und drückte es mir in die Hand.

Es war ein Kieselstein von der Größe einer Faust. Und seine dunkle Maserung formte ein Wort. *Komm.*

Ich runzelte die Stirn. »Was ist das?«

Amadé deutete auf den Stein, dessen Maserung nun in Bewegung geraten war und neue Worte bildete. *Ein Materienkiesel*, stand dort und dann: *Mein Vater hat ihn mir gegeben.*

Ich blickte von dem Stein auf Amadé und wieder zurück.

Amadé nickte. *Komm mit*, schrieb die Maserung. *Ich zeige dir etwas.*

Amadé führte mich durch Gänge und Treppenhäuser. Ich hatte keine Ahnung, was sie mir zeigen wollte, und sie weigerte sich, es mir zu sagen. Stattdessen hielt sie meine Hand in ihrer, die eiskalt war, und bahnte sich mit der Sicherheit einer Schlafwandlerin ihren Weg durch das verwirrende Labyrinth der Flure. Ich hingegen hatte schon längst die Orientierung verloren. Nur eines begriff ich: Es ging abwärts. Und je tiefer wir kamen, umso mehr veränderte sich unsere Umgebung. Dunkelheit und Kälte nahmen zu, die Wände wurden kahler, der Boden unebener.

Unser Atem stieg in Wölkchen vor uns auf, während immer wieder Wasser in dünnen Rinnsalen an den grob behauenen Steinquadern um uns herum hinabrieselte. Ich überlegte, ob ich nicht irgendwann mal gehört hatte, dass es unter Notre-Dame Katakomben gab. Ich war mir fast sicher und erwartete deshalb hinter jeder Biegung einen Haufen Schädel zu entdecken. Allerdings waren wir mittlerweile schon recht lange unterwegs, ohne auch nur einen Fingerknochen zu sehen. Gebeine und halb vermoderte Leichen schien es hier unten also eher nicht zu geben und es roch auch nicht schimmelig oder so. Zum Glück.

Doch da war noch diese andere Sache, die mir Sorgen bereitete. Denn üblicherweise waren Katakomben nicht einfach Keller unter einem Gebäude, sondern erstreckten sich sogar recht weitläufig unter dem Gebiet einer Stadt.

»Soweit ich weiß, wäre es nicht gerade klug von mir, Notre-Dame zu verlassen«, sagte ich deshalb nach einer Weile in die

Stille hinein. Meine Begegnung mit dem Schattenreiter am Nachmittag steckte mir noch gewaltig in den Knochen, sodass ich es möglichst vermied, darüber nachzudenken. »Draußen in der Stadt sucht man nach mir.«

Amadé hielt inne und deutete auf eine Gabelung vor uns. *Dort gibt es zwar einen Ausgang*, las ich im Licht der Fackeln, die alle paar Meter in Halterungen an der Wand steckten, *aber wir nehmen den linken Gang.*

»Und bleiben damit innerhalb Notre-Dames?«, fragte ich.

Ja.

»Warum sagst du mir nicht, wo wir hingehen?«

Überraschung. Amadé lächelte verschwörerisch, wurde jedoch schon im nächsten Augenblick wieder ernst und zog mich in eine Nische.

»Was ist denn?«

Sie legte den Finger auf die Lippen. *Jemand kommt.* Gemeinsam spähten wir um die Ecke. Auch ich hörte jetzt Schritte, ein dumpfes Pochen auf dem Fels, das von Eile kündete. Und dann tauchte er auf, unvermittelt aus einem Quergang.

Marian.

Er trug einen langen Mantel, dessen Kapuze er sich bis über die Augen gezogen hatte. Trotzdem erkannte ich ihn. Daran, wie er ging, und daran, wie er sich immer wieder umsah, als er die Weggabelung erreichte und sich dann für den rechten der beiden Gänge entschied. Anscheinend fürchtete er, von jemandem gesehen zu werden. Ich schluckte. Er schlich sich hinaus.

»Wohin geht er?«

Amadé zuckte mit den Achseln und klopfte sich den Schmutz von ihrem Kleid.

»Kann er denn nicht einfach den Vorderausgang nehmen, wenn er nach draußen will? Oder darf er das nicht?«

Doch. Niemand wird in diesen Gemäuern festgehalten.

»Dann will er nicht, dass jemand sieht, dass er geht«, murmelte ich.

Amadé nickte. *Wahrscheinlich*, flackerte es über den Materienkiesel. Dann zog sie mich weiter.

Etwa zwanzig Minuten später erreichten wir endlich unser Ziel, einen Ort, so wundersam, dass es mir die Sprache verschlug. Unvermittelt hatte der Tunnel eine Biegung gemacht und nun befanden wir uns in einem weitläufigen Gewölbe, das von marmornen Säulen getragen wurde. Der Raum war so groß, dass ich das andere Ende nicht sehen konnte. Ein kühler Windhauch streifte meine Wange.

Ich hielt den Atem an, doch nicht nur die Weite des Gewölbes überwältigte mich, sondern vor allem das, was es beherbergte. Denn hier unten in der Dunkelheit, verborgen unter Tonnen von Gestein, wuchs ein Wald. Kein echter Wald natürlich. Oder etwa doch? Ich konnte es nicht sagen. Wie hypnotisiert starrte ich auf das Meer aus Stämmen und Wipfeln, Ästen und Moosen, das sich vor mir erstreckte, farblos und noch dazu ... funkelnd.

Amadé führte mich zwischen Farnen und Pilzen hindurch. Es knirschte unter unseren Füßen, in der Luft hing ein Klirren wie Vogelgezwitscher. Mit den Fingerspitzen strich ich im Vorübergehen über einen der Stämme. Er fühlte sich kalt und glatt an.

Überhaupt wirkten die Bäume irgendwie durchscheinend und ich begriff: Der Wald bestand aus Glas. Aus schimmerndem, scharfkantigem Glas. Und doch schien er lebendig, so echt sah er aus. Ein jedes Blatt so fein geädert, die Borke der Bäume bis ins Detail ihrem natürlichen Vorbild nachempfunden ... Wie war so etwas nur möglich?

»Was ...«, flüsterte ich.

Es ist das Alchemielabor meines Vaters.

Labor? Nach Experimenten, Reagenzgläsern und Formeln, die Blei in Gold verwandeln sollten, sah es hier nun wirklich nicht aus. Obwohl ... In einigen Stämmen schien tatsächlich eine Art Flüssigkeit zu blubbern und, ja, die Wurzeln der Bäume waren untereinander verbunden wie Leitungen, Pilze dienten als Ventile, von einem Blatt tropfte etwas in ein Astloch, aus einem Busch stiegen Nebelfäden in die Höhe. Im Zentrum des Gewölbes erhob sich ein riesenhafter Mammutbaum, an dessen häuserdickem Stamm sich einige Zahnräder drehten. Auf einem Tischchen darunter entdeckte ich einen metallenen Helm, unter dem eine Art Bedienungsanleitung hervorlugte. »Gezielte Gedankenübertragung mittels Dunkler Energie«, stand in schnörkeligen Lettern darauf.

Eine gefährliche Technologie, es ist nicht absehbar, was sie im menschlichen Gehirn anrichtet, erklärte Amadé, die meinen Blick bemerkt hatte. *Es gibt sogar ein Gesetz, das den Umgang mit derartigen Apparaturen verbietet. Aber wie du siehst, hält sich nicht jeder daran.*

Ich schüttelte vor Verwirrung den Kopf. »Aber ich bin ganz

woanders aufgewacht«, sagte ich. »In einem kleinen Raum, in dem es staubig war. Glibberiges Zeug in Einmachgläsern stand da herum.«

Wir setzten uns, die Rücken an den Stamm einer Eiche gelehnt. *Mein Vater mag es nicht, wenn jemand außer ihm hierherkommt.* Amadé warf mir einen fragenden Blick zu. *Und, was sagst du? Gefällt es dir?*

Ich betrachtete die kristallenen Früchte einer Erdbeerpflanze. »Es ist wunderschön.«

Amadé nickte.

Wir lauschten dem Rauschen der Wipfel. Es tat gut, hier neben Amadé zu sitzen. Ich mochte sie. Nach einer Weile räusperte ich mich.

»Ähm, kann ich dich mal was fragen?«

Sie hob erwartungsvoll die Augenbrauen.

»Wer ...«, begann ich. Wer war ich, als ich noch eine Schlafende war? Und was habe ich getan? Warum vor allem?, wollte ich fragen. Doch die Worte wollten mir einfach nicht über die Lippen kommen. »Wer war dieser Kanzler?«, sagte ich stattdessen. Und warum bist du vorhin so blass geworden?

Der schmächtige Körper neben mir versteifte sich, bevor die Antwort mit etwas Verzögerung auf dem Materienkiesel in meiner Hand erschien. Erst langsam, dann in einem ganzen Schwall von Worten. *Der Eiserne Kanzler führt seit Jahrhunderten die Regierungsgeschäfte der Schattenwelt. Seit vielen Generationen dient er dem jeweiligen Fürsten. Man sagt, er sei unsterblich. Ob es stimmt, weiß ich nicht. Aber er ist ein mächtiger Mann. Vor allem deshalb, weil er irgendwann angefangen hat, Schlafende, die ihm besonders geeignet erscheinen, zu Schattenreitern zu machen, indem er sie irgendwo in den Horsten hinter dem Schlotbaron ausbildet und wer weiß was mit ihnen anstellt. So hat er sich innerhalb etlicher Jahre eine Armee herangezüchtet, die nur ihm gehorcht. Ahnungslose Schlafende, deren Seelen auch in der realen Welt unter seinem Befehl stehen. Wenn du mich fragst, ist er längst der wahre Herrscher Eisenheims, und es wundert mich, dass er den Fürsten immer noch neben sich duldet.*

»Er sieht so jung aus. Ich meine, Jahrhunderte? Wie kann das sein?«

Die Sache ist die: Wenn wir schlafen und dabei in der realen Welt sterben, egal, wann, egal, wie, kehren unsere Seelen im Augenblick unseres Todes ein letztes Mal zu unseren Körpern zurück, erklärte Amadé. *Danach wird der Körper begraben und die Seele, so heißt es, bleibt beim Versuch, nach Eisenheim zurückzukehren, im Licht.*

Ich dachte an die gleißende Lichtquelle, an der ich jede Nacht vorbeistürzte.

Es ist so schön warm, nicht wahr? Was dahinterliegt, vermag niemand zu sagen. Ich für meinen Teil hoffe, dass es ein Gott ist, der dort auf uns wartet. Amadé senkte den Blick. *Auch der Eiserne Kanzler ist eines Nachts gestorben, vor langer Zeit. Doch seine Seele blieb seinem Körper fern. Aus welchem Grund auch immer, sie kehrte nicht in die reale Welt zurück, sondern blieb im Moment seines Todes einfach hier in Eisenheim. Seither lebt er vollständig in der Schattenwelt, Tag und Nacht. Er ist in ihr gefangen, wenn du so willst. Und er altert nicht mehr.*

Ich legte den Kopf auf die Seite. »Seine Seele existiert also ohne seinen Körper weiter.« Eine Gänsehaut kroch mir über den Nacken.

So ist es. Doch andersherum funktioniert es nicht. Der Körper kann ohne die Seele nicht weiterleben. Wenn deine Seele hier in der Schattenwelt stirbt, dann tut es auch dein schlafender Körper in der gleichen Sekunde. Amadé sah mich jetzt direkt an. Tränen glitzerten in ihren Augen und ich verstand, was sie mir sagen wollte. Dass sie mich an den Fürsten verraten hatte, um zu überleben. *Zu Hause in Frankreich habe ich ein Kind. Seine Seele ist irgendwo in Eisenheim verschollen.*

Sie weinte jetzt.

Ich legte einen Arm um ihre Schulter und strich ihr das Haar aus dem entstellten Gesicht. »Ist ja gut«, sagte ich. »Ich verstehe das. Ich bewundere dich dafür, wie lange du dich geweigert hast, mich zu verraten, was du erduldet hast, um mich zu schützen.« Meine Stimme klang belegt. Amadé war den Schattenreitern in die Hände gefallen, ein Schicksal, dem ich selbst vor wenigen Stunden nur knapp entronnen war. Ich hätte den finsteren Reitern nicht sagen können, was sie wissen wollten. Ich erschauderte. »Was du getan hast, war sehr tapfer«, flüsterte ich.

Trotzdem! Amadés Hände ballten sich zu Fäusten. *Wäre ich ihnen doch nur nicht in die Arme gelaufen, wäre das alles ... Es tut mir so leid.*

»Unsinn«, entfuhr es mir. »Da gibt es nichts, wofür du dich ...« Entschuldigen müsstest, wollte ich sagen. Doch in diesem Augenblick ertönte ein Summen, nein, es war eher ein Brummen, das mich aus dem Schlaf riss. Amadés Gesicht verschwamm, ich sah noch, wie sie die Lippen aufeinanderpresste und nickte. Dann erwachte ich und fand mich in meinem Bett wieder.

Ich blinzelte.

Es war noch dunkel im Zimmer. Nur das Licht einer Straßenlaterne fiel durch die halb zugezogenen Vorhänge und malte ein stilles Muster auf Wände und Möbel. In der Ferne waren die Autos auf der Hauptstraße zu hören. Verwirrt rollte ich mich auf die Seite und tastete auf meinem Nachttisch herum. 3.30 Uhr zeigten die Leuchtziffern meines Weckers, neben dem mein Handy lag und vibrierte, als würde es gleich explodieren.

War etwas passiert? Schlaftrunken löste ich die Tastensperre und tippte mich durch das Menü.

Ich hatte eine SMS bekommen.

»Vermisse dich«, stand dort im bläulichen Licht der Displaybeleuchtung. »Können wir uns nicht noch einmal treffen und über alles reden? Ld noch immer.«

Mir entfuhr ein Seufzen. Ld – Lieb dich!

Und der Absender war Linus.

11
MASKENBALL

Ich lag auf dem Bett in meinem Zimmer in der Schattenwelt und starrte die Decke an. Zwei Tage waren seit meinem Kampf mit dem Schattenreiter vergangen und ich konnte mich nicht länger krampfhaft beschäftigen. Noch immer klebte mir der Geruch des verbrannten Fleisches in der Nase. Was ich wegzuschieben versucht hatte, holte mich nun mit aller Macht ein. Der Hauptbahnhof war für mich mittlerweile zu einem Ort geworden, an dem mir das Atmen schwerfiel, so schwer, dass Wiebke mich in den letzten Tagen auf dem Schulweg schon ein paarmal besorgt gemustert hatte. Zwar war bisher kein weiterer Schattenreiter aufgetaucht, doch dies beruhigte mich keinesfalls.

Erst nach und nach hatte ich begriffen, was am Sonntag passiert war. Ich hatte jemanden getötet. Langsam war die Erkenntnis in meinen Verstand getröpfelt und seit gestern wuchs meine Furcht von Stunde zu Stunde. Jemand war gestorben, jemand, der auch mit mir nicht zimperlich umgegangen war. Ich war angegriffen worden und es konnte jederzeit wieder passieren. Vielleicht würde ich schon bald erneut töten müssen! Ich hatte das Gefühl, mein Brustkorb wäre mit einem Mal viel zu klein für meine Lungen geworden, konnte mich jedoch nicht dazu überwinden, mich aufzusetzen. Am liebsten hätte ich mich nie wieder bewegt. Ich wollte nicht hier sein. Ich wollte das alles hier nicht.

Marian und Christabel sahen die Sache pragmatisch, sie hatten mir erklärt, dass der Hals die empfindlichste Stelle eines Schattenpferdes wäre, und sorgten dafür, dass in der realen Welt rund um die Uhr mindestens einer von ihnen bei mir war, um mich zu beschützen. Doch die beiden lebten schon lange in der Schattenwelt, sie waren in ihr aufgewachsen und kannten ihre Gefahren seit ihrer Kindheit. Dass in der realen Welt Wesen auftauchten, die für andere Menschen unsichtbar waren, war für Marian und Christabel nichts Neues. Ganz im Gegensatz zu mir. Plötzlich eine Wandernde zu sein, war sicherlich schon mehr, als meine Psyche verkraften konnte. Aber gejagt zu werden, sich an nichts erinnern zu können, das alles nahm mich doch stärker mit, als ich zugeben wollte.

Es fing damit an, dass ich seit Tagen keinen Appetit mehr hatte. In der Schule war ich zunehmend unkonzentriert (was leider auch Herrn Bachmann nicht entging), beim Ballett machte ich Fehler, die mir schon seit Jahren nicht mehr unterlaufen waren, und beim Dämmerungstraining in der Schattenwelt gelang mir nicht einmal die winzigste Verbesserung. Madame Mafalda war kurz davor, mich aufzugeben, und mir ging es ebenso, wenn ich morgens in den Spiegel sah und darin mein blasses Gesicht entdeckte. Dunkle Schatten lagen unter meinen Augen. Ich ertappte mich dabei, draußen auf der Straße andauernd den Kopf einzuziehen, meine Schultern waren schon ganz verspannt davon.

So verspannt, dass ich beinahe vor Schmerz aufgeschrien hätte, als es an meiner Tür klopfte und ich unwillkürlich zusammenzuckte. Ich schloss die Augen und rührte mich nicht. Besuch war das Letzte, wonach mir gerade der Sinn stand. Ich wollte allein sein, doch es klopfte ein weiteres Mal.

»Flora?«, drang Marians Stimme durch das Holz der Tür. »Ich weiß, dass du da drin bist.«

Schön für dich, dachte ich. Noch immer hielt ich die Lider geschlossen.

»Flora?«

Ein Knarzen verkündete, dass Marian die Tür geöffnet hatte. Mit einem Seufzen richtete ich mich auf.

»Was?«, fragte ich und strich mir das verwuschelte Haar aus dem Gesicht. In den vergangenen Tagen hatte Marian nur die nötigsten Worte mit mir gewechselt und ich hatte mir vorgenommen, ebenso freundlich zu ihm zu sein, wie er es mir gegenüber war. Und das bedeutete, ich würde ihn wie Luft behandeln.

Er lehnte im Türrahmen. »Würdest du ... kommst du mit mir mit?«, fragte er, ohne mich anzusehen.

Ich presste die Kiefer aufeinander. »Wohin?«

»Dir geht es nicht gut und ich möchte dir etwas zeigen. Komm mit mir, ja?« Seine Stimme klang weich, fast bittend.

Ich seufzte noch einmal, warf meine Vorsätze über den Haufen und trat wenige Minuten später neben Marian in die Dunkelheit Eisenheims hinaus.

Schweigend führte er mich durch die Straßen der Stadt. Die Luft war eisig, doch ich zitterte vor Angst. Alle paar Sekunden suchte ich den Himmel nach geflügelten Pferden ab, während Marian mich immer tiefer in das Dickicht der Gassen brachte, die zunehmend menschenleer wurden. Bald waren nur noch die Geräusche unserer Schritte und mein hektisches Atmen zu hören.

Minutenlang schritten wir durch die unbewohnten Straßen und Gassen eines Stadtteils, den ich bisher nie betreten hatte. Wir befanden uns irgendwo südlich von Notre-Dame. Und wir bewegten uns auf den Rand der Stadt zu, so viel stand fest. Mehr erkannte ich nicht. Fast kam es mir so vor, als verformten sich die Fassaden zu einem verwaschenen grauen Brei aus Tod und Verfall, der uns umwaberte.

Wir liefen und liefen, traten um eine Ecke, stiegen über einen Haufen Unrat und schoben uns an einer Baustelle vorbei, vor der man eine riesige Holztafel aufgestellt hatte (»Hier entsteht eine neue Suppenküche für unsere Mitbürger im Krawoster Grund!«), doch mein Blick fand keinen Halt mehr. Denn die Stille wurde von einer Sekunde zur anderen so ohrenbetäubend, dass ich am liebsten laut aufgeschrien hätte, um sie zu vertreiben.

Plötzlich hielt ich es nicht mehr aus. »Wohin gehen wir?«, fragte ich zittrig.

Marian schritt mit federnden Schritten neben mir her. »Es ist nicht mehr weit.«

»Wohin gehen wir?«, wiederholte ich und spürte, wie Panik sich um meine Kehle legte.

Doch Marian wandte nicht einmal den Kopf. Stattdessen trat

er in einen besonders schäbigen Hinterhof und legte mir beide Hände auf die Schultern, als ich erschrocken zurücktaumeln wollte.

»Das ist es«, flüsterte er und sah mir endlich in die Augen. Wild und herausfordernd. »Stell dich der Angst.«

Ich wollte wegrennen, denn was ich da vor mir sah, wollte mir schier den Verstand rauben, doch Marian hielt mich zurück. Mit weit aufgerissenen Augen starrte ich auf das andere Ende des Hofes, an dem eigentlich das nächste Haus beginnen sollte. Ich hatte mit Müllcontainern und einer schäbigen Ziegelmauer gerechnet. Doch dort war … nichts. Gar nichts.

Kilometerhoch türmte es sich vor uns auf, dunkel, undurchdringlich und reglos. Das Nichts! Schon aus der Ferne hatte es Furcht einflößend ausgesehen, doch jetzt … Ich hatte das Gefühl, vor einem Tsunami zu stehen, dessen Welle jeden Augenblick über mir zusammenschlagen und mich unter sich begraben würde. Es war so unfassbar groß! Und zugleich nichts. Mein Verstand rebellierte, während die Angst mich lähmte und meine Zunge trocken an meinem Gaumen kleben ließ.

»Sieh es dir an«, flüsterte Marian und lockerte langsam seinen Griff. »Ich weiß, dass du es kannst. Komm mit mir.«

Schweiß rann über meine Stirn. Marian machte einen Schritt vor und noch einen, bis er schließlich unmittelbar vor der Wand aus Dunkelheit stand. Dann streckte er mir seine Hand entgegen.

»Nein!«, entfuhr es mir und ich wollte schon wieder zurückweichen, doch ich tat es nicht. Stattdessen stand ich einen Augenblick lang einfach nur da. Das Nichts erinnerte mich an ein tosendes Unwetter, obwohl es vollkommen still vor uns lag. Ja, ich fürchtete mich, aber gleichzeitig spürte ich tief in meinem Innern noch etwas anderes, kaum mehr als ein schwaches Glimmen. War es ... Faszination?

»Komm«, wiederholte Marian.

Sollte ich es wagen? Hierbleiben und Angst haben oder ... Mein Körper nahm mir die Entscheidung ab, gerade so, als hätte ich keine Wahl. Plötzlich lag meine Hand in Marians. Er lächelte, als ich unbeholfen nach vorn taumelte, und dann war ich bei ihm. Marian und ich. Nebeneinander vor dem Abgrund, ein seltsam vertrautes Gefühl.

Noch immer zitterte ich. Ich würde sterben, wenn ich mich nur wenige Zentimeter weiter nach vorn bewegte, das ahnte ich.

»Furcht und Mut sind gar nicht so gegensätzlich, wie wir oft meinen. Im Grunde wird das eine aus dem anderen geboren, nicht wahr?«, sagte ich, ohne zu wissen, woher die Worte stammten, die ich noch nicht einmal gedacht hatte, bevor sie über meine Lippen gekommen waren.

»Ja«, sagte Marian. »Das klingt nach dir.«

»Finde ich nicht.«

Wir starrten in das Unfassbare.

»Doch, absolut. Es klingt nach der, die du einmal warst, Flora. Nach der Flora, die nicht damit aufgewachsen ist, Verantwortung zu übernehmen, und dazu gezwungen wurde, mit sieben erwachsen zu werden.« Ich hörte ein Lächeln in seiner Stimme. »Das mochte ich an dir, dass du Risiken eingegangen bist und nicht stundenlang nachgedacht hast, bevor du etwas getan hast. Dein Mut und deine Spontanität, damit hast du mich oft auf andere Gedanken gebracht. Mit dir war so vieles ... leichter.«

Ich runzelte die Stirn. Bisher hatte ich mir meine Seele als chaotische, adrenalinsüchtige Person vorgestellt, doch nun sickerte die Erkenntnis langsam in meinen Verstand: Wer von vielen Gefahren umgeben war, der musste sich entscheiden, ob er sich seiner Furcht auslieferte oder sich ihr entgegenstellte. Denn Furcht wuchs aus sich selbst heraus. Unaufhaltsam. Man hatte lediglich die Wahl, ob man es zuließ oder beendete. Und meine Seele hatte anscheinend zu Letzterem geneigt.

Neben mir streckte Marian die Finger aus, bis ihre Kuppen das Nichts beinahe berührten. »Die Vorstellung, dass ich nur wenige Muskeln bewegen müsste, um von ihm verschlungen zu werden«, murmelte er fasziniert und irgendwie sehnsüchtig. »Ich bräuchte mich nur ein paar Zentimeter vorzulehnen und alles wäre vorbei.«

Ich fuhr herum. »Sag mal, spinnst du? Bist du lebensmüde, oder was?«

Marian legte den Kopf in den Nacken und atmete tief durch. »Nein«, sagte er. »Natürlich nicht. Aber manchmal ist es schwer. Ich komme oft hierher, um nachzudenken. Es ist schwer zu erklären, doch das Nichts hilft mir, die Dinge klarer zu sehen.«

Ich nickte, obwohl ich nicht so recht begriff, was er meinte. Doch ich *fühlte* es, seinen unterdrückten Zorn, seine Einsamkeit. Wie von selbst glitt meine Hand in seine, unsere Finger verflochten sich mit dem Nachgeschmack der Vergangenheit. Er ließ es geschehen und eine Weile lang standen wir einfach nur da. Marian und ich. Vor uns der Abgrund.

»Was ist mit ihnen geschehen? Mit deinen richtigen Eltern, meine ich«, fragte ich schließlich, doch meine Worte brachen die Magie des Augenblicks.

Unvermittelt ließ Marian mich los. Ein verschmitztes Lächeln hatte sich auf seine bleichen Züge gestohlen, die im dunklen Glimmen des Nichts noch gespenstischer wirkten.

»Ich weiß, was deine Seele jetzt getan hätte«, sagte er.

In der nächsten Nacht stand ich in meinem Zimmer in Notre-Dame und schob mir Haarnadel um Haarnadel in meine Frisur. Ich trug das Ballkleid aus dem Kleiderschrank meiner Seele, ein Hauch von Nichts aus anthrazitfarbener Spitze, bodenlang und *wirklich* tief ausgeschnitten, glücklicherweise am Rücken.

Und noch immer konnte ich nicht glauben, was ich hier tat. Hatte ich tatsächlich vor, auf Marians Vorschlag einzugehen? Würde ich mich *das* wirklich trauen? War das überhaupt noch mein wahres Ich? Aus dem Spiegel jedenfalls blickte mir eine Fremde entgegen. Ich hatte mein Haar zu einem Knoten gesteckt, eine einzelne Strähne kringelte sich in meinem Nacken und irgendwie hatte ich das Gefühl, das Kleid würde meine Haut in ein Schimmern hüllen.

Es klopfte, doch heute hatte ich damit gerechnet.

Ich öffnete einem Frack tragenden Marian, der mich über seine Fliege hinweg anstarrte. Hose und Jacke saßen so perfekt, als wären sie ihm auf den Leib geschnitten worden. Der schwarze Stoff unterstrich seine Blässe, er sah umwerfend aus, so viel stand fest. Sein Blick verfing sich in meinem. Ein triumphierendes Blitzen lag in seinen Augen, als wäre es meine Seele, die vor ihm stand. Er strahlte mich an und ich merkte, wie ich gar nicht anders konnte, als zurückzulächeln.

»Wow«, flüsterte Marian und schlüpfte rasch in mein Zimmer, bevor jemand ihn sah und womöglich noch erkannte, was wir vorhatten.

Denn heute Nacht war es so weit. Der Fürst feierte den 25. Jahrestag seiner Thronbesteigung. Ein rauschendes Fest war geplant, ein Maskenball. Und der Graue Bund hatte vollständig zu erscheinen, so lautete der Befehl. Die gesamte Leibgarde würde sich heute um die Sicherheit des Monarchen und seiner Gäste kümmern. Selbstverständlich sollte ich hier zurückbleiben, das hatte mir Fluvius Grindeaut deutlich zu verstehen gegeben. Auch wenn einige Hundert Gäste dorthin kommen und außerdem Masken tragen würden, die Gefahr für mich, trotzdem erkannt zu werden, bestand.

Nun ja, ich hatte mich dank Marian entschieden hinzugehen. Ich zitterte bei dem Gedanken an unser Vorhaben. Aber schließlich konnte ich mich auch nicht ewig hinter den Mauern von Notre-Dame verstecken, das hatte mich mein Ausflug zum Nichts gelehrt. Wer wusste schon, wann meine Erinnerung endlich zurückkehren würde? Das konnte in ein paar Tagen passieren oder auch erst in mehreren Jahren. Sollte ich etwa so lange herumsitzen und mich fürchten? Auf keinen Fall. Nein, es war an der Zeit, ein Zeichen zu setzen. Und deshalb würden wir uns heimlich unter die Feiernden im Buckingham-Palast mischen, einen Happen vom Büfett mitgehen lassen und wieder verschwinden. Kurz und schmerzlos.

Es war eine Mutprobe.

Ich würde mich meiner Angst stellen.

Marian reichte mir eine mit Pailletten und Federn besetzte Maske, die Stirn, Augen, Nase und einen Teil meiner Wangen bedecken würde, und einen weiten Mantel mit Kapuze. »Und die hier«, sagte er und holte ein Paar Ohrringe aus seiner Fracktasche. »Blutsteine. Sie gehörten meiner Mutter.«

Mir blieb die Luft weg, als er mir die tropfenförmigen Schmuckstücke vorsichtig in die Ohrlöcher schob. Denn sie waren nicht nur wunderschön, sie waren noch dazu *rot*. Blutrot, um genau zu sein.

»Aber …«, stammelte ich. »Wieso … Hier gibt es doch keine Farben! Wie kann das sein?«

»Das sind Blutsteine«, wiederholte Marian. »Vor langer Zeit hatten unsere Alchemisten ein Rezept, um mithilfe der Dunklen Energie winzige Mengen Farbe herzustellen. Dieses Rezept ist seit fast tausend Jahren verschollen. Doch einige wenige Relikte von damals existieren noch.«

Ich betrachtete mich im Spiegel und konnte mich gar nicht sattsehen. Da stand dieses fremde Mädchen mit der weißgrauen Haut und dem dunklen Haar vor dem Hintergrund eines farblosen Zimmers. Schwarz-Weiß-Film-Atmosphäre, wie ich sie mittlerweile von Eisenheim gewohnt war. Und dazwischen die tiefroten Ohrringe, die zu glühen schienen. Ich sah plötzlich so lebendig aus! Beinahe meinte ich, die leuchtenden Steine würden einen Hauch von Rosé auf meine Wangen zaubern.

»Das ist magisch«, flüsterte ich.

»Ja«, murmelte Marian heiser und räusperte sich. »Bist du so weit?«

Ich hüllte mich in den Umhang (die Maske würde ich erst später aufsetzen), zog mir die Kapuze in die Stirn, sodass sie die Ohrringe verbarg, und atmete noch einmal tief durch, bevor ich mich umdrehte.

»Ich bin bereit.«

»Gut. Dann ... Ach! Den muss ich wohl irgendwann mal bei dir vergessen haben.« Marian hatte den Männerpullover auf einem der Kistenstapel entdeckt und stopfte ihn in eine Innentasche seines Mantels, der daraufhin eine merkwürdig aussehende Beule warf. Unschlüssig blieb er in der Tür stehen. Sein Blick hing an meinem Bett vor dem Fenster.

»Ich dachte, wir wollten ...« Ich brach ab, denn meine Worte schienen Marian überhaupt nicht zu erreichen. Geistesabwesend stand er da, betrachtete mein Kopfkissen und rührte sich nicht. Ein wehmütiges Lächeln hatte sich auf seine Lippen gelegt, als wäre da eine Erinnerung an ein vergangenes Glück, als dachte er an etwas, was nie wieder sein konnte.

»Marian?«, fragte ich und schnipste mit den Fingern vor seinen Augen herum. »Marian?«

Er zuckte zusammen. »Ja?«

»Müssen wir nicht los?«

Er sah mich wortlos an.

»Zum Ball? Wollten wir da nicht gerade hingehen?«

»Natürlich«, sagte Marian und fuhr sich mit der Hand über die Stirn. »Ja, natürlich.«

Wie Schatten huschten wir durch die Flure von Notre-Dame. Wieder ging es hinab in die Katakomben und dann sehr lange geradeaus. Immer wieder drehte sich Marian zu mir um, als wolle er sich vergewissern, ob ich auch wirklich mitkam. Trotz der Dunkelheit bemerkte ich, dass der harte Zug um seinen Mund verschwunden war. Etwas Beschwingtes lag in seinem Gang. Mit federnden Schritten führte mich Marian durch das Labyrinth der Höhlen, und als ich das Gefühl hatte, schon die halbe Stadt auf unterirdischem Weg durchwandert zu haben, erreichten wir eine schmale Treppe, deren ausgetretene Stufen sich über uns in die Höhe schraubten. Sie führte auf einen Platz. Als wir oben angekommen waren, ließ die eisige Nachtluft mich frösteln. Die Nachtluft und die Aussicht auf ein gräuliches Brandenburger Tor neben der milchweißen Oper von Sydney.

Eine Kutsche ohne Pferde erwartete uns bereits zwischen einer Litfaßsäule – die für Sir Gil Bardell, den einzigartigen Illusionisten, und seine bezaubernde Assistentin Miss Rufina Parson warb – und dem Brunnenschacht, in den die Treppe mündete. Sie setzte sich vollkommen selbstständig in Bewegung, kaum dass wir eingestiegen waren. Nicht einmal einen Kutscher schien das mit einer Schicht aus Stuck und Schnörkeln überzogene Gefährt zu benötigen. Schweigend saßen wir uns gegenüber, während die Kutsche über das Kopfsteinpflaster ruckelte und Krummsen und Graldingen am Fenster vorbeizogen. Zwischen den Häuserdächern am Horizont ragte die Silhouette mehrerer Pyramiden in das Schwarz des Himmels.

»Du siehst heute Abend wunderschön aus«, sagte Marian schließlich in die Stille hinein. Ich spürte, wie mir unter seinem Blick das Blut in die Wangen schoss, und ärgerte mich. Schon wieder dachte ich an einen Kuss. Doch es war mir unmöglich zu sagen, ob ich ihn tatsächlich küssen wollte oder ob es nicht lediglich die Erinnerung an die Zeit vor meinem Aufwachen war. Die Gefühle, das spürte ich, kehrten als Erstes in mein Gedächtnis zurück.

»Danke«, murmelte ich und senkte den Blick. Die Ohrringe klirrten leise, als ich den Kopf wandte. Seit Marian seinen Pullover in meinem Zimmer gefunden hatte, ging mir noch etwas anderes nicht aus dem Kopf: Ich fragte mich, wie weit meine Seele und er wohl gegangen waren, als wir noch zusammen gewesen waren. Hatten wir miteinander geschlafen? Die Vorstellung beunruhigte mich und hatte gleichzeitig etwas Aufregendes an sich. Ich grub die Fingernägel in den Stoff meines Mantels und konzentrierte mich darauf, nicht in albernes Gekicher auszubrechen.

Marian, der glaubte, es sei die Nervosität wegen unseres bevorstehenden Abenteuers, berührte mich kurz an der Schulter. »Keine Sorge«, sagte er. »Im Handumdrehen sind wir wieder draußen und dann weißt du, dass die Schattenreiter zwar gefährlich, aber nicht allwissend sind. Danach wird es dir besser gehen, glaub mir.«

Die Kutsche rollte durch die Straßen der Stadt wie eine Glasmurmel durch ein Labyrinth. Wir hatten die Vorhänge vor den Fenstern bis auf einen Spalt zugezogen, doch die Kälte drang trotzdem zu uns herein. Obwohl ich den Mantel fest über meiner Brust zusammengezogen hatte, fröstelte ich. Und je näher wir dem Palast kamen, umso mehr zitterten meine Hände. Die ganze Zeit über spürte ich Marians Blick auf meinem Gesicht, obwohl ich es vermied, ihn anzusehen. Verlegen zwirbelte ich die Haarsträhne in meinem Nacken.

»Im Buckingham-Palast«, begann ich schließlich, ohne recht darüber nachgedacht zu haben. »Sollte da nicht eigentlich die Queen wohnen?« Ich lachte nervös, während sich die Kutsche merklich bergauf quälte. Wir mussten also bald da sein.

Marian musterte mich einen Augenblick lang belustigt. »Die Queen ist zwar eine Wandernde, doch in dieser Welt lebt sie sehr zurückgezogen in einem Cottage an der Ecke Oxford Street und Champs-Élysées, drüben in Mylchen. Sie züchtet Rosen«, erklärte er.

»Aha«, sagte ich und beschloss, die nächste Zeit besser meinen Mund zu halten.

Der Buckingham-Palast schälte sich aus der Dunkelheit wie ein Juwel aus dem Samt seiner Schatulle. Hell erleuchtet lag der lang gezogene Bau da, überzogen von dem festlichen Schimmern unzähliger Lampen. Vor dem Haupteingang standen Kutschen in einer Schlange, in die auch wir uns einreihten. Laternen säumten unseren Weg, auf dem wir langsam vorwärtsrollten. Als würden sie einer unterbewussten Choreografie folgen, spuckten die Kutschen nacheinander Frauen und Männer in Abendgarderobe und Kostümierung auf den Kies. Einige trugen Löwenköpfe aus Pappmaschee, andere hatten ihre Gesichter über und über mit seidigen Pfauenfedern verhüllt. Taft raschelte und Diamanthalsketten glitzerten durch die Nacht, während die Paare sich durch das Eingangsportal schoben.

Und zwischen ihnen entdeckte ich den ersten Schattenreiter. Er reichte die Zügel seines Pferdes an einen Pagen weiter, bevor er den Palast betrat, und trug den Schnabel eines Raubvogels, der seine abgehackten Bewegungen unterstrich. Ein Schaudern durchlief mich bei seinem Anblick und ich prüfte unwillkürlich den Sitz meiner Maske, doch obwohl wir beinahe hinter ihm standen, bemerkte der Reiter uns nicht. Trotzdem legte sich eine Faust aus Eis um meinen Magen, die auch dann noch blieb, als er schon längst aus meinem Blickfeld verschwunden war.

Kurz darauf waren wir an der Reihe.

Marian zeigte dem Pagen etwas, was wie eine Einladungskarte aussah, und wir betraten ein Foyer voller Kellner, die mit Getränketabletts umherschritten oder Häppchen verteilten. Mit einer fließenden Bewegung half Marian mir aus dem Mantel und reichte ihn zusammen mit seinem einer Garderobiere, die einen Bubikopf trug und sich die Lippen tiefschwarz geschminkt hatte.

Dann erreichten wir den Ballsaal.

Ein Meer aus schwebenden Kerzen tauchte den Raum in ein unwirkliches Licht, das von den verspiegelten Wänden noch um ein Vielfaches verstärkt wurde. Die Decke war geschmückt mit

Schnitzereien, deren Einzelheiten durch feine Perlmuttplatten hervorgehoben wurden, der Fußboden schien ein einziges Mosaik aus Edelsteinen zu sein. Von Letzterem sah man allerdings nicht sonderlich viel, so voll, wie es war. Überall im Saal standen oder saßen Gäste in schmalen Abendkleidern, Handschuhen, die über die Ellenbogen reichten, Federboas und Fräcken und ich fühlte mich einmal mehr, als habe es mich in einen alten Schwarz-Weiß-Film verschlagen, in dem nur meine Ohrringe wie Tropfen frischen Blutes leuchteten und bewundernde wie neidische Blicke auf mich lenkten.

Marian führte mich zu einem winzigen Sessel mit geschwungenen Beinen. »Warte hier, ich hole uns etwas zu trinken. Absinth?«, fragte er und verschwand in der Menge, ohne meine Antwort abzuwarten.

Ich setzte mich und ließ meinen Blick über die Feiernden schweifen. Gedämpfte Swingklänge mischten sich unter das Gemurmel der Gäste, einige wagten bereits einen ersten Tanz. Andere begrüßten einander oder hatten sich in Grüppchen zusammengefunden, um Neuigkeiten auszutauschen. Und manche standen auch einfach nur da und beobachteten und bewachten. Je zwei Mitglieder des Grauen Bundes hatten sich an den Türen postiert, die in regelmäßigen Abständen von dem Saal abgingen. Zwar trugen auch sie Masken, doch ich erkannte es an ihrer Kleidung und den Langstöcken in ihren Händen: Reglos hielten sie Wache.

Bis jetzt schien mich niemand hinter meiner Kostümierung erkannt zu haben. Bestimmt nicht. Oder doch? Vielleicht waren die

Blutsteine nicht die beste Idee, überlegte ich. Sie waren immerhin alles andere als unauffällig.

Ich zuckte zusammen, als ein Mann mich ansprach. Er war mittelalt und trug einen Frack, dazu die geschwungenen Hörner eines Widders. Anscheinend hatte er schon einiges getrunken, denn er stützte sich ohne Umschweife auf die Lehne meines Sessels.

»Sie verzeihen doch, gnädiges Fräulein«, entschuldigte er sich. »Der Burgunder hat mich offenbar meinen Gleichgewichtssinn gekostet.«

Ich bot ihm meinen Platz an, doch er lehnte ab.

»Ich bitte Sie«, rief er und schüttelte so heftig den Kopf, dass er beinahe umgefallen wäre. »Ich werde ohnehin nicht mehr lange bleiben können. Gefällt Ihnen das Fest? Seine Hoheit hat sich wieder einmal selbst übertroffen, nicht wahr? Schade nur, dass der Fürst immer erst so spät auf seinen eigenen Partys aufkreuzt, bestimmt werde ich ihn heute wieder verpassen.« Er seufzte. »Wie jedes Jahr.«

»Warum müssen Sie gehen?«, fragte ich und stutzte, als ich plötzlich einen schmutzigen Kopf aus der Menge hervorblitzen sah, an manchen Stellen kahl, als wäre das borstige Haar in Büscheln herausgerissen worden.

»Ich bin Bäcker«, sagte der Widdermann neben mir, als würde das alles erklären. »Mir gehört eine kleine Konditorei in Rom.«

»Ach so«, murmelte ich. Die Gestalt mit dem Borstenkopf humpelte jetzt durch die Menge, sie schien sich auf eine Krücke zu stützen. Vielleicht fehlte ihr eine Gliedmaße? Ich hielt den

Atem an. Konnte es etwa sein, dass … *Hier?* Tatsächlich meinte ich einen mageren Körper unter dem breiten Schädel auszumachen, allerdings steckte dieser nicht in Lumpen, sondern in einem Anzug. Leider konnte ich das Gesicht nicht erkennen, nur die Schultern und den Hinterkopf. Ich war mittlerweile aufgestanden und reckte meinen Hals, doch es nützte nichts. Wieder einmal verfluchte ich im Stillen meine geringe Körpergröße. Wenn ich nicht so viel Angst davor gehabt hätte, Aufsehen zu erregen, wäre ich auf meinen Sessel geklettert. So aber blieb mir nur mitanzusehen, wie die Gestalt den Saal durch eine der Türen verließ.

»Geht es Ihnen gut?«, fragte der Widdermann. »Sie sind so blass geworden. Ich empfehle Ihnen, in jedem Fall ein Glas Burgunder zu trinken, das – verdammt!« Der Bäcker begann zu flackern. Vor meinen Augen wurde er immer durchscheinender. Er seufzte. »Mein Wecker klingelt, die Frühschicht ruft«, sagte er. »Wenn Sie mich entschuldigen wür–«

Er verschwand, bevor er seinen Satz beenden konnte. Ich starrte den leeren Fußboden neben mir an. Langsam begann ich mich daran zu gewöhnen, dass die Leute sich vor meinen Augen in Luft auflösten, wenn sie aufwachten. Es schickte sich nicht, dies in Gesellschaft zu tun, deshalb hatte in Notre-Dame jeder sein eigenes Zimmer, in das er sich zurückziehen konnte, sobald es Morgen wurde. Doch manchmal schaffte man es eben nicht rechtzeitig oder ein unerwarteter Weckruf riss einen aus dem Schlaf. War mir dasselbe nicht gerade erst in Fluvius Grindeauts Alchemielabor passiert?

Marian kehrte mit zwei Kristallgläsern zurück, in denen sich eine durchsichtige Flüssigkeit befand. »Zitronenlimonade«, erklärte er und grinste.

»Das ist mein Lieblingsgetränk.«

»Ich weiß.«

Anscheinend war es im Saal noch voller geworden, denn plötzlich standen wir ziemlich nah beieinander. Fast berührten sich unsere Nasenspitzen.

»Und?«, fragte Marian leise. »Wie fühlst du dich? Angst?«

Ich nickte und schüttelte gleich darauf den Kopf. Sein Geruch umfing mich. Ich hatte mittlerweile mindestens drei weitere Schattenreiter im Raum entdeckt und sie beunruhigten mich, ja. Aber echte Furcht verspürte ich nicht auf diesem Fest zwischen all diesen ausgelassenen Menschen. Mit meiner Maske fühlte ich mich sicher. Und mit Marian.

»Weißt du eigentlich von Madame Mafaldas geheimem Eiscremevorrat?«, fragte Marian.

»Nein«, flüsterte ich.

»Vor ein paar Wochen haben wir beide uns in ihre Gemächer geschlichen und ihn geplündert. Sie verdächtigt immer noch den Großmeister und weigert sich seitdem, mit ihm Schach zu spielen, was ihn langsam, aber sicher an den Rand des Wahnsinns treibt, weil sie die einzige ernst zu nehmende Gegnerin für ihn ist. Gegen alle anderen gewinnt er schon nach wenigen Zügen.«

Ich kicherte und eine neue Welle der Erinnerung schwappte über mich hinweg. Übermut schwang darin mit. Und das Gefühl zu fliegen. Glück. Ich spürte, wie Marian und ich uns an den Händen gehalten hatten, wie wir nebeneinanderher gehastet waren, uns auf leisen Sohlen in ein Zimmer schlichen. Immer wieder hatten wir innegehalten und einen Kuss getauscht. Eine schöne Erinnerung. Vertraut und fremd zugleich.

Auch jetzt fühlte ich seinen Atem auf meinen Lippen, eine Hand an meiner Taille. Marians Haut spannte sich bleich über seinen Wangenknochen, wo diese unter seiner Maske hervorlugten. Sein Kehlkopf bewegte sich leicht, als er schluckte. Die plötzliche Nähe überzog mich mit einem Prickeln.

»Was ist mit dem Sicherheitsabstand? Du weißt, ich bin immer noch ich. Wollten wir nicht einfach nur Freunde sein?«, murmelte ich.

Marian lächelte. »Das ist zu anstrengend«, sagte er. »Und als wir gestern beim Nichts waren, da ... habe ich es mir anders überlegt. Was ist mit dir?«

»Es ist sogar viel zu anstrengend«, sagte ich und konnte gerade noch mein Glas auf einem Tischchen abstellen, bevor er mich auf die Tanzfläche zog.

Die Musik umfing uns, doch ich achtete weder auf die Melodie noch auf meine Schritte. Auch die Schattenreiter hatte ich längst vergessen. Marian hielt mich, das war alles, was zählte. Mein Blick hatte sich hoffnungslos in seinem verheddert, war in die Tiefen seiner Iris getaucht und dort verloren gegangen. War es nicht im Grunde vollkommen gleichgültig, ob das, was ich für Marian empfand, meinen eigenen Gefühlen entsprang oder denen meiner Seele? Was auch gewesen sein mochte, *jetzt* hockte dieses Kribbeln in meinem Magen wie ein Ameisenhaufen. *Jetzt* brachte der Schwung von Marians Oberlippe mich dazu, dass ich meine Arme um seinen Nacken schlingen und ihn zu mir herunterziehen wollte.

Marian strich mir über die Wange, sein Daumen zeichnete die Linie meines rechten Mundwinkels nach, während seine andere Hand meinen Rücken hinunterwanderte. Sein Gesicht kam näher. Noch näher. Schon meinte ich, die zarte Haut seiner Lippen auf meinen zu spüren, da ließ er mich plötzlich los, wirbelte herum. Würde er mich nun wieder von sich stoßen und sich entschuldigen?

Doch dieses Mal war etwas anderes geschehen. Niemand tanzte mehr. Die Musik war verstummt. Eine der Türen hatte sich geöffnet, gebannt starrte die Menge auf die Samtvorhänge, die dahinter zum Vorschein gekommen waren und sich sacht bewegten.

»Seine Hoheit, der Fürst«, verkündete ein Hofmarschall mit Halskrause. Seine Worte perlten von den Spiegelwänden des Saales ab und tropften in die Stille. Alle um uns herum sanken in eine Verbeugung und Marian und ich mit ihnen. Als Erstes sah ich deshalb die Füße des Fürsten, die in bestickten Pantoffeln steckten und sich beinahe behutsam über den Mosaikboden schoben. Der Saum eines Pelzmantels umspielte seine seidenbestrumpften Knöchel.

»Seine Hoheit heißt Sie alle auf seinem Ball willkommen«, ertönte erneut die Stimme des Marschalls und die Gäste richteten sich wieder auf. Endlich sah ich nun auch den Rest des Fürsten. Er war groß und hager und erinnerte alles in allem auffallend an einen Geier. Unterstrichen wurde dieser Eindruck nicht nur von seinem fusseligen Haupthaar, sondern vor allem von der Amtskette, die auf seiner Brust schimmerte, so schwer, dass er leicht gekrümmt dastand, als würde er einen Mühlstein um den Hals tragen. Sein Gesicht verbarg er hinter einer mit Schuppen besetzten Maske, deren wulstige Lippen das Maul eines Fisches darstellten.

Zögernd hob er eine Hand und ließ sie wieder sinken, gerade so, als wisse er nicht, was er sagen sollte. Durch die Gucklöcher seiner Maske warf er dem Hofmarschall einen Blick zu, dann sah er wieder auf die Menge, die ihn noch immer erwartungsvoll anstarrte.

Hinter ihm betrat jemand den Raum und begann zu sprechen. »Seit einem Vierteljahrhundert herrscht unser geliebter Fürst nun über uns. Mit Strenge, Weisheit und Voraussicht lenkt er die Geschicke der Stadt, in der unsere Seelen einander Nacht um Nacht begegnen«, sagte der Kanzler, auf dessen Kopf ein Dreispitz thronte. Trotz des albernen Huts sah er erschreckend gut aus.

»Niemals trifft er eine Entscheidung leichtfertig, stets hat er das große Ganze unserer Welt im Blick. Heute feiern wir einen weiteren Jahrestag seiner Thronbesteigung und wie in den vergangenen Jahren, so können wir auch dieses Mal nur Gutes über unseren Fürsten sagen. Darum lasst uns darauf trinken, dass seine Herrschaft noch viele weitere Jahre andauern möge.« Der Kanzler erhob sein Glas und die Menge prostete ihm zu. Beifall ertönte.

Da ich selbst gerade kein Getränk zur Hand hatte, beschränkte ich mich darauf, ebenfalls zu klatschen und zu beobachten, wie der Fürst nieste. Es war ein sehr leises Niesen, im allgemeinen Lärm kaum zu hören. Nur daran, wie der Kopf des Fürsten nach vorn zuckte, erkannte ich es. Vielleicht hatte er Staub in die Nase bekommen. Oder er litt an einer Allergie. Jedenfalls war es dieses feine Niesen, das dafür sorgte, dass mein Weltbild einen Augenblick später in tausend Scherben zersprang.

Im Nachhinein glaube ich, alles geschah wie in Zeitlupe. Unwirklich, wie in einem Film, den man vor meinen Augen abspulte. Der Fürst nieste. Jemand zückte ein Stofftaschentuch aus seiner Brusttasche. Es war ordentlich gebügelt, sodass man die Knicke, wo es gefaltet gewesen war, sehen konnte. In einer Ecke prangte eine gestickte Blüte. Dankbar nahm der Fürst es entgegen, hielt es einen Wimpernschlag lang in seiner Hand, an deren kleinem Finger er einen Siegelring trug, und wollte schon hineinschniefen, als ihm seine Maske einfiel. Mit einer fahrigen Bewegung schob er das Fischgesicht über seine Stirn.

Und mir wurde schwindelig.

Mein Blick explodierte. Ich spürte, wie sich Marians Hand in meine schob und darin verkrallte. Auch er sah, was ich sah, und hielt mich fest.

»Nicht«, flüsterte er und schlang seine Arme um meine Schultern. »Komm, lass uns gehen. Ich kann dir alles erklären.«

Doch ich achtete gar nicht auf ihn, versuchte mich loszumachen, wollte nach vorn stürzen. Die ersten Gäste wurden auf uns aufmerksam. Es war mir egal. Mit einem Ruck riss ich mir die Maske vom Gesicht. Aus dem Augenwinkel erkannte ich, wie die Köpfe mehrerer Schattenreiter zu mir herumschnellten, wie sie die Witterung aufnahmen.

Mit einem Satz waren drei Kämpfer des Grauen Bundes bei uns, sie hatten ihre Langstöcke erhoben, um mich zu verteidigen. Zwischen ihren Rücken hindurch sah ich, wie ein Lächeln über das Gesicht des Kanzlers huschte. Dann blickte ich wieder zum Fürsten, der doch nicht wirklich der Fürst sein konnte.

Oder etwa doch?

Was hatte das zu bedeuten? Wie konnte das sein? Und wieso hatte ich es nicht gewusst?

Tränen rannen mir über die Wangen. Blind stürzte ich auf ihn zu, ein einziges Wort auf den Lippen.

»Papa!«, rief ich.

Überrascht starrte mein Vater mich an.

12

DER SCHATTENFÜRST

"Flora«, flüsterte er und dann noch einmal: »Flora?« Mein Vater war ein Wandernder! Er war der *Schattenfürst*! Ich stolperte ihm entgegen, barg mein Gesicht an seiner Brust wie ein Kind und spürte, wie er zögernd die Arme um mich legte. Sein Mantel erstickte mein Schluchzen. Jemand rief etwas, doch ich verstand es nicht. Ich verstand gar nichts mehr. Die Tränen quollen aus meinen Augenwinkeln hervor, als wollten sie nie wieder versiegen, und ich bekam kaum Luft. Ich hatte das Gefühl, in einen bodenlosen Strudel hinabgerissen zu werden, aus dem es kein Entkommen gab. Wo war ich hier hineingeraten? Würde dieser Albtraum denn nie ein Ende nehmen? Gerade noch hatte ich so etwas wie Glück empfunden, ich hatte für einen Augenblick fast damit aufgehört, mich ununterbrochen zu fürchten. Und jetzt?

Marian! Marian hatte es gewusst. Er musste es gewusst haben und hatte mich belogen. Ebenso Christabel. Und mein Vater.

Ich spürte, wie Wut in mir aufstieg, ein Funken, der in meinem Hals zu glühen begann und dann langsam zu der Stelle hinter meinen Augen hinaufwanderte. Ich trat einen Schritt zurück. »Wieso?«, fragte ich tonlos.

Mein Vater presste die Lippen aufeinander und sah einmal mehr aus wie ein Mensch aus Papier, den man mit einer unbedachten Bewegung zerreißen würde. »Du bist aufgeweckt worden«, murmelte er. »Wie konnte das passieren?«

Aus dem Augenwinkel erkannte ich, dass der Kanzler dem Orchester einen ungehaltenen Wink zuteilwerden ließ. Die Musik setzte wieder ein, das Fest sollte weitergehen. Doch noch immer starrte mindestens der halbe Saal meinen Vater und mich an. Inklusive mehrerer Schattenreiter.

»Es ... hat mit diesem Stein zu tun«, stammelte ich. »Anscheinend hat meine Seele ihn gestohlen und ...«

Doch mein Vater hörte mir gar nicht zu. Sein Blick schweifte zum Kanzler, dann wieder zurück zu mir. Er blinzelte, als würde er mich erst jetzt erkennen. Langsam, als wäre er darauf bedacht, nur ja keine hektischen Bewegungen zu machen, hob er eine Hand.

»Flora, Schatz«, sagte er. »Du musst keine Angst haben, alles wird wieder gut. Das hier ist die Schattenwelt. Es kommt dir bestimmt verrückt vor, aber das hier ist real. Kein Traum, verstehst du?«

»Ich weiß, was die Schattenwelt ist.«

Die Augen meines Vaters weiteten sich. »Aber –«, begann er, wurde jedoch vom Kanzler unterbrochen, der mit einer Eskorte von Schattenreitern zu uns getreten war und sich nun zu seinem Fürsten vorbeugte, um ihm etwas zuzuraunen. »Mit Verlaub, Hoheit, diese Dinge sollten Sie nicht vor Ihren Gästen besprechen.«

»Ja ... ja, richtig.«

»Wenn Sie erlauben, werden meine Männer und ich Ihre ... Tochter in die Bibliothek geleiten, während Sie Ihren Pflichten nachkommen.«

»Nein!«, entfuhr es mir. Auf keinen Fall würde ich mit den Schattenreitern mitgehen. Ich war schließlich nicht lebensmüde.

Mein Vater zögerte, sah mich an.

»Hoheit, denken Sie an Ihre Gäste. Sie erwarten die Zeremonie.«

Der Fürst nickte. »Wir sehen uns später, Flora. Mein Kanzler kümmert sich so lange um dich. Du brauchst keine Angst zu haben.«

Ich *hatte* aber Angst.

Besonders, weil ich im selben Moment spürte, wie sich die Hand des Kanzlers um meinen Oberarm legte wie eine Schraubzwinge.

»Hey!« Ich fuhr herum, wollte mich losmachen, doch er hielt mich unerbittlich, ein Lächeln auf den Lippen. Schon flankierten uns die Schattenreiter und wir setzten uns in Bewegung, ohne dass ich etwas dagegen hätte tun können. Mein Vater durchmaß den Raum mit langen Schritten und lenkte die Aufmerksamkeit der Gäste von mir ab. Die ersten von ihnen begannen schon wieder zu tanzen oder sich zu unterhalten. Nur einer schaute noch immer zu mir herüber: Stockstelf stand Marian auf dem Mosaikfußboden und sah mir nach. Sein Blick war so hart und leer wie Glas.

Hastig riss ich mir mit meiner freien Hand die Blutsteine aus den Ohren und warf sie von mir. Wie Feuertränen rollten sie über den kühlen Marmor. Ob Marian sich nach ihnen bückte, konnte ich nicht mehr erkennen.

»Ich weiß nicht, wo der Stein ist!«, rief ich, kaum dass wir den Ballsaal verlassen hatten und in ein angrenzendes Zimmer getreten waren, an dessen Stirnseite ich einen staubigen Thron entdeckte. Es handelte sich anscheinend um eine Art Audienzraum. Die Wände waren über und über bedeckt mit Porträts in wuchtigen Rahmen. Menschen, die einander auffallend ähnelten, waren darauf abgebildet. Auf einem der Gemälde erkannte ich meinen Vater, auf einem anderen meinen Großvater. Und eine Frau mit turmhoher Rokokoperücke hatte eindeutig die gleiche Nase wie ich. »Ich habe wirklich überhaupt keine Ahnung.«

»Noch nicht«, sagte der Kanzler und zog mich mit sich.

Ein bitterer Geschmack legte sich auf meine Zunge, als wir auf eine weitere Tür zusteuerten. Panik stieg in mir auf. Was hatten diese Leute mit mir vor? Das Glühen hinter meinen Augen verwandelte sich in ein Pochen.

»Lassen Sie mich los!«, zischte ich und versteifte mich. Wenn sie mich einsperren wollten, mussten sie mich schon in ihr Verlies schleifen, entschied ich und hatte im nächsten Moment noch eine Idee.

»Hilfe!«, rief ich, so laut ich konnte. »Hiiiilfeee!«

Es funktionierte. Die Schattenreiter ruckten nervös die Köpfe, während ich Luft holte.

»Hiiiiiiiiiilfeeeeeeee!« Ich kreischte jetzt. Auch der Kanzler wirkte beunruhigt. Hastig zog er mich weiter und im Stolpern gelang es mir zumindest, einen saftigen Tritt gegen sein Schienbein zu platzieren.

»Ha!«, triumphierte ich.

Der Kanzler hatte allerdings nicht einmal mit der Wimper gezuckt. Er zupfte sich eine Fussel von seinem Anzug, der in dem gleichen Schwarz glänzte wie sein schulterlanges Haar, und ließ mich los. Stattdessen packte mich einer der Schattenreiter bei den Schultern und riss mich unsanft nach hinten. War ich zuvor noch mehr oder weniger selbst gelaufen, so hatte ich dazu nun keine Chance mehr. Zügig brachte man mich fort von den Gästen und eine Sekunde später befanden wir uns bereits in einem dämmrigen Flur. Meine Fußspitzen schleiften über staubige Teppiche, denen ein Geruch entstieg, als wären sie seit einer Ewigkeit nicht mehr ausgelüftet worden. Dieser Trakt des Palastes wirkte nicht gerade bewohnt, sondern eher wie ein Ort, an den man unliebsame Besucher brachte, hinter ihnen die Tür abschloss und den Schlüssel wegwarf.

»Sie dürfen mir nichts tun!«, rief ich.

Mein Entführer wandte sich zu mir um. »Das haben wir auch nicht vor, im Gegenteil. Wir geleiten Sie lediglich in die Bibliothek, Prinzessin. Aber da Sie ja nicht freiwillig mitkommen wollten, sind wir leider zu diesen Maßnahmen gezwungen.« Er wirkte beinahe liebenswürdig. Doch ich durchschaute seine aufgesetzte Freundlichkeit. Prinzessin, wie das klang!

»Pah«, machte ich abfällig und kniff die Augen zusammen. »Ihre Monsterreiter sind doch schon die ganze Zeit hinter mir her.«

Der Kanzler war vor mir stehen geblieben und sah mir direkt in die Augen. Die samtene Dunkelheit seiner Iris umhüllte meinen Blick. »Nur um Sie hierher in den Palast zu holen. Oder zu einem … Freund in der realen Welt, je nachdem, wo wir Sie erwischt hätten. Sie haben einen schweren Diebstahl begangen, das stimmt. Doch wenn Ihre Erinnerung zurückkehrt, können Sie es wiedergutmachen. Meine Männer hatten den Auftrag, Sie zu mir zu bringen. Dass Sie nun von selbst hier erschienen sind, macht die Sache für alle Beteiligten deutlich angenehmer, würde ich sagen. Wir werden Sie selbstverständlich auch weiterhin strengstens im Auge behalten, bis wir wissen, ob wir Ihnen trauen können. Und wir werden Sie beschützen.«

Ich schnaubte. Trotzig starrte ich ihn an. »Ich will sofort mit meinem Vater sprechen. Was fällt Ihnen eigentlich ein?«

Er lächelte und bekam dabei ein Grübchen in der Wange. »Ehrlich gesagt sind meine Männer und ich nicht diejenigen, die das wertvollste Objekt aus der Schatzkammer des Fürsten entwendet haben«, sagte er und hatte damit natürlich nicht ganz unrecht.

Ich schluckte. »Aber ich weiß nichts über diesen Stein, was das für ein Ding ist und warum es so wertvoll sein soll. Und an den Diebstahl erinnere ich mich erst recht nicht. Ich verstehe ja nicht einmal, warum alle so ein Aufheben um diesen Löwenstein machen!«

»Er besitzt … Kräfte.«

Ich verdrehte die Augen. »So viel habe ich auch schon mitbekommen.«

Wir hatten unseren Weg mittlerweile fortgesetzt und durchquerten gerade einen weiteren Saal, in dem alle Möbel mit weißen Tüchern verhängt waren. Noch immer zeigte ich mich unkooperativ und machte mich in den Armen des Schattenreiters so schwer wie möglich.

»Bestimmt haben Sie schon einmal vom Stein der Weisen gehört, oder?«, nahm der Kanzler, der nun wieder voranging, den Faden erneut auf. Ich antwortete nicht, dennoch sprach er weiter. »Es gibt diesen Stein nicht, weil es chemisch unmöglich ist. Man kann unedle Metalle nicht in Gold verwandeln, das funktioniert höchstens mit Platin, selbst in dieser Welt. Aber es gibt einen anderen Stein, nach dem Alchemisten jahrhundertelang gesucht haben, und das ist der Weiße Löwe. Mit seiner Hilfe können unedle Metalle in Silber verwandelt werden. Er ist also eine nie versiegende Quelle des Reichtums für den Fürsten. Und er hat noch andere Kräfte«, erklärte der Kanzler und fuhr, ohne sich noch einmal zu mir umzublicken, fort: »Wir beide wissen, dass Ihre Seele es war, die den Stein stahl. Ihr Vater hingegen hat keine Ahnung und ich denke, das sollte auch so bleiben, wenn Sie verstehen, was ich meine.«

»Aber – «, begann ich.

»Sie kennen Ihren Vater und wissen, dass er manchmal, nun, schwierig ist, nicht wahr? Es wäre zu viel für ihn. Dass Sie nun eine Wandernde sind, ist schon mehr, als er verkraften kann.«

Er hatte recht. Schon wieder! In meinem Kopf summte es. Ich konnte noch immer nicht fassen, was gerade mit mir passierte. War etwa alles, was man mir in Notre-Dame erzählt hatte, falsch gewesen? Ich konnte es mir nicht vorstellen. Trotzdem, sie hatten mich dort belogen, was den Fürsten betraf, und vielleicht auch noch in anderen Punkten! Fest stand im Moment nur eines: Meine Seele hatte meinen Vater bestohlen und den Stein versteckt. Aber warum? Wem konnte ich in dieser Welt überhaupt trauen? *Niemandem*, hatte in dem Brief in meinem Zimmer gestanden. *Nicht einmal dir selbst.*

Wir erreichten eine winzige, unscheinbare Tür aus dunklem Holz. Sie war in eine Nische im Mauerwerk eingelassen und wurde halb von einem Vorhang verdeckt. Hätten mich die unerbittlichen Hände des Schattenreiters nicht in diese Richtung gestoßen, sie wäre mir gar nicht aufgefallen. Der Kanzler zückte einen schmiedeeisernen Schlüssel und führte mich kurz darauf in einen kreisrunden, mit Teppichen ausgelegten Raum, dessen Decke sich in mindestens fünfzehn Meter Höhe wölbte. Jeder Zentimeter Wand war von üppig bestückten Bücherregalen bedeckt, ein samtenes Sofa stand in der Mitte des Zimmers. Auf diesem setzte mich der Schattenreiter ab. Dann verabschiedete er sich mit einer abgehackten Verbeugung und verschwand zusammen mit seinen Kollegen.

Der Kanzler nahm neben mir Platz. »Mein Name lautet übrigens Alexander von Berg, ich führe die Regierungsgeschäfte Ihres Vaters und bin seine rechte Hand, sein Auge und sein Ohr«, sagte er, aber ich reagierte nicht. Eine Weile betrachteten wir beide das Meer aus Bücherrücken, das uns umgab.

»Fluvius Grindeaut hat gesagt, der Stein müsse zerstört werden«, durchbrach ich irgendwann die Stille.

Der Kanzler schüttelte den Kopf. »Flora«, seufzte er, »Sie sollten dringend darüber nachdenken, ob Ihre Seele nicht den falschen Leuten vertraut hat. Ich bin derjenige, der Ihnen helfen kann. Ich bin derjenige, der Sie niemals belügen würde.«

Ich dachte an Marian, der mich hintergangen und heute Abend beinahe geküsst hatte. Ein warmes Kribbeln durchlief meine Schläfen, doch noch jemand anderes tauchte vor meinem inneren Auge auf: Amadé! Amadé, die Schreckliches hatte durchleiden müssen. War sie nicht den Schattenreitern in die Hände gefallen? Ihre Reaktion auf den Kanzler vor ein paar Tagen hatte jedenfalls Bände gesprochen ...

»Vielleicht habe ich tatsächlich den Falschen getraut«, sagte ich schließlich. »Aber Ihnen kann ich auch nicht trauen.«

Der oberste Befehlshaber der Schattenreiter hob eine Augenbraue und sah noch jünger aus, kaum älter als ich, sodass es mir plötzlich lächerlich erschien, ihn zu siezen. Doch noch immer lag etwas in seinem Blick, etwas Dunkles, Altes, ein Abgrund, der in seine Seele oder geradewegs in den Schlund der Hölle führen mochte.

Meine Hände ballten sich zu Fäusten. »Ich habe Amadé gesehen«, stieß ich hervor.

Da trat Schmerz auf die jungenhaften Gesichtszüge. »Was mit ihr geschehen ist, das ... So etwas hätte ich nie zugelassen«, flüsterte er. »Aber ich konnte es nicht verhindern.«

»Wieso nicht?«, fragte ich etwas weniger trotzig. Konnte es tatsächlich sein, dass alles, was man mir beim Grauen Bund erzählt hatte, falsch gewesen war? Wie sollte ich wissen, wer in diesem Spiel auf welcher Seite stand?

Der Kanzler schwieg gequält, betrachtete seine Knie. »Es ging um Eisenheim. Um die Zukunft dieser Stadt und Ihrer Familie«, sagte er schließlich. Dann erhob er sich. »Ihr Vater wird bald zu Ihnen kommen. Reden Sie mit ihm, aber nehmen Sie Rücksicht auf seine Nerven. Und wenn Ihre Erinnerung zurückkehrt, kommen Sie zu mir, damit wir den Stein zurückholen können«, sagte er und ließ mich allein mit den Büchern, deren Staub in der Luft hing wie ein Flüstern.

Unschlüssig strich ich an den Regalen entlang, zog hier und da ein besonders schön gebundenes Exemplar heraus und blätterte darin. Viele Klassiker waren darunter, aber auch naturwissenschaftliche Nachschlagebände und eine Bibel. Die Titel spukten mir durch den Kopf, verloren sich jedoch sogleich wieder zwischen meinen Gedanken. Noch immer dachte ich an Marian und Amadé, an Fluvius Grindeaut und Madame Mafalda. Und an meinen Vater und den Kanzler, dem er bedingungslos zu vertrauen schien. Es stimmte, ich hatte keine Ahnung, was geschehen war, ich konnte niemandem trauen, nicht einmal mir selbst.

Ein Gefühl der Hilflosigkeit überrollte mich, während tief in meinem Innersten ein Entschluss reifte: Ich konnte nicht länger darauf warten, dass ich mich an irgendetwas erinnerte. Ich musste die Sache selbst in die Hand nehmen, koste es, was es wolle.

Und ich würde die Wahrheit schon herausfinden.

13
SCHATTENFLUG

Am nächsten Morgen weigerte ich mich, das Fischfutter auf unserem Wohnzimmerboden aufzufegen. Auch den Koffer, den mein Vater gestern Abend nach der Rückkehr von seiner Vortragsreise im Flur abgestellt hatte, packte ich nicht aus. Stattdessen stand ich mit verschränkten Armen da und starrte meinen Vater an, der zusammengesunken in seinem Sessel saß und so aussah, als würde er gern einen Kaffee trinken, den ich allerdings nicht gekocht hatte.

Ich war wütend, stundenlang hatte er mich letzte Nacht in seiner Bibliothek warten lassen. Und als er dann endlich aufgetaucht war, hatte er mir fast dreißig Minuten lang versucht zu erklären, was die Schattenwelt war und dass ich keine Angst zu haben brauchte. Ich war nicht zu Wort gekommen und irgendwann hatte dann mein Wecker geklingelt. Zornig war ich in das Schlafzimmer meines Vaters gerannt und hatte ihn ebenfalls wach gerüttelt. Im Schlafanzug saß er nun vor mir, die Augen gerötet, und suchte nach Worten.

»Warum hast du mir nichts gesagt?«, fragte ich und funkelte

ihn an. Ich wollte nicht beruhigt werden, ich verlangte eine Erklärung.

»Um dich zu beschützen«, sagte er schließlich. »Ich wusste doch gar nicht, dass du aufgeweckt werden würdest. Das sollte niemals geschehen, schon bei deiner Geburt haben deine Mutter und ich es uns geschworen. Wir – «

»Mama ist auch eine Wandernde? Wo ist sie?« Ein Knoten bildete sich in meiner Brust.

»Deine Mutter … Das tut nun nichts zur Sache.« Er senkte den Blick. »Glaub mir, Flora, es ist schrecklich, in zwei Welten leben zu müssen. In einer ist es doch oft schon schwer genug. Nie ist man ganz irgendwo zu Hause, nie kommt man zur Ruhe. Auf die Dauer zerreißt einen dieses Leben. Schon so mancher Wandernde hat darüber den Verstand verloren und auch ich fürchte seit Jahren um meinen. Wir wollten dir das alles ersparen. Deshalb haben wir deine Seele in der Schattenwelt an einen geheimen Ort gebracht, anstatt dich aufzuwecken, wie es die Wandernden seit Generationen mit ihren Kindern tun. Es hat dir an nichts gemangelt. Du warst glücklich dort. Und hier, in dieser Welt, konntest du normal aufwachsen. Niemals sollte es geschehen, dass man dich aufweckt.«

»Aber nun ist es doch passiert.«

Mein Vater nickte traurig. »Ja, irgendwie. Der Kanzler glaubt, es liege an deinen Genen. Du bist die Tochter des Fürsten, die rechtmäßige Thronfolgerin. Vielleicht war es unabwendbar, dass du zur Wandernden wurdest, obwohl ich dich Nacht für Nacht bewachen ließ. Der Kanzler hält es für möglich, dass die Dunkle

Energie von selbst zu dir kam, um das Gefüge der Schattenwelt und ihrer Herrschaft im Gleichgewicht zu halten.«

Ich biss mir auf die Lippe. So war es nicht gewesen. Fluvius Grindeaut hatte mich aufgeweckt, nein, ich selbst war es gewesen. Ich öffnete den Mund, um meinem Vater die Wahrheit zu sagen, schwieg dann aber doch. Was war überhaupt die Wahrheit? Was hatte meine Seele getan und gewusst? Ich hatte noch immer keine Ahnung. Und bevor ich die Antworten auf diese Fragen nicht gefunden hatte, konnte ich niemandem trauen. Auch meinem Vater nicht. Die Erkenntnis durchzuckte mich wie ein Stich.

Mit beiden Händen fuhr mein Vater sich durch das Gesicht. »Ich hatte geahnt, dass deine Seele irgendwo in Eisenheim unterwegs war, aber ich habe erst auf dem Ball erfahren, dass du nun eine Wandernde bist, Flora, ich wusste es wirklich nicht. Und wieso hätte ich dir vorher von Eisenheim und alledem erzählen sollen? Im besten Fall hättest du mich für verrückt gehalten, im schlechtesten darauf bestanden mitzukommen.«

»Vermutlich«, sagte ich und verschwand nun doch in der Küche, um die Kaffeemaschine anzustellen. Als ich wieder zurückkam, wirkte mein Vater deutlich gefasster. Ich erkannte es daran, dass er mit aufgekrempelten Ärmeln über einem der Aquarien stand und die Scheiben von Algen reinigte, während ihm ein Schwarm Neonfische um die Fingerspitzen schwirrte.

»Ich werde dir zu Ehren ein Festessen in der Schattenwelt geben und dich meinen Untertanen offiziell vorstellen. Immerhin bist du die Thronfolgerin«, verkündete er, kaum dass ich den Raum betreten hatte.

Das Wort »Thronfolgerin« ließ mich an den Film *Plötzlich Prinzessin* denken. Und an die Ermordung des österreichischen Kronprinzen in Sarajevo kurz vor dem Ausbruch des Ersten Weltkrieges. Ich schluckte. Mein Vater schob mit der Schulter seine heruntergerutschte Brille zurück auf seine Nase.

»Allerdings noch nicht sofort«, erklärte er. »Du hast dir nämlich einen denkbar ungünstigen Zeitpunkt ausgesucht, um eine Wandernde zu werden. In Eisenheim geht etwas vor sich. Wir wissen nicht genau, was es ist, doch ein mächtiger Feind scheint dahinterzustecken.« Er klaubte eine Schnecke vom Blatt einer Wasserpflanze. »Vor Kurzem ist jemand in meine Schatzkammer eingedrungen. Er hat nichts angetastet, weder Silber noch Diamanten. Nur eine Sache: einen Stein, einen sehr mächtigen Stein. Er ist das Wertvollste, was ich besitze.«

Ich nickte. »Davon habe ich gehört.« Ich war es. Ich habe dich bestohlen, rief es in mir, doch ich brachte die Worte nicht über die Lippen, obwohl doch sonst alles nur so aus mir heraussprudelte. Wieso nur hatte ich das alles getan?

Mein Vater wandte sich zu mir um, als hätte er meine Gedanken gehört. Wasser rann von seinen Unterarmen auf den Fußboden. »Der Weiße Löwe darf niemals in falsche Hände geraten«, sagte er ernst. »Aber der Diebstahl ist nicht alles. Da gibt es noch diese ... andere Sache. Unten in den Stollengängen der Zechen. Es hat mit der Dunklen Materie zu tun, irgendwie scheint sie sich in letzter Zeit zu verändern. Das Ganze ist in höchstem Maße beunruhigend, so sehr, dass Christabel allein als Leibwächterin nicht mehr ausreiche. Ich musste Marian zu uns holen, damit auch du beschützt wirst.« Er senkte den Blick. »Er ist kein Austauschschüler, Flora. Wir haben dich belogen.«

»Ich weiß.«

»Ja, du hast es von Anfang an vermutet.« Er trocknete sich die Hände ab. Auf einmal wirkte er gar nicht mehr so hilflos wie sonst. Etwas wie Entschlossenheit blitzte in seinen Augen. »Am Wochenende wird mein Regierungsstab hier in Essen zusammentreten und nach einer Lösung suchen. Danach sehen wir weiter.«

Ich hob eine Augenbraue. »Aber hältst du da nicht einen Vortrag an der Volkshochschule?«

»Ja«, sagte er. »Nach außen wird es so aussehen.«

Wieder einmal wurde mir schwindelig. »Du bist gar kein ... also ... Das mit den Fischen ist alles ... Tarnung? Was hast du dann wirklich in Berlin gemacht?«

»Nein, nein!« Er schüttelte den Kopf. »In den letzten drei Tagen habe ich tatsächlich über Seeanemonen referiert. Ich sagte doch: Ich lebe zwei Leben.« Mit einem Seufzen nippte er an seiner Kaffeetasse. »Weißt du, das alles ist kompliziert. Ich bin der Fürst der Schattenwelt. Das heißt, ich regiere über Eisenheim. Jede Nacht. Aber auch am Tag werde ich mein Amt niemals los, denn in der realen Welt existieren die Wandernden schließlich auch. Im Verborgenen zwar, als geheime Gesellschaft. Doch auch hier bin ich ihr rechtmäßiger Herrscher.«

Ich nickte bedächtig, obwohl mir nicht so recht klar war, was das, was er sagte, bedeutete. Mein Vater, der die Fragezeichen in meinen Augen bemerkte, griff nach meiner Hand.

»Pass auf, ich zeige dir etwas«, sagte er und zog mich mit für ihn untypisch energischen Schritten in Richtung Arbeitszimmer. Ohne anzuklopfen, traten wir ein. Mein Vater steuerte geradewegs auf seinen Schreibtisch vor dem Fenster zu, während Marian, der anscheinend nur Boxershorts trug, sich verschlafen in seinem Bett aufsetzte. Ein Kopfkissenabdruck prangte auf seiner Wange, sein Haar stand wirr in alle Richtungen ab und unter der blassen Haut seines Oberkörpers erkannte ich die Wölbungen von Muskeln und Sehnen, deren Existenz ich bisher nur erahnt hatte.

»Was?«, nuschelte Marian und klang dabei auf süße Weise alarmiert.

Da ich mir allerdings nicht sicher war, ob ich noch mit ihm reden oder ihn für immer hassen würde, zwang ich mich, meinen Blick von ihm loszureißen und mich stattdessen zu meinem Vater umzudrehen, der gerade eine Reihe von Knöpfen des Alarmsystems betätigte, dessen Schaltstation sich in einer der Schubladen seines Schreibtisches befand. Allerdings öffneten sich daraufhin weder die vor den Fenstern angebrachten Riegel, noch durchschnitt eine zusätzliche Lichtschranke den Raum. Es war lediglich ein feines Knirschen zu hören, bevor – ich traute meinen Augen kaum – die Wand, hinter der sich eigentlich die Wohnung unserer Nachbarn befinden musste, wie eine Schiebetür auseinanderglitt.

Ein Raum von der Größe unseres Wohnzimmers kam dahinter zum Vorschein und ließ mich schlucken. Auch hier stand ein großer Schreibtisch. Auf ihm stapelten sich Tageszeitungen aus aller Welt. Doch statt von Bücherregalen wurden die Wände von

Karten bedeckt, die alle Teile der Welt zeigten. Kontinente, Länder, Gebirgsketten, Wüsten, Halbwüsten, Regenwälder, Gletscher, Steppen, Großstädte. Und alle waren sie übersät mit blinkenden Punkten, die, wenn man genau hinsah, ganz langsam ihre Positionen veränderten. Mein Vater zog mich vor eine Deutschlandkarte, auf der sich etwa hundert Punkte bewegten.

»Jeder Punkt steht für einen Wandernden«, erklärte er.

Ich starrte auf eine Traube von leuchtenden Punkten mitten im Ruhrgebiet. War einer davon meiner? Welcher? »Warum beobachtest du all diese Leute?«

»Ich überwache sie nicht rund um die Uhr, wenn du das meinst.« Mein Vater lächelte traurig. »Aber wer die Fähigkeit besitzt, sich von seinem Schatten zu trennen, kann viel Unheil anrichten, Flora. Stell dir mal vor, welche Verbrechen jemand begehen könnte, der für alle anderen unsichtbar ist. Jemand, der fliegen kann.«

Banküberfälle vielleicht? Ich nagte an meiner Unterlippe. Glücksspielbetrug? Sicher gab es eine Menge Dinge, bei denen man nur einen geheimen Code, ein Passwort, einen militärischen Einsatzplan ausspionieren musste, um in Windeseile Millionär zu werden.

»Es geschieht zwar nicht oft, dass ein Wandernder es mit dem Verbrechen probiert, aber hin und wieder ist es doch der Fall. Mithilfe dieser Karten können Christabel und ich rekonstruieren, welcher Wandernde sich wann ungefähr wo befand. Wir lesen uns meist nachts durch die Weltnachrichten und halten Ausschau nach Verbrechen, die nach der Handschrift eines Wandernden aussehen. Manchmal bekommen wir auch Tipps von der CIA oder vom Bundesnachrichtendienst. Wir machen dann die Identität der Übeltäter aus und geben die Daten an die Polizei des jeweiligen Landes weiter.«

»Das heißt also ...«, stammelte ich.

»Dass Fürst ein Fulltime-Job ist«, seufzte mein Vater, der allein bei dem Gedanken wieder vollkommen fertig aussah.

So langsam wurde mir einiges klar.

»Hey, du trägst ja den neuen Rock!«, begrüßte Wiebke mich grinsend, als wir uns auf dem Schulweg in der U-Bahn trafen. »Steht dir super«, erklärte sie mit übertriebener Begeisterung. Ihr war sicherlich nicht entgangen, wie blass ich in den letzten Tagen geworden war. Andauernd schweiften meine Gedanken in die Schattenwelt. Natürlich sprach ich nicht mit Wiebke darüber, für Außenstehende war diese Geschichte viel zu wahnwitzig. Trotzdem spürte ich, wie Wiebke nach und nach damit begann, sich ernsthafte Sorgen zu machen, denn an Kreislaufprobleme glaubte sie mittlerweile wohl auch nicht mehr.

Linus wirkte an diesem Morgen ebenfalls, als bedrücke ihn etwas. Nein, eigentlich nicht *etwas*, sondern *jemand*. Denn ich hatte weder auf seine nächtliche SMS von neulich geantwortet noch ein Wort darüber verloren. Und anscheinend war er zu dem Schluss gekommen, dass ich mich anderweitig orientiert hatte ... Mit finsteren Blicken beobachtete er Marian (der heute übrigens äußerst schweigsam war, als fehlten ihm genau wie mir die Worte, um zu erklären, was letzte Nacht geschehen war) und schnaubte verächtlich, wann immer dieser sich erdreistete, neben mir zu gehen.

Beinahe wäre er auf Marian losgegangen, als dessen Hand beim Aussteigen aus der Bahn versehentlich meinen Arm streifte. Doch dann murmelte er nur etwas, was wie »Idiotenfinne« und »Möchtegern« klang, und hob sich körperliche Attacken noch ein paar Minuten lang auf. Es geschah nämlich erst, als wir das Schulgelände schon fast erreicht hatten. Wir befanden uns gerade auf Höhe des Kiosks, an dem wir uns im Sommer immer Wassereis kauften, und Wiebke und ich betrachteten im Vorbeigehen die Schlagzeilen der Klatschblätter in der Zeitschriftenauslage (Erstaunlich, wer alles schon wieder bis auf die Knochen abgemagert durch Hollywood lief!), als hinter uns plötzlich ein dumpfes Geräusch ertönte.

»Glotz sie nicht so an, du Penner!«, rief Linus und ich sah aus dem Augenwinkel gerade noch, wie er seine Faust zurückzog, mit der er Marian anscheinend einen Schlag vor die Brust verpasst hatte.

Dieser keuchte überrascht auf. »Sag mal, spinnst du? Was soll das?«

Im nächsten Moment schon stieß Marian Linus gegen die Schultern. Er hatte kaum Kraft hineingelegt, doch Linus taumelte ein paar Schritte rückwärts, ehe er sich fing und wieder vorstürmte, die Hände erhoben wie ein Boxer.

»War das etwa schon alles?«, schnaubte er. »Na los, komm doch, wenn du dich traust!«

»Ich will mich nicht mit dir prügeln.«

»Und ich will, dass du deine Finger von Flora lässt. Sie gehört zu mir, klar?«

»Linus!«, rief ich und baute mich vor ihm auf. »Wir sind nicht mehr zusammen! Wie oft soll ich dir das noch erklären?«

»Aber ... das mit uns, das wird wieder«, stammelte er. Ich schüttelte den Kopf, doch er sah mich schon gar nicht mehr an. Stattdessen wandte er sich wieder an Marian. Zorn lag in seinen Gesichtszügen. Und Hilflosigkeit.

»Ich weiß genau, was hier läuft mit ihr und dir.« Linus spuckte ihm die Worte regelrecht vor die Füße. »Aber so einfach geht das nicht. Du bist gerade mal seit einer Woche hier. Du kennst sie doch gar nicht.«

Marian lächelte matt. »Ich kenne Flora besser, als du denkst. Wir lieben uns.«

Fassungslos starrte Linus ihn an.

Ein trockenes Lachen entrang sich meiner Kehle. Ich hatte nicht einmal bemerkt, wie es in mir aufgestiegen war. Plötzlich war es da und es schmeckte bitter.

»Ihr wisst gar nichts über mich. Keiner von euch. Ich kenne mich ja selbst nicht einmal«, stieß ich hervor und spürte, wie sich mein Blick verhärtete, als ich Marian in die Augen sah. »Und wie könnte ich mit jemandem zusammen sein, dem ich nicht trauen kann?«

Es war kaum mehr als ein Flüstern gewesen. Einen endlosen Moment lang hing es in der Luft zwischen uns, dann veränderte sich Marians Gesichtsausdruck, als glitte ein Schleier darüber. Mit einem Mal schien er durch mich hindurchzusehen. Ohne

Vorwarnung wandte er sich ab und eilte mit langen Schritten davon.

»Ihr seid also kein Paar«, sagte Linus und wirkte erleichtert.

Ich schüttelte kaum merklich den Kopf, während Wiebke, die sich bisher im Hintergrund gehalten hatte, sich bei mir unterhakte und mich langsam, aber bestimmt von ihrem Bruder wegzog.

»Wir müssen zum Unterricht«, erklärte sie und fügte etwas leiser hinzu: »Und wir beide müssen uns unterhalten. Was ist los mit dir? Es ist diese Austauschschülersache, oder? Dein Vater hat endgültig den Verstand verloren. Und du magst Marian mehr, als du zugeben willst.«

Ich zuckte mit den Achseln, überlegte, wie viel von der Wahrheit ich Wiebke zumuten konnte, und hörte in der nächsten Sekunde den Flügelschlag eines großen Tieres über mir. Instinktiv zog ich den Kopf ein und tastete nach der Sichel in meiner Hosentasche. Auch ohne hinaufzusehen, wusste ich, dass es einer der Schattenreiter war, der mich verfolgte. Schon in einem der U-Bahn-Tunnel hatte ich gemeint, das schwarz glänzende Fell eines Pferdes zu erkennen, das neben dem Waggon hergaloppiert war. Allerdings machte der Reiter keinerlei Anstalten, mich anzugreifen.

»Wir werden Sie selbstverständlich auch weiterhin strengstens im Auge behalten, bis wir wissen, ob wir Ihnen trauen können«, hatte der Kanzler gesagt und es sah ganz danach aus, als hielte er sein Wort. Als würden seine Leute mir fortan zwar noch immer folgen, aber nicht mehr Jagd auf mich machen. Das hoffte ich zumindest.

Doch nicht nur der Eiserne Kanzler beobachtete mich, als ich wenig später im Unterricht saß. Wir schrieben einen Chemietest und natürlich konnte ich mich kaum auf die Aufgaben konzentrieren. Formeln und Versuchsaufbaue waren so ziemlich das Letzte, womit ich mich gerade beschäftigen wollte. Immer wieder schweiften meine Gedanken ab und mit ihnen mein Blick, aus dem Fenster und über die Dächer des gegenüberliegenden Schulflügels und der angrenzenden Gebäude. Schon zu Beginn der Stunde hatte ich den Schattenreiter auf der Sporthalle entdeckt. Mit verschränkten Armen stand er da, vollkommen reglos, während sein geflügeltes Reittier an der Teerpappe der Abdeckung kaute.

Aber es war nicht der Schattenreiter, der meine Aufmerksamkeit auf sich zog. Es war jemand anderes. Flackernd saß er an der Kante des Auladaches, die Beine baumelten über dem Abgrund, die Lippen hatte er so fest aufeinandergepresst, dass alles Blut aus ihnen gewichen war. Ich kannte diese schwarz-weiße Gestalt mit dem Haar von beinahe gleißender Helligkeit nur zu gut. Längst hatten sich die Einzelheiten seiner Züge in mein Gedächtnis gebrannt wie ein Siegel. Marian.

»Flora«, flüsterte er so leise, dass ich es durch das geschlossene Fenster unmöglich hätte hören können. Doch ich sah nicht nur, wie er die Lippen bewegte, ich *fühlte* auch den Klang meines Namens, als wäre Marians Stimme nichts weiter als einer meiner Gedanken. Erst jetzt bemerkte ich die Verzweiflung, die im silbrigen Glanz seiner Augen lag.

Der Chemietest verschwamm auf dem Tisch vor mir zu einer

unförmigen Masse aus Buchstaben, Zahlen und Papier. Ich fragte mich, was ich hier überhaupt machte. Mein Platz war nicht zwischen Federmäppchen und unter dem Heft versteckten Spickzetteln. Ich sollte dort draußen sein. Bei Marian. Ich spürte es ganz deutlich und wollte es doch nicht wahrhaben. Er hatte mich belogen. Ich hätte wütend sein müssen. Wo war die Bitterkeit, die vorhin noch wie ein Knoten in meiner Brust gelegen hatte? Ich konnte niemandem trauen. Niemandem, und deshalb ...

Stattdessen stellte ich mir vor, wie es wäre, zu ihm zu gehen. Jetzt sofort. Wenn ich einfach aufstünde, ganz egal, was meine Lehrerin davon halten würde. Dieser Test war doch sowieso sinnlos. Ich war eine Niete in Chemie. Die Aufgaben hatten sich in meinem Kopf in Luft aufgelöst. Hielt ich meinen Stift eigentlich noch in der Hand? Ich blinzelte und erschrak.

Ich saß nicht länger an meinem Platz. Und gleichzeitig tat ich es doch. Neben mir beugte sich mein Körper noch immer über den Chemietest. Wie versteinert wirkte er. Das Haar fiel mir ins Gesicht wie ein Vorhang, Tinte tröpfelte aus der Spitze meines Füllers auf das Papier. Mich selbst zu sehen, war gruselig, vor allem weil ich mich fragte, ob ich von hinten wirklich so kindlich aussah. Wie eine Zwölfjährige unter lauter Erwachsenen. Wiebke, die neben mir saß, war mindestens einen Kopf größer als ich. So krass war mir der Unterschied noch nie aufgefallen.

Aber noch viel gruseliger war meine neue Gestalt. Schaudernd betrachtete ich meine Hände, aus denen jede Farbe gewichen war. Gut, diesen gräulichen Hautton kannte ich bereits aus der Schattenwelt. Das Flackern hingegen war neu. Es war ekelig.

Andauernd durchlief ein Zittern meine Konturen, mal waren meine Fingernägel durchsichtig, dann wieder tiefschwarz. Ein Flimmern überzog meine in Strumpfhosen steckenden Beine. Ich kam mir vor, als wäre ich einem schlechten Fernsehsignal entsprungen, bei dem das Bild immer wieder verschwand oder in ein Negativ umschlug.

Doch ich hatte es geschafft. Ich war ein Schatten.

Erneut schaute ich aus dem Fenster. Marian war noch da und ihm schien nicht entgangen zu sein, was in unserem Klassenzimmer geschehen war. Zaghaft hob er die Hand, als wollte er mir zuwinken. Dann ließ er sie jedoch wieder sinken.

»Flora«, flüsterte er noch einmal.

Niemand bemerkte es, als ich mich durch den Raum bewegte. Meine Schritte verursachten keinerlei Geräusche, mein Körper ließ nicht den kleinsten Luftzug entstehen. Ich war dort und ich war nichts, wie ein Geist, der zwischen den Sitzreihen hindurchhuschte. Lautlos glitt ich zur Fensterbank und stieg hinauf. Ich wollte die Hände an die Scheibe legen, doch ich fühlte das Glas nicht, weder war es kalt, noch war es hart. Wie ich selbst war auch das Glas dort und war nicht zugleich. Meine Fingerspitzen tauchten darin ein, schon fühlte ich den Herbstwind, der über meine Haut strich. Meine Füße schoben sich durch den Fensterrahmen. Ich schloss die Augen, holte Luft, als wollte ich tauchen, dann glitt das Glas über mein Gesicht, zähflüssig, wie Honig perlte es von meinen Wangen. Nun stand ich draußen auf dem schmalen Sims, mein Schattenhaar flatterte. Der Reiter auf der Sporthalle ruckte leicht den Kopf, dann notierte er sich etwas in einem Notizbuch.

Marian sah mir vom Dach gegenüber entgegen, zwischen uns gähnte der Schulhof und ich fragte mich unaufhörlich das Gleiche: Kann ich fliegen?

Christabel und Marian hatten es getan, das hatte ich gesehen, mehr als einmal. Ich fühlte die Kante unter meinen Ballerinas und die Leere darunter. In einem Anflug von Panik presste ich mich an das Fenster hinter mir und schon glitt ein Teil meines Hinterkopfes zurück durch das Glas. Dann traf Marians Blick den meinen wie ein Blitz und meine Angst verschwand so rasch, wie sie gekommen war. Ich zögerte nicht länger, sondern sprang.

Dummerweise. Denn ich konnte nicht fliegen. Wie ein Stein sauste ich dem Abgrund entgegen. Immer näher kam der rötliche Belag des Schulhofes. So eine Scheiße! Das war ein Köpper aus dem vierten Stock gewesen. Es war Selbstmord! Oder würde ich mir nur alle Knochen brechen? Wäre das überhaupt ein Problem? Mein echter Körper saß immerhin sicher an seinem Platz.

Während ich darüber nachdachte, veränderte sich mein Fallen. Es dauerte einen Augenblick, bis es mir auffiel, doch mitten in der Luft war ich langsamer geworden. Wie ein Blatt segelte ich jetzt in Richtung Boden, mal ein Stück nach links, dann wieder nach rechts … und schließlich hörte es ganz auf. Still hing ich auf Höhe der ersten Etage in der Luft, die sich plötzlich gar nicht mehr so luftig anfühlte. Eher wie Watte. Wie feste Watte. Oder wie Stein. Vorsichtig machte ich einen Schritt nach vorn und staunte: Die Luft trug mich so sicher wie der Erdboden. Wo immer ich meinen Fuß hinsetzte, wurde sie unnachgiebig. Wie auf einer Treppe bewegte ich mich langsam nach oben auf Marian zu.

Er lächelte, als ich mich neben ihm auf die Dachkante setzte, und deutete auf meine im Klassenzimmer gegenüber sitzende Gestalt. »Ich habe nie gewusst, dass dein Haar einen rötlichen Schimmer bekommt, wenn die Sonne daraufscheint«, murmelte er. »Das passt zu deinem Temperament.«

Ich erwiderte nichts und Marian wurde wieder ernst.

»Du kannst mir also nicht trauen«, stellte er fest.

»Nicht mehr«, sagte ich. »Du hast mich belogen, ihr alle habt das getan.«

Er zögerte. »Nein, wir – «

»Ihr wusstet, dass mein Vater der Schattenfürst ist, oder?«

Marian biss sich auf die Lippe. »Schon, aber – «

»Keiner von euch hat es mir gesagt. *Keiner!* Und ich frage mich: Warum nicht? Weshalb habt ihr es mir verschwiegen?«

»Weil …« Marian suchte nach Worten. »Weil wir dachten, du würdest dann nicht mehr auf unserer Seite stehen.«

Ich lachte. »Verstehe. Da ist es natürlich viel klüger, mich zu belügen und darauf zu warten, dass ich es zufällig selbst herausfinde. So was schafft echtes Vertrauen … Ihr wolltet mich gegen meinen Vater ausspielen«, rief ich. Am Rande bemerkte ich, wie mein Mundwerk mit mir durchging, aber ehrlich gesagt war es mir in diesem Augenblick auch herzlich egal. »Wahrscheinlich hast du dir das mit uns auch nur ausgedacht. Dass du mich liebst, meine ich. Du dachtest, du nutzt deinen Charme, um mich um den Finger zu wickeln! Damit ich das mache, was du und dein blöder Großmeister – «

»Nein!«, entfuhr es ihm. »So war das alles nicht. Was ich für dich empfinde, ist ... Diese ganze Sache ist so kompliziert. Und außerdem: Wie hätte ich denn ahnen sollen, dass der Fürst ausgerechnet, als du gerade hinsiehst, die Maske abnimmt?«

Ich funkelte ihn an und Marian verstummte. Plötzlich legte sich wieder diese Verzweiflung auf seine Züge, die mich bereits von Weitem so erschüttert hatte und nun erneut etwas in mir zum Klingen brachte.

»Wir haben dir nur diese eine Sache verschwiegen. Alles andere, was wir dir erzählt haben, ist wahr. Deine Seele hat den Stein für uns gestohlen und versteckt. Du warst und bist eine von uns, eine Kämpferin des Grauen Bundes, Flora.« Er sah mir in die Augen. »Und ich liebe dich.«

Ich spürte, dass er die Wahrheit sagte. Dennoch zog ich meine Hand zurück, als er sie ergreifen wollte. »Was hat es mit diesem Stein auf sich? Warum will Fluvius Grindeaut ihn zerstören? Und was hat mein Vater damit zu tun? Welche Rolle hat meine Seele in dieser Sache wirklich gespielt? Verstehst du nicht, dass ich das alles erst herausfinden muss, bevor ich mich auf eine Seite stellen kann? Im Moment weiß ich ja nicht einmal, wie viele Seiten es gibt.«

Marian seufzte. »Viele sind hinter dem Weißen Löwen her, nicht nur dein Vater, der ihn zurück in seine Schatzkammer stecken will, auch ... andere. Aber glaub mir: Was Fluvius Grindeaut sagt, stimmt. Der Stein muss zerstört werden. Ich wollte das selbst lange nicht einsehen. Doch die Kraft, die ihm innewohnt, ist zu gefährlich. In den falschen Händen könnte er das Gefüge unserer Welt aus den Angeln heben. Das Gefüge *beider* Welten.«

»Wie?«, fragte ich.

»Soweit ich das verstanden habe, sorgt die Kraft des Steines dafür, dass die Dunkle Materie nicht länger an die Schattenwelt gebunden ist und die reale nicht mehr an diese hier. Bei einer Vermischung der Materienarten könnte alles Mögliche geschehen und nicht alles davon müsste schlecht sein. Aber zu viele falsche Hände strecken sich zurzeit nach dem Weißen Löwen aus.«

Ich öffnete den Mund, um nachzufragen, was er damit genau meinte. Von wem sprach er? Doch Marian ließ mich nicht zu Wort kommen. Er ahnte bereits, was ich sagen wollte.

»Ich glaube, es ist der Kanzler, der etwas vorhat«, beantwortete er meine unausgesprochene Frage. »Aber ich weiß es nicht mit Sicherheit, Flora. Und es ist auch nicht wichtig. Nur eines steht für mich fest: Fluvius Grindeaut ist ein weiser alter Mann, und was immer er tut, seine Absichten sind edel.«

»Wie kannst du dir so sicher sein?«, fragte ich und beobachtete, wie sich der harte Zug um seinen Mund tiefer in seine Haut grub. Marian wollte etwas sagen, doch die Worte schienen sich zu weigern, ihm über die Lippen zu kommen. Er räusperte sich.

»Meine Eltern starben, als ich sehr klein war, Flora. Sie wurden … ermordet. Einfach so, an einem Sommertag, mitten in unserem Ferienhaus. Wandernde, die für all unsere Nachbarn unsichtbar über uns herfielen und … Plötzlich war ich ganz allein auf der Welt. Doch der Großmeister nahm mich bei sich auf, er kümmerte sich um mich wie ein Vater und er bildete mich zu einem seiner besten Kämpfer aus. Ich habe ihm alles zu verdanken. Ich kenne ihn und deshalb weiß ich: Wenn Fluvius

Grindeaut sagt, der Stein muss zerstört werden, dann ist das so. Deine Seele hat ihm auch geglaubt, vergiss das nicht.«

Ich nickte langsam. »Vielleicht«, sagte ich und strich mir das flatternde Haar hinter die Ohren. »Vielleicht hast du recht. Warum haben andere Wandernde deine Eltern getötet?«

Marians Blick schweifte über die Dächer. Er verlagerte sein Gewicht, sodass sich unsere Knie berührten. »In Finnland erzählt man den Kindern sei jeher Geschichten über die Wälder, wusstest du das?«

»Nein.«

»So ist es aber. Denn der Wald ist Finnlands knorriger Panzer. Er erstreckt sich beinahe endlos über die Ebenen. Fichten und Tannen. Birken. Es gibt Legenden von Kobolden und Trollen, von Riesen und Baumgeistern. Und die Sage vom Volk der Amazonen. Unbesiegbare Kriegerinnen, die Kleider aus Fell und Federn tragen und noch heute tief verborgen im hölzernen Dickicht hausen sollen.« Er sah mich jetzt wieder an. »Als Kind habe ich nach ihnen gesucht, nach den Amazonen mit ihren gefiederten Giftpfeilen. Damit sie für mich den Tod meiner Eltern rächen.«

»Und, hast du sie gefunden?«

»Es ist nichts weiter als eine Legende.« Seine Worte klangen bitter. »Weißt du, damals, an dem Sommertag, an dem sie kamen, da hatte ich mich versteckt. Ich hatte mir im Garten ein Baumhaus gebaut und gesehen, wie sie durch die Luft auf den Schornstein unseres kleinen roten Hauses zuflogen. Ich war damals acht und fürchtete mich vor den Schattengestalten, verkroch mich in den hintersten Winkel meiner selbst gezimmerten Hütte. Von einem

Augenblick zum nächsten verlor ich meine Eltern, meine Mutter, meinen Vater. Plötzlich waren sie fort. Dabei hätte ich rufen müssen. Ich hätte meine Eltern warnen können. Vielleicht –«

»Du warst noch ein Kind, Marian«, unterbrach ich ihn, wollte ihm tröstend die Hand auf den Arm legen. Doch er ließ es nicht zu.

»Na und? Du hast mit sieben auch den Haushalt übernommen.« Seine Knöchel traten weiß hervor, so fest ballte er die Fäuste. Der glühende Zorn, den ich schon so oft an ihm wahrgenommen hatte, flackerte über seine Züge. »Ich hatte damals zu viel Angst. Das war der Fehler. Seit damals weiß ich, dass die Angst der Fehler war«, sagte er und es klang wie ein Mantra. »Nie wieder werde ich so ängstlich sein. Schon wenige Wochen später begann ich, den Großmeister anzubetteln, mir das Kämpfen beizubringen, obwohl ich eigentlich noch zu jung dafür war. Seitdem trainiere ich, sooft ich nur kann, auch außerhalb des Dämmerungstrainings. Bis ich eines Tages gut genug bin.«

»Um was zu tun?«, fragte ich. Die Kälte in seiner Stimme hatte mich bei seinen letzten Worten unbewusst ein Stück von ihm abrücken lassen. »Gut genug, um diejenigen, die du liebst, beim nächsten Mal verteidigen zu können? Oder gut genug, um dich zu rächen?«

Marians Blick ließ mich nicht los, doch er schwieg, presste die Kiefer aufeinander, als habe er schon zu viel gesagt. Er ärgerte sich darüber, überhaupt mit mir über seine Vergangenheit gesprochen zu haben, das sah ich ihm an. Einen Augenblick lang meinte ich förmlich zu hören, wie es in seinem Kopf arbeitete, wie er sich dafür verfluchte, etwas über sich preisgegeben zu haben. Dann plötzlich lächelte er wieder, halbherzig und falsch.

»Ach, das ... das sind alte Geschichten. Es war damals eben eine schlimme Zeit für mich. Vergiss, was ich gesagt habe«, erklärte er mit einem Schulterzucken und versuchte zu allem Überfluss nun auch noch ein Grinsen. Es misslang.

Meine Hände krallten sich um die Dachkante. Warum tat Marian das? Warum öffnete er sich mir, nur um sich in der nächsten Sekunde wieder in seinem Kriegerpanzer zu verstecken? Traute er mir etwa immer noch nicht?

»Hör mal«, begann ich, brach jedoch sofort wieder ab, weil mich die Erkenntnis traf wie ein Schwall kalten Wassers. Nein, er traute mir tatsächlich nicht. Und ebenso wenig traute ich ihm. Warum auch? Hatte er mir nicht die ganze Zeit über verschwiegen, was er über meinen Vater wusste? Ich schluckte, als mir klar wurde, dass ich hier mit einem Mann saß, den ich im Grunde überhaupt nicht kannte, über den ich so gut wie nichts wusste. »Wer bist du?«, fragte ich. »Was weißt du und was willst du?« Wollte ich dich wirklich noch vor nicht einmal 24 Stunden küssen?

Statt zu antworten, betrachtete Marian die vorüberziehenden Wolken. Der Schattenreiter auf dem Dach der Sporthalle war des Wartens anscheinend überdrüssig geworden, denn er bestieg sein Pferd und schwang sich kurz darauf in die Lüfte, während ich aufsprang und am liebsten dasselbe getan hätte.

»Na gut!«, rief ich. »Dann reden wir eben nicht miteinander! Ist mir doch scheißegal, was für ein Problem du hast.«

Marian hob den Blick. »Ja?«, fragte er.

Einen Herzschlag lang dachte ich über Amazonen, vermummte Meuchelmörder und zornige Waisenkinder nach, versuchte, mir Marian als weißblondes Kind mit winzigen Händen vorzustellen, wie er durch die Wälder rannte, allein auf der Suche nach einem verwunschenen Kriegerinnenvolk. Wie er sich in seinem Baumhaus verkroch. Dann wandte ich mich ab und trat auf die Treppe aus Luft hinaus. Marian brauchte mein Mitleid nicht, er wollte es ja nicht einmal, und so, wie er sich verhielt, verdiente er es ohnehin nicht. Außerdem musste ich zurück zum Unterricht.

Allerdings kam ich nur ein paar Schritte weit, da spürte ich eine Hand auf meiner Schulter. »Warte«, sagte Marian. »Bitte, ich kann es dir nicht erklären, aber – «

Ich ließ ihn seinen Satz nicht beenden. Wenn er wollte, dass ich weiterhin mit ihm redete, dann musste er mir Antworten liefern, entschied ich und versuchte es deshalb mit einer Sache, die ich heute Morgen erfahren hatte: »Mein Vater meint, in den Minen würde etwas vor sich gehen. Irgendetwas mit der Dunklen Materie. Hast du eine Ahnung, was das sein könnte?«

Marians Hand zuckte zurück, als habe er sich an mir verbrannt. »Wie kommst du darauf, dass ich etwas darüber wissen könnte?«, fragte er eine Spur zu scharf und verfiel gleich darauf ins Stammeln. »Nein ... also, dass dort unten etwas ... im Gange sein soll, ist mir neu.«

»Das dachte ich mir. Weißt du, wenn ich dir vertrauen soll, dann musst du mir die Wahrheit sagen, aber das schaffst du ja anscheinend nicht«, sagte ich und machte mich nun endgültig auf den Rückweg durch die Luft über dem Schulhof.

»Die Wahrheit …«, hörte ich Marian hinter mir murmeln.

»Schon gut«, stieß ich hervor. »Vergiss es.« Ich ballte die Hände zu Fäusten und spürte, wie mir die Tränen in die Augen stiegen. *Und bis es so weit ist, darfst du niemandem trauen.* Die Zeilen dieses verdammten Briefes verfolgten mich wie ein Fluch.

»Flora!«, rief Marian mir hinterher, doch ich winkte ab.

»Es klingelt sowieso jeden Augenblick«, erklärte ich mit brüchiger Stimme. »Besser, ich bin in meinem Körper, bevor Frau Wachtel-Meier mich für tot hält. Von einem Chemietest zu Tode gelangweilt. Das wäre doch mal was Neues.«

14
FESTMAHL

Wie Eisenheim selbst war auch der Palast meines Vaters: riesig und dunkel. Von außen sah er aus wie der Buckingham-Palast, von innen hingegen …
Ich war auch in der realen Welt noch niemals bei der Queen zum Tee eingeladen gewesen, zugegeben. Aber so stellte ich mir das Innere ihres Domizils nun wirklich nicht vor. Im Gegensatz zu dem funkelnden Ballsaal, in dem ich gestern mit Marian getanzt hatte, wirkte der Rest des Gebäudes nahezu schäbig. Gerade so, als hätte mein Vater lediglich die Empfangsräume für das Fest herrichten lassen.

Ein Schaudern durchlief mich, als ich durch die Flure strich und dabei mit den Füßen Staubwolken aufwirbelte. Mein Vater hatte in dieser Nacht einen Termin in den Fabriken und so hatte ich beschlossen, mich auf eigene Faust ein wenig umzusehen. Wobei es, wie sich herausstellte, nicht besonders viel zu sehen gab, denn die meisten Räume waren verschlossen. In anderen türmten sich mit Laken abgedeckte Möbel und an den Wänden prangten mottenzerfressene Bildteppiche. Es war, als läge der Palast in tiefem Schlaf. Kein Lüftchen regte sich, es roch nach Vergessen und Dunkelheit.

Und nach Nichts.

Mit der Zeit brüchig gewordene Vorhänge verschleierten die Fenster, auf denen der Schmutz Schlieren gebildet hatte, und die Kronleuchter trugen Kleider aus Spinnweben. Das Silber des Bestecks war so blind, als wäre es seit Jahren nicht poliert worden. An manchen Stellen bröckelte der Stuck von der Decke und hinterließ weißliche Krumen auf den Teppichen, während Schimmel in den Ecken am Gemäuer fraß. Ich kam mir vor wie in einem Horrorfilm aus den Zwanzigerjahren und erwartete jeden Augenblick, dass der Geist einer ermordeten Braut mit schwarz geschminkten Lippen und Blutflecken auf dem Hochzeitskleid hinter einem der löchrigen Vorhänge hervorsprang.

Am schlimmsten jedoch war die Stille, die über allem lag wie ein Leichentuch. Es war die Stille eines Grabes.

Denn tatsächlich schien kaum jemand in diesem finsteren Kasten zu leben. Nur in der Bibliothek begegnete ich einem knochigen Butler, der sich mir als John Winter vorstellte, und vor dem Eingangsportal standen zwei Kämpfer des Grauen Bundes, um Wache zu halten. Ansonsten traf ich nicht eine Menschenseele. Langsam arbeitete ich mich durch das Gebäude, dessen Etagen immerhin symmetrisch angelegt waren, und überall bot sich mir ein ähnliches Bild: Staub bedeckte Böden und Möbel, zentimeterdick wie eine Schicht Neuschnee, nur dann und wann entdeckte ich vereinzelte Fußspuren auf den Marmorböden. Doch niemals ihre Verursacher.

Die Leere hatte etwas Bedrückendes an sich. Ich stellte mir vor, wie mein Vater hier seine Nächte verbrachte, und spürte, wie mir eine Gänsehaut über den Nacken kroch. Er war der Fürst der Schattenwelt und zugleich allein in der Dunkelheit. Es war, wie er gesagt hatte: Er lebte zwei Leben und doch keines wirklich.

Ohne dass ich es bemerkte, trugen mich meine Schritte in den zweiten Stock, vorbei an Kerzenleuchtern, in denen kümmerliche Stumpen ihr letztes Licht spendeten, eine Wendeltreppe hinauf. Schließlich stand ich vor einer weißen Tür, von der die Farbe abblätterte wie eine zu eng gewordene Haut. Die Klinke aus Kupfer glänzte, so oft war sie benutzt worden, und noch ehe ich sie herunterdrückte, wusste ich, dass es ein besonderer Raum war, der sich dahinter verbarg. Ein Flüstern schien von ihm auszugehen. Und längst verklungenes Lachen.

Die Tür knarrte, als ich sie öffnete. Das Zimmer war kreisrund und so weiß, dass ich ein paarmal blinzeln musste, um mich an die plötzliche Helligkeit zu gewöhnen. Dann erkannte ich das Himmelbett in der Mitte des Raumes, dessen Vorhänge, obwohl auch sie von Spinnenweben überzogen waren, noch immer seidig schimmerten, als wären sie aus kostbarer Spitze. Links davon stand ein Schminktisch, eine Bürste lag darauf, gleich neben einem offen gelassenen Lippenstift und einem Hut, auf dem sich vertrocknete Blumen zu einem Hügel türmten. Auf der anderen Seite des Bettes stand eine Wiege aus Korbgeflecht vor einem der Fenster und auf dem Boden lag ein Seidenschal mit dem Bild eines Pfaus.

Und dann sah ich es: das Foto auf dem Nachttisch. Klein war

es und schwarz-weiß. Mein Vater war darauf zu sehen, altmodisch gekleidet und lächelnd stand er da und hielt die Hand einer Frau. Die Hand meiner Mutter. *Mama!* Seit Jahren hatte ich mir kein Bild mehr von ihr angesehen, weil ich es nicht ertrug. Nie würde ich ihr verzeihen, dass sie fortgegangen war. Wieso nur hatte sie das getan? Ich suchte die Antwort in ihren blitzenden Augen, doch ich fand sie nicht. Mit undurchdringlichem Ausdruck blickte meine Mutter in die Kamera. Sie trug ein schlichtes schwarzes Kleid, den Kopf hatte sie leicht geneigt, ihre Hände steckten in geknöpften Handschuhen und auf ihrem Schoß saß ein Baby mit dunklem Haar und winzigen Fäusten. Es lachte.

Ich presste die Kiefer aufeinander. Wie hat sie uns einfach so verlassen können? Wie?, fragte ich mich und machte auf dem Absatz kehrt. Ich wollte das hier nicht sehen. Diese Familie existierte nicht mehr. Entschlossen eilte ich auf den Flur hinaus und warf die Tür hinter mir ins Schloss. Hastig stieg ich die Wendeltreppe hinab. Ich lief durch Korridore und ein verwaistes Musikzimmer, befand mich plötzlich in einem Sitzungssaal mit Stühlen aus geschnitztem Holz und einer gläsernen Dachkuppel und trat schließlich auf eine Terrasse hinaus, von der aus ein Kiesweg in einen verwilderten Garten führte.

Kühle Nachtluft umflutete mich, ich schloss die Augen und spürte, wie mein Atem ruhiger wurde. Von fern drangen die Geräusche der Stadt an mein Ohr wie das Murmeln eines Ungeheuers und es gelang mir, meine Mutter allmählich wieder aus meinen Gedanken zu verbannen. Die Steine knirschten unter meinen Füßen, als ich weiterging, zwischen Büschen und Bäumen, vorbei an einem vertrockneten Springbrunnen. Mit den Fingerspitzen strich ich über die Blätter von Blüten und Pflanzen, die ich noch nie gesehen hatte. Ihr Duft hüllte mich ein wie ein Schlaflied und eine Weile schritt ich dahin, dachte weder an meine Familie noch an Marian.

Selbst dass ich mich in der Schattenwelt befand, hatte ich schon beinahe vergessen, als der Weg plötzlich eine Biegung machte, hinter der ein Torbogen auftauchte. Er trug die Aufschrift »Fürstliches Bestiarium« und schien einen separaten Teil des Parks zu markieren. Einen Teil, der noch verwahrloster wirkte als der Rest des Gartens. Längst waren die Buchstaben des Schriftzugs verblasst, man konnte sie nur gerade eben noch entziffern. Und das Tor aus Eisenstäben war an einer Seite aus den Angeln gebrochen, sodass es einen Spaltbreit offen stand. Weit genug für jemanden wie mich, um hindurchzuschlüpfen.

Langsam tastete ich mich vorwärts, denn es war mit einem Mal bedeutend dunkler geworden. Nur sehr vereinzelt brannte hier und dort eine Gaslaterne, die ihren flackernden Schein auf umgestürzte Zäune und verfallene Ruinen warf, deren Giebel mich an asiatische Teehäuser erinnerten. Auf Steintafeln links und rechts des Weges prangten tatsächlich chinesische Schriftzeichen, deren Sinn sich mir jedoch wundersamerweise erschloss, kaum dass mein Blick darüberstrich. Das musste mit dem Sprachzauber der Dunklen Materie zusammenhängen, denn in Eisenheim verstand schließlich jeder jeden, egal, woher er stammte. Die Tafeln sahen aus wie die Beschriftung im Duisburger Zoo, Tiernamen waren darauf zu lesen sowie eine kurze Information über Herkunft, Lebensraum und Erscheinungsbild in der realen Welt. Daneben gab es eine Zeichnung der jeweiligen Spezies.

Es dauerte einen Moment, bis ich begriff, dass ich mich im früheren Privatzoo des Fürsten befand und es sich bei den Mauern und Zäunen zu beiden Seiten des Weges um verfallene Gehege handelte. Die Tiere selbst lebten schon lange nicht mehr hier, einzig die Tafeln mit ihren Namen waren geblieben und ich war darüber ehrlich gesagt ganz froh. Der Feuerdrache (Seelentier der Tiefseequalle) sollte laut seiner Beschreibung immerhin vier Meter messen und sah schon auf der Zeichnung zum Fürchten aus. Und dem dreiköpfigen Mammutschwein (Seelentier der Wildsau) wollte ich auch nicht unbedingt in natura begegnen. Andere Arten, wie der Greif (Seelentier des Seeadlers), der Zentaur (Seelentier des Rinds) oder der Sphinxbarsch (Seelentier des Löwen), hätten mich allerdings durchaus interessiert.

Der Gedanke, dass auch die Seelen aller Tiere nach Eisenheim wanderten, war mir bisher gar nicht gekommen. Vor allem die Tatsache, dass sich ihre Erscheinung dabei offenbar veränderte, faszinierte mich. Mit einem kleinen Schaudern dachte ich an den Drago und hätte gern gewusst, welches Fabelwesen einem Zwergkaninchen, einer Amsel oder einem Schäferhund innewohnte, doch so weit, mir das gesamte Bestiarium anzusehen, kam ich gar nicht.

Denn ich machte eine Entdeckung, die mich einige Minuten verharren ließ. Es war eine ziemlich kleine Tafel, die halb von einem Busch verdeckt wurde. Dennoch sprang mir die Zeichnung darauf sofort ins Auge. Sie zeigte eine Spinne mit behaarten Beinen und einem Maul, aus dem lange Säbelzähne ragten. Ich schluckte. Es war die gleiche Spinne, die mein unbekanntes Ich auf dem Brief in meinem Zimmer in Notre-Dame skizziert hatte!

»Sirene«, stand daneben. »Die Sirene ist das Seelentier der Brückenkreuzspinne. Die Weibchen erreichen eine Größe von bis zu eineinhalb Metern, die Körper der Männchen werden selten länger als einen Meter. Die Sirene besingt jeweils den Sonnenauf- und -untergang, doch die extreme Tonlage ihrer Stimme ist nicht jedermanns Sache. Sirenen kommen in ganz Europa vor und können bis zu dreihundert Jahre alt werden (sie leben dann in den Körpern mehrerer Brückenkreuzspinnengenerationen) und gelten als zuverlässige Geheimnisträger.«

Wieder und wieder las ich den Text, als enthielte er eine geheime Botschaft. Fieberhaft überlegte ich, was er bedeutete. Wieso hatte mein Ich eine Sirene gezeichnet? Was wollte es mir damit sagen?

Noch während ich so dastand und nachdachte, streifte plötzlich ein eisiger Hauch meine Wange. »Guten Abend«, flüsterte jemand direkt neben meinem Ohr.

Für den Bruchteil einer Sekunde setzte mein Herzschlag aus. Ich wirbelte herum und sah in das Gesicht des Kanzlers. Belustigung schimmerte in seinen Augen, als freue er sich darüber, mich erschreckt zu haben.

»Hallo«, erwiderte ich unfreundlich. Die Lippen des Kanzlers verzogen sich dennoch zu einem schiefen Lächeln. Er hatte sein Haar zu einem Pferdeschwanz gebunden und trug einen einfachen Wollpullover, keine Spur von seinem Löwenkopfsäbel oder dem albernen Dreispitz. Seine makellose Haut schimmerte wie Marmor in der Dunkelheit, sodass er mehr denn je wirkte wie das, was er nicht war: ein Junge.

»Dass Sie sich ausgerechnet hierher verirren würden, hatte ich nun wirklich nicht erwartet«, sagte er und hob eine Augenbraue. »Noch dazu in diesem Aufzug. Nicht dass es mir nicht gefallen würde. Das Kleid steht Ihnen. Aber für eine Kletterpartie durch den hintersten Winkel des Palastgartens erscheint es mir doch … ungeeignet.«

Sein Blick streifte meine Schulter. Erst jetzt bemerkte ich den Riss, der sich quer darüber bis zu meinem Schlüsselbein durch das Seidengespinst des Ballkleides zog. Wie um Himmels willen war der nur dahingekommen? Ich straffte den Rücken und schob das Kinn vor.

»Erstens klettere ich nicht«, erklärte ich so würdevoll wie möglich. »Und zweitens habe ich im Moment nun mal nichts anderes anzuziehen.«

»Verstehe«, sagte der Kanzler mit einem Schulterzucken. »Dann sollten Sie mir jetzt am besten folgen.«

Ich zögerte. »Wohin denn?«

Der Kanzler lächelte hintergründig. »Das werden Sie schon sehen, Prinzessin«, sagte er. »Aber seien Sie versichert, Ihnen wird nichts geschehen. Sie können mir vertrauen.«

»Ach ja?« Ich hatte diesbezüglich so meine Zweifel. Dennoch machte dieser Mann mich neugierig. Er hatte etwas an sich, was mich in seinen Bann zog. Etwas Unheimliches. Etwas Verbotenes. Einen Moment lang überlegte ich noch, dann nickte ich.

»Also gut, gehen wir«, sagte ich und spürte schon einen Wimpernschlag später, wie Gänsehaut meinen Körper überlief, als der Kanzler wie ein Gentleman aus vergangenen Zeiten meine Hand nahm und in die Beuge seines Armes legte.

Nebeneinander liefen wir durch den Park, schlugen jedoch einen anderen Weg ein als den, auf dem ich gekommen war. Erst nach einiger Zeit begriff ich, dass wir uns auch gar nicht in die Richtung bewegten, in der der Palast lag. Stattdessen führte der Kanzler mich zu einer Villa auf der anderen Seite des Gartens, die einem englischen Herrenhaus aus einer Rosamunde-Pilcher-Verfilmung ähnelte und in einem Wald aus Laternen aller Größen und Formen stand. Wie Pilze wuchsen die Leuchten dicht an dicht aus dem Boden, manche endeten bereits eine Handbreit über der Erde, andere ragten bis über das Dach hinaus. Die Helligkeit, die sie verströmten, kam beinahe schon an Tageslicht heran.

»Willkommen in meinem bescheidenen Heim«, verkündete der Kanzler und führte mich durch eine Eingangshalle voller Statuen in einen antik möblierten Salon, in dem ich zu meiner Erleichterung nicht eine einzige Staubflocke entdeckte. Die Teppiche waren sauber, im Kamin brannte ein Feuer und auf einem Tischchen stand sogar eine Schale mit Gebäck. So hätte es im Palast aussehen sollen.

»Wenn Sie mich einen Augenblick entschuldigen würden?« Ohne eine Antwort abzuwarten, ließ der Kanzler mich allein, kehrte jedoch schon so kurz darauf zurück, dass ich mich fragte, ob er sich überhaupt weiter als zwei Meter von diesem Zimmer wegbewegt hatte. Über dem Arm trug er ein dunkles Kleid aus einem schlichten Wollstoff, das tatsächlich so aussah, als könnte es mir einigermaßen passen. Er reichte es mir mit einer Verbeugung.

»Danke«, sagte ich und entfaltete das Kleid, das sich schon in meinen Händen kratzig anfühlte. »Eine Jeans wäre mir ehrlich gesagt lieber. Aber so etwas gibt es hier wahrscheinlich nicht, oder?«

Er sah mich an, verwirrt und ein wenig beleidigt. »Es tut mir leid, aber ›Jeansen‹ müssen wohl bedauerlicherweise erst nach meinem ... Tod erfunden worden sein«, erklärte er steif und ich spürte, wie mir die Röte ins Gesicht stieg. Wie lange mochte es schon her sein, dass sein Körper gestorben war?

Hastig senkte ich den Blick. »So wichtig ist es auch wieder nicht«, murmelte ich. »Das Kleid sieht auf jeden Fall wärmer und praktischer aus als das, das ich anhabe.«

»Das ist es in der Tat«, sagte der Kanzler und war schon wieder an der Tür. »Ich werde draußen warten, bis Sie sich umgezogen haben, und würde mich im Übrigen freuen, wenn Sie danach noch zum Mitternachtsmahl blieben.«

Er zwinkerte mir zu und ich spürte, wie ich nickte und dabei dümmlich vor mich hin lächelte. Meine Güte, warum sprang ich nur dermaßen auf den Charme dieses Typen an? Hatte ich auf dem Weg hierher etwa mein Gehirn verloren? Ich sollte wohl dringend zusehen, wieder einen klaren Kopf zu bekommen.

Zehn Minuten später fand ich mich an einer festlichen Tafel wieder. Der Tisch war mindestens vier Meter lang und es sah so aus, als wäre das Zimmer, in dem er stand, eigens um seine enormen

Ausmaße herumgebaut worden. An den Wänden türmten sich gemalte Obstberge, die in ihrer Farblosigkeit jedoch eigentümlich leblos wirkten, auf dem Tisch drängten sich Bratenplatten und Silberschüsseln. Ich konnte mich nicht erinnern, jemals so viel Essen auf einem Fleck gesehen zu haben. Zumindest nicht, wenn es für zwei Personen gedacht war.

Die Auswahl war schlicht atemberaubend, es gab Hühnerbeine und Kartoffelpüree, Steak und Salat, Pasteten und Nudeln mit Soße, Frühlingsrollen, Pizza, Rosenkohl und gefüllte Champignonköpfe – und das waren nur die Gerichte in unmittelbarer Nähe meines Platzes. Immerhin erklärte die Vielfalt der Speisen die Größe des Tisches, dessen Mitte sich beunruhigend unter einer Eisbombe mit Wunderkerzen bog.

Was ich hingegen weniger verstand, war die Tatsache, dass der Kanzler und ich jeweils am anderen Kopfende der Tafel saßen. Ich konnte ihn von meiner Seite aus hinter all den Gerichten kaum erkennen. Überhaupt fühlte ich mich nicht gerade hungrig, denn auch das Essen war schwarz-weiß und sah dadurch eher unappetitlich aus. Eine Weile stocherte ich in der gräulichen Haut eines Hähnchenstücks herum und überlegte, es einfach zurück auf die Platte zu legen, als der Kanzler, der offenbar eine bessere Sicht hatte als ich, es bemerkte.

»Schmeckt es Ihnen nicht? Soll ich etwas anderes auftragen lassen?«, rief er über den Tisch hinweg.

»Nein, nein«, sagte ich rasch. »Es ist nur ... ich habe in der Schattenwelt noch nie etwas gegessen. Es kommt mir irgendwie komisch vor.«

»Ich verstehe.« Der Kanzler wiegte den Kopf hin und her, was ich daran erkannte, dass das Stück Stirn, das ich von ihm sah, mal links und mal rechts neben dem Fasan hervorlugte. »Nun, im Grunde müssen unsere Seelen in Eisenheim auch nichts zu sich nehmen. Unsere Körper sind schließlich nicht hier. Aber ich finde, die Nahrungsaufnahme gehört zum Leben dazu. Essen hat auch mit Kultur zu tun«, erklärte er nach einer kurzen Pause. »Abgesehen davon habe ich es mir im Laufe der Zeit angewöhnt. Sie wissen ja, ich kann nicht mehr auf dem herkömmlichen Wege ...«

»Ach so«, beeilte ich mich zu sagen und schob mir eine Weintraube in den Mund. Sie schmeckte nach nichts. »So übel ist es gar nicht«, versicherte ich und aß aus Höflichkeit gleich noch drei weitere Trauben. Dann versuchte ich es mit dem Hähnchen, das leider sehr wohl einen Eigengeschmack besaß. Einen von der fauligen Sorte.

»Gut, nicht wahr?« fragte der Kanzler, der meine Miene anscheinend falsch deutete.

»Mhhm«, machte ich. Irgendwie gelang es mir zu schlucken. Mit etwas Wasser, das – Gott sei Dank – auch wie Wasser schmeckte, spülte ich nach und verlegte mich anschließend wieder auf die Weintrauben, während der Kanzler sich über ein Stück Entenbraten mit Klößen und Soße hermachte.

Eine Zeit lang war nur das Geklapper von Besteck zu hören und das leise *Plopp*, mit dem ich die Trauben von ihren Stielen zog. Allmählich wurde mir schlecht von den Dingern, doch ich wagte es nicht mehr, etwas anderes zu probieren. Stattdessen beschloss ich, nur noch in Zeitlupe zu kauen. Irgendwie hatte ich in letzter Zeit ein Händchen dafür, in blöde Situationen zu geraten, mochten es nun wütende Schattenreiter, Fürstenväter oder untote junge Männer sein.

Ich trank noch einen Schluck Wasser, was meinen Magen dummerweise gar nicht zu freuen schien. So ein Mist. Jetzt war mir wirklich übel. Und mein Kleid kratzte. Und ich hatte definitiv *keinen* Hunger. Mittlerweile wollte ich nur noch fort von hier.

Doch gerade als ich darüber nachdachte, wie lange ich wohl noch würde sitzen bleiben müssen, wenn ich meinen Gastgeber nicht beleidigen wollte, hörte ich ein seltsames Geräusch, das nur eines bedeuten konnte: Wir waren nicht allein. Unwillkürlich wanderte mein Blick zur Decke, denn anscheinend war jemand im Stockwerk über uns. Natürlich hätte es ein Dienstbote sein können. Doch die Schritte klangen anders. Sie klangen, als würde jemand mit zwei unterschiedlichen Füßen dort oben herumgehen. Jemand mit einem Holzbein. Oder mit einer Krücke.

Endlich tupfte der Kanzler sich den Mund mit seiner Serviette ab. »Und nun, Flora«, verkündete er feierlich, »möchte ich Ihnen etwas zeigen.«

»Also … äh, eigentlich müsste ich jetzt mal langsam aufbrechen«, warf ich ein, aber der Kanzler war schon an der Tür und hielt sie für mich auf.

»Es dauert nicht lange«, sagte er, winkte mich zu sich und führte mich durch einen langen Flur, an dessen Ende ein Samtvorhang in einem Torbogen hing. Missmutig trottete ich hinter ihm her, überlegte schon, ob ich mich einfach weigern und gehen sollte, als etwas mit mir geschah. Ich hatte kaum einen Fuß in den Raum hinter dem Vorhang gesetzt, da durchflutete mich eine Welle aus Bildern und Gedanken. Erinnerungen.

Von einer Sekunde zur nächsten vergaß ich meine Übelkeit. Wir waren im Arbeitszimmer des Kanzlers, das von einem Schreibtisch mit Löwenpranken anstelle von Beinen beherrscht wurde und zur Hälfte in einem Wintergarten lag. Das Licht der Gaslaternen vor dem Haus schien durch die Glasfront wie Sonnenlicht, der Geruch von Siegelwachs lag in der Luft und ich wusste plötzlich, dass sich das Briefpapier mit dem fürstlichen Kopf in der obersten Schublade des storchenbeinigen Sekretärs in der Ecke befand.

Denn ich war schon einmal hier gewesen.

Wann genau, konnte ich nicht sagen. Ebenso wenig, weshalb. Doch es stand fest: Ich kannte dieses Zimmer. Und ich erinnerte mich daran, dass hinter mir, gleich über der Tür, ein Bild hing. Ein Gemälde in einem schlichten Rahmen aus Mahagoni. Ich fuhr herum und sah, wie ein zufriedenes Lächeln über das Gesicht des Kanzlers huschte.

»Ah ja«, sagte er. »Dachte ich es mir doch. Darf ich vorstellen: der Weiße Löwe.«

Mein Blick hing wie festgenagelt an dem Bild über dem Eingang. Viel zu sehen gab es darauf eigentlich nicht, ein Kissen mit Troddeln an den Ecken bildete den Hintergrund, in dessen Mitte er prangte. Er war weder besonders groß, noch strahlte er in übernatürlichem Glanz. Er war einfach da, ungeschliffen, weißlich mit grauen Sprenkeln. Kein Edelstein, eher ein Kiesel. Ich erinnerte mich an seine Schwere in meiner Hand und die poröse Oberfläche.

Ein einfacher Stein. Und noch dazu war das, was ich betrachtete, lediglich ein Bild. Es war nichts als ein Fleck auf einem Gemälde, es hätte ebenso gut ein zufälliger Farbklecks sein können. Doch das war es nicht. Der Künstler hatte ihn perfekt abgebildet. Jede Maserung stimmte, jede Einkerbung seiner Oberfläche.

»Der Weiße Löwe«, wiederholte ich tonlos. Er war nur ein Stein und zugleich war er alles. »Er ist …«

»… wunderschön. Selbst durch Öl und Pinselstriche ist seine Macht noch zu spüren«, flüsterte der Kanzler voller Ehrfurcht. Ich fühlte seinen Atem in meinem Nacken. »Hilf mir, ihn zurückzuholen, Flora, ich flehe dich an«, raunte er so leise, dass ich mir nicht sicher war, ob er die Worte überhaupt gesprochen hatte.

Es fiel mir schwer, mich aus dem Bann des Steins zu lösen, dennoch tat ich es, um stattdessen den Kanzler ins Visier zu nehmen. Verwundert musterte ich ihn. Der Glanz in seinen Augen sprach Bände.

»Warum ist Ihnen der Weiße Löwe so wichtig?«, fragte ich.

Der Blick des Kanzlers hing noch immer an dem Gemälde über der Tür. »Dieser Stein ist meine einzige Chance. Nur durch ihn kann ich bekommen, was ich mir seit Langem wünsche: einen irdischen Körper«, sagte er, die Stimme weich und voller Sehnsucht.

Ich sah ihn an.

Er rieb sich die Augen und ließ sie einen Moment geschlossen, als er weitersprach. Seine Wimpern warfen dunkle Schatten. »Es ist dreihundert Jahre her, dass ich zum letzten Mal die Sonne gesehen habe. Vielleicht erscheint Ihnen das banal, doch so ist es nicht. Nichts kann die Sonne ersetzen oder richtiges Essen oder das Leben. Gar nichts. Und wenn ich noch einmal so viele Laternen in meinen Vorgarten stelle, wenn ich ihre Anzahl verzehnfache, diese Welt wird für immer im Dunkel bleiben.«

»Weiß mein Vater von Ihrem Wunsch?«

Der Kanzler nickte. »Aber sicher. Er war sogar bereit, mir den Stein für eine Weile zu überlassen. Ich war so kurz davor, mein Ziel zu erreichen. Allerdings ist er in genau diesem Augenblick gestohlen worden.«

»Ich oder besser gesagt diese andere Flora wollte also verhindern, dass Sie wieder einen Körper bekommen?«, fragte ich langsam und hatte mit einem Mal das Gefühl, jemand hätte eine Schachtel voller Puzzleteile in meinem Gehirn ausgekippt und mir fehlte das entscheidende Stück, um mit dem Zusammensetzen beginnen zu können. Das alles ergab keinen Sinn.

»Sie haben den falschen Leuten getraut, Flora. Wer weiß, welche Lügen sie Ihrer wehrlosen Seele erzählt haben.« Der Kanzler legte seine Hand auf meine Schulter, warm und federleicht. Tröstlich.

»Ich … ich weiß nicht, was hier passiert ist und warum ich den Weißen Löwen gestohlen habe.«

Noch immer ruhte die Rechte des Kanzlers auf meiner Schulter. Ernst sah er mir in die Augen. »Sie brauchen keine Angst zu haben. Wichtig ist nur, dass wir den Stein wiederbekommen. Sie werden sich erinnern und dann wird alles wieder gut.«

Ich atmete tief durch. Würde wirklich alles wieder gut werden? Jemals in dieser merkwürdigen Welt? »Das alles ist so verwirrend.«

Der Kanzler nickte. »Das ist es. Aber jetzt bin ich ja da, um Ihnen zu helfen«, sagte er. Wie von selbst wanderte sein Blick zurück zum Gemälde über der Tür. »Wir müssen den Weißen Löwen finden und wir werden es auch«, raunte er. Ein Funkeln trat in seine Augen und ich konnte nicht sagen, ob es Gier war oder einfach Faszination. Doch ich spürte, dass dieses Funkeln auch von mir Besitz ergriff, als mein Blick dem seinen folgte.

Unscheinbar lag der Weiße Löwe auf seinem Kissen, ein Klecks auf einer Leinwand, ein Kiesel nur. Und doch das Wertvollste, was ich je gesehen hatte.

Der Weiße Löwe war magisch, so viel stand fest.

Und er rief nach mir.

15

UNTER BESTIEN

Es war Freitagmorgen und zum ersten Mal in meinem Leben schwänzte ich die Schule. Na ja, mein Vater schrieb eine Entschuldigung, in der er behauptete, Marian und ich hätten uns einen grippalen Infekt eingefangen. Doch selbstverständlich waren wir nicht krank. Zwar war mir beim Aufwachen am Morgen noch immer ein wenig übel vom Mitternachtsmahl beim Eisernen Kanzler (vor allem, wenn ich an unser Gespräch im Arbeitszimmer dachte), aber ich hätte natürlich zur Schule gehen können. Ich wollte nur nicht.

Denn heute begann das Treffen des Regierungsstabs.

Gleich nach dem Frühstück fuhren mein Vater, Christabel, Marian und ich zur Volkshochschule, einem silbrigen Gebäude mit Glasfront mitten in der Innenstadt. Es lag gegenüber einer großen Buchhandlung und an jenem Platz, an dem zur Weihnachtsmarktzeit immer ein Riesenrad stand, so nahe an der VHS, dass es von unten so aussah, als würden die Gondeln die Fenster zertrümmern.

Heute saß allerdings lediglich ein Penner mit einer Bierflasche und einer löchrigen Wolldecke auf dem Burgplatz und starrte auf einen schwarzen Labrador, der an einem Laternenpfahl roch. Gebannt, als wäre es das aufregendste Ereignis des Tages. Der Mann sah nicht einmal auf, als wir an ihm vorbeigingen. Und auch nicht, als sich zwei Männer in Anzügen, die meinen Vater mit einer Verbeugung begrüßten und mich unverhohlen anstarrten, mit einer Kiste von der Größe einer Waschmaschine zwischen ihm und dem Hund hindurch zum Eingang schlängelten.

Der Stab traf sich dreimal im Jahr in der realen Welt (»Um sich die doppelte Verantwortung unserer Regierung bewusst zu machen«, hatte mein Vater mir erklärt) und bestand aus etwa fünfzig Personen. Die meisten von ihnen waren Männer und keiner von ihnen sah aus, als wäre er ein Freund von Bodenwelsen und ihrer artgerechten Haltung, über die mein Vater heute offiziell sprechen sollte. Mit ihren bunten Krawatten und dazu passenden Anstecknadeln wirkten sie eher wie Politiker, die das Emblem ihrer Partei am Revers trugen. Tatsächlich schienen sie so etwas wie ein Parlament zu bilden, denn sie nahmen in nach Krawattenfarben sortierten Grüppchen Platz im großen Konferenzraum in der ersten Etage und nippten an ihren Wassergläsern, während Papierstapel herumgereicht wurden.

Mein Vater und ich setzten uns an die Stirnseite des Tisches, flankiert von Christabel und Marian, die ziemlich eindrucksvoll einen auf Bodyguard machten (starrer Blick, reglose Gesichtszüge und Headsets).

»Guten Morgen, meine Herren. Ich freue mich, dass Sie so zahlreich erschienen sind. Hiermit erkläre ich die zwölfte Sitzung in der 287. Wahlperiode für eröffnet«, sagte mein Vater, während die einzelnen Fraktionen ihre Köpfe zusammensteckten.

Ich erkannte spanische, englische und französische Wortbrocken im Gemurmel und etwas, was ich für Japanisch hielt. Anscheinend hatten alle ihre eigenen Übersetzer mitgebracht. Es dauerte noch einen Augenblick, dann endlich applaudierten die Abgeordneten und mein Vater fuhr fort: »Dies ist meine Tochter, Prinzessin Flora. Sie ist erst vor Kurzem aufgeweckt worden. Wenn die ... Dinge sich ein wenig beruhigt haben, werde ich sie offiziell in die Gesellschaft der Wandernden einführen.«

»Äh, hallo«, sagte ich.

Wieder setzte Gemurmel ein und dieses Mal dauerte es deutlich länger an. Vor allem weil nicht nur die Übersetzer sprachen, sondern auch die Parlamentsmitglieder untereinander zu diskutieren begannen. Erst geschlagene fünf Minuten später gelang es meinem Vater, »Ich bitte nun Herrn Osaka, die heutige Tagesordnung zu verlesen« dazwischenzuwerfen.

Leider stellte sich heraus, dass besagte Tagesordnung aus 87 Unterpunkten bestand, und jeder wurde einzeln übersetzt. Fast alle von ihnen klangen irgendwie verwaltungstechnisch. Ich verstand nicht das Geringste von dem, was gesagt wurde. Die Langeweile kroch mit jedem Satz ein Stück weiter in mich hinein und breitete sich in mir aus wie ein Schlafmittel. Nach Punkt 23 hielt ich es nicht mehr aus, flüsterte meinem Vater zu, ich müsse zur Toilette, und stahl mich hinaus.

Im Vorraum entdeckte ich den Inhalt der großen Kiste. Es war ein Modell Eisenheims, das aus mehreren Teilen zusammengesetzt worden war und neun aneinandergeschobene Tische einnahm. Fasziniert beugte ich mich über die Miniaturausgaben von schwarz-weißen Gebäuden und Straßenzügen. Die einzelnen Häuser waren so winzig, dass sie in die gelben Hülsen von Überraschungseiern hineingepasst hätten, und trotzdem maß das Modell über drei Meter in jede Richtung. Ich hatte mir die Schattenwelt zwar bisher nicht gerade klein vorgestellt, aber dass sie so weitläufig sein sollte, verschlug mir regelrecht den Atem.

Es dauerte einen Augenblick, bis ich Notre-Dame entdeckte. Es gab einfach zu viele imposante Bauwerke, von denen die wenigsten mir bekannt vorkamen (was wohl daran lag, dass ich bisher nicht viel herumgekommen war, in keiner der beiden Welten). Natürlich erkannte ich den Buckingham-Palast und den Eiffelturm mitten in Graldingen, die Oper von Sydney und den Kreml gleich neben dem gewaltigen Gebäude, das das Backand sein musste. Und um die Sphinx, die Akropolis oder die Pyramiden zu verwechseln, muss man sich ziemlich anstrengen. Aber dann hörte es auch schon auf. Es gab so viele große Kirchen. Sicher war der Petersdom dabei. Und der Felsendom. Ja, war das fingerlange schwarze Ding dort nicht die Klagemauer?

Mein Blick wanderte über ein Amphitheater und ein Nomadendorf in Krummsen, dessen fellbespannte Hütten nur halb so hoch wie mein Daumennagel waren, schweifte dann kurz über die schier endlosen Reihen der Arbeiterhäuschen im Krawoster Grund und die dahinterliegenden Schornsteine des Schlotbarons und blieb schließlich am silbrig lackierten Band des Flusses hängen, der sich von der einen zur anderen Seite quer durch das

Modell wand und, das hatte Marian mir erklärt, von den Schattenweltlern morbiderweise »Hades« genannt wurde. Als wäre Eisenheim mit dem griechischen Totenreich vergleichbar!

Doch es war nicht der Hades, der mich auf eine Idee brachte. Es waren die Brücken, die sich in unregelmäßigen Abständen über den Fluss wölbten wie die Tore beim Polo.

Ohne lange darüber nachzudenken, wandte ich mich zur Tür und war im nächsten Moment schon auf den Flur hinausgelaufen. Mit dem gläsernen Fahrstuhl fuhr ich nach unten, dann eilte ich durch die sich allmählich füllende Fußgängerzone zum Bahnhof. Der Vormittag war kühl, es roch nach Herbst und den Tomaten, die der Gemüse- und Blumenstand in der Mitte der Straße verkaufte. In der Luft über mir war das Schlagen mächtiger Flügel zu hören. Man beobachtete mich also wieder.

Ich zwang mich, nicht den Kopf in den Nacken zu legen, um mich zu vergewissern, dass es wirklich ein Schattenreiter war. Ich wusste es auch so und außerdem hatte ich mir vorgenommen, die Schergen des Kanzlers keines Blickes mehr zu würdigen. Vor allem nicht, nachdem ich herausgefunden hatte, dass die Schattenreiter immer nur dann in meiner Nähe auftauchten, wenn mein Vater nicht dabei war. Eine Tatsache, die sicherlich einen Grund hatte. Vielleicht sollte ich meinem Vater bei Gelegenheit mal von meinen Verfolgern berichten ...

Jetzt hatte ich allerdings anderes im Sinn. Zielstrebig stieg ich in die nächste S-Bahn nach Steele. Es war an der Zeit, etwas zu tun, anstatt immer nur zu warten, bis irgendwelche Erinnerungen zurückkehrten, auf die ich mir ohnehin keinen

Reim bilden konnte. Ich sah auf meine Armbanduhr. Es war gerade einmal halb zehn, so wie ich die Lage einschätzte, würde der Regierungsstab bestimmt ein paar Stunden benötigen, bis er bei den interessanten Themen (also denen, die mit der Dunklen Materie zu tun hatten) ankam, die standen nämlich zuletzt auf der Tagesordnung. Genug Zeit also, um selbst ein wenig Licht in diese ganze Geschichte zu bringen.

Die Fahrt dauerte nur vier Minuten, weitere zehn Minuten später erreichte ich das Ufer der Ruhr. Ein Schwanenpaar zog seine Kreise im stahlgrauen Wasser, während am Ruderverein zwei Männer ein Boot die Böschung hinaufhievten. Jogger in neonfarbenen Trainingsjacken benutzten Teile des Radweges. Der dumpfe Klang ihrer Schritte vermischte sich mit dem Geruch von Gras und Regen, der einige Meter weiter von den Abgasen und dem Lärm der Autos verschluckt wurde, die über die Kurt-Schumacher-Brücke rauschten, hinter der der Stadtteil Überruhr begann.

Ich wollte zwar nicht nach Überruhr, doch die Brücke interessierte mich trotzdem. Vorsichtig stakste ich durch das Ufergras. Es war feucht, immer wieder glitt ich mit meinen Sneakers darauf aus, und als ich einer Entenfamilie ausweichen musste, wäre ich beinahe gestürzt. Irgendwie schaffte ich es dann aber doch bis zu den schmutzigen Betonpfeilern der Brückenkonstruktion, die leicht vibrierten, während der Verkehr darüber hinwegdonnerte. Im Zwielicht erkannte ich Graffiti und das, was ich suchte: Spinnen.

Ekelige, fette Brückenkreuzspinnen.

Sirenen?

Sie hatten ihre Netze hoch oben über meinem Kopf gesponnen, in den finstersten Winkeln der Pfeiler. Ihre Leiber waren so groß wie Zweieuromünzen, ihre Beine muskulös und behaart. Unschlüssig betrachtete ich sie. Die Sirene ist das Seelentier der Brückenkreuzspinne, hatte auf der Steintafel im ehemaligen Bestiarium meines Vaters gestanden und irgendwas von zuverlässigen Geheimnisträgern. Ehrlich gesagt hatte ich keine Ahnung, was ich jetzt machen sollte. Aber es musste schließlich einen Grund gehabt haben, weshalb meine Seele eines dieser Viecher auf den Brief an mich gezeichnet hatte. Vielleicht hatte mein Schatten-Ich den Spinnen ja eine weitere Nachricht für mich hinterlassen. Etwas, was mir weiterhelfen würde.

»Äh«, begann ich und richtete meinen Blick auf das größte Exemplar direkt über mir. Wie seine Artgenossen saß es vollkommen reglos in seinem Netz. »Hallo ... Sirenen?« Ich kam mir dämlich vor. Wie Wiebkes Großtante, die andauernd Selbstgespräche führte und unter der Couch nach ihrem Kater suchte, der bereits vor Jahren gestorben war. Aber was hätte ich sonst tun sollen?

»Äh, könnt ihr mich hören? Seid ihr Sirenen?«, versuchte ich es, warf einen Blick über die Schulter und stellte erleichtert fest, dass man mich vom Weg aus vermutlich nicht sehen konnte. Das Ganze war mir vor mir selbst schon peinlich genug. Ich meine, ich redete gerade mit *Spinnen*! Spinnen, die nicht einmal zu registrieren schienen, dass ich da war.

Oder etwa doch?

War da nicht plötzlich so ein feines Sirren in der Luft? Ich meinte zu erkennen, wie die haarigen Körper über mir eine Spur dunkler wurden, während das Geräusch zu einem Summen anschwoll. Es war ein schrilles Summen, das allmählich in ein Kreischen überging.

Und dann waren sie plötzlich da. Wie alter Zigarettenrauch lösten sich die Schattengestalten von den Spinnenkörpern am Brückenpfeiler.

Sirenen.

Fünf.

Vor Schreck taumelte ich mehrere Schritte rückwärts in Richtung Wasser. Die Weibchen erreichen eine Größe von bis zu eineinhalb Metern, die Körper der Männchen werden selten länger als einen Meter, schoss es mir durch den Kopf. Es war mein einziger Gedanke in diesem Moment der Angst. Die Sirenen waren schlimmer als die Schattenreiter, viel schlimmer. Aus 45 milchigen Augen beobachteten sie mich, ihre Säbelzähne waren länger als mein Unterarm, ihre Beine so dick wie meine. Ein Flackern umspielte die borstigen Leiber. Es stimmte also: Auch die Seelen der Tiere konnten sich in der realen Welt von ihren Körpern lösen! Flüchtig dachte ich daran, wie ich dem Hund der Nachbarn in Zukunft begegnen sollte und welche Seele sich unter seinem gepunkteten Dalmatinerfell verbergen mochte. Dann konzentrierte ich mich wieder auf die monströsen Wesen vor mir. Sie waren wirklich ekelig und wirkten leider auch nicht gerade ungefährlich.

»Mein Name ist Flora Gerstmann«, krächzte ich. »Haben … Sie eventuell eine Nachricht für mich?«

Statt zu antworten, begannen die Sirenen zu schreien. Oder zu singen? In jedem Fall war das, was sie taten, grauenhaft. Es war ein Kreischen, das einem durch Mark und Bein ging, lauter als alles, was ich je gehört hatte. Hätte ich nicht wie versteinert dagestanden, ich hätte mir die Ohren zugehalten. Aber dazu war ich viel zu perplex. Die Wesen vor mir waren kein Ungeziefer.

Sie waren Raubtiere.

Die Erkenntnis meiner eigenen Dummheit traf mich in dem Augenblick, in dem die Sirenen sich regten. Donnernd knackten sie mit ihren Kiefern. Dann stürzten sie sich auf mich mit der Geschwindigkeit eines Jaguars. Ich hatte nicht den Hauch einer Chance. Schon spürte ich Beine auf meiner Brust, die mich umwarfen und niederdrückten wie einen umgeknickten Grashalm. Es gelang mir gerade noch, mich so zur Seite zu rollen, dass ich nicht in die Ruhr stürzte, deren Strömungen an dieser Stelle tückisch sein konnten. Schon blitzten Fangzähne vor mir auf, etwas, von dem ich lieber nicht wissen wollte, was es war, traf mich am Kopf und alles versank in Dunkelheit. Das Kreischen der Sirenen verstummte.

Mein Geist hing in einem schwarzen Nichts, das weder die Schattenwelt war noch ein Traum. Ich schlief nicht und ich wachte nicht. Wie ein Schleier lag die Dunkelheit über mir und bedeckte mein Gesicht. Es war ein friedliches Gefühl, nichts zu sehen, nichts zu hören, nichts zu fühlen. Als befände sich mein Verstand in einer Wolke aus pechschwarzer Watte. Eine Weile verharrte ich zwischen den Welten. Dann, vielleicht waren nur wenige Sekunden vergangen, vielleicht waren es Stunden gewesen, schälte sich mit einem Mal etwas aus der Finsternis. Es war eine Erinnerung.

Ich befand mich in einem Gang aus grob behauenem Stein. Fackelschein tanzte über die Wände und etwas lag in meiner Hand. Es war schwer und kalt und hart. Mächtig. Ich konnte ihn nicht sehen, doch ich fühlte ihn. Als wäre er ein Teil von mir, lag der Weiße Löwe in meiner Faust.

Erst jetzt fiel mir auf, dass ich rannte. Mit aller Kraft umklammerte ich den Stein, während meine Füße über den lehmigen Boden flogen.

Ich war außer Atem. Schweißperlen rannen mir über die Stirn und ich hatte Seitenstechen. Mein Herz schlug so schnell, als würde es jeden Augenblick platzen. Doch ich durfte nicht anhalten, sie waren noch immer hinter mir. Sie verfolgten mich, um ihn zurückzuholen. Der Weiße Löwe pulsierte in meiner Hand. Ich drückte ihn an meine Brust, während die Schritte hinter mir lauter wurden. Gleich hatte ich es geschafft, nur noch ein Stückchen. Schon war das Ende des Ganges in Sicht. Ich biss die Zähne zusammen, beschleunigte noch einmal und –

Da trat jemand aus dem Schatten einer Nische und versperrte mir den Weg. Es war ein Junge, groß und bleich und blond. Marian, dessen gläserner Blick mich durchbohrte. »Gib ihn mir«, sagte er.

Der schrille Schrei einer Sirene riss meine Erinnerung in Fetzen.

Ich schlug die Augen auf und erkannte im ersten Moment nichts als Beine. Lange, haarige Spinnenbeine. Direkt über mir knirschte ein Kiefer, Geifer tropfte neben mir ins Gras. Ich rutschte noch ein Stück zurück und spürte, wie meine Hände bereits ins Wasser tauchten.

So eine Scheiße! Ich saß in der Falle.

Auch die Sirene schien das erkannt zu haben. Mit einem triumphierenden Quieken holte sie aus, dann hieb sie mit ihren Fangzähnen nach mir oder besser gesagt der Stelle, an der sie mein Herz vermutete.

Ich wollte zurückweichen, hilflos in der Ruhr zu treiben, war schließlich immer noch besser, als aufgespießt zu werden. Doch ich war zu langsam, es gelang mir nicht, die Böschung hinabzugleiten. Schon drang der Zahn durch den Stoff meiner Jacke und ritzte meine Haut auf. Ich schrie. Unfähig, mich zu bewegen, wartete ich darauf, dass sich die Kiefer in mein Fleisch bohrten.

Da tauchte zwischen den Beinen der Riesenspinne ein blonder Schopf auf. Mit einem Brüllen sprang Marian unter dem Monster hervor. In den Händen hielt er einen langen Stock, mit dem er von unten nach dem Körper der Sirene stach. Zwar traf er nicht, doch die Spinne hob den Kopf und tänzelte ein Stück zur Seite, was mir die Gelegenheit gab, wieder auf die Beine zu kommen.

Instinktiv griff ich nach der Sichel in meiner Hosentasche. Kaum hatten meine Finger das Metall umschlossen, breitete sich das gleiche glühende Kribbeln in mir aus wie schon bei meiner Begegnung mit dem Schattenreiter. Zuerst spürte ich es nur in den Handgelenken, dann kroch es meine Arme hinauf über meine Schultern bis zu der Stelle hinter meinen Ohren.

Neben mir wirbelte Marian durch die Luft, traf die Sirene mit einem Tritt am Kopf und rammte gleich danach seinen Stock in eines der milchigen Augen. Weißliche Flüssigkeit spritzte durch die Luft. Die Spinne schrie so laut auf, dass ich fürchtete, mein Trommelfell würde platzen. Auch die anderen Sirenen, die sich bisher im Hintergrund gehalten hatten, griffen nun an.

Ohne zu zögern, richtete ich meine Waffe auf ein besonders fettes Exemplar und wurde im selben Moment von der gleißenden Helligkeit geblendet, die daraus hervorbrach und das Monster in Brand setzte. Beißend stieg mir der Gestank verkokelter Borsten in die Nase. Das Kreischen der Bestien war ohrenbetäubend. Während die erste Spinne bereits reglos und verkohlt am Boden lag, stach Marian der geblendeten in das geöffnete Maul. Schwarz glänzendes Blut schoss daraus hervor und landete klatschend auf der Wasseroberfläche.

Doch ich hatte keine Zeit, mich lange zu ekeln. Schon stürzte sich die nächste Sirene auf mich. Wieder erhob ich den Stab, doch da griff Marian nach meinem Arm.

»Nicht!«, rief er und verpasste der Riesenspinne einen Schlag auf die Augen. »Wenn wir es von der Brücke wegschaffen, können sie uns nicht folgen«, erklärte er und zog mich die Böschung entlang in Richtung Fußweg. Zwar unternahmen die übrig gebliebenen Monster noch einen Versuch, uns aufzuhalten, doch es gelang ihnen nicht. Denn ich hielt weiterhin den glühenden Stab in meiner Hand, und wann immer ich ihn bewegte, zuckten die Biester zurück.

Rückwärts kletterten wir zurück auf den Weg. Marian hatte recht, die Spinnen kamen uns nicht hinterher. Auch nicht, als wir zwischen den Bäumen hindurch bis zu einer schmiedeeisernen Bank rannten, die erst neulich von einer Steeler Bürgervereinigung gespendet worden war. Erschöpft ließen wir uns daraufallen, während das Kreischen abebbte und schließlich ganz verstummte.

Eine Weile war nur unser beider keuchender Atem zu hören. Es war Marian, der als Erstes die Sprache wiederfand.

»Was ist das für ein Ding? Es stammt eindeutig aus der Schattenwelt. Für alle Schlafenden ist es unsichtbar, nur existent für unsere Augen.« Er deutete auf die Sichel, die ich noch immer so fest umklammerte, als hinge mein Leben davon ab. »Es ist nicht gut, Dinge von dort hierherzubringen, Flora.«

Ich zuckte mit den Achseln. »Ein Bettler hat es mir geschenkt, als ich das erste Mal in Eisenheim war. Er meinte, die Sichel würde mich beschützen, und das stimmt ja wohl auch.«

Marian runzelte die Stirn. »So was wie das habe ich ehrlich gesagt noch nie gesehen.«

»Ich auch nicht. Aber ich habe bis letzte Woche auch nichts von der Existenz von Schattenreitern oder Monsterspinnen geahnt.« Ich probierte ein vorsichtiges Lächeln, doch Marian starrte noch immer auf die Sichel.

»Du solltest dieses Teil nicht benutzen.«

»Warum denn nicht? Immerhin bin ich dadurch nicht vollkommen wehrlos«, sagte ich. Plötzlich war es mir unangenehm, wie Marian die Sichel ansah. Rasch schob ich sie zurück in meine Hosentasche. »Ist doch egal, wie es funktioniert. Der Sirene hat die Wirkung jedenfalls ganz und gar nicht gefallen.«

Ich grinste, doch Marians Gesicht blieb ernst.

»Du solltest vorsichtiger sein«, murmelte er. »Und wenn du lernen würdest, wie wir uns verteidigen, dann bräuchtest du so einen Quatsch wie dieses Ding erst gar nicht.«

Ich wischte seine Worte mit einer ungeduldigen Handbewegung beiseite. Mir war gerade wirklich nicht danach zumute, über meine mangelnden Fortschritte beim Dämmerungstraining zu sprechen. »Irgendwann werde ich schon besser«, sagte ich, wenn auch ohne rechte Überzeugung. »Und so lange ... Danke übrigens, dass du mich gerettet hast.«

Jetzt lächelte Marian ebenfalls. »Ich hatte gleich so ein komisches Gefühl, als du aus dem Konferenzraum raus bist. Zu den Sirenen zu gehen, war lebensmüde, Flora. Zum Glück bin ich dir gefolgt. Verrate mir mal, was dich zu diesem Wahnsinn veranlasst hat.« Er hatte schon wieder diesen Kindermädchenton drauf, genau wie im Park vor Wiebkes Haus. »Nicht auszudenken, was passiert wäre, wenn ich ein paar Minuten später hier gewesen wäre.«

Ich schnaubte. »Woher soll ich denn wissen, dass die Biester so gefährlich sind und mich gleich auffressen wollen?«

Marian reagierte nicht. Stattdessen rollte er die Ärmel seines Longsleeves nach oben, auf dessen Brust ein zähnefletschender Eisbär vor gekreuzten Hockeyschlägern prangte (wie ich vorgestern Abend, als er stundenlang unseren Fernseher blockiert hatte, erfahren hatte, war Marian leidenschaftlicher Fan einer finnischen Eishockeymannschaft), und stützte den Kopf in die Hände. Auf der Innenseite seiner Arme schimmerten bläuliche Adern und der Blick, mit dem er mich streifte, traf mich im Innersten, so viel Sorge lag darin.

»Wenn dir etwas passiert wäre, das hätte ich mir nie verziehen«, flüsterte er. »Warum hast du das nur gemacht? Was wolltest du bei den Sirenen? Und warum hast du mir nicht erzählt, was du vorhattest? Ich hätte dich warnen können.«

»Nein, das ...«, stammelte ich. »Ich ... ich muss ein paar Dinge klären. Und ich muss es allein tun.«

»Du hast das Gefühl, du müsstest dich ganz allein einer Horde Riesenspinnen zum Fraß vorwerfen?« Er hob eine Augenbraue und sah plötzlich unheimlich süß aus.

Ich zwang mich, eine Stelle irgendwo neben seinem Gesicht anzusehen. »Du verstehst das nicht. Überlege doch: Meine Seele hat den Weißen Löwen gestohlen, also wollte sie nicht, dass der Kanzler ihn bekommt, richtig?«

»Ja.«

»Aber sie hat den Stein anschließend nicht zu Fluvius Grindeaut gebracht, damit der ihn zerstören kann. Stattdessen hat sie ihn irgendwo versteckt und ich frage mich, wieso.«

»Vermutlich, weil keine Zeit mehr war, ihn bis nach Notre-Dame zu schaffen. Der Kanzler und seine Männer haben dich immerhin gejagt.«

»Schon«, sagte ich langsam. »Aber anschließend habe ich mich aufgeweckt und all meine Erinnerungen gingen verloren. Angeblich, um mein reales Ich zu schützen. Allerdings frage ich mich mittlerweile, ob nicht die verlorenen Erinnerungen selbst geschützt werden sollten. Vielleicht wollte ich gar nicht, dass der

Stein zerstört wird. Möglicherweise hatte ich ja etwas anderes mit ihm vor.«

»Was hätte das sein sollen?« fragte Marian tonlos. Er sah mich nicht an, sondern betrachtete die Spitzen seiner Schuhe. »Und überhaupt: Warum sollte deine Seele plötzlich nicht mehr auf unserer Seite gestanden haben?«, murmelte er.

»Tja, das ist die Frage. Deshalb bin ich zu den Sirenen gegangen. Ich hatte im Palast etwas darüber gelesen, dass sie sogenannte Geheimnisträger wären.«

Marian hob den Blick, das Grün seiner Augen blitzte mir entgegen. »Ach, das sind doch nur Legenden. Märchen, an die wir früher einmal geglaubt haben.« Lachend strich er mir eine Haarsträhne aus dem Gesicht. »In der Schattenwelt gibt es wohl einiges, was dir wie Zauberei vorkommt, Flora. Aber echte Magie und geheimnishütende Fabelwesen existieren selbst bei uns nicht.« Seine Finger streiften meine Schläfe noch einmal, und ohne dass ich darüber nachdachte, schmiegte ich meine Wange in seine raue Handfläche.

Nur ganz kurz, dann zuckte ich zurück.

»Hätte ja sein können«, sagte ich. »Die Schattenwelt ist so seltsam, da würde mich nichts überraschen.«

»Gar nichts?« Seine Stimme klang plötzlich weich, wie flüssiger Honig. Er zwinkerte mir zu und ich spürte, wie ich sein Lächeln erwiderte. Einen Augenblick lang hing es zwischen uns wie ein Versprechen. »Du rechnest also mit allem und jedem? Jederzeit? Es gibt nichts, was dich aus der Ruhe bringen könnte?«

»Du kannst es ja mal versuchen.« Ich sah ihm jetzt direkt in die

Augen und erkannte mich selbst nicht wieder. Du meine Güte! Ich flirtete wieder mit Marian! Dabei war diese Sache mit uns doch schon längst abgehakt, oder? Und außerdem hatte ich gerade wirklich andere Sorgen. Erst denken, dann reden, sollte ich das denn niemals lernen? Es würde alles so viel einfacher machen, ich hatte doch überhaupt keine Zeit für Jungs. Zum Beispiel musste ich weitaus dringender darüber nachdenken, wie und wo ich etwas über den Diebstahl und die Pläne meiner Seele herausfinden konnte, nun, da die Sirenen sich als Reinfall entpuppt hatten. Doch ich tat es nicht.

»Nun, du hast es nicht anders gewollt.« Marians Hand schloss sich um meine. Und dann gab es plötzlich nichts mehr außer ihm und mir. Wir sahen einander an, schweigend, während der Abstand unserer Gesichter dahinschmolz wie ein Eiswürfel in der Wüste. Genau wie damals im Flur vor dem Marmorsaal in Notre-Dame. Mein Herzschlag beschleunigte sich auf die gefühlte Frequenz eines Kolibriflügelschlags.

Marians Atem traf meinen Mundwinkel. Sein Daumen fuhr die Linie meines Halses nach, und wo seine Finger meine Haut berührten, breitete sich Hitze aus. Ein Schauer durchlief mich. Mein Kopf war leer, kein einziger Gedanke an den Weißen Löwen war noch übrig geblieben. Ich dachte weder an die Sirenen noch an Eisenheim. Marians Haut war alles, was ich noch wahrnahm, als meine Hand über seine Wange glitt. Ich spürte die Bartstoppeln unter meinen Fingerspitzen und schloss die Augen. Ganz vorsichtig, mit einer Schüchternheit, die ich Marian gar nicht zugetraut hätte, legte er seine Lippen auf meine.

Zuerst war der Kuss so zart wie das Fallen einer Schneeflocke, doch dann wurde er langsam wärmer, ein dunkles Glühen, fordernd und verheißungsvoll. Marian zog mich an sich und ich presste mich an seine Brust. Das Pochen seines Herzens umfing mich, während Marian zärtlich in meine Unterlippe biss. Seine Hände wanderten über meinen Rücken, meine Taille und meine Hüften und schoben sich schließlich unter meinen Pullover.

Hitze durchströmte mich, ich drängte mich weiter an ihn. Und als seine Fingerspitzen über meinen Rippenbogen strichen, keuchte ich auf. Auch Marians Atem ging schneller, und ohne dass ich so recht bemerkte, wie es geschah, saßen wir plötzlich nicht mehr auf der Bank, sondern lagen darauf und hielten einander eng umschlungen.

Für einen unendlichen Augenblick wünschte ich mir, unser Kuss würde ewig andauern. Aber irgendwann riss uns das Gebell eines Dackels aus unserer Zweisamkeit. Nur widerwillig machte ich mich von Marian los, während das Herrchen des Vierbeiners, ein älterer Herr mit Gehstock, sich im Vorübergehen lautstark über die anstandslose Jugend von heute im Allgemeinen und Marian und mich im Besonderen aufregte.

Doch ich bemerkte es kaum. Noch immer fühlte sich mein Körper an, als bestünde er aus Watte.

Außer Atem, mit zerzaustem Haar und geröteten Lippen sah Marian mich an. Ich erkannte das Glück in seinem Blick und wusste, dass es auch in meinem lag, ebenso wie der Zweifel, der mich durchzuckte. War es richtig, Marian zu küssen? Ist es – ja!, schrie alles in mir und doch glaubte ich es nicht. Nein, diese Sache mit uns war viel zu verrückt. Etwas, was neuerdings für mein gesamtes Leben galt.

»Was verheimlichst du mir?«, wisperte ich und widerstand dem Drang, meine Arme erneut um seinen Hals zu schlingen.

Marian lächelte. »Ich liebe dich, Flora«, sagte er heiser. »Ich meine *dich*, die reale Flora, die ihrer Seele gar nicht so unähnlich ist. Das habe ich jetzt erkannt.«

»Du bist auch nicht übel«, sagte ich.

»Na dann.« Er grinste und wollte mich erneut an sich ziehen, aber ich ließ es nicht zu.

»Trotzdem müssen wir einander vertrauen können«, sagte ich. »Du musst mir die Wahrheit sagen, Marian. Über alles.«

»Das werde ich auch«, versprach er. »Wenn es so weit ist.«

»Aber –« Ich wollte protestieren, doch Marians Lippen hinderten mich daran. Mit einem Ruck machte ich mich von ihm los. »Hey! Was soll das heißen, wenn es so weit ist?«

Ein verschmitztes Funkeln lag in Marians Augen. Statt zu antworten, beugte er sich erneut vor. Seine Nase fuhr über meinen Mundwinkel.

»Wir sollten das klären«, murmelte ich. »Wir … später …« Ich vergaß meine Bedenken, ehe ich den Satz zu Ende führen konnte. »Später«, wiederholte ich und küsste ihn.

Als wir uns eine halbe Ewigkeit später endlich voneinander lösten, brauchte ich ein paar Minuten, um wieder zu Atem zu kommen. Weil ich nicht wusste, wo ich hinsehen sollte, starrte ich mit glühenden Wangen auf die Ruhr hinaus, während Marian ein paar Schritte davonschlenderte und nach seiner Jeansjacke angelte, die er vor unserem Kampf mit den Sirenen anscheinend an der Uferböschung hatte fallen lassen. Mittlerweile war sie gefährlich nahe ans Wasser herangerutscht. Vorsichtig zupfte er sie von einem mit Moos bewachsenen Stein und zog einen violetten Seidenschal aus einer der Innentaschen hervor. Das feine Gespinst war von meergrünen Glitzerfäden durchzogen und flatterte im Wind.

»Der passt bestimmt gut zu deinen Augen«, krächzte ich mit noch immer belegter Stimme.

Marian strich den Schal glatt und grinste. »Gut, denn meine kleine Schwester hat die gleichen.«

Ich sah ihn an. »Du hast eine Schwester?«

»Ja, Ylva, sie wird nächste Woche siebzehn.«

»Ylva«, murmelte ich. »Ist sie auch – « Eine Wandernde?, wollte ich fragen, doch etwas an Marians Gesichtsausdruck ließ mich innehalten.

»Sie lebt bei unseren Pflegeeltern in Finnland. Zeigst du mir, wo hier die Post ist? Dann kann ich ihr den Schal schicken.« Er streckte mir die Hand entgegen.

»Klar«, sagte ich und ließ mich von ihm auf die Füße ziehen. Ehe ich mich versah, hatte er seinen Arm um meine Schultern gelegt. Es fühlte sich gut an. Wie ein verliebtes Pärchen trotteten wir am Flussufer entlang. Nein, halt. Wir *waren* ein verliebtes Pärchen. Oder?

Meine Gedanken liefen im Kreis. Marians Duft umhüllte mich wie eine Wolke. Immer wieder schielte ich schräg nach oben in sein Gesicht, während wir die Straße überquerten und zwischen

Rentnern und Müttern mit Kinderwagen durch die nahe gelegene Steeler Fußgängerzone spazierten. Marians bleiche Gestalt zog wie überall die Blicke auf sich, vielleicht lag es aber auch an dem ernsten, stets etwas wehmütigen Ausdruck in seinen Augen, der selbst jetzt da war.

»Bisher hast du nie eine Schwester erwähnt«, bohrte ich weiter. Den Mund zu halten, war eben nicht meine Stärke.

Marian seufzte und gab mir einen Kuss aufs Haar. »Es hat sich nicht ergeben.«

Nicht ergeben? Was sollte das denn heißen? »Ach?«, schnaubte ich. »Hör mal, es ist schon ein bisschen seltsam, dass du mir von deinen Eltern und deinen Pflegeltern und Fluvius Grindeaut und allen erzählst und dabei nicht ein Mal deine Schwester erwähnst. Ich meine –«

Marian verdrehte die Augen. »Jetzt mach die Sache nicht größer, als sie ist. Ja, ich habe eine kleine Schwester. Und ja, ich habe sie bisher vergessen zu erwähnen. Na und? Das hier ist die Post, oder? Ich bin gleich wieder bei dir«, sagte er, ließ mich los und verschwand so schnell hinter den gläsernen Schwingtüren, dass mir nichts anderes übrig blieb, als auf dem Gehweg auf ihn zu warten. Hinterherlaufen würde ich ihm nämlich bestimmt nicht. Stattdessen beobachtete ich die vorbeifahrenden Autos und legte mir einen Schlachtplan zurecht.

»Du weißt, dass ich nicht lockerlassen werde?«, sagte ich, kaum dass Marian wieder da war.

Er nickte. »Trotzdem gibt es ein paar Dinge, über die ich im Moment nicht reden möchte.«

»Geheimnisse«, sagte ich gedehnt. »Dinge, die ich nicht wissen soll. Da brauchst du dich nicht zu wundern, wenn mich jede Kleinigkeit misstrauisch macht. Ich dachte, du liebst mich.«

»Das tue ich. Und gerade deshalb möchte ich heute einfach den Tag mir dir genießen, okay?«

Ich hob eine Augenbraue.

Eine gute halbe Stunde später stiegen wir aus der Straßenbahn Linie 301 am Gelsenkirchener Zoo, denn hier im Ruhrgebiet lagen die Städte so nahe beieinander wie nirgendwo sonst. Doch das war es nicht, was mich erstaunte. Nein, es war die Selbstverständlichkeit, mit der Marian und ich Hand in Hand zum Eingang schlenderten und uns zwei Tickets kauften. Gerade so, als wären wir schon eine Ewigkeit zusammen. Als hätte unser Kuss etwas in mir zum Einrasten gebracht. Wie ein ausgekugeltes Gelenk, von dessen Existenz ich bisher nicht einmal gewusst hatte, das nun wieder zurück in seine ursprüngliche Position gerutscht war.

Tiere waren ja nie mein Ding gewesen, weder fürs Reiten noch für Hundewelpen hatte ich mich je erwärmen können. Doch irgendwie freute ich mich auf unseren Ausflug. Was zählte, war Marians große Hand, die meine warm und schützend umschloss, und das Gefühl, ihn bei mir zu haben.

Vereinzelt kämpften sich Sonnenstrahlen durch die Wolken und malten Muster auf unsere Gesichter, als wir zwischen Grundschulklassen und Familien mit kleinen Kindern an den Gehegen von afrikanischen Steppenbewohnern und Gorillas vorbeischlenderten. Ich konnte mich nicht mehr daran erinnern, wann ich das letzte Mal in einem Zoo gewesen war, ich musste noch sehr klein gewesen sein. Jedenfalls meinte ich noch zu wissen, dass ich mich damals ganz schrecklich vor den Elefanten gefürchtet und an die Hand meiner Mutter geklammert hatte. Auch heute verursachte der Anblick der grauen Dickhäuter ein mulmiges Gefühl in meiner Magengegend, vor allem, weil ich ein dunkles Flackern auf einem der Rüssel bemerkte.

Kurz darauf, wir standen vor einer Glaswand, hinter der Schimpansen in Bäumen und Tauen herumkletterten, stieß ich einen spitzen Schrei aus, als sich der Schatten eines dösenden Affenmännchens von dessen Körper löste und in Form eines unfassbar kugelförmigen Wesens mit borstigem Fell über den Sand des Geheges kroch.

»Ganz ruhig.« Ich spürte, wie Marian von hinten die Arme um mich legte. »Sie alle haben eine Seele, Flora«, murmelte er. »Etwas Dunkles, das in ihnen lauert und zu ihrer Natur gehört, wie ihr Fell.«

»Dann ist auch diese Welt im Grunde ganz anders, als ich bisher dachte.« Ich fröstelte, denn was ich schon bei den Sirenen geahnt hatte, wurde mir nun in seinen ganzen Ausmaßen bewusst. Es gab also nicht nur eine Schattenwelt und Wandernde und all das, nein, ich hatte auch meine eigene Welt nie wirklich wahrgenommen! Mir wurde schwindelig, weil mein Verstand sich weigerte, das zu erfassen.

»Ja. Und willst du auch wissen, *wie* anders?«, flüsterte Marian direkt neben meinem Ohr. Sein Atem streifte meinen Nacken und eine Gänsehaut kroch über meine Schultern. Ich war mir nicht sicher, ob ich das wissen wollte, doch mein Kopf war bereits dabei, mechanisch zu nicken.

»Also gut«, sagte Marian mit unheilschwangerer Stimme, drehte mich zu sich herum und sah mir in die Augen. Plötzlich war sein Mund meinem wieder ganz nah. »Aber vorher holen wir uns ein Eis.«

»Was?« Ich kicherte.

Flüchtig strich er eine Haarsträhne hinter mein Ohr. »Ein Eis«, wiederholte er grinsend und zog mich mit sich in Richtung eines kleinen Verkaufsstandes, wo ich, ohne Marian zu Wort kommen zu lassen, für uns beide mit Brause gefülltes Wassereis bestellte.

Marian probierte als Erster. »Uh, sauer.« Er verzog das Gesicht, doch seine Augen strahlten.

Vorsichtig hielt ich meine Zungenspitze an das leuchtend blaue Eis und fand den Geschmack ... gewöhnungsbedürftig, aber in Ordnung. Ich zuckte mit den Achseln. »Vermutlich besteht es zu 99 Prozent aus künstlichen Farbstoffen und Chemieabfällen, aber ansonsten ... Wer Fischgedärme im Brotteig isst, sollte das hier ja wohl auch vertragen können.«

»In Kalakukko sind doch nicht wirklich Gedärme!«

»Jaja.« Ich machte eine wegwerfende Handbewegung. »Und wohin jetzt? Kommen wir nun zum«, ich schluckte, »gruseligen Teil des Ausflugs?«

»Wir sind sogar schon da.«

»Ach?« Ich sah mich um. Mittlerweile hatten wir den der Polarregion zugewiesenen Teil des Zoos erreicht. Genauer gesagt das Gehege eines Eisbären, der sich gerade auf einem Felsen die Sonne auf den Pelz scheinen ließ.

Und Marian hatte wieder diesen Ausdruck in den Augen, wie

neulich, als wir vor dem Nichts gestanden hatten. Sehnsucht nach dem Verderben, schoss es mir durch den Kopf. Der Geschmack des Eises in meinem Mund vermischte sich mit einer bitteren Vorahnung, als Marians Schatten sich neben mir von seiner Gestalt löste.

»Warte!«, krächzte ich, doch es war bereits zu spät.

Flackernd glitt Marians Schattengestalt durch die zentimeterdicke Plexiglasscheibe des Geheges, schwebte über den Wassergraben und landete auf dem Felspodest des Bären, der ihm träge entgegenblinzelte. Sehr langsam hob sich sein rechtes Augenlid und gab den Blick auf eine schwarz schimmernde Pupille frei, dann schloss es sich wieder. Marians Schatten näherte sich dem Raubtier bis auf wenige Meter, wobei er merkwürdig schnalzende Laute von sich gab. Dann duckte er sich hinter einen Felsvorsprung und wartete.

»Komm raus da«, wisperte ich, doch Marians Schatten schüttelte den Kopf und deutete auf den Bären, an dessen Rückenfell sich ein schwärzliches Flackern gebildet hatte, das sich rasch ausbreitete. »Nein!«, stieß ich hervor. Im nächsten Moment ließ ich vor Schreck mein Eis fallen.

Denn plötzlich stand er da.

Der Schatten des Polarbären, bei dem es sich ebenfalls um einen Bären handelte, jedoch …

Von einem dunklen Flimmern durchzogen und riesig wie ein Haus, thronte der Bärenschatten auf seinem Felsen, die Pranken so groß wie Kleinwagen, die Augen von einem zornigen Funkeln erfüllt. Während sein winziger Körper weiter zu dösen schien, grollte das Seelentier drohend. Das Wasser im Graben zwischen uns erzitterte, genau wie ich, als ich die drei hintereinander angeordneten Reihen von Zähnen in seinem Maul entdeckte. Am groteskesten jedoch war der Anblick seines Rückens, aus dem, ebenso wie bei den Schattenpferden, gefiederte Flügel wuchsen, deren Spitzen deutlich über die Plexiglasabgrenzungen des Geheges hinausragten.

Der Schattenbär hob die Nase und witterte.

Ich spürte, wie sich meine Fingernägel in meine Oberschenkel gruben. Inzwischen hatte Marian sein Versteck verlassen und war, ganz Extremsportler, an der gegenüberliegenden Felswand einige Meter in die Höhe geklettert. Der Bär schwenkte suchend den mächtigen Kopf hin und her, doch noch hatte er den Störenfried nicht entdeckt.

»Bitte!«, flüsterte ich. »Komm weg von diesem Ding.«

Marian zwinkerte mir zu. »Wart's nur ab«, formten seine schwärzlichen Schattenlippen, während er sich noch ein Stück in die Höhe zog und einen Wimpernschlag später fallen ließ. Wie eine Spinne landete Marian im Nacken des Bären und klammerte sich fest. Das Seelentier brüllte, buckelte. Mit einer Pranke versuchte es, Marian von sich zu stoßen, doch es erreichte ihn nicht und heulte auf vor Wut. Es war ein tiefer, lang gezogener Laut, der jede Faser meines Körpers erbeben ließ.

Mehrere Sekunden lang war ich wie erstarrt. Reglos beobachtete ich, wie sich der Schattenbär vom Boden abstieß und in den gräulichen Himmel erhob, wo er mehrere schwindelerregende Loopings drehte, ehe er plötzlich einen Sturzflug einlegte. Die ganze

Zeit über hielt Marian sich in seinem zottigen Nacken und sah dabei aus wie beim Rodeo.

»Bist du wahnsinnig geworden?«, schrie ich in den Himmel über mir, als der Bär erneut in die Tiefe stieß und, das erkannte ich viel zu spät, geradewegs auf mich zuhielt.

»Vielleicht«, hörte ich Marians Stimme im Wind. Einen Atemzug später schlang sich ein Arm um meine Taille und ich wurde in die Höhe gerissen. Mein Magen zuckte zusammen, ich hörte mich selbst kreischen. Dann spürte ich zottiges Fell unter mir und Marian, der direkt hinter mir im Nacken des Bären saß und mich festhielt, während sich das Seelentier mit uns in die Wolken emporschraubte.

In der Tiefe erkannte ich das Gehege und Marians und meinen Körper, die versonnen davorstanden, als wären sie ganz vertieft in die Betrachtung des dösenden Eisbären. Anscheinend hatte ich, ohne es zu bemerken, meinen Körper verlassen. Der Wind biss mir in die Augen und mir fiel auf, dass ich noch immer aus Leibeskräften schrie, während der Schattenbär versuchte, uns von seinem Rücken zu schütteln.

»Fantastisch, nicht wahr?«, rief Marian.

Was? Ich verstummte jäh. Blinzelte. Versteifte mich in seinen Armen. Das hier sollte also ein Spaß sein? Hatte Marian sie nicht mehr alle?

»Lass mich sofort runter«, sagte ich, jedes Wort einzeln betonend. »SOFORT!«

Marian seufzte.

»Ich dachte, es würde dir gefallen«, erklärte er, als wir wieder festen Boden unter den Füßen hatten. Mit einem Sprung hatten wir uns vom Rücken des Ungeheuers gerettet und waren zu unseren Körpern hinübergerannt. Noch immer drehte der aufgescheuchte Schattenbär seine Runden hoch über dem Zoo. Dann und wann hörten wir ihn brüllen.

»Wir sind echt zu dämlich!«, schnaubte ich und beschleunigte meine Schritte. Ich wollte nur noch nach Hause. »Uns einzubilden, einander zu kennen.«

Marian eilte hinter mir her. »Flora, warte! Komm schon, Polarschatten sind total cool und deine Seele – «

Abrupt wirbelte ich herum. »Ich bin nicht wie diese blöde Kuh, mit der du mich andauernd vergleichst, kapiert?« Tränen traten mir in die Augen. Er meinte nicht mich! Seine Küsse hatten es mich einen Herzschlag lang vergessen lassen. Doch nun begriff ich: Er liebte noch immer eine andere. Seine Worte waren nicht das Geringste wert. »Kannst du überhaupt was anderes, als mich anzulügen?« Ich schluchzte auf, wollte mich abwenden, damit er nicht sah, wie ich heulte.

Aber Marian griff nach meinen Händen und hielt mich fest. Er presste die Kiefer aufeinander. In seinem Blick erkannte ich, dass er wusste, was ich dachte. Behutsam schüttelte er den Kopf.

»Nein«, flüsterte er. »Du bist jetzt meine Flora. Die vorlaute, gewissenhafte, Ballett tanzende und viel zu vorsichtige Flora. Aber weißt du, so vollkommen anders als die andere Flora bist du gar nicht. Du bist doch auch mit zum Ball gekommen … Und deshalb dachte ich, es würde dir Spaß machen, einen Polarschatten zu bezwingen. Bescheuert, ich weiß.«

Das Grün seiner Augen umfing mich. Ich biss mir auf die Lippe, betrachtete seine kantigen Züge und die weißblonden Bartstoppeln auf seinen Wangen. Alles an ihm erschien so vertraut. Und doch hatte sich gerade wieder einmal gezeigt, wie erschreckend wenig wir vom anderen wussten. In der Ferne ertönte erneut das Heulen des Schattenbären und ließ den Anflug eines Lächelns über Marians Züge flackern.

»Na, zweite Runde? Wie wär's?«

Ich verdrehte die Augen.

»Ich verspreche auch, nicht zu lachen, wenn du wieder wie am Spieß kreischst.« Sein Lächeln verwandelte sich in ein Grinsen.

»Und ich verspreche, dir eine reinzuhauen, wenn du mich je wieder auf so ein Vieh zerrst«, sagte ich und funkelte ihn an.

Marian zwinkerte mir zu. »Einverstanden. Was dann?«

Ich verschränkte die Arme vor der Brust. Mittlerweile stand mir der Sinn nicht mehr nach trauter Zweisamkeit.

»Lass uns gehen«, sagte ich deshalb schließlich. »Bestimmt vermisst mein Vater uns schon und Christabel steht kurz vor einem Nervenzusammenbruch.«

16
FLUVIUS GRINDEAUT

So richtig wurde ich aus dem, was mein Vater am Nachmittag mit seinem Regierungsstab besprach, auch nicht schlau. Anscheinend hatte man in den Materienflözen der Zechen bereits mehrfach ein Leuchten beobachtet, dessen Quelle sich nicht ausmachen ließ. Die Erscheinungen, die an unterschiedlichsten Orten und zu unterschiedlichsten Zeiten aufgetaucht waren, beunruhigten die Abgeordneten, vor allem deshalb, weil sie nicht schwarz-weiß waren. Es handelte sich anscheinend um rötliche und bläuliche Lichtreflexe, die durch die unterirdischen Gänge der Bergwerke huschten und an Polarlichter erinnerten. Was genau an ihnen so schrecklich sein sollte, verstand ich nicht. Ebenso wenig wie die verkorksten Theorien, die von den Abgeordneten geäußert wurden.

Vielleicht lag es daran, dass ich erst seit Kurzem in der Schattenwelt lebte. Mit Sicherheit hatte es aber auch mit meinem … Zustand zu tun. Der Kampf mit den Sirenen steckte mir noch immer in den Knochen, ebenso wie mein unfreiwilliger Ritt auf dem Schattenbären.

Und Marian natürlich.

Ich schaffte es nicht mehr, den Blick von ihm zu wenden. Den ganzen Nachmittag lang saßen wir nebeneinander am Kopfende des Sitzungssaals, und während die letzten Punkte der Tagesordnung an uns vorbeirauschten, flochten sich Marians Finger unter dem Tisch in meine. Einen Augenblick lang ließ ich ihn gewähren, denn es fühlte sich richtig an. Es fühlte sich gut an. Tröstlich.

Dennoch zog ich meine Hand zurück. Nein, ich hatte ihm die Sache mit dem Bären noch nicht verziehen. Und ich war verwirrt. Marians Nähe hatte mich überrumpelt und alles in mir schrie nach mehr davon, schrie danach, mit ihm allein zu sein. Erst jetzt wurde mir bewusst, was geschehen war. Wir hatten uns geküsst! Wir waren Arm in Arm durch den Zoo gelaufen! Mein Herz flatterte wie ein nervöser Kanarienvogel in meiner Brust. Das alles kam mir plötzlich so unwirklich vor, als hätte es gar nichts mit mir und meinem Leben zu tun. Genauso wie es meinem Verstand noch immer schwerfiel, die Schattenwelt zu begreifen.

Noch spürte ich Marians Lippen auf meinen, seine schwieligen Hände auf meiner Haut. Der Kuss war wunderschön gewesen. Aber es würde keine Wiederholung geben, entschied ich und rückte meinen Stuhl ein Stück von ihm weg. Das Wichtigste war, dass ich jetzt erst einmal einen klaren Kopf bekam. Schließlich war da noch der Weiße Löwe. Und das Wissen, dass Marian mir etwas verheimlichte.

Den Abend verbrachte ich in meinem Zimmer. Ich brütete über meinen Hausaufgaben, während mein Vater und Christabel mit einigen Mitgliedern des Regierungsstabes noch etwas trinken gegangen waren. Ein paarmal hörte ich Marians Schritte vor meiner Tür, einmal ein vorsichtiges Klopfen. Doch ich reagierte nicht. Stur starrte ich auf das Shakespeare-Sonett in meinem Englischbuch. Ohne die Worte tatsächlich zu lesen, wartete ich darauf, dass mich die Müdigkeit übermannte. Die Sirenen mochten sich als Sackgasse entpuppt haben, aber das bedeutete noch lange nicht, dass ich aufgab.

Erleichtert sank ich schließlich in die Dunkelheit des Schlafs. Mein Haar flatterte im eisigen Wind, als ich auf Eisenheim zustürzte. Schon erkannte ich das Dach des Palastes und die Kieswege des Parks, die sich wie silbrige Schlangen durch Buschwerk und Finsternis wanden.

Dann blinzelte ich.

Das Nächste, was ich sah, war der ausgefranste Stoff meines Himmelbetts. Wie alle Räume des Schattenpalastes war auch dieses Zimmer lediglich ein schwacher Abglanz seiner früheren Pracht. John, der knochige Butler, den ich insgeheim nur den Weberknecht nannte, hatte es mir zum Aufwachen und Einschlafen zugewiesen und dabei, wie ich fand, ziemlich schadenfroh ausgesehen. So als wäre er erleichtert, nicht selbst in dieser gruseligen Bruchbude leben zu müssen. Und irgendwie konnte ich das sogar ein bisschen verstehen (nicht das mit der Schadenfreude, nur, dass er erleichtert war).

Es war nämlich wirklich kein besonders angenehmes Gefühl, wenn man die Augen aufschlug und in einem Bett aus mottenzerfressener Spitze lag. In einem Zimmer, von dessen Wänden sich die Tapete schälte wie alte Haut, und unter einem Kronleuchter, der so von Spinnweben verhüllt war, dass man ihn kaum noch als solchen erkennen konnte. Das Licht der Gasflammen in ihren Gläsern konnte man nur noch erahnen, es tauchte den Raum in ein diffuses Glimmen und warf Schatten in Formen, die einem eine Gänsehaut über die Arme kriechen ließen. Vor allem, weil alles schwarz-weiß war.

Wie ich so dalag, kam ich mir vor wie eine tote Braut, die von ihrem wahnsinnigen Verlobten in einem Horrorkabinett aufgebahrt worden war. Diese gammlige Spitze, der zu allem Übel ein äußerst muffiger Geruch entstieg, umhüllte mich wie ein Kokon. Igitt! Das war jetzt schon das dritte Mal! Mir war noch nicht ganz klar, warum, aber anscheinend schaffte ich es stets, mich in dem Moment, in dem ich die Schattenwelt erreichte, ganz tief in diese ekeligen Decken hineinzuwühlen. Rasch richtete ich mich auf.

»Ich wünsche einen wunderschönen guten Abend.«

Ich zuckte zusammen.

Am Fußende saß der Eiserne Kanzler lächelnd und erschreckend gut aussehend, trotz seines Rüschenhemds und der Satinschleife, mit der er sein Haar zusammenhielt. Oder vielleicht auch gerade deswegen.

»Äh«, sagte ich und zog mir die Bettdecke vor die Brust. Natürlich war ich angezogen – sicherheitshalber sah ich an mir herunter und entdeckte erleichtert das kratzige Kleid –, aber dass der Kanzler mich beim Aufwachen beobachtete, war trotzdem … peinlich und ganz schön unverschämt! Das hier war immer noch mein Schlafzimmer. »Was tun Sie hier?«

»Oh, ich war auf der Suche nach einer anregenden Unterhaltung und da sind Sie mir eingefallen.« Er strahlte mich an.

»Ach?« Ich zog die modrige Spitzendecke unnötigerweise noch ein Stück höher.

»Natürlich. Wir kennen uns schließlich erst seit Kurzem. Sie werden sicher verstehen, dass ich etwas über die zukünftige Fürstin wissen möchte. Das will jeder in der Stadt, seit das Gerücht Ihrer Heimkehr durch die Straßen geistert.«

Ich runzelte die Stirn.

»Zum Beispiel würde es mich brennend interessieren, was Sie dazu bewogen hat, sich heute Vormittag ohne Not in Lebensgefahr zu begeben«, erklärte er.

»Nichts«, sagte ich leichthin. »Ich war spazieren und plötzlich waren da diese Monsterspinnen. Keine Ahnung, weshalb sie ausgerechnet mich angegriffen haben. Vielleicht, weil ich eine Wandernde bin.«

»Na, na, na«, machte der Kanzler. »Nicht doch.« Auf seinen sonst so engelsgleichen Zügen lag jetzt etwas Wölfisches. »Und was war das mit dem Polarschatten? Waren wir uns nicht darüber einig, dass wir zusammenarbeiten wollen? Ich erkenne es, wenn man mich anlügt, Flora.«

»Und ich weiß so gut wie nichts über die Schattenwelt und ihre Auswirkungen auf die reale Welt. Vielleicht hatten die Spinnen einfach nur Hunger? Und der Ritt auf dem Bären war ganz sicher nicht meine Idee«, schnaubte ich. Was fiel ihm ein, jeden meiner Schritte zu überwachen? Hielt er mich etwa für eine Art Staatsfeind?

Der Kanzler lachte ein eisiges Lachen. »Einer meiner Männer hat es genau gehört: Sie haben nach den Sirenen gerufen. Warum?«

Die Schärfe seiner Worte riss mich aus meiner Erstarrung. Endlich konnte ich mich dazu durchringen, die Decke zurückzuwerfen. Ich schwang meine Beine über die Bettkante und strich mein Kleid glatt.

»Mein Vater erwartet mich«, sagte ich, erhob mich würdevoll und wollte an ihm vorbeigehen, als die Hand des Kanzlers plötzlich hervorschnellte und sich um meinen Arm krallte. Unsanft zog er mich an sich.

»Der Fürst ist nicht da«, sagte er leise, es war kaum mehr als ein Flüstern gleich neben meinem Ohr. »Und nur damit du es weißt, du kleines Miststück: Er vertraut mir mehr als sonst einem Menschen auf der Welt.«

Stocksteif stand ich da, versuchte, Haltung zu bewahren, und fand endlich meine Sprache wieder. »Auf *welcher* Welt?«, fragte ich mit süffisantem Unterton. »Bei uns zu Hause in Essen hat er Sie jedenfalls noch nie erwähnt.«

Die perfekt geschwungenen Lippen des Kanzlers kräuselten sich zu einem Lächeln. »Sie werden schon noch erkennen, dass wir beide auf derselben Seite stehen. Ich will Ihnen helfen, vergessen Sie das nicht«, sagte er, plötzlich wieder freundlich. »Also: Was haben Sie vor?«

Ich sah ihm in die Augen, bemüht um einen unschuldigen Gesichtsausdruck. »Gar nichts.«

Wieder lachte der Kanzler.

Mit einem Ruck befreite ich mich aus seinem Griff. Ich funkelte ihn an. Dann eilte ich ohne ein weiteres Wort davon, quer durch das Zimmer, durch die Tür, den Gang entlang und durch das Treppenhaus bis zum Hauptportal des Palastes.

Der Kanzler folgte mir nicht. Weder drohte er mir, noch rief er mir wüste Beschimpfungen hinterher. Hinter mir war nichts als Staub und Schweigen. Und das sanfte Sirren von Sieben. Wahrscheinlich saß der Kanzler immer noch auf der Kante meines Himmelbetts. Ich hatte es ihm gezeigt und er ... er ließ mir meinen Triumph, als wäre er überhaupt nicht angewiesen auf das, was ich wusste oder vielleicht schon bald wieder wissen würde. Als spielte er nur mit mir.

Und das war es, was mich am meisten beunruhigte.

Auf dem kaputten Kopfsteinpflaster standen Pfützen, die mit Eiskrusten überzogen waren. Knirschend zerbarsten sie unter meinen Füßen, als ich die Straße hinunterlief. Es war dunkel, wie immer. Ohne Sieben wäre ich wahrscheinlich hoffnungslos verloren gewesen. Ich fror. Längst hatte ich den Palast hinter mir gelassen, der Teil Eisenheims, in dem ich mich nun befand, war mir gänzlich unbekannt. Wie schlafende Ungeheuer wuchsen die Häuser zu allen Seiten in den Himmel und sahen mich aus toten Augen an, während ich an ihnen vorbeihastete. Ich hatte mir das Modell der Schattenstadt so gut wie möglich einzuprägen versucht. Wenn ich mich in Richtung Westen hielt, würde ich früher oder später sicher nach Notre-Dame gelangen, wo ich mir den Brief meiner Seele noch einmal genauer ansehen wollte.

Der Weg war lang und allmählich begriff ich, dass ich mich bereits in Krummsen befinden musste, so viele Häuser schienen unbewohnt. Nur vereinzelt glommen Lichter hinter schmutzigen Scheiben, wie Glühwürmchen in der Nacht. Die meisten Fenster waren leer und kalt, einige mit Brettern vernagelt, andere mit Papier zugeklebt. Haustüren standen offen oder hingen schräg in den Angeln. Ganze Straßenzüge schienen von innen hohl zu sein. Es war, als liefe ich durch eine Geisterstadt.

In einem Hinterhof wühlte ein Mann im Müll. Ein Tier, das ich für eine Ratte hielt, huschte zwischen den metallenen Tonnen hervor und direkt vor meinen Füßen über die Straße. Auf der gegenüberliegenden Seite verschwand es in einem Loch in der Fassade eines Hauses. Über mir knatterte der Motor eines Zeppelins. Zu fliegen wäre sicher bequemer und schneller gewesen. Doch abgesehen davon, dass ich nicht wusste, wo sich die Sturmdorne befanden, besaß ich auch keine von den Silbermünzen, mit denen man in der Schattenwelt bezahlte, um mir eine Fahrkarte zu kaufen. Stattdessen beschleunigte ich meine Schritte und kam kurz darauf in ein genauso schäbiges, aber etwas belebteres Viertel.

Ich begegnete einer Frau mit einem Einkaufskorb und einem Mann, der seinen schmutzigen Hut so tief im Gesicht trug, dass seine Augen in undurchdringlicher Schwärze lagen. Der Wind wehte Stimmen zu mir herüber, die rasch lauter wurden. Das Murmeln einer Ansammlung von Menschen, unterbrochen von vereinzelten Rufen. Der Geruch von Bier und Schweiß stieg mir in die Nase, und als ich um die nächste Ecke bog, sah ich auch, woher er stammte: Zwischen einer verrotteten Villa und einem fünfstöckigen viktorianischen Stadthaus duckte sich ein Fachwerkhäuschen in der Farbe von altem Haferschleim, als wolle es sich verstecken.

Durch die schmierigen Butzenscheiben der Front erkannte ich Fässer, die sich bis zur Decke zu stapeln schienen, davor eine Art Tresen, hinter dem eine zahnlose Frau Getränke einschenkte. Doch die Menschen, die ich gehört hatte, befanden sich nicht in der Kneipe. Sie drängten sich um einen brusthohen Holzzaun, der mitten auf der Straße errichtet worden war. Nichts weiter als ein schmutziger, eilig zusammengezimmerter Ring, in dem zwei abgerissene Gestalten sich einen Faustkampf lieferten.

Das heißt, nur einer von beiden kämpfte, der andere wurde nach Strich und Faden verprügelt. Hiebe hagelten auf ihn nieder wie die Tropfen eines Platzregens. Er wehrte sich nicht. Er hob nicht einmal die Arme über den Kopf, um sich zu schützen, sondern stand einfach da. Denn er hatte ohnehin nicht die geringste Chance, mager und klein, wie er war. Und noch dazu mit nur einem Bein!

Sein Gegner, ein Hüne mit Händen wie Bratpfannen, hieb gnadenlos auf ihn ein. Immer wieder traf er den von borstigem Haar bewachsenen Schädel des Einbeinigen, der sich bereits mit beiden Händen am Zaun abstützte und gerade mit einem Krachen dagegengeschleudert wurde. Der Einbeinige blutete jetzt aus dem Ohr, was die Menge mit einem Johlen quittierte. Zwischen ungewaschenen Männern und Frauen schob ich mich weiter nach vorn, um besser sehen zu können.

»Gib's dem Schwein, los. Er hat meine Familie auf dem Gewissen«, grölte jemand neben mir so plötzlich, dass ich zusammenzuckte. Eine Wolke abgestandenen Bieratems schlug mir ins Gesicht, trotzdem drängelte ich mich näher an den Ring heran. Irgendetwas war seltsam an diesem Kampf. Nur was?

Der Hüne schritt mit erhobenen Fäusten auf den Einbeinigen zu. Mit einem Grinsen holte er aus. Ein fürchterliches Knacken ertönte, als er den Kiefer seines Gegners traf und dabei ausrenkte, sodass er grotesk zur Seite stand. Mit einem Mal war es totenstill.

Wortlos verließ der Hüne das hölzerne Rund. Er hatte gewonnen, doch niemand applaudierte ihm. Und niemand eilte dem Einbeinigen zu Hilfe. Stattdessen stand die Menge da. Schweigend. Lauernd.

Der Einbeinige kauerte an der Wand. Schwarz und glänzend troff das Blut ihm den Hals hinab und versickerte im Kragen seiner Jacke, die anscheinend noch vor nicht allzu langer Zeit zu einem seidenen Frack gehört hatte, nun aber vor Dreck starrte.

Noch immer warteten die Menschen und es war, als verdichtete sich die Dunkelheit der Straße in diesem Moment zu einer beinahe schon greifbaren Schwärze, die einem in jede Pore kroch. Als hätte jemand einen Sack Kohlenstaub über uns ausgeleert, der die Gaslaterne an der Ecke und die Lichter der Kneipe nun in dunkle Schleier hüllte. Ich hatte das Gefühl, kaum atmen zu können. Am besten, ich verschwinde von hier, überlegte ich und wollte mich abwenden.

Da hob der Einbeinige den Blick.

»Barnabas!« Meine Stimme hallte über die Schaulustigen hinweg und wurde von den Häuserwänden zurückgeworfen, bevor die Finsternis sie verschlang. Unzählige Köpfe wandten sich in meine Richtung.

»Du kennst das Schwein?« Eine Frau spuckte mir vor die Füße. »Bist du etwa für *ihn*?«

»Ich …«, stammelte ich und tastete nach der Sichel in der Tasche meines Kleides. Noch immer fragte ich mich, warum der Bettler mir ein so wertvolles Geschenk gemacht hatte.

Auch Barnabas sah nun zu mir herüber. Er hob sogar die Hand zum Gruß. Und trotz seines ausgerenkten Kiefers lächelte er mir zu. Es sah grauenhaft aus. Eine verzerrte Fratze. Aber es sollte ein Lächeln sein, das erkannte ich an seinen Augen. Mit beiden Händen griff er sein Kinn und schob das Gelenk zurück in die Pfanne. Das Knirschen erschien mir ohrenbetäubend. Genau wie der Atem der Menschen, deren Leiber auf mich zurückten. Zorn lag auf ihren Gesichtern, während Barnabas seine dürren Finger in den Dreck zu seinen Füßen grub und einige Bröckchen in seinen Mund rieseln ließ.

»Sie gehört zu ihm«, zischte jemand irgendwo hinter mir.

»Na, und wenn schon?«, sagte ich und wich einen Schritt zurück. Mein Rücken prallte gegen die Brust eines Fremden.

»Na *und*?«, wiederholten mehrere Stimmen gleichzeitig. Es klang hämisch. Und bedrohlich.

»Weißt du denn nicht, was er im Auftrag seines Herrn tut?«, keifte ein altes Weib.

Vom Rande des Holzringes aus zwinkerte Barnabas mir zu. Stumm formten seine Lippen ein einziges Wort: Lauf!

Einen Moment lang starrte ich den Bettler noch an. Brauchte

er nicht meine Hilfe? Warum waren diese Leute so wütend? Was hatte er ihnen getan? Und von welchem Herrn hatte die Frau gesprochen? Barnabas schob sich genießerisch eine weitere Handvoll Dreck in den Mund. Jemand grapschte nach meinem Kleid. Da endlich gelang es mir, mich aus meiner Erstarrung zu lösen. Mit gesenktem Kopf stürzte ich los, rempelte mich durch die grollende Menge, stieß einen Mann zur Seite und rannte über das Kopfsteinpflaster.

»Miststück!«, rief eine greise Stimme mir hinterher.

Ohne mich noch einmal umzusehen, warf ich mich in das Gewirr der Straßen und Gassen, lief mal in die eine, mal in die andere Richtung, meinte das Geräusch von Schritten hinter mir zu hören und brach mit dem Fuß in eine der Eispfützen ein. Bis ich mich schließlich wieder darauf konzentrierte, mich nach Osten zu wenden. Wenig später erreichte ich die Rue Monsieur le Coq am Rande des Eiffelturms, die ich bereits in meiner ersten Nacht in Eisenheim entlanggelaufen war. Hastig drängte ich mich an einer Frau vorbei, die einen Schirm trug, der sie nicht vor Sonne schützte, sondern stattdessen welche zu spenden schien, wärmende Strahlen in der ewigen Finsternis. Fast war ich versucht, mich bei ihr unterzuhaken und ein Stück die Straße entlangzuspazieren.

Doch dann wuchs vor mir die mächtige Silhouette Notre-Dames in den Nachthimmel. Außer Atem lehnte ich meinen Kopf an die metallenen Torflügel.

Ein Dienstmädchen mit Spitzenhaube öffnete mir. Es war unmöglich zu sagen, ob es dasselbe Mädchen war wie bei meiner Ankunft beim Grauen Bund vor zwei Wochen.

»Äh«, begann ich und merkte bei der Gelegenheit, dass ich mir gar nicht überlegt hatte, was ich sagen wollte. Man konnte wahrscheinlich nicht einfach so in das Hauptquartier des Ordens hereinspazieren, oder? »Also, ich heiße Flora Gerstmann und – «

»Aber das weiß ich doch, gnädiges Fräulein«, sagte das Mädchen mit gesenktem Blick und verschwand, kaum dass ich die Eingangshalle betreten hatte. Allein stand ich in dem riesigen Raum. Zigfach wurde mein Gesicht von den verspiegelten Wänden zurückgeworfen. Ich sah aus, wie ich mich fühlte: Mein Haar war zerzaust wie das eines Höhlenmenschen und unter meinen Augen prangten dunkle Schatten. Doch um meine Lippen lag ein Zug der Entschlossenheit.

Ich zögerte nicht, sondern stieg die Treppe hinauf, durchquerte den ersten Flur und wollte mich gerade zur Galerie begeben, von der aus man um diese Zeit auf das Dämmerungstraining hinabsehen konnte, als ich plötzlich ein Geräusch hörte.

Jemand stöhnte auf. Dann ein Flüstern, das aus dem Treppenhaus zu meiner Linken herunterwehte. Als würde eine unsichtbare Schnur an mir zerren, erklomm ich Stufe um Stufe der sich windenden Treppe. Meine Füße versanken in dem dicken Teppich, der sich darüberschlängelte.

Die Stimmen wurden lauter. Jemand murmelte etwas. Ich verstand die Worte nicht, doch ich erkannte, dass es Marian war, der sich nur wenige Meter über mir befand. Auf dem Absatz vor dem Büro des Großmeisters, um genau zu sein. Nein, auf keinen Fall wollte ich mit ihm zusammentreffen. Nicht jetzt. Ich war bereits wieder auf dem Weg nach unten, als mich ein weiteres Geräusch erstarren ließ. Es war das Kichern eines Mädchens. Und auch dieses konnte ich zuordnen.

Katharina.

Ich entschied es nicht bewusst. Ehrlich gesagt merkte ich nicht einmal, wie ich mich umwandte und nach oben hastete. In den Sekunden bevor ich den Treppenabsatz erreichte, war da nur diese eine Frage, die in meinem Kopf herumgeisterte: Was machten die beiden dort und warum klang Katharina so verdächtig vergnügt? So kannte ich sie überhaupt nicht. Das Strahlen, das auf ihrem Gesicht lag, als ich um die Ecke bog, irritierte mich. Und ihre Hand, die über Marians Nacken strich, machte mich wütend.

Noch hatten die beiden mich nicht bemerkt. Marian lehnte ein wenig gebückt an der Wand und hielt etwas fest. Was, konnte ich nicht sehen. Dafür fiel mein Blick umso direkter auf Katharinas tief ausgeschnittenes Kleid und ihre dunkel geschminkten Lippen. Noch immer streichelte sie Marians Hals.

»Komm schon, lass das«, sagte Marian und beugte sich noch ein wenig mehr zur Seite. »Zwischen uns läuft nichts. Ich dachte, das hätten wir geklärt.«

Katharina quittierte seine Verbiegungskünste mit einem Kichern. Anscheinend wollte sie nicht wahrhaben, dass Marian nicht (mehr?) auf sie stand, sondern auf mich (oder zumindest die, für die er mich hielt). Diese Erkenntnis ließ ein zufriedenes Grinsen über mein Gesicht huschen. Immerhin wusste ich nun, weshalb Katharina sich mir gegenüber so ätzend verhielt. Sie wollte Marian für sich und war eifersüchtig.

Außerdem entdeckte ich nun, da Marian sich bewegt hatte, was er in den Armen hielt. Oder besser gesagt, wen. Es war niemand Geringeres als der Großmeister persönlich, der mit glasigem Blick mehr hing als stand und ... *ziemlich wenig anhatte*! Du meine Güte! Er trug außer seiner linken Socke nur noch eine gefährlich weit heruntergerutschte Unterhose! Zum Glück bedeckte sein Bart einen Großteil seines Körpers. Die Haut seiner Arme hing in Wellen daran herab und auf der schmalen Brust schimmerten Schweißperlen.

»Willlllnich schlahaaaafen!«, lallte er. »Nonocheindrink!«

»Für heute ist es genug«, sagte Marian und meinte damit anscheinend sowohl Fluvius Grindeaut als auch Katharina. Doch weder der eine noch die andere schenkte seinen Worten Beachtung, sondern versuchte es stattdessen wahlweise mit einem herzhaften Rülpser oder einem aufreizenden Augenaufschlag. Der Geruch von Schnaps und altem Mann breitete sich auf dem Treppenabsatz aus wie Nebel.

»Äh«, sagte ich endlich. »Kann ich ... *helfen*?«

Marian zuckte beim Klang meiner Stimme zusammen und bemühte sich noch einmal, Katharinas Hand von seinem Nacken zu schütteln. Vergeblich.

»Hallo, Flora«, sagte er. »Was machst du denn hier?«

»Ich wollte nur ein paar von den Sachen aus meinem Zimmer holen.«

»Drinkholen!«, rief Fluvius Grindeaut und nutzte Marians Überraschung, um sich loszureißen. Mit einem Poltern landete er auf den Knien. Sein Kopf donnerte gegen die Tür seines Büros.

»Sieh an, sieh an.« Katharinas Miene hatte sich wieder in die gehässige Maske verwandelt, mit der sie mich auch sonst bedachte. »Unsere zukünftige Fürstin verirrt sich hierher?« Sie fuhr herum. »Hey!«

Marian war es gelungen, sich aus ihrem Griff zu befreien. Mit beiden Händen packte er Fluvius Grindeaut bei den Schultern. Ich drängte mich an Katharina vorbei und schlang meine Arme ebenfalls um den Körper des Großmeisters. Gemeinsam wuchteten wir ihn in eine halbwegs stehende Position. Katharina durchbohrte mich mit ihren Blicken. Dann stieß Marian die Tür des Arbeitszimmers auf. Der alte Mann hing zwischen uns wie ein nasser Sack. Seine Füße schleiften über den Boden. Ein Sabberfaden troff aus seinem Mundwinkel und verfing sich in seinem Bart, während er die Augen geschlossen hielt und Unverständliches vor sich hin murmelte.

Das Zimmer sah genauso aus wie an dem Tag, an dem Fluvius Grindeaut mir hier von meiner Seele und dem Weißen Löwen erzählt hatte. Den Schreibtisch, auf dem sich Bücher und Schriftstücke häuften, die schweren Vorhänge und den Kamin mit den beiden Sesseln davor kannte ich schon. Doch erst jetzt bemerkte ich die Tür in der Ecke des Raumes, die einen Spalt offen stand. Der Pfosten eines wuchtigen Bettes war dahinter zu erkennen. Und ein zerwühltes Laken.

Genau dorthin brachten Marian und ich den Großmeister. Es erstaunte mich, wie selbstverständlich Marian ihn zudeckte. So als habe er es schon häufiger getan. Bestimmt sogar.

Vor meinem inneren Auge flammte von irgendwoher das Bild

eines betrunkenen Fluvius Grindeaut auf, der mehr krabbelte, als dass er taumelte, und in der Hand ein Reagenzglas mit einer dunklen Flüssigkeit hielt. Im Hintergrund erkannte ich den gläsernen Wald seines Labors. Direkt hinter dem alten Mann ragte der riesenhafte Baum im Zentrum der Höhle empor. In seinem Wurzelwerk war eine Klappe geöffnet worden, hinter der ich Zahnräder und funkelnde Adern erkannte.

»Solltestnich hierseinflora«, lallte der Fluvius Grindeaut in meiner Erinnerung. Er verzog das Gesicht zu einem Grinsen. Dann legte er einen Zeigefinger auf seine Lippen. »Schschsch«, machte er und zwinkerte mir zu, während der echte Großmeister des Grauen Bundes in seinen Kissen hinwegschlummerte wie ein Baby und sich im nächsten Augenblick in Luft auflöste.

»Trinkt er öfter so viel?«, fragte ich.

Marian zuckte mit den Achseln und löschte das Licht. »So schlimm wie heute ist es nur alle paar Tage mal.« Er zog die Tür hinter uns zu. »Der Großmeister hat in seinem Leben viel erlebt und nicht mit allem davon kommt er klar.«

Ich hob eine Augenbraue, aber Marian war wohl nicht zu weiteren Erklärungen aufgelegt.

»Soll ich dir, äh, helfen, die Sachen aus deinem Zimmer zu transportieren?«, fragte er mit gesenkten Lidern.

»Pah!«, schnaubte Katharina hinter mir, doch ich beachtete sie nicht.

Mein Blick hing an Marian, als wäre er dort festgeschweißt worden. In jeder Faser meines Körpers verspürte ich den Impuls, ihm das weißliche Haar aus der Stirn zu streichen. Oder meine Finger mit seinen zu verschränken. Oder ihn zu bitten, mir tragen zu helfen und mit zu meinem Zimmer zu kommen, wo wir endlich wieder allein wären und ... An seinem Gesichtsausdruck erkannte ich, dass Marian das Gleiche dachte.

Trotzdem schüttelte ich den Kopf. »Schon gut«, sagte ich, senkte ebenfalls die Augenlider und stürzte davon. Das mit uns funktionierte einfach nicht, unser Ausflug in den Zoo hatte es eindrucksvoll bewiesen.

Ich fand mein Zimmer vor, wie ich es verlassen hatte: ordentlich aufgeräumt, aber voller Kram, an den ich nicht die geringste Erinnerung hatte. Vor allem das Surfbrett in der Ecke ließ mich einmal mehr daran zweifeln, dass meine Seele und ich überhaupt Gemeinsamkeiten hatten.

Aber das war jetzt nicht von Belang. Wichtig war nur der Brief, der in der Ritze zwischen Matratze und Wand steckte. Mit einem Griff hatte ich ihn gefunden. Auf meinen Knien strich ich das Stück Papier glatt. Satzfetzen in meiner eigenen Handschrift sprangen mir entgegen. »Bitte entschuldige, dass ich dich in unsere Welt gebracht habe ... den Weißen Löwen gestohlen ... kann dir nicht sagen, wo er sich befindet ... Und bis es so weit ist, darfst du niemandem trauen!« Längst hatten sich die Worte in mein Gedächtnis gebrannt. Und auch die Sirene, die unter dem Text prangte, sah genauso aus wie die Abbildung im Bestiarium meines Vaters.

Allerdings, das fiel mir nun auf, hatte meine Seele außer der Riesenspinne noch etwas anderes gezeichnet. Um den haarigen Körper des Monsters herum war ein Nest aus Linien und Pfeilen zu sehen, die auch ein schraffierter Schatten hätten sein können. Doch das waren sie nicht.

»Kurt-Schumacher-Brücke«, stand zwischen den Borsten der Spinne in mikroskopisch kleinen Buchstaben. Darum herum wanden sich Punkte und Pfeile, die zu einem Kreuz auf der anderen Seite der Ruhr führten.

Endlich begriff ich: Meine Seele hatte eine Karte gezeichnet!

Eingemummelt in weiche, bequeme Klamotten aus dem Kleiderschrank meines anderen Ichs verließ ich Notre-Dame durch das Hauptportal. Die unvermittelte Kälte biss mir in die Wangen, doch es machte mir nichts aus. Als wäre er aus Blei statt aus gewöhnlichem Papier, steckte der Brief mit der Karte in meiner Hosentasche und ich war mir dieser Tatsache so bewusst, dass ich meinte, ihn wirklich schwer und verheißungsvoll an meinem Oberschenkel zu spüren. Zwar hatte ich keine Ahnung, was die Karte zu bedeuten hatte und wo sie mich hinführen würde, aber es war immerhin ein Anhaltspunkt. Gleich morgen wollte ich der Sache auf den Grund gehen.

Beschwingten Schrittes machte ich mich auf den Rückweg zum Palast. Um nicht erneut den unheimlichen Schaulustigen in die Arme zu laufen, wählte ich einen Weg, der, so hoffte ich, parallel zu der Straße verlief, auf der ich hergekommen war, und der mich zunächst an der Rückseite Notre-Dames entlangführte.

Es dauerte nicht lange, bis sich herausstellte, dass meine Entscheidung richtig gewesen war. Um nicht zu sagen, absolut perfekt. Denn just ein paar Schritte vor mir wurde plötzlich der Deckel eines Gullys zur Seite geschoben. Eine Gestalt löste sich aus dem entstandenen Loch direkt unterhalb der mit Wasserspeiern besetzten Fassade des Hauptquartiers und trat in die Nacht hinaus. Sie trug einen weiten Umhang mit Kapuze, unter der eine weißliche Haarsträhne hervorlugte. Und sie war in Eile.

Marian. Ich erkannte ihn allein an der Art, wie er sich bewegte, und mein erster Impuls war, seinen Namen zu rufen. Glücklicherweise unterließ ich es, ich hätte wohl auch keinen Ton hervorgebracht. Meine gute Laune war mit einem Schlag wie weggeblasen. Stattdessen bildete sich in meinem Hals ein Brennen vor lauter Wut darüber, dass Marian mir gerade einen weiteren Grund lieferte, ihm zu misstrauen.

Er sah weder nach links noch nach rechts, bahnte sich seinen Weg durch Straßen und Gassen.

Schlich sich davon.

Wohin verdammt noch mal wollte er? Und warum schlich er sich wie ein Dieb aus der Kathedrale? Nun ja, vielleicht war jetzt der Zeitpunkt gekommen, an dem ich es herausfand.

»Sieben, geh aus«, zischte ich und stand einen Augenblick später in völliger Dunkelheit. Mit zusammengekniffenen Augen versuchte ich, Marians Gestalt nicht zu verlieren. Ohne zu zögern, folgte ich ihm, hielt mich sicherheitshalber in den Schatten der Hauswände und ließ ihm einen kleinen Vorsprung.

Marian wandte sich nach Norden; zielstrebig, als wäre er diesen Weg bereits Hunderte von Malen gegangen, bewegte er sich durch die Stadt, stets abseits der belebten Straßen, durch Krummsen und Gradlingen bis an das Ufer des Hades. Wir begegneten nicht einer Menschenseele. Nicht einmal ein Zeppelin zerschnitt die Luft über uns, als wir die Metallbrücke überquerten. Nach einer halben Stunde erreichten wir die Siedlung der Schlafenden im Krawoster Grund. Auch hier war um diese Zeit niemand zu sehen.

Dennoch erschütterte mich der Anblick der Baracken wie an dem Tag, an dem ich die im Abwasser spielenden Kinder gesehen hatte. Mein Blick klebte am Unrat, der mitten auf der lehmigen Straße lag, an einem Bündel Lumpen in einem Hauseingang, das vielleicht ein menschlicher Körper war. Der Geruch von Armut und Hunger hing in der eisigen Luft wie beißender Gestank.

Marian steuerte auf eines der Häuser zu, es war winzig und eben jenes, das erkannte ich jetzt, vor dem er mich damals, in meiner zweiten Nacht in der Schattenwelt, erwartet hatte. Eine der Fensterscheiben war zerbrochen und mit einem Stück Pappe geflickt worden. Neben der Tür lehnte ein fast haarloser Besen bei einer verbeulten Konservendose, die anscheinend als Eimer diente.

Das Geräusch von Marians Fingerknöcheln, die auf das Holz der Tür trafen, drang unnatürlich laut an mein Ohr und jagte mir eine Gänsehaut über die Arme. Rasch drückte ich mich in den Spalt zwischen zwei Baracken. Keine Sekunde zu früh, denn nun hob Marian tatsächlich den Blick und ließ ihn die Straße hinunterwandern.

Sein Gesicht war ernst. Da lag wieder dieser harte Zug um seine Lippen, doch es waren seine Augen, die mich tiefer in mein Versteck taumeln ließen. Das ansonsten gläserne Grau seiner Iris war dunkel. Als läge alle Finsternis Eisenheims darin. Ich erschauderte erneut. Das war nicht der Marian, dem ich gerade noch geholfen hatte, den betrunkenen Fluvius Grindeaut in sein Bett zu verfrachten. Und es war auch nicht der, der mich auf einer Bank an der Ruhr geküsst hatte. Dieser Marian sah deutlich älter aus. Erschöpfter. Verzweifelter. Und zorniger. Dieser Marian glich dem, der sich beim Dämmerungstraining ohne ersichtlichen Grund auf Katharina gestürzt hatte. Dieser Marian machte mir Angst.

Irgendwo in der Ferne ertönte das Kreischen eines Schattenpferdes und ich zuckte zusammen. Auch Marian legte den Kopf in den Nacken, doch am Himmel war weit und breit keines der Wesen zu erkennen. Dafür öffnete sich die Tür der Baracke nun einen Spaltbreit.

»Ich bin es«, wisperte Marian so leise, dass ich die Worte mehr erahnte, als dass ich sie verstand.

Sofort wurde der Spalt zu einem Durchlass und in der nächsten Sekunde drängte sich Marian mit eingezogenem Kopf durch den niedrigen Türrahmen. Mit einem dumpfen Geräusch rastete das Schloss ein. Es klang, als würde von innen ein Schlüssel herumgedreht.

Dann wurde es still. So still, als wäre ich der einzige Mensch, der Nacht für Nacht an diesen seltsamen Ort reiste. Ein paar Minuten lang wartete ich noch, doch Marian kam nicht wieder heraus. Natürlich nicht, damit rechnete ich auch gar nicht.

Allerdings fragte ich mich, was Marian mit diesen Leuten zu schaffen hatte. Ich versuchte, mir das Gesicht der Frau, mit der er sich damals unterhalten hatte, ins Gedächtnis zu rufen, aber es gelang mir nicht. Und ich hörte in mich hinein, auf der Suche nach Erinnerungen meiner Seele, die mit diesem Haus zu tun hatten.

Vergeblich. Nur das diffuse Gefühl, dass all das irgendwie mit dem Weißen Löwen zusammenhing, nistete sich in mir ein wie ein Parasit. Ich schluckte. Warum gab Marian mir keine Antwort auf meine Fragen? Wie konnte er sagen, dass er mich liebte, und mir gleichzeitig verschweigen, was er mit dieser ganzen Sache zu tun hatte? Und wie hatte ich zulassen können, dass er mich küsste, obwohl ich wusste, er verbarg etwas vor mir?

Noch immer spürte ich seine Lippen auf meinen, seine Fingerspitzen auf meinem Rippenbogen. Die Erinnerung an seinen Duft hing mir in der Nase und …

Ich fuhr mir mit der Hand über die Augen. Nein, ich musste jetzt einen kühlen Kopf bewahren. Entschlossen gab ich Sieben ein Zeichen und im selben Augenblick war alles um mich herum in warmes Licht getaucht. Ich schob mich aus dem Spalt zwischen den Baracken hervor und trat auf die schmutzige Straße hinaus. Ein letztes Mal glitt mein Blick über jene armselige Behausung, in der Marian verschwunden war, doch die Tür war und blieb verschlossen. Kein Geräusch drang heraus, nichts regte sich.

Ich atmete aus und wandte mich ab. Mit langen Schritten bahnte ich mir meinen Weg zurück zum Palast und zwang meine Gedanken zu dem Zettel in meiner Tasche und dem darauf markierten Ort, der mein nächstes Ziel in der realen Welt sein würde, zurückzukehren. Vielleicht finde ich ja dort die Antworten, die ich brauche, überlegte ich und hoffte sehnlichst, dass eine von ihnen mit dem Haus mit der verklebten Fensterscheibe und dem Jungen darin, den ich liebte, zu tun haben würde.

17
HIMMELSZEICHEN

Als ich erwachte, stritten Marian und Christabel im Arbeitszimmer. Es war frühmorgens, erst kurz nach sechs. Ihre Stimmen mussten mich aus dem Schlaf gerissen haben.

»Und wenn sie ihm traut?«, drang Marians Stimme durch die dünne Wand. »Wenn sie ihm mehr traut als uns? Wir hätten ihr die Sache mit Kasimir nicht verschweigen dürfen. Es war doch klar, dass sie irgendwann herausfinden würde, wer ihr Vater ist.«

»Du weißt, was der Großmeister gesagt hat. Früher oder später kehren ihre Erinnerungen zurück und dann wird sie uns helfen«, erwiderte Christabel.

Ein Schnauben war nun zu hören. »Da bin ich mir nicht mehr so sicher. Ich finde, wir sollten sie von ihm wegholen, der Kanzler –«

»Nein, Marian. Fang nicht wieder damit an. Ich weiß, du traust ihm nicht und –«

»Ich hasse ihn.«

»Du bist jung und jetzt denkst du so. Aber Kasimir vertraut dem Kanzler. Ich glaube auch, dass es falsch wäre, wenn er den Stein bekäme. Deshalb will ich ja, dass der Großmeister ihn zerstört. Aber das heißt nicht, dass der Kanzler all das ist und tut, was du ihm unterstellst.«

»Ich unterstelle es nicht nur ...«

»Genug jetzt. Ich will nichts mehr davon hören. Du musst dich zusammenreißen, Marian. Alles wird nach Plan verlaufen.«

Im Nebenzimmer ertönte ein Seufzen. »Ich glaube, ich habe Flora verloren. Wieder. Sie traut mir nicht, und als wäre das noch nicht genug, habe ich Idiot sie mit dem Polarschatten fast zu Tode erschreckt. Wie konnte ich nur? Diesmal habe ich es vielleicht endgültig vermasselt.«

Christabel antwortete mit einem gemurmelten »Möglicherweise«, während ich die Beine aus dem Bett schwang und mich geräuschvoll auf den Weg in Richtung Badezimmer machte. Sollten sich die beiden doch streiten, worüber sie wollten. Langsam wurde mir das alles zu viel. Gerade war ich noch durch die Schattenwelt gewandert und nun ...

Mir wurde übel von all den Dingen, die ich im Moment erlebte. Egal, ob ich wach war oder schlief, Tag und Nacht überschlugen sich die Ereignisse, nie kam ich zur Ruhe. Zwar fühlte ich mich körperlich fit, doch mein Geist war müde. Meine Gedanken brauchten eine Pause. Vor allem von Marian wollte ich im Augenblick nichts mehr hören oder sehen. Ich hatte einfach nicht mehr die Kraft, mich mit unseren Gefühlen füreinander auseinanderzusetzen. Ich wollte an diesem Samstagmorgen allein sein und sonst gar nichts.

Es war kühl geworden. Die Luft, die zum Fenster hereinwehte, roch nach Herbst und warmen Pullovern. Ich fröstelte, als ich aus der Dusche stieg, und schlüpfte eilig in eine Jeans und mein Kuschelsweatshirt. Auf dem Weg zum Treppenhaus schnappte ich mir außerdem ein Halstuch und meine Handtasche, dann zog ich auch schon die Tür hinter mir zu. Christabel, der ich im Flur begegnet war, nahm an, ich wolle Brötchen holen, das machte ich am Wochenende häufig. Heute allerdings hatte ich etwas anderes im Sinn.

Kaum hatte ich die Haustür aufgeschlossen, trat ich in eine Wand aus milchigem Nebel, der von der Ruhr heraufgezogen war und in unserer Straße hing wie ein abgestürztes Wolkengebirge. Durch ihn wirkten die Häuser und die am Straßenrand stehenden Autos so farblos, dass es mir für einen Augenblick so vorkam, als wäre ich wieder in Eisenheim.

Dann bemerkte ich die Gestalt, die an einem der Ginkgobäume lehnte, die zwischen den Parkbuchten am Straßenrand wuchsen. Für die Dauer eines Wimpernschlages glaubte ich, es sei Marian, so wie ich ständig meinte, ihn zu sehen. Dann erkannte ich den dunklen Haarschopf und die gepiercte Unterlippe.

»Was tust du denn hier?«, entfuhr es mir. Der Nebel verschluckte meine Worte, ehe sie von den Häuserwänden zurückgeworfen wurden.

Linus reckte sich und ließ seinen Kopf im Nacken kreisen, als wäre er von der feuchten Kälte hier draußen ganz steif, weil er lange in ein und derselben Position verharrt hatte. Schließlich lächelte er mich an. »Guten Morgen«, sagte er. Es klang schlaftrunken.

»Hast du etwa hier auf mich gewartet? Seit wann?«

»Ein paar Stunden.« Er zuckte entschuldigend mit den Achseln. »Ich konnte nicht schlafen heute Nacht.«

»Und deshalb kommst du her und stehst vor meinem Haus herum?« Ich spürte selbst, dass meine Nerven heute Morgen blank lagen, und versuchte, tief durchzuatmen und mich zu beruhigen.

»Ich mache mir Sorgen um dich, Flora.«

Ich hob eine Augenbraue.

Er trat von einem Fuß auf den anderen. »Komm schon, seit dieser Typ bei euch aufgetaucht ist, hast du doch irgendwas. Du veränderst dich, Flora, merkst du das nicht? So bist du doch gar nicht.«

»Blödsinn«, schnaubte ich und setzte mich in Bewegung. Ich war es wirklich leid, dass anscheinend jeder besser als ich selbst wusste, wer und wie ich war.

Ich ging schnell, doch Linus hielt mühelos mit. »Mann, du warst gestern nicht in der Schule!«

»Mir ging es nicht so gut. Mein Vater schreibt mir eine Entschuldigung.«

»Du hast seit fünf Jahren nicht eine einzige Unterrichtsstunde versäumt!«, rief er. »Es ist wegen diesem Typen, nicht wahr? Da läuft was zwischen euch, hab ich recht?« Ich antwortete nicht gleich, was Linus als Bestätigung ansah. »Er ist nicht gut für dich. Diese ganze Austauschsache stinkt doch zum Himmel. Du solltest dich von ihm fernhalten, ehrlich.« Er versuchte, einen Arm um mich zu legen, doch ich entwand mich seinem Griff.

»Und du solltest lernen, deine Eifersucht in den Griff zu bekommen«, fauchte ich. Wir überquerten mittlerweile die Kurt-

Schumacher-Brücke. Ohne es bewusst entschieden zu haben, hatte ich jenen Weg eingeschlagen, der auf der Karte in Notre-Dame eingezeichnet gewesen war.

Linus senkte den Blick. »Es ist nicht nur, dass ich ... dass ich dich immer noch mag«, stammelte er. »Merkst du denn nicht, wie verschlossen und seltsam du in den letzten zwei Wochen geworden bist? Marian ist einfach nicht gut für dich. Wiebke denkt darüber übrigens genauso wie ich.«

»Ach ja? Allerdings ist sie nicht diejenige, die um sechs Uhr früh vor meiner Haustür herumlungert.«

»Weil sie darauf warten will, dass du es ihr von dir aus erzählst. Aber ich bin nicht so geduldig wie sie. Also: Was ist los mit dir? Sag schon.«

»Nichts.«

Er stieß die Luft aus. »Verarschen kann ich mich alleine.«

»›Alleine‹ ist ein sehr gutes Stichwort. Zufällig will ich nämlich gerade *allein* sein. Ich habe im Moment echt nicht die Nerven, jedem mein Seelenleben zu erklären, okay?«, sagte ich und merkte im nächsten Moment, wie gemein das klang. Linus lief noch immer neben mir her, murmelte etwas Unverständliches und verstummte dann mit gesenktem Kopf. Es war ihm anzusehen, dass ich ihn verletzt hatte.

Ich biss mir auf die Lippe. Warum musste ich immer alles aussprechen, was ich dachte? Wir waren schließlich Freunde und Linus' Sorge nicht ganz unberechtigt. Seit Marian und Eisenheim und all diese Dinge in mein Leben getreten waren, hatte ich mich tatsächlich verändert. Ich war stiller geworden, unternahm kaum noch etwas mit den Zwillingen. Und meine Gedanken schweiften viel zu häufig zu meinen nächtlichen Begegnungen, wenn sie eigentlich einem Gespräch mit Linus und Wiebke hätten folgen sollen.

»Tut mir leid«, sagte ich rasch. »Mein Mundwerk ist mal wieder mit mir durchgegangen. Ich habe es nicht so gemeint. Weißt du was, ich habe etwas zu erledigen ... für meinen Vater. Ich muss zu einer bestimmten Adresse und dort ... etwas nachsehen. Wenn du magst, kannst du mich begleiten.«

Einen Herzschlag lang musterte er meine Miene, dann nickte er. Gemeinsam trotteten wir durch den nebligen Morgen.

»Warum bist du eigentlich so früh auf den Beinen? Es ist Samstag und noch nicht einmal sieben«, sagte Linus schließlich und betrachtete die gräulichen Wolken, die sich wie nasse Waschlappen über unseren Köpfen zusammengeballt hatten. Schon fielen die ersten Tropfen heraus und klatschten auf den Asphalt.

Fröstelnd schlang ich die Arme um meinen Körper. »Ich konnte sowieso nicht mehr schlafen«, murmelte ich, während sich ein bitterer Geschmack auf meine Zunge legte. Denn ich würde nie wieder wirklich schlafen können, und wenn ich noch so müde wäre. Konnte man unter diesen Umständen überhaupt noch ein normales Leben führen? Mein Vater versuchte zumindest den Anschein zu erwecken, er täte es. Ebenso Marian und Christabel. Aber normale Freunde hatte, soweit ich wusste, keiner von ihnen. Bedeutete dies, dass auch ich Linus und Wiebke unweigerlich verlieren würde? Verzweiflung kroch mir in die Glieder und ließ mich die Fäuste ballen. Niemals! Niemals würde ich wegen dieser Schattensache meine besten Freunde aufgeben!

Neben mir zog Linus den Reißverschluss seiner Lederjacke bis zum Kinn hinauf. Der Regen hüllte uns mittlerweile in ein Dröhnen. Außer uns war niemand unterwegs, nicht einmal in der Ferne war das Geräusch eines vorbeifahrenden Autos zu erahnen. Plötzlich spielte ich mit dem Gedanken, Linus alles zu erzählen. Von Eisenheim und den Schattenreitern. Vom Weißen Löwen und dem Kanzler. Von meinem Vater, der ein Fürst war, und von unserer Haushälterin, die heimlich als Bodyguard arbeitete. Und vielleicht auch von Marian. Wenn er die Wahrheit kannte, würde dann nicht alles viel einfacher werden? Ich brauchte ihm nur alles zu erklären und dann ...

Aber natürlich tat ich es nicht. Wenn ich einer Menschenseele eines Tages die Wahrheit sagte, dann würde es Wiebke sein, nicht Linus. Doch selbst ihr gegenüber war es wohl besser zu schweigen. Diese ganze Geschichte war einfach zu wahnwitzig abenteuerlich, als dass man sie ernsthaft glauben konnte. Ich zweifelte ja selbst oft genug an meinem Verstand. Das brauchte nicht auch noch meine beste Freundin zu tun, die momentan ohnehin an nichts anderes als die beginnenden Ballettproben dachte.

Wie beiläufig schob Linus seine Hand in meine und es fühlte sich gut an. Es tröstete mich, die Wärme seiner Haut auf meinen eisigen Fingern zu spüren. Doch ich ließ ihn nicht gewähren.

»Sorry«, murmelte er.

»Schon gut.«

Eine Weile liefen wir am Ufer der Ruhr entlang, vorbei an schlafenden Enten, die ihre Köpfe ins Gefieder gesteckt hatten, und einem geschlossenen Biergarten mit verkehrt herum auf den

Tischen stehenden Stühlen. Dann wandten wir uns nach rechts und kamen in ein Wohngebiet. Die Häuser hier waren kleiner als die in Steele. Sie besaßen Vorgärten mit immergrünen Hecken in Kniehöhe und Carports. Zurück im Palast hatte ich mir bis zum Aufwachen wieder und wieder die Skizze meiner Seele angesehen und versucht, mir alles einzuprägen. Doch es fiel mir schwerer als gedacht, das Muster aus Linien und Pfeilen nun auf die Wirklichkeit zu übertragen. Zweimal musste ich zwischen mehreren Abzweigungen entscheiden und einmal machte die Straße einen Bogen, von dem ich mir nicht sicher war, ob er nun ein Geradeaus oder ein Abbiegen bedeutete.

Schließlich blieb ich vor einem Bungalow mit Rüschengardinen und schlafenden Katzen in den Fenstern stehen. Herabgefallene Blätter einer verblühten Blumenampel lagen auf dem Weg zur Haustür verstreut, dazwischen vertrocknete Tannennadeln vom letzten Jahr. In den Beeten rechts und links davon wucherte Unkraut. Im Gegensatz zu allen anderen Häusern in der Straße wirkte dieses, als habe sich seit Monaten niemand mehr darum gekümmert.

»Ist es das?«, fragte Linus.

Ich zuckte mit den Achseln. »Vermutlich. Die genaue Adresse kenne ich nicht.«

»Was sollst du denn für deinen Vater erledigen?«

»Das ist schwer zu erklären.«

»Mhm«, machte Linus, doch es klang nicht zustimmend, sondern verwirrt.

Langsam näherte ich mich dem Eingang, während mein Blick

über die schmutzige Fassade und getigertes Katzenfell hinter Glas schweifte. Wonach ich Ausschau hielt, wusste ich selbst nicht. Allerdings durchzuckte mich das Erstaunen wie ein Blitz, als ich das Klingelschild entdeckte.

»Was ist?«, fragte Linus. »Warum bist du so blass? So wie es aussieht, wohnt hier doch nur eine alte Frau mit Katzen. Oder wer ist diese Mafalda Grindeaut? Eine Kundin deines Vaters?«

»Na ja.« Ich räusperte mich. »Irgendwie arbeitet sie für ihn.«

»Im Laden?«

Ich schwieg. Stattdessen betätigte mein rechter Zeigefinger wie von selbst die Klingel. Von drinnen war ein Miauen zu hören. Dann Schritte. Jemand drehte den Schlüssel im Schloss. Die Tür öffnete sich.

Madame Mafalda in Farbe sah ... anders aus. Greller. Und noch fetter. Ihre Handgelenke, mit denen sie sich auf einen Rollator stützte, hatten den Umfang von kleinen Baumstämmen, und ihre Lippen, auf denen pinkfarbener Lippenstift glänzte, erinnerten an Bockwürstchen kurz vor dem Platzen. Sie trug einen japanischen Kimono mit Blumenmuster und Fellstiefelchen, aus denen ihre Knöchel quollen. Ihre winzigen Augen fixierten mich mit einem herausfordernden Blick, der kurz zu Linus hinüberwanderte und anschließend wieder zu mir zurückkehrte. Madame Mafalda presste die Lippen aufeinander.

»Kommt rein«, war alles, was sie sagte.

»Äh«, stammelte ich. Doch Madame Mafalda hatte sich bereits von uns abgewandt. Ihr Hintern streifte an beiden Seiten die Wände des Flures entlang, durch den sie uns in ein Wohnzimmer mit Blümchentapete und bestickten Kissenhüllen führte. Eine Tigerkatze konnte gerade noch rechtzeitig vom Sessel springen, bevor sie sich hineinfallen ließ. Madame Mafalda deutete auf eine samtene Couch, in deren Bezug schätzungsweise zwei Kilo Katzenhaare klebten. Linus warf mir einen angeekelten Blick zu. Dennoch setzten wir uns.

Eine quälende Minute lang musterte Madame Mafalda mich. Schließlich senkte ich den Blick. Ich wusste nicht, warum, doch es war mir peinlich, der Schwester des Großmeisters in der realen Welt zu begegnen. Noch dazu in Begleitung von Linus, der die Existenz Eisenheims nicht einmal erahnte. Warum hatte meine Seele mich nur ausgerechnet hierher geschickt? Das heißt, hatte sie das überhaupt getan? *Vielleicht* habe ich mich unterwegs ja doch für eine falsche Abzweigung entschieden, überlegte ich und fragte mich, wie wahrscheinlich es war, dass ich mich verlief und zufällig bei Madame Mafalda landete, die vermutlich außer meiner Familie und Marian die einzige Wandernde weit und breit war. So viele von uns gab es schließlich nicht.» Warum bringst du einen Schlafenden her?«, fragte Madame Mafalda so plötzlich, dass ich zusammenzuckte. »Ist er dein Freund?«

»Ja«, sagte Linus, während ich den Kopf schüttelte. »Aber was heißt hier Schlafender?«

»Mhm.« Madame Mafalda rieb sich das oberste ihrer Kinne. »Wir haben einiges zu besprechen. Und ich könnte Hilfe mit den Katzenklos brauchen. Würdest du sie in der Zwischenzeit sauber machen?«, fragte sie Linus, der neben mir hin und her rutschte, als wäre ihm diese alte Dame ganz und gar nicht geheuer.

»Also, Sie meinen ...«, begann er.

»Ganz recht«, sagte sie barsch. »Du findest alles, was du brauchst, auf der Veranda hinter der Küche.«

»Ich soll also wirklich – «

»Er macht das gern«, sagte ich und stieß Linus meinen Ellenbogen in die Seite, damit er aufstand. Verwirrt sah er mich an. Ist die verrückt?, formten seine Lippen. Charmant hilflos stand er mitten im Raum.

»Nein«, flüsterte ich mit zusammengebissenen Zähnen. In seiner Lederjacke, den Markenturnschuhen und der abgewetzt aussehenden, aber in Wahrheit extrem teuren Jeans wirkte er tatsächlich nicht wie jemand, der sich freiwillig die Hände schmutzig machte. Linus, der morgens eine halbe Stunde brauchte, um sein Haar mit Gel in Form zu zupfen, und niemals freiwillig den Müll runterbringen würde. Doch was Madame Mafalda mir zu sagen hatte, interessierte mich brennend. »Geh schon, das hier ist etwas Geschäftliches und ziemlich wichtig ... für ... meinen Vater.«

»Na gut.«

Kaum hatte Linus den Raum verlassen, räusperte sich Madame Mafalda. »Ich hätte nicht gedacht, dass du so lange brauchst, um zu mir zu finden. Deine Seele hat dich wohl für cleverer gehalten, als du wirklich bist«, erklärte sie und verschränkte ihre Fleischwurstfinger ineinander. »Fast hatte ich die Hoffnung schon aufgegeben.«

Ich sog scharf die Luft ein. »Wenn Sie plötzlich erfahren würden, dass es eine Schattenwelt gibt, wenn Sie von einem Tag zum nächsten zur Wandernden würden, sich Schattenreitern entgegenstellen und irgendwie einen dämlichen Stein finden müssten, von dem Sie nicht einmal wissen, wozu er gut ist, wegen dem Sie aber von einem durchgeknallten Unsterblichen bedroht werden, dann würden Sie auch nicht gleich auf eine seltsame Skizze auf einem Stück Papier achten«, sprudelte es aus mir hervor. »Außerdem hatte ich auch noch andere ... Probleme«, sagte ich und dachte dabei an meinen Vater und Marian.

Madame Mafalda schwieg, sodass der Nachklang meiner Worte gellend in der Stille hing.

»Ich meine, mein ganzes Leben wurde auf den Kopf gestellt«, murmelte ich.

»Ich wurde an meinem fünfzehnten Geburtstag zur Wandernden. Drei Wochen später rettete ich das Leben deines Vaters«, sagte Madame Mafalda und griff nach einer Illustrierten, die auf dem gekachelten Wohnzimmertisch zwischen uns lag. Gedankenverloren blätterte sie einen Moment lang darin herum, bevor sie weitersprach: »Ins kalte Wasser geworfen zu werden, ist keine Entschuldigung. Weder für Langsamkeit noch für schlechtes Benehmen.«

»Die Einzige, die sich hier schlecht benimmt, sind Sie«, entfuhr es mir. Am liebsten hätte ich mir die Zunge abgebissen. Ich brauchte schließlich Hilfe. Und diese Frau, so absurd es mir auch vorkommen mochte, war anscheinend diejenige, von der ich laut meiner Seele selbige erwarten konnte. Vorausgesetzt, ich verärgerte sie nicht. Schon bildeten sich rote Flecken auf Madame Mafaldas Gesicht, die sich auf groteske Weise mit ihrem pinkfarbenen Lippenstift bissen. »T-tut mir leid«, sagte ich kleinlaut.

Die Schwester des Großmeisters nickte. »Du bist schwach«, stellte sie fest. »Aber all unsere Hoffnungen ruhen nun mal auf dir. Leider Gottes kann auch ich daran nichts ändern.«

»Dann helfen Sie mir also?«

»Wobei?«

»Dabei, mich zu erinnern. Ich muss herausfinden, was passiert ist. Und wo ich den Weißen Löwen versteckt habe, natürlich.« Meine Stimme zitterte vor Aufregung.

Doch Madame Mafalda verzog keine Miene. »Ich wüsste nicht, was ich dabei tun könnte«, sagte sie und legte die Zeitschrift zurück auf den Tisch.

»Aber ich dachte … Sie wüssten, wo sich der Weiße Löwe befindet.«

»Nein, das ist nicht der Fall«, sagte sie und schob die Illustrierte auf dem Tisch hin und her, bis sie vor mir lag. Sie hatte eine Seite mit einem Kreuzworträtsel aufgeschlagen, auf der neben dem Tratsch und Klatsch über diverse europäische Königshäuser eine Reise nach Ägypten angepriesen wurde. Plötzlich war ich den Tränen nahe.

»Sie können mir also nicht sagen, wo ich den Stein versteckt habe?«

Madame Mafalda schüttelte den Kopf.

»Aber Sie wissen, warum ich ihn gestohlen und verborgen und anschließend meine Erinnerungen gelöscht habe?« So schnell wollte ich die Hoffnung nicht aufgeben.

»Warum deine Seele das getan hat, verstehe ich sogar noch viel weniger. Sie war eine meiner brillantesten Schülerinnen. Dass ich statt ihrer nun dich bekommen habe, ist wirklich traurig.«

Ich setzte zu einer zornigen Erwiderung an, schluckte sie dann aber doch herunter. »Aber meine Seele muss doch einen Grund gehabt haben, diese Karte zu zeichnen, die mich zu Ihnen geführt hat.«

Madame Mafalda wiegte den Kopf, sodass sich ihre Doppelkinne kräuselten wie die Meeresoberfläche, wenn Wind darüberstrich. »Vermutlich«, sagte sie und schob die Zeitschrift noch ein Stückchen weiter zu mir herüber. Das Lösungswort des Kreuzworträtsels lautete »Pyramide«. Im Hintergrund war ein Beduine auf einem Kamel abgebildet, über dem Artikel daneben lächelte irgendeine Königin in die Kamera. Madame Mafaldas Fingerkuppen strichen über den Beduinen und die in der Ferne erkennbaren Pyramiden von Giseh. »Hoffentlich gewinne ich. Die Wüste hat mich schon immer fasziniert.«

Ich blinzelte, überlegte fieberhaft, was zu tun war. Warum hatte meine Seele mich in der realen Welt zur Schwester des Großmeisters geschickt? Warum, wenn diese nicht mehr wusste als ich selbst? Nein, Madame Mafalda musste etwas wissen. Irgendetwas, was mir weiterhelfen würde.

»Sie haben gesagt, alle Hoffnungen würden auf mir ruhen. Wie meinten Sie das? Wessen Hoffnungen?«

»Nun«, begann Madame Mafalda und sah mir direkt in die Augen. »Der Weiße Löwe ist eine Art Meteorit, der vor Jahren vom Himmel über Eisenheim fiel. Und zwar exakt am Tag deiner Geburt. Im Augenblick deiner Geburt.«

Ich hob die Augenbrauen. »Das bedeutet also ...«

»Oh, möglicherweise bedeutet es rein gar nichts. Vielleicht war es schlicht Zufall. Das haben wir zumindest bis vor ein paar Wochen geglaubt. Doch nun, da ausgerechnet du derart in das Verschwinden des Steins verwickelt wurdest ... tja, vielleicht besteht zwischen dir und dem Weißen Löwen doch so etwas wie eine Verbindung.«

»Was für eine Verbindung?«

Madame Mafalda seufzte und verdrehte die Augen, als wäre ich ein Kind, dem sie wieder und wieder das kleine Einmaleins erklären musste. »Woher soll ich das wissen?«

»Aber wer ist ›wir‹? Um welche Hoffnungen geht es denn nun? Bitte –«

In diesem Moment betrat Linus den Raum. »Ich bin dann so weit fertig«, sagte er, was Madame Mafalda mit einem Nicken quittierte.

»Gut«, sagte sie und erklärte unser Gespräch damit anscheinend für beendet. »Es wird ohnehin Zeit fürs Frühstücksfernsehen.«

Beim Aufstehen tippte sie noch einmal auf die Zeitschrift vor meiner Nase, so heftig, dass sich ihr Zeigefinger förmlich in die abgebildete Wüste bohrte. »An 23 quer habe ich fast einen halben Tag lang herumgerätselt. Aber irgendwann bin ich draufgekommen«, erklärte sie mir in eindringlichem Tonfall.

»Ah ja«, sagte ich und hatte das Gefühl, dass sie nicht nur über das Kreuzworträtsel sprach.

Schlurfend geleitete Madame Mafalda uns zur Tür. Nur

widerwillig folgte ich ihr. Mir war noch immer so vieles unklar, vor allem, warum meine Seele mich hergeschickt hatte. Aber die Schwester des Großmeisters schien meine flehenden Blicke nicht zu bemerken. »Auf Wiedersehen«, sagte sie nicht gerade freundlich und schloss die Tür.

Kaum hatten wir die Straße erreicht, hörte ich irgendwo über mir den Flügelschlag eines davoneilenden Schattenpferdes. Ich wollte gerade zu einer langen, umständlichen Erklärung über schwierige Kunden im Allgemeinen, umgetauschte Edelfische und einen nicht vorhandenen Teich in der hintersten Ecke von Madame Mafaldas Garten ansetzen, als ich Linus' bleiches Gesicht bemerkte. Er hatte den Kopf in den Nacken gelegt, sein Mund stand offen, die Augen waren schreckgeweitet.

»Ist alles in Ordnung?«, fragte ich und folgte seinem Blick, der in den Himmel gerichtet war, genauer gesagt auf die Stelle, an der die dunkle Gestalt des Schattenreiters langsam kleiner wurde. Plötzlich war mir eiskalt. »Geht ... geht es dir gut? Was ist denn?«, flüsterte ich und spürte, wie mein Körper zu zittern begann, so sehr fürchtete ich mich vor seiner Antwort.

Es dauerte einen Moment, bis Linus sich aus seiner Erstarrung löste. Dann stand er mit bebenden Schultern vor mir, sah mir so tief in die Augen, dass ich erschauderte.

»Da war irgendwas«, sagte er ruhig. »Eine Art Schatten.«

Lautlos schloss Linus die Tür seines Zimmers hinter uns. Der Schlüssel klickte leise, als er ihn im Schloss herumdrehte. Wir hatten uns ins Haus geschlichen, vorbei an der Küche, in der seine Eltern gerade den Frühstückstisch deckten und dabei Radio hörten. Auch an Wiebkes Zimmertür, hinter der es jetzt, um mittlerweile kurz nach acht, noch verdächtig ruhig war, waren wir vorbeigehuscht. Tatsächlich schien niemand unser Kommen bemerkt zu haben. Zum Glück, denn mir stand momentan wenig der Sinn nach Small Talk und Familienidyll. Wir hatten seit Madame Mafaldas Bungalow geschwiegen, doch nun, da wir hoffentlich außer Hörweite des Schattenreiters waren, mussten wir reden, und zwar dringend.

Linus stemmte die Hände auf den Rand seines Hochbettes und schwang sich hinauf, während ich nervös zwischen Schreibtisch und Kleiderschrank auf und ab lief und mich noch nicht einmal von herumliegenden Klamotten, leeren Bierflaschen und sich von der Wand schälenden Postern aus dem Konzept bringen ließ.

»Du hast also einen merkwürdigen Schatten gesehen«, begann ich und bemerkte erschrocken, wie schrill meine Stimme klang. Ich musste mich dazu zwingen, sie zu einem Flüstern zu senken. »Kannst ... kannst du ihn vielleicht näher beschreiben?«

Linus zuckte mit den Achseln. Er war noch immer kreidebleich und saugte an seinem Lippenpiercing. »Ich weiß nicht, da war so ein Fleck ohne richtige Form. Erst dachte ich, es wäre eine Wolke. Aber dann hat er sich bewegt, als wäre er lebendig. Das war jetzt schon das dritte Mal. Verrückt, oder?«

Ich nickte und spürte, wie sich die Angst in meinem Innern ausbreitete wie flüssiger Stickstoff. Eiskalt und tödlich. »Das dritte Mal?«, fragte ich tonlos.

»Ja, den ersten habe ich gestern Nachmittag gesehen, als ich mit dem Mountainbike unterwegs war, den zweiten, als ich heute Nacht vor deinem Haus herumstand.«

Genau so hatte es bei mir auch angefangen. Schatten, die man an den unmöglichsten Orten sah. Zuerst waren sie formlos, später erkannte man nach und nach die Einzelheiten. Linus wurde zum Wandernden! Es war dieser eine Gedanke, den ich immer wieder dachte wie in einer Endlosschleife. Nun würde auch er dieses ruhelose Leben fristen müssen, ein Leben in zwei Welten und doch in keiner wirklich. Du meine Güte! Wie konnte das sein? Warum? Was war geschehen? Wahrscheinlich hatte er deshalb heute Nacht nicht schlafen können. Er war bereits nach Eisenheim gewandert und davon so schockiert, dass er den Rest der Nacht lieber wach geblieben war. Linus ein Wandernder! Es war furchtbar und gleichzeitig … gleichzeitig hasste ich mich dafür, dass da auch ein Funken Erleichterung in mir war. Nun würde ich ihm wenigstens alles erzählen können.

Ich kletterte die Leiter hinauf und ließ mich neben ihn auf das zerwühlte Bett fallen. Anscheinend hatte Linus wirklich eine unruhige Nacht hinter sich. Wie von selbst griffen meine Hände nach seinen und umschlossen sie fest. Ein Lächeln huschte über sein Gesicht, als ich ihm in die dunklen Augen sah.

Ich räusperte mich. »Hör zu, diese Schatten sind … sie haben etwas zu bedeuten. Weißt du, ich kann sie auch sehen.«

Linus hob die Augenbrauen. Er zitterte noch immer ein wenig, dennoch gelang ihm ein schiefes Grinsen. »Dann sind wir uns also doch ähnlicher, als du bisher dachtest.«

Ich seufzte. »Etwas verändert sich an dir, Linus. Wahrscheinlich hast du es schon gemerkt«, sagte ich ernst und überlegte fieberhaft, wie ich es ihm am besten erklären sollte, ohne ihm allzu viel Angst zu machen. »Etwas an der Art, wie du träumst. Ist es nicht so?«

Verwirrung breitete sich auf seinen Zügen aus, einen kurzen Augenblick nur. Dann grinste er wieder. Sein Gesicht war meinem plötzlich sehr nah. »Ich träume schon lange nur von dir, Flora«, flüsterte er.

»Nein, nein, das meine ich nicht. Heute Nacht, hast du da nicht etwas Seltsames erlebt? Hattest du nicht das Gefühl, in dem Moment, in dem du eingeschlafen bist, plötzlich zu fallen? Als würdest du von einem Himmel über einer finsteren Stadt stürzen? Einer Stadt, in der alles schwarz-weiß ist, weil es keine Farben gibt?«

Linus sah mich an. »Eine schwarz-weiße Stadt? So wie in einem alten Film?«, fragte er. Unsere Nasenspitzen berührten sich nun beinahe.

Ich nickte.

»Und wenn ich einschlafe, habe ich das Gefühl, vom Himmel zu fallen?«

»Ja.«

»Wenn du willst, träume ich sogar davon«, wisperte er, schloss die Augen und –

»Hey, was soll das?«, zischte ich und stieß ihn so heftig von mir, dass seine Schulter geräuschvoll die Wand zu Wiebkes Zimmer rammte.

Er blinzelte erschrocken. »Geht's noch? Ich dachte – «

»Was dachtest du?« Ich funkelte ihn an. »Dass ich mit dir

hergekommen bin, weil ich mir das mit uns noch einmal überlegt habe? Dass ich nur von Schatten rede, weil ich in Wahrheit von dir geküsst werden will?«

»Na ja ...« Linus senkte den Blick und rieb sich die schmerzende Schulter. »Aber anscheinend lag ich damit falsch.«

»Allerdings«, sagte ich und rutschte sicherheitshalber noch ein Stück von ihm weg, während er mich genauso hilflos ansah wie in Madame Mafaldas Wohnzimmer. Es war der Blick, mit dem er den Mädchen an unserer Schule reihenweise die Herzen brach.

»Du meintest also diese Sachen, die du über meine Träume und diese Stadt gesagt hast, *ernst*?«

Ich schnappte nach Luft. »Hast du etwa vorhin keinen Schatten gesehen?«

»Doch. Ich glaube sogar, vorgestern war da auch einer von ihnen, als wir zur Schule gefahren sind. Sie haben mich erschreckt, na und? Trotzdem schlafe und träume ich ganz normal. Klar, diese dunklen Dinger sind schon irgendwie gruselig, aber wahrscheinlich habe ich nur zu viel gefeiert. Ist eben nicht gut, unter der Woche so oft wegzugehen. Die kurzen Nächte, das frühe Aufstehen. Vielleicht liegt es auch am Restalkohol.«

»Quatsch«, schnaubte ich und überlegte gerade, wie es sein konnte, dass Linus anscheinend seit drei Tagen Schatten sah, jedoch offensichtlich ohne zu wandern, als es klopfte. Die Klinke wurde heruntergedrückt, doch die Tür bewegte sich nicht.

»Linus? Ich soll dir sagen, dass das Frühstück fertig ist«, drang Wiebkes Stimme gedämpft durch das Holz. »Ist alles in Ordnung? Bist du aus dem Bett gefallen, oder was?«

»Nein«, sagte Linus, dessen Blick zwischen der zerwühlten Decke und meiner nach dem Regen, in den wir geraten waren, nicht gerade besser aussehenden Frisur hin- und herwanderte. Er grinste mich an. »Flora hat mich geschubst«, verkündete er freudestrahlend. Natürlich, er wusste genau, wie das alles für seine Schwester aussehen würde: Ich, früh am Morgen in seinem Zimmer. In seinem Bett. Kein Wunder, dass er mit einem Schlag bester Laune war. Am liebsten hätte ich Linus erwürgt, doch der sprang bereits fröhlich die Leiter hinab und drehte den Schlüssel herum.

»Flora? Du bist auch da?«, fragte Wiebke, die den Kopf ins Zimmer steckte und einen Moment brauchte, bis sie mich entdeckte. Sie trug ihren Schlafanzug und hatte sich das ungekämmte Haar zu einem Knoten zusammengedreht. Verschlafen und noch ohne ihre Brille blinzelte sie durch den Raum. Ihre Augen weiteten sich, als sie mich auf dem Hochbett fand.

Ich seufzte. »Hi«, sagte ich, während Wiebke ihre Schlüsse zog. Ich konnte zusehen, wie die Enttäuschung darüber, dass ich ihr nichts über meine wiederaufflammenden Gefühle für ihren Bruder erzählt hatte, ihre Züge in eine Maske verwandelte. Hatte ich ihr nicht vor Kurzem noch zu verstehen gegeben, dass es Marian war, den ich mochte? Was war ich nur für eine Freundin, die sich innerhalb von zwei Wochen so vollkommen veränderte? Die ihrer besten Freundin plötzlich so viele Dinge verheimlichte?

»Ich ... kann dir das erklären«, stammelte ich.

Doch Wiebke starrte nur die Wand neben mir an. »Morgen«, sagte sie steif. »Dann ... äh ... brauchen wir also noch ein Gedeck mehr.«

18
ERINNERUNGEN

Bis ich in der folgenden Nacht dorthin gerufen wurde, hatte ich nicht einmal geahnt, dass der Buckingham-Palast einen Raum besaß, der sich »Regierungszimmer« nannte. Es handelte sich dabei allerdings weniger um ein Zimmer, sondern um einen Saal, in den unser Wohnzimmer vermutlich fünfmal hineingepasst hätte, was für ein Büro irgendwie unangemessen war. Das Regierungszimmer befand sich im ersten Stock des Westflügels und war lächerlich spärlich möbliert. Außer einem Schreibtisch und einem Stuhl stand nämlich nichts darin.

Mein Vater erwartete mich hinter einem Berg aus Papieren. Es war das erste Mal seit mehreren Nächten, dass wir uns in der Schattenwelt sahen. So viele Pflichten hatte er als Fürst zu erfüllen, er hatte bisher nicht einmal Zeit gefunden, mich persönlich im Palast oder gar in Eisenheim herumzuführen. Ich hoffte, er würde es heute tun. Ein wenig Zeit nur für uns beide. Zeit, in der ich Fragen stellen und mit ihm gemeinsam nachdenken konnte über mein verwirrendes neues Leben ... Bestimmt konnte er mir helfen, Linus' Seele in Eisenheim aufzuspüren. Oder mir zumindest erklären, warum mein bester Freund plötzlich Schatten sah.

Aber meine Hoffnungen wurden enttäuscht und meine Fragen beiseitegeschoben, als ich entdeckte, mit wem mein Vater sich unterhielt. Jemand, hinter dessen strahlendem Äußeren sich etwas verbarg, was mir mittlerweile Unbehagen bereitete.

»Da bist du ja«, sagte mein Vater, dessen Miene sich aufhellte, kaum dass ich den Raum betreten hatte. Er sah mitgenommen aus, unter seinen Augen hingen tiefe Schatten und sein Haar stand ihm vom Kopf ab. Seine Finger waren schwarz vor Tintenflecken und in der Luft lag ein leichter Schweißgeruch. »Tut mir leid, ich glaube, ich sitze seit Donnerstagnacht an diesen Unterlagen hier. Es geht um ein neues Gesetz«, erklärte er. »Aber nur weil der Papierkram mich an den Palast bindet, muss das nicht für dich gelten, Flora.« Er schenkte mir ein müdes Lächeln.

»Aha?«, sagte ich langsam.

Der Kanzler, der mit dem Rücken zur Tür gestanden hatte, wandte sich nun zu mir um und auch er lächelte. Allerdings wie eine Wildkatze, die ihre Beute anvisierte.

»Du musst nämlich wissen, Flora: An diesem Wochenende gibt das beste Varieté Eisenheims im Backand seine Jubiläumsvorstellung. Das solltest du auf keinen Fall verpassen«, fuhr mein Vater fort und deutete auf den Eisernen Kanzler. »Mich halten meine Geschäfte davon ab, aber der gute Alexander hier hat vorgeschlagen, mit dir hinzugehen. Ist das nicht eine wunderbare Idee?«

»Äh.«

»Wir werden eine Menge Spaß haben«, sagte der Kanzler in einem Tonfall, der mir einen Schauer über den Rücken jagte.

»Nein«, stammelte ich. »Nein ... danke.«

Mein Vater sah mich an. »Aber du langweilst dich doch bestimmt in diesem finsteren Kasten. Würdest du nicht gern ein bisschen was von der Stadt sehen?«

Ich zuckte mit den Schultern. »Schon. Aber ...«

»Aber?«

»Er verfolgt mich mit seinen Schattenreitern. Er ...« Ich war selbst überrascht, wie panisch meine Stimme plötzlich klang, und verstummte. Als wäre ich ein Kind, das petzte! Meine Güte, ich war siebzehn Jahre alt und ich zeigte mit dem Finger auf den Kanzler wie auf einen Jungen, der mich geärgert hatte! Ich räusperte mich. »Ich glaube, das wäre keine so gute Idee. Der Kanzler und ich verstehen uns nicht besonders«, erklärte ich betont ruhig.

Der Kanzler gab sich empört, beinahe wäre ihm sein Dreispitz vom Kopf gerutscht. »Hoheit, ich versuche lediglich, Ihre Tochter zu beschützen.«

»Natürlich, natürlich tun Sie das«, sagte mein Vater, legte die Hände auf meine Schultern und beugte sich zu mir herab. »Hör zu, Flora«, raunte er. »Mein Kanzler stammt aus einer anderen Zeit. Er ist alt, viel älter, als es den Anschein hat. Vielleicht magst du ihn nicht gerade, aber eines steht fest: Ich würde ihm mein Leben anvertrauen, mein Leben, meine Tochter und mein gesamtes Fürstentum. Er dient unserer Familie bereits seit Generationen. Mein Vater hat ihm vertraut und mein Großvater, ebenso wie mein Urgroßvater und wiederum dessen Vater. Es gibt niemanden, der unserer Familie so loyal gegenübersteht wie Alexander von Berg. Und dass er sich angeboten hat, mit dir ins Varieté zu gehen, rechne ich ihm hoch an, denn er ist ein viel beschäftigter Mann.« Er senkte die Stimme zu einem Wispern. »Auf keinen Fall wirst du ihn vor den Kopf stoßen.«

»Aber er hat mich bedroht, er will –« flüsterte ich zurück, drauf und dran, vom Weißen Löwen und meinen verschwundenen Erinnerungen zu erzählen. Doch mein Vater schüttelte entschieden den Kopf und sah einen Moment lang tatsächlich so gebieterisch aus, wie man es vom Herrscher der Schattenwelt erwartete.

»Es reicht. Ihr beide werdet jetzt aufbrechen. Die Diskussion ist beendet.«

Als wäre ich zehn Jahre alt! »Die Diskussion fängt gerade erst an«, sagte ich zornig. Ich fühlte mich mies, weil Wiebke noch immer sauer auf mich war und sich weigerte, mit mir zu reden. Weil ich mir Sorgen um Linus machte. Und weil da noch immer diese Sache mit Marian war. Nicht zu vergessen meine fehlenden Erinnerungen und der Weiße Löwe. Ich hatte gerade wirklich keinen Nerv, in eine dämliche Varieté-Vorstellung zu gehen. Noch dazu mit dem Kanzler. Trotzig reckte ich das Kinn, doch in diesem Augenblick schob sich bereits eine feingliedrige Männerhand in meine Armbeuge und zog mich mit sich.

»Sie brauchen sich wirklich nicht vor mir zu fürchten, Flora.«

»Lassen Sie mich«, rief ich, doch der Griff des Kanzlers war stählern und mein Vater längst wieder in seine Papiere vertieft.

Draußen war es bitterkalt und das Luftschiff des Kanzlers schwebte schon hoch über dem Palast. Eine schmiedeeiserne

Treppe, die anscheinend genau zu diesem Zweck am Dachfirst des Ostflügels angebracht worden war, führte zu ihm hinauf in die Dunkelheit. Sie schwankte im eisigen Wind wie ein Grashalm und halb erwartete ich, die Stufen würden unter meinen Füßen wegknicken, so zart waren die Verstrebungen der Trittflächen. Der Kanzler hielt meinen Arm jedoch weiterhin unerbittlich, ich hatte keine andere Wahl, als immer weiter mit ihm hinaufzusteigen, auch wenn sich in meiner Magengegend ein tonnenschwerer Klumpen bildete.

Auf dem Weg zum Ausgang hatte der oberste Befehlshaber der Schattenreiter mich in eine Kammer voller Abendmode geführt und mir die Wahl zwischen Spitze und Volants gelassen. Nun fror ich in einem knielangen Abendkleid, das von einem steifen Hemdkragen geschlossen wurde, den ich so weit wie möglich zugeknöpft hatte. Zwar trug ich um die Schultern eine Art Stola aus weichem Fell, doch meine Beine zitterten und beim Blick in die Tiefe fühlten sich meine Knie verdächtig wie Pudding an, sodass ich kaum noch einen Schritt vor den anderen setzen konnte, weshalb ich mich darauf verlegte, einzig und allein nach oben zu sehen. Auf das Luftschiff.

Die Zeppeline des … nun ja, öffentlichen Nahverkehrs, die ich bisher gesehen hatte, waren silbern und bauchig gewesen. Das Dröhnen ihrer Motoren hatte die Luft erfüllt wie ein Heer von Kampfdrohnen in einem Science-Fiction-Film. Dieser Zeppelin hingegen hing vollkommen lautlos in der Luft über unseren Köpfen und war von weiter unten wahrscheinlich unsichtbar mit seiner Haut aus schwarzem Lack, die sich kaum vom Himmel über Eisenheim abhob. Auch war er windschnittiger gebaut als die anderen Luftschiffe, länger und schmaler. Die Form erinnerte mich an eine Zigarre. Die Passagiergondel hingegen erschien mir deutlich breiter als die, in der ich mich an meinem zweiten Tag in Eisenheim befunden hatte. Aber vielleicht lag das auch nur an der Innenausstattung: Statt hintereinanderstehenden Bänken mit einem Gang in der Mitte gab es hier nur eine einzige, gepolsterte Sitzgelegenheit, die ellipsenförmig einmal rundherum an der Wand entlangführte.

»Eine Spezialanfertigung: nur Fensterplätze«, erklärte der Kanzler und ich meinte, eine Spur von jungenhaftem Stolz über sein Gesicht huschen zu sehen. »Sie haben selbstverständlich freie Wahl«, sagte er und wies auf die kinosesselähnlichen Einbuchtungen, während er selbst sich nach hinten an das Steuerrad stellte.

Ohne zu antworten, wanderte ich langsam über den mit nachtschwarzem Teppich ausgelegten Boden der Gondel zu ihrer Spitze und setzte mich, ein wenig fassungslos drüber, dass der Kanzler anscheinend tatsächlich einen Ausflug mit mir machen wollte und mich bisher weder gewürgt noch sonst irgendwie bedroht hatte. Trotzdem würde ich auf der Hut sein, beschloss ich und bemerkte im selben Augenblick den atemberaubenden Ausblick, der meinen Knien schon wieder Puddingkonsistenz verlieh.

Unter uns lag die Stadt wie ein riesiges Ungeheuer aus Mörtel, Stein und Stahl. Hausdach reihte sich an Hausdach reihte sich an Schornstein reihte sich an Plätze und Denkmäler, die in der Finsternis glänzten. Am Horizont erkannte ich die Zechen und

Fabriken von Schlotbaron. Sie waren hell erleuchtet, fast glaubte ich, den Lärm der Maschinen bis hierher hören und den Qualm, der sich über dem Viertel sammelte wie ein Mahlstrom, riechen zu können. War Linus dort? Irrte er wie ich damals durch die Straßen der Stadt? Oder wanderte er tatsächlich nicht? Ich wusste es nicht.

Dafür sah ich nun in noch weiterer Ferne das Nichts. Erst jetzt, da ich es von Weitem betrachtete, erkannte ich, wie gewaltig es wirklich war. Beziehungsweise nicht war. Geradezu monströs in seinem Nichtsein. Wie eine schwarze Wand erhob es sich rund um die Stadt. Ein gähnender Titan, der Eisenheim umschlossen hielt und dessen Finger dort, wo er den Stadtteil Schlund bereits verschluckt hatte, schon an den nächsten Häusern kratzten.

»Furcht einflößend, nicht wahr?«, fragte der Kanzler irgendwo hinter mir. »Diese gänzliche Abwesenheit von allem. Der menschliche Verstand ist nicht dazu geschaffen, es zu begreifen.«

Ich nickte und bemerkte, dass wir uns längst in Bewegung gesetzt hatten.

»Mit der Zeit lernt man, es auszuhalten«, sagte er und schwieg einen Moment lang, bevor er weitersprach: »Und waren Sie … Haben Ihre Freunde Ihnen das Backand gezeigt?«

Es dauerte einen Herzschlag, bis ich begriff, dass er mit »Freunde« nicht die Zwillinge, sondern die Kämpfer des Grauen Bundes meinte. »Nein. Ich bin noch nicht viel herumgekommen.« Zwar meinte ich mich dunkel zu erinnern, dass Marian diesen Stadtteil einmal erwähnt hatte, doch was er über ihn gesagt hatte, fiel mir beim besten Willen nicht mehr ein.

»Wir steuern direkt darauf zu«, sagte der Kanzler und tatsächlich schälte sich dort etwas aus dem Meer der Häuser, was irgendwie *anders* war als der Rest der Stadt. Heller erleuchtet. Größer. Seltsamer. Ich erkannte Türme und Fenster, Türen und Brücken und etwas, was nach einer Windmühle aussah. Zwischen ihnen schienen Hunderte von Heliometern herumzufliegen wie ein Glühwürmchenschwarm. Nun erst fiel mir auf, dass ich Sieben im Palast vergessen hatte. Aber wie es aussah, war es dort, wo wir hinflogen, ohnehin hell genug.

»Das Backand ist seit jeher das Viertel der Künstler. Eigentlich ist ›Viertel‹ der falsche Ausdruck, denn es handelt sich um ein einziges Gebäude«, erläuterte der Kanzler. »Es gibt dort alles, Theater, Nachtclubs, Bars, Ateliers, eine Oper und Cafés voller Schriftsteller. Das dort unten ist die Philistergasse, der – zu Land – einzige Zugang zum Backand. Eine Art Nadelöhr, in dem unsere Philosophen leben und nächtelang von Fenster zu Fenster über den Sinn des Lebens diskutieren.«

Ich betrachtete die unscheinbare Gasse, die schnurgerade auf den Komplex des Backand zuführte. Wenn ich die Augen zusammenkniff, erkannte ich ein paar Halbglatzen und Bärte zwischen den gespannten Wäscheleinen. Aber vielleicht war das auch nur Täuschung.

Der Kanzler lenkte das Luftschiff mitten hinein in die Türme und Dächer des Künstlerviertels, sodass es zwischen Bruchbuden und Luxussuiten, Leuchtreklamen und Wegweisern hindurchglitt. Bis wir schließlich die gigantische Windmühle erreichten, bei der es sich – ein Schild verkündete es unmissverständlich – um das

Moulin Rouge handelte. Obwohl die Mühle, die aus dem Gebäude wuchs wie ein Pilz, natürlich nicht rot, sondern schwarz-weiß war, hatte ich plötzlich die Vision einer singenden Nicole Kidman im Glitzerkostüm.

Glitzer schien auch in der Schattenwelt ein elementarer Bestandteil der Einrichtung des Etablissements zu sein. Zusammen mit Samt, Troddeln und Spiegeln in protzigen Rahmen. Nachdem wir an einem der Windmühlenflügel angelegt hatten, führte mich der Kanzler durch ein marmornes Treppenhaus hinab bis in eine von fünf Logen, die wie Schwalbennester an der Innenwand des Gebäudes klebten. In den Rängen weiter unten war es bereits brechend voll. Das Gemurmel von Menschen, die vor Vorfreude mit ihrer Abendgarderobe um die Wette strahlten, waberte zu uns herauf, während die Bühne hinter einem etwa zwanzig Meter hohen, üppigen Vorhang verborgen lag. Gaslichter in silbernen Verschalungen tauchten den Saal in ein geheimnisvolles Glimmen.

Es war stickig, doch die Loge verfügte über ein bequemes Sofa und ein Tischchen, auf dem verschiedene Getränke in Kristallkaraffen bereitstanden. Etwas befangen nahm ich neben dem Kanzler Platz. Das Polster war zwar breit genug für zwei Personen, aber so dicht neben ihm zu sitzen, war mir unangenehm. Ich bildete mir ein, sogar die Wärme seines Körpers zu spüren und den Geruch seines Aftershaves (eine Mischung aus Leder und etwas Fruchtigem) zu riechen. Hastig schlug ich die Beine übereinander, um später nicht versehentlich mit meinem Knie gegen seins zu stoßen. Das Kissen rechts neben mir nahm ich auf den

Schoß, um näher an die Armlehne heranrutschen zu können. Diese Loge war definitiv nur etwas für Pärchen und solche, die es werden wollten.

»Wein?«, fragte der Kanzler, der mit der Sitzsituation anscheinend hochzufrieden war, und wollte mir einschenken.

»Wasser.«

»Kommt sofort.« Ohne den Blick von mir zu wenden, goss er ein und reichte mir das Glas. »Auf den heutigen Abend. Mögen Sie immer so bezaubernd aussehen wie jetzt«, sagte er.

»Warum?«, fragte ich, anstatt zu trinken. »Warum sind wir hier?«

»Wegen des Varietés natürlich.«

»Ach? Nur deswegen? Als wir uns das letzte Mal sahen, haben Sie mir in meinem Schlafzimmer aufgelauert, mich bedroht und ein Miststück genannt. Trotzdem gehen wir jetzt gemeinsam ins Varieté? Sie wollen mir doch nicht ernsthaft erzählen, dass Sie das ohne Hintergedanken tun.« Ich schnaubte. »Ohne Gedanken an den Stein?«

»Ich denke Tag und Nacht an den Stein und es tut mir leid, dass ich so grob zu Ihnen war, Flora. Da sind wohl meine Gefühle mit mir durchgegangen. Ich hätte mich Ihnen gegenüber niemals so ungebührlich verhalten dürfen. Aber diese Sache ist nun einmal sehr wichtig für mich.« Er griff nach meiner Hand und drückte sie kurz. »Wir sollten uns jetzt beruhigen. Die Aufführung fängt gleich an und sie ist wirklich gut.«

Ich verschränkte die Arme vor der Brust. »Zuerst will ich die Wahrheit wissen. Warum sind wir hier? Was wollen Sie von mir?«

Der Kanzler seufzte. »Ist das denn nicht offensichtlich? Es interessiert mich natürlich brennend, was Mafalda Ihnen verraten hat.«

Ohne dass ich etwas dagegen unternehmen konnte, entrang sich ein Lachen meiner Kehle, trocken und bitter. »Sie hat mir nichts verraten. Rein gar nichts.«

Der Kanzler nickte. »Sehen Sie, genau das dachte ich mir. Mafalda ist zu gerissen, um Ihnen offenkundig zu helfen. Sie weiß, dass ich Sie beschatten lasse. Sie kennt mich und sie ist clever, so war sie schon früher. Sie müssen wissen, vor vielen Jahren waren Mafalda und ich ... wir waren sehr eng ... befreundet und ... aber das ist lange her.«

Zuerst dachte ich, ich hätte mich verhört. Aber so, wie er es betont hatte ... Die Schwester des Großmeisters und der Eiserne Kanzler ein Liebespaar? Andererseits war Mafalda nicht immer alt und sicher auch nicht so unglaublich fett gewesen, sie galt immerhin als ehemals beste Kämpferin des Bundes. Und dem Kanzler sah man sein wahres Alter nur an den Augen an.

»Also ...«, stammelte ich. »Sie wissen, dass ich nicht mehr weiß als bei unserer letzten Begegnung und ... wollen einfach mit mir die Vorstellung sehen?« So recht glauben mochte ich das noch immer nicht. Nein, der Kanzler führte etwas im Schilde, ganz bestimmt sogar. Oder?

Schon wieder tätschelte er meine Hand. »Korrekt«, sagte er. »Ganz genau so ist es. Ah, sehen Sie nur: Es geht los.«

Mit einem ohrenbetäubenden Tusch öffnete sich der Vorhang und gab den Blick auf eine Welt aus Pappmaschee, Tüll und Straußenfedern frei. Ich war im Grunde noch nie ein Fan von Zirkusnummern gewesen. Vor allem Zauberer gingen mir meist mächtig auf die Nerven. Doch diese Show hatte wirklich etwas Magisches an sich, das selbst mich in seinen Bann zog. Es begann mit einem Fakir, der sich die Brust mit einem Schwert durchbohrte. Dann folgten eine Chansonsängerin, ein Tanzensemble, bei dem ich mich sofort für die nächsten zehn Jahre verpflichtet hätte, ein Jongleur, ein Clown, ein Schlangenbeschwörer und eine Akrobatentruppe.

»Und nun, meine sehr verehrten Damen und Herren, machen Sie sich bereit für den Höhepunkt des heutigen Abends. Machen Sie sich bereit für den einzigartigen Illusionisten, den großen Sir Gil Bardell, und seine bezaubernde Assistentin Miss Rufina Parson!«, verkündete schließlich der Moderator, der einen gezwirbelten Schnauzbart trug. Er erntete tosenden Beifall.

Sir Gil Bardell war ein kleiner Mann mit knochigen Schultern und Fistelstimme. Er betrat die Bühne, indem er zuerst vorsichtig um die Ecke eines Kulissenteils lugte und dann mit zitternden Schritten ins Rampenlicht trat, wo ihn seine Assistentin, eine blonde Schönheit in einem bis zur Hüfte geschlitzten Kleid, bereits erwartete. Sein erster Trick (er zersägte Miss Rufina Parson und fügte sie wieder zusammen) entlockte den meisten Zuschauern nur ein müdes Gähnen. Doch je länger sich Sir Gil Bardell im Zentrum der Aufmerksamkeit befand, umso mehr veränderte er sich. Seine Bewegungen wurden ruhiger, seine Schultern strafften sich, sodass er plötzlich größer wirkte, und in seine Augen trat ein Funkeln, das auch den Letzten im Saal in seinen Bann zog.

Und dann begann das Unglaubliche.

Aus einer Tasche seines Umhangs zog er eine mit einer schwarzen Flüssigkeit gefüllte Phiole hervor, schraubte den Deckel ab und warf ein brennendes Streichholz hinein. Vermutlich handelte es sich um Dunkle Materie, denn der Rauch, der dem daumenlangen Gefäß daraufhin entstieg, war dunkler und irgendwie zähflüssiger als normaler Rauch. Als gummiartige Wolke sammelte er sich über der Bühne und Sir Gil Bardell begann, mit bloßen Händen Tiere und Menschen aus der bauschigen Masse zu formen, die sich tatsächlich so bewegten wie ihre lebendigen Vorbilder und teilweise sprechen konnten. Das Publikum war vor Begeisterung kaum noch zu halten. Sir Gil Bardell hatte Mühe, die Bravorufe zu übertönen, als er für seinen finalen Trick um Ruhe bat.

»Meine Damen und Herren, verehrte Zuschauer«, rief er und knetete den Rauch zu einem gigantischen Kringel, den er unter die Decke des Saals schweben ließ. »Werden Sie Zeugen der Magie der Gedanken! Lassen Sie sich entführen in die Welt des Seelenspiegels.« Er legte eine dramatische Pause ein. »Meine Damen und Herren, wenn Sie Ihren Blick heben, wird ein jeder von Ihnen seinen größten Wunsch in den Tiefen der Materie erkennen können.«

Ein Raunen ging durch die Menge und auch ich sah nach oben. Beinahe hätte ich vergessen weiterzuatmen. Der Rauchkringel hatte sich in einen Strudel verwandelt, in dem Bilder über Bilder aufflackerten. Gesichter, Reichtümer und ferne Orte wirbelten durcheinander. Der Kanzler und ich seufzten auf, als der Weiße

Löwe an uns vorüberschwebte, gefolgt von Marians kantigen Zügen, deren Anblick mich erschaudern ließ. Das Publikum brach in ohrenbetäubenden Jubel aus, während ich wie versteinert dasaß.

Erst als der Vorhang sich wieder geschlossen hatte und der Applaus allmählich verebbte, kam ich wieder zu mir. Es war, als würde ich aus einem dunklen See auftauchen, als wäre ich soeben aus einem Traum erwacht, um festzustellen, dass in der Realität ein seltsamer Unsterblicher neben mir saß und mich anstarrte, als hätte er die ganze Zeit über nicht die Künstler, sondern mich beobachtet. Etwas Wölfisches lag auf den Zügen des Kanzlers.

»Hat es Euch gefallen?«

Gegen meinen Willen sprudelten die Worte aus mir hervor: »Einfach fantastisch! Die Kostüme und die – « Ich biss mir auf die Lippe. Was redete ich denn da? Wollte ich dem Kanzler etwa allen Ernstes die Genugtuung geben, dass ich heute Abend Spaß gehabt hatte? Mein Lächeln erstarb, stattdessen setzte ich eine gleichgültige Miene auf und zuckte mit den Achseln. »Na ja. Es gibt Langweiligeres«, sagte ich, erntete jedoch nur ein wissendes Lächeln.

Das Treppenhaus war überfüllt. Menschen jeden Alters schoben sich die Stufen hinauf zu den wartenden Zeppelinen und riefen sich über meinen Kopf hinweg zu, wie großartig der Abend gewesen und wie rasch er vergangen sei. Wohltuend empfingen uns Stille und Dunkelheit im Luftschiff des Kanzlers. Schweigend schwebten wir aus dem Backand hinaus und über die Stadt. Ich hatte mich wieder auf meinen Stammplatz ganz vorn an der Spitze der Gondel gesetzt und ließ meinen Blick über die Dächer und Plätze schweifen. Und ich war müde und schläfrig und überlegte mir, ob ich nicht einfach wegdämmern und bei mir zu Hause in der realen Welt aufwachen konnte. Da entdeckte ich unter uns ein Gebäude. Das heißt, eigentlich waren es zwei. Sie waren alt und dreieckig und ich hatte sie bereits des Öfteren gesehen. Doch heute lösten sie etwas in mir aus.

Eine Erinnerung.

Wieder rannte ich. Über mir wölbte sich der Gang aus grob behauenem Stein und in meiner Faust lag schwer und hart der Weiße Löwe. Ich sah ihn nicht, doch ich wusste, dass er dort war. Genauso wie ich wusste, dass sie mich verfolgten. Schon hörte ich ihre Schritte hinter mir. Meine Füße glitten über den Lehmboden. Gleich hatte ich es geschafft, nur noch ein kurzes Stück. Ich versuchte, noch einmal zu beschleunigen.

Da trat Marian mir in den Weg. Ich bremste ab. Taumelte. »Gib ihn mir«, sagte er und durchbohrte mich mit seinem gläsernen Blick.

»Nein.« Ich stützte mich an der Wand ab und umklammerte den Weißen Löwen so fest, dass seine Kanten mir in die Handflächen schnitten. »Das kann ich nicht.«

»Gib ihn mir«, wiederholte Marian beschwörend.

Die Schritte wurden lauter. Sie kamen näher, nein, sie waren schon da!

Plötzlich stand Amadé zwischen uns, die glatte Haut ihres Gesichts glänzend vor Schweiß. Sie war außer Atem, die Furcht ließ sie zittern. »*Dafür ist jetzt keine Zeit*«, *keuchte sie.* »*Macht schon, ihr müsst von hier verschwinden. Ich halte sie auf.*«

»*Sie hat recht!*«, *rief ich.* »*Wir müssen weg. Wir alle drei.*«

Marians Kopf ruckte. Ich wusste nicht genau, ob es ein Nicken war, trotzdem drängte ich mich an ihm vorbei. Ich spürte, wie er sich neben mir ebenfalls in Bewegung setzte. Wir rannten ein gutes Stück. Und dann hörte ich, wie Amadé aufschrie.

Sie hatten uns eingeholt!

Im Laufen wirbelte ich herum und jetzt sah ich ihn einige Dutzend Meter weiter hinten im Gang: den Kanzler. Er trug polierte Schnallenschuhe und ein Seidencape, sein Haar fiel ihm in sanften Wellen auf die Schultern und auf seinen makellosen Gesichtszügen lag eine merkwürdige Gelassenheit. Eine vermummte Gestalt war bei ihm und hielt Amadé die Arme auf dem Rücken. Der Kanzler lächelte beinahe liebevoll, als er Daumen und Zeigefinger unter Amadés Kinn legte und sie zwang, ihn anzusehen. »*Na so was*«, *sagte er.* »*Sollten Sie um diese Zeit nicht auf Ihrem Cello spielen?*«

Amadé versuchte sich loszureißen. »*Ich habe den Stein nicht*«, *fauchte sie.*

Der Kanzler nickte bedächtig. »*Aber Sie wissen, wer ihn stahl, nicht wahr?*«

Amadé schwieg.

Ich wollte losstürzen, um ihr zu helfen, doch Marian hielt mich zurück. »*Wir müssen den Stein in Sicherheit bringen*«, *wisperte er.* »*Wenn wir es jetzt nicht tun, wird der Kanzler ihn bekommen. Amadé kommt schon klar. Sie ist eine Kämpferin, Flora, sie hält ihn nur hin, damit wir einen Vorsprung haben.«*

Erneut rannten wir, und während wir rannten, veränderte sich meine Erinnerung. Wir waren jetzt irgendwo in der Stadt, vielleicht in Krummsen, denn vor uns wuchs die Ruine eines verfallenen Stadthauses in den Himmel und kratzte scharfkantig an der Dunkelheit. Ich fror, obwohl Marian seinen Arm um meine Schultern gelegt hatte, und drängte mich tiefer in den Hauseingang, in dem wir beide hockten. Noch immer spürte ich das Gewicht des Weißen Löwen in meiner Hand. Und die Aura der Macht, die ihn umgab und sich anfühlte, als wäre sie ein Teil von mir. »Hör zu«, sagte Marian und sah mich so fest an, dass ich beinahe körperlich fühlte, wie er seinen Blick in meinen schraubte. »Es ist sehr, sehr wichtig, okay? Versprich mir, mir wenigstens zuzuhören, ja?«

Ich zögerte. Dann nickte ich.

»Du weißt, weshalb ich den Stein brauche«, begann er und ich spürte, wie ich ein weiteres Mal nickte. »Ich will ihn nicht für mich und ich verlange ja gar nicht, dass er nicht vernichtet wird. Aber, Flora, ich flehe dich an: Wir müssen es doch nicht gleich tun. Überlass ihn mir nur für eine kurze Weile, ein paar Tage, mehr brauche ich nicht. Nur so lange, dass ich mit ihm in die Minen hinabsteigen kann. Danach bringen wir ihn dem Großmeister, in Ordnung? Flora, ich liebe dich und ich weiß, du liebst mich auch. So ist es doch?«

In seinen Augen glitzerten Tränen. Schon löste sich eine von ihnen aus seinem Augenwinkel und rann über seine Wange. Unwillkürlich hob ich meine freie Hand und wischte sie fort. Meine Finger strichen über seine Haut.

»Natürlich«, flüsterte ich. »So ist es.«

Wir küssten uns, lange und verzweifelt. Wie zwei Ertrinkende, die versuchten, aneinander Halt zu finden. Es war ein Kuss, der nach Bitterkeit schmeckte. Marians Hände vergruben sich in meinem Haar, während ich den Weißen Löwen an meine Brust drückte, so als ahnte ich, dass der Stein immer zwischen uns stehen würde.

Noch einmal veränderte sich meine Erinnerung, sie wurde jetzt zu einem einzelnen Bild. Ich sah mich selbst, wie ich in einer Straße Eisenheims stand und den Weißen Löwen umklammerte, als hinge mein Leben von ihm ab. Vor mir ragten mehrere Gebäude in die Höhe, erbaut aus mannshohen Steinquadern und überzogen, so schien es mir, mit dem Staub von Jahrtausenden. Im Geiste sah ich einen Finger, der wieder und wieder auf die Fotografie neben einem Kreuzworträtsel deutete. Starr vor Schreck betrachtete ich die Bauwerke vor mir. Der Stein in meiner Hand wurde schwerer. Ich keuchte. Doch es bestand kein Zweifel: Dies war das perfekte Versteck. Dies waren die Pyramiden von Gizeh.

Ein Lachen neben meinem Ohr brachte mich zurück in die Wirklichkeit des nachtschwarzen Zeppelins.

»Es ist so weit, nicht wahr?«, raunte der Kanzler. »Sie wissen es wieder.«

Ich blinzelte und schaute mich um. Das Luftschiff bewegte sich nicht mehr. Reglos hing es in der Luft, viele, viele Meter über Eisenheim. Der Kanzler hatte sich vor mir aufgebaut wie ein Schakal, kurz bevor er seine Beute zerriss.

»Ich habe es die ganze Zeit über geahnt«, triumphierte er. »Mafalda hat Ihnen etwas in den Kopf gepflanzt, ein Puzzleteil

Ihrer Erinnerung, das sich bei der nächstbesten Gelegenheit einfügen würde. Und das Varieté hat Sie in genau die richtige Stimmung versetzt. Meine Güte, Sie waren fast fünf Minuten lang vollkommen von Sinnen!«

Schweigend starrte ich an ihm vorbei in das Nichts draußen vor der Stadt.

»Also.« Der Kanzler ging vor mir in die Hocke, um mir in die Augen sehen zu können, und legte den Kopf schief. Mit beiden Händen ergriff er die meinen, die in meinem Schoß gelegen hatten. »Wo befindet sich der Weiße Löwe?«, fragte er, jedes Wort einzeln betonend.

»Keine Ahnung«, antwortete ich genauso langsam und feierlich.

Die Pupillen des Kanzlers glühten. »Ich sagte es schon einmal: Ich erkenne es, wenn man mich belügt. Und wenn ich Ihnen einen Rat geben darf, Prinzessin, Sie sollten mir lieber freiwillig sagen, was ich zu wissen begehre.«

Ich reckte das Kinn. »Weil Sie andernfalls was tun werden? Mich genauso foltern, wie Sie es mit Amadé getan haben? Auch Sie haben mich belogen, *Kanzler*.« Ich spuckte ihm das letzte Wort vor die Füße.

»Das habe ich keineswegs. Was mit der Tochter des Großmeisters geschah, war nicht zu verhindern. Nicht ich war derjenige, der sie mit diesen Narben gezeichnet hat«, sagte er und wirkte mit einem Mal tatsächlich erschüttert. In seinem Mundwinkel bildete sich eine Falte, die nicht so recht zu dem ansonsten perfekt geschnittenen Gesicht passen wollte. Etwas Schmerzhaftes verschleierte seinen Blick, als er tonlos hinzufügte: »Aber ich gab den Befehl dazu.«

Wut flammte so jäh in mir auf, dass es mich auf die Füße riss. »Sie sind besessen von diesem bescheuerten Stein«, rief ich.

»Genau wie deine Seele. Herrgott, Flora! Ich will doch nur verhindern, dass es dir ebenso ergeht wie der Tochter des Großmeisters. Mein Leben gehört dieser Stadt. Eisenheim ist alles, was ich war, bin und sein werde. Und die Machenschaften des Großmeisters sind gefährlich ... Du meine Güte, ich mag dich, Flora. Zwing mich nicht, dir wehzutun.« Der Kanzler strich sich eine Strähne seines Haares aus der Stirn. Es war ebenso schwarz wie der Himmel, den man durch das Fenster hinter ihm sah. Und auch ebenso schwarz wie das Nichts, das dahinterlag. Einen verwirrenden Augenblick lang fragte ich mich, ob der Himmel und das Nichts vielleicht ein und dasselbe waren. War der Himmel über uns nicht in Wahrheit ein gigantischer leerer Raum? Eine weitere Ausdehnung des Nichts? Oder war alles Nichts am Ende Himmel?

»Amadé«, sagte der Kanzler unvermittelt in die Stille hinein. »Ich liebe ihre Musik und ich liebe auch sie.«

Ich lachte auf. Der Zorn in mir verwandelte sich in ein Gleißen. Heiß durchströmte es meine Adern, pulsierte in meinen Schläfen und an meinem Hals. »Sie lügen«, rief ich. »Sie haben sie zerstört.«

Zu meiner Überraschung nickte der Kanzler. »Es stimmt. Und ich liebe sie nicht. Aber ich wünschte, es wäre so, glauben Sie mir, Prinzessin. Wenn ich noch ein Herz hätte, täte ich es. Dass ausgerechnet sie uns in jener Nacht in die Hände fallen musste.« Er erbebte bei dem Gedanken. »Ich hatte keine Wahl.«

Ich setzte zu einer Erwiderung an, irgendeiner Beleidigung, etwas, was ich ihm an den Kopf werfen konnte. Ich wollte ihn einen Lügner nennen, einen Feigling, einen Mörder. Doch mein Mund blieb geschlossen. Stattdessen griff meine Hand wie von selbst nach der Sichel in meiner Rocktasche, die ich seit über zwei Wochen in beiden Welten ständig bei mir trug, und zückte sie. Kaum hatten sich meine Finger um das Metall geschlossen, spürte ich das vertraute Kribbeln in meinen Handgelenken und an der Stelle hinter meinen Ohren.

Selbst in der Schattenwelt war das Leuchten, das von ihm ausging, bläulich. Kaum wahrnehmbar zwar, aber farbig huschte es zusammen mit etwas, was nach Erleichterung aussah, über das Gesicht des Kanzlers. Doch obwohl ich die Sichel zusammen mit all meinem Hass direkt auf ihn gerichtet hatte, passierte weiter nichts.

»Sie wollen mich also töten?«, fragte der Kanzler ruhig.

Ich antwortete nicht.

Langsam hob er die Hand und schob meine Waffe zur Seite. »Vielleicht ist es Ihnen bereits aufgefallen: Dieses merkwürdige kleine Ding dort hat keinerlei Wirkung auf mich. Denn technisch gesehen bin ich bereits tot.« Er strahlte mich an. »Eine Sache erstaunt mich im Übrigen«, fügte er hinzu und fixierte mich wieder auf diese seltsame Art, wie er es auch im Moulin Rouge getan hatte. Dann lachte er laut auf. »Die Pyramiden von Gizeh? Sie müssen zugeben, dass das kein besonders originelles Versteck ist.«

Ich umklammerte die Sichel in meiner Hand fester, zu perplex, um etwas zu sagen. Woher wusste er es? Wie? Wann? Hatte ich während meiner Erinnerung gesprochen? Was für ein Spiel spielte er mit mir?

»Zuweilen ist das Gesicht einer Frau für mich wie ein offenes Buch«, sagte der Kanzler, der sich sichtlich über meine Miene amüsierte, und ließ sich in den Sessel neben mir fallen. »Nun, das war doch ein äußerst erfolgreicher Abend. Interessant wäre es allerdings noch zu erfahren, wo in den Pyramiden Sie den Stein ... *deponiert* haben. Gibt es diesbezüglich bereits irgendwelche Ideen?«

Erneut richtete ich die Sichel auf ihn, doch der Kanzler legte lediglich eine Hand über seine Augen, weil ihn das bläuliche Licht blendete. »Sie wollen es also nicht verstehen«, sagte er und seufzte. »Wie Sie wünschen. Dann sind wir von nun an Feinde.«

Ich nickte. »Einverstanden!«, stieß ich zwischen zusammengebissenen Zähnen hervor. »Und jetzt will ich sofort zum Boden. *Landen Sie das Schiff!!*« Obwohl der Kanzler nicht den Anschein erweckte, als würde er mir gleich etwas antun, wollte ich nur noch weg.

»Aber Prinzessin, das ist doch kein Grund, hier so herumzuschreien. Sie sind selbstverständlich frei zu gehen, wann und wohin es Ihnen beliebt«, sagte der Kanzler, ohne mich eines weiteren Blickes zu würdigen, und legte seine Füße auf die Fensterbank. »Dieses Luftschiff wird jedoch noch ein Weilchen rasten, denn der Kapitän benötigt eine Pause, bevor er sich an die

Vorbereitung seiner Expedition zu einer gewissen ägyptischen Sehenswürdigkeit begibt.«

Wortlos stapfte ich durch die Gondel und riss die Tür auf. Ein eisiger Wind schlug mir entgegen. Und der Abgrund. Unter mir erkannte ich die Dächer der Stadt. Winzig wirkten sie von hier oben, ein Durcheinander aus Rechtecken, Quadraten und Ovalen, durchzogen vom Netz der Straßen und Gassen. Ganz in der Nähe entdeckte ich die beiden Türme von Notre-Dame und eine Statue, die anscheinend meinen Vater auf dem Rücken eines Schattenpferdes darstellen sollte. Ich kannte diese Perspektive, doch ich wusste, wenn ich mich nun fallen ließe, würde mein Sturz nicht mit einem Blinzeln enden, sondern mit etwas weitaus Unangenehmeren. Mit etwas Tödlichem. Trotzdem, alles in mir weigerte sich, auch nur eine Sekunde länger hierzubleiben.

Ich schob die Sichel zurück in meine Tasche und raffte meine Röcke. Irgendeinen Weg musste es doch geben.

»Wahrscheinlich wird es ohne Ihre Hilfe einige Zeit dauern, den Weißen Löwen zu finden«, fuhr der Kanzler hinter mir in bestem Plauderton fort. »Aber selbst wenn ich jeden Stein einzeln auseinandersprengen muss, ich werde unseren kleinen Liebling schon finden.«

»Nicht, wenn ich es verhindere«, murmelte ich.

Der Kanzler lachte. »Oh bitte, versuchen Sie es nur.«

»Das werde ich«, rief ich, presste die Kiefer aufeinander und bemerkte im selben Augenblick die beiden Seile, die am hinteren Ende des Zeppelins herabhingen wie die Tentakel einer

Tiefseequalle. Mir fiel wieder ein, wie Marian zu so einem Seil hingehechtet war und verlangt hatte, ich solle es ihm nachtun. »Ehrlich gesagt hast du diese Art des Reisens erfunden«, hatte er mir erklärt. Für eine Sekunde schloss ich die Augen und betete, dass er nicht gelogen hatte.

Dann sprang ich.

19
MARIAN

Ich verfehlte das Seil nicht. Mit beiden Händen bekam ich es zu fassen, rutschte ein Stück daran hinunter, was höllisch in meinen Handflächen brannte, dann fand ich festen Halt. Mit all meiner Kraft klammerte ich mich daran und wartete ab, bis ich nur noch langsam hin- und herschwang. Der Wind war hier draußen viel schlimmer, als es von der Tür der Passagiergondel aus den Anschein erweckt hatte. Wie eisige Messer peitschte er mir ins Gesicht, zerrte an meinen Haaren und ließ meine Finger taub werden. Um die Lage zu sondieren, kletterte ich vorsichtig so weit am Seil hinunter, wie es ging. Noch stand der Zeppelin und ich wusste, dass ich abspringen musste, bevor er sich wieder in Bewegung setzte. Andernfalls würde ich vor Angst sicher sterben.

Direkt unter mir befand sich eine Straße. Von hier oben kam sie mir so weit entfernt vor wie der Marianengraben von der Meeresoberfläche. Ein Sprung musste tödlich enden und war dennoch meine einzige Option. Mit zusammengekniffenen Augen betrachtete ich die angrenzenden Häuser. Kein einziges von ihnen besaß ein Flachdach. Doch da war eines mit einer recht breiten Dachgaube. Es war riskant, alles hing von der veränderten Schwerkraft Eisenheims ab. Aber ich hatte keine Wahl.

Langsam begann ich, mit den Beinen Schwung zu holen, bis ich nicht länger von links nach rechts, sondern vor und zurück pendelte.

Dann zählte ich bis drei.

Und ließ los.

Mein Kleid blähte sich im Wind und ich fiel wie ein Stein, allerdings doch langsamer, als ich erwartet hatte. Ich landete sogar auf dem richtigen Dach, jedoch etwa zwei Meter von der Gaube entfernt auf einer Schräge, sodass ich abwärtsschlitterte und gerade noch die Regenrinne zu fassen bekam, bevor ich in die Tiefe stürzte.

Es handelte sich um ein Mehrfamilienhaus mit Stuckfassade, dessen drei Etagen es zu überwinden galt. Vorsichtig tastete ich mich mit den Füßen vor und fand tatsächlich Halt auf einem Fenstersims. Dennoch wurde es eine lange Kletterpartie, denn ich kam nur im Schneckentempo voran. Immer wieder rutschte ich mit den glatten Sohlen meiner Schnürstiefel ab. Über dem rauen Putz begannen meine Finger zu bluten. Schwarzes, farbloses Blut.

Doch schließlich schaffte ich es. Die letzten zwei Meter sprang ich und landete mit beiden Füßen auf dem Pflaster. Als ich den Kopf in den Nacken legte, um zu sehen, welche Höhe ich gemeistert hatte, bemerkte ich, dass der Zeppelin bereits abgedreht hatte. Auch ich durfte keine Zeit mehr verlieren. Der Kanzler wusste nun Bescheid und das bedeutete, ich musste schnellstens etwas unternehmen. Obwohl jeder einzelne Muskel in meinem Körper wie Feuer brannte, rannte ich los, durchquerte Straßen, Gassen und Gässchen, bis vor mir schließlich die Kathedrale von Notre-Dame in den Himmel wuchs.

Mit den Fäusten hämmerte ich gegen das Portal. »Aufmachen! Lasst mich rein!«, rief ich und drängte mich, kaum waren die mächtigen Türflügel einen Spaltbreit aufgeschwungen, an dem verdutzt dreinblickenden Dienstmädchen vorbei, das mir geöffnet hatte.

Mitten in der Eingangshalle formte ich meine Hände zu einem Trichter. »Marian!«, rief ich aus Leibeskräften. »MAAARIIIAAAAAN!«

Ich musste unbedingt mit ihm sprechen, denn es sah immerhin ganz danach aus, als hätte ich den Weißen Löwen versteckt, um ihm zu helfen. Nur wobei, wusste ich noch immer nicht. Und ich fragte mich, warum er es mir nicht einfach gesagt hatte. Verdammt noch mal! Was verheimlichte mir dieser Kerl?

»MAARIIAAAN!!«, wiederholte ich und stieg die Treppe zu den Privatzimmern der Kämpfer hinauf. Erst jetzt fiel mir auf, dass ich gar nicht wusste, welches von ihnen Marian bewohnte. Aber das war auch egal, er würde mich schon hören. »Marian, ich muss mit dir reden!«, rief ich und hastete den Flur entlang, wobei ich an jede Tür klopfte, bis sich eine von ihnen mit einem Knarren öffnete.

Allerdings war es nicht Marian, der seinen Kopf herausstreckte, sondern Amadé. Und sie hielt mir ihren Materienkiesel entgegen.

Was ist los?

»Ich suche Marian. Es ist wichtig, es geht um …«, ich senkte die Stimme, »es geht um den Weißen Löwen.«

Amadé nickte. *Marian ist nicht hier. Er hat sich vorhin rausgeschlichen, als er dachte, niemand würde es bemerken*, formte die Maserung des Steins.

»Verstehe«, sagte ich und merkte erst jetzt, wie außer Atem ich war. Ich stemmte die Arme auf die Oberschenkel.

Es tut mir leid, aber ich habe keine Ahnung, wohin er gegangen ist.

»Mhm«, machte ich und holte noch ein paarmal tief Luft, dann sah ich Amadé an. »Die habe ich schon.«

Amadé bestand darauf, mich zu begleiten. Sie hakte sich einfach bei mir unter und weigerte sich, von meiner Seite zu weichen. Mittlerweile waren wir anscheinend so etwas wie Freundinnen geworden. Wieder durchzuckte mich der Schmerz darüber, dass Wiebke mich seit gestern ignorierte. Besonders als Amadé und ich wenig später gemeinsam durch die nächtliche Stadt wanderten. Nordwärts.

Vielleicht täuschte ich mich, doch ich hatte das Gefühl, dass es heute wirklich ungewöhnlich kalt war, selbst für die Schattenwelt. Frost glitzerte auf dem Kopfsteinpflaster, den Denkmälern und Brunnen und ließ sie aussehen, als wären sie von Diamantsplittern überzogen. Unser Atem stieg in Wölkchen vor uns auf. Frierend hasteten wir über die Rue Monsieur le Coq, vorbei an Geschäften, Cafés und dem Kreml, in dem sich, wie ich mittlerweile erfahren hatte, das Ministerium für bergbauliche Angelegenheiten und Materienfragen befand.

Außer uns waren nur wenige Wandernde unterwegs. Eine Frau, die eine große Hutschachtel vor sich hertrug, ein Mann, der, den Mantelkragen hochgeschlagen, an uns vorbeieilte, eine gräulich glimmende Zigarette im Mundwinkel. Unsere Schritte hallten von den Häuserwänden wider, als wir den Teil der Straße überquerten, an dem der Hades in einen Abgrund stürzte und begann, unterirdisch weiterzufließen. Links und rechts von uns reckten sich die ersten Lagerhallen des Schlotbaron in die Finsternis.

Was kann er hier wollen?, fragte Amadé, die mir allen Ernstes erklärt hatte, noch niemals zuvor in diesem Teil der Stadt gewesen zu sein. Sowohl das Industriegebiet als auch die Arbeitersiedlung wurde von den Wandernden anscheinend gemieden. Für Amadé war es lediglich der Ort, an dem die Schlafenden lebten und arbeiteten; was genau sie taten, darüber hatte sie nie nachgedacht. *Ich weiß nur, dass hier die Schattenreiter des Kanzlers das Sagen haben. Es heißt, sie leben im Dunsterrost, einem riesigen Horst an der Grenze zum Nichts, gleich hinter der Arbeitersiedlung. Dort, wo der Kanzler sie von Schlafenden zu Monstern macht.* Amadé sah mich ängstlich an.

Ich zuckte mit den Achseln. »Diesen Horst habe ich bisher noch nicht gesehen.«

Gut. Amadé wirkte erleichtert. *Die Schattenreiter sind mir nämlich irgendwie ... unheimlich. Die Leute erzählen sich, dass die Nähe des Nichts dafür sorgt, dass sie gar keine richtigen Menschen mehr sind, und –*

»Ich mag sie auch nicht besonders«, flüsterte ich und zog Amadé in eine Seitenstraße. Wir hatten den Platz des Schichtwechsels erreicht, aber natürlich würde ich nicht so dumm sein, ihn noch einmal zu überqueren. Von den Arbeitern fehlte im Augenblick zwar jede Spur, aber am Himmel waren gleich mehrere Schattenpferde auszumachen, die dort ihre Kreise zogen. »Wenn wir ihnen nicht in die Hände fallen wollen, sollten wir uns außen herum schleichen. Bleib im Schatten«, erklärte ich Amadé. Soweit ich wusste, hatte der Kanzler aufgehört, mich innerhalb Eisenheims beschatten zu lassen. Das sollte gefälligst auch so bleiben.

Langsam bewegten wir uns durch das Labyrinth der Fabrikhallen und Schornsteine, Fördertürme und Umspannwerke. Der Geruch von heißem Öl und flüssigem Stahl lag in der Luft und mischte sich mit der Kälte zu etwas Beißendem. Allerorten stiegen Rauchwolken in die Höhe und um uns herum tobte ein einziges Hämmern und Dröhnen und Zischen. Anscheinend herrschte gerade Hochbetrieb.

Amadé hatte sich erneut bei mir untergehakt und zuckte bei jedem plötzlichen Donnern zusammen. *UNHEIMLICH*, stand auf ihrem Materienkiesel, während wir uns weiter voranschoben, durch immer engere Gässchen. Einmal flog ein Schattenreiter direkt über unsere Köpfe hinweg, doch er bemerkte uns nicht.

Und dann erreichten wir schließlich den Krawoster Grund. Der Anblick der Baracken schien Amadé ebenso zu erschüttern wie mich, als ich zum ersten Mal hier gewesen war.

Wohnen die Schlafenden wirklich da drin?

Ich nickte und steuerte auf das Haus mit der verklebten Fensterscheibe zu. »Dort habe ich ihn reingehen sehen.«

Amadé runzelte die Stirn und strich sich das Haar hinter die Ohren. Ich klopfte.

Zuerst geschah gar nichts, ich glaubte schon, es wäre niemand zu Hause, und wollte mich enttäuscht zum Gehen wenden. Doch da waren drinnen Schritte zu hören. Schwere, schlurfende Schritte, die sich näherten. Ein Schlüssel wurde herumgedreht und die Tür öffnete sich einen Spaltbreit. Der Geruch ungewaschener Körper schlug mir entgegen und ich entdeckte ein Augenpaar, das misstrauisch zusammengekniffen wurde.

»Ich würde gerne mit Marian Immonen sprechen«, sagte ich. »Mein Name ist Flora und es ist sehr, sehr wichtig. Ist er vielleicht bei Ihnen? Könnten Sie ihm sagen, dass ich hier bin? Es ist wirklich dringend.«

Noch bevor ich zu Ende gesprochen hatte, wurde die Tür mit einem Knall ins Schloss geworfen. Wir warteten ein paar Minuten, doch die erneute Stille im Innern des kleinen Hauses erweckte nicht den Anschein, als würde irgendjemand irgendetwas ausrichten.

Gemeinsam hämmerten Amadé und ich gegen die Tür. Immer wieder rief ich Marians Namen, so lange, bis sich der Schlüssel im Schloss wieder drehte und sich das Gesicht einer verängstigten alten Frau durch den Türspalt schob.

»Machen Sie nicht so einen Lärm«, forderte sie und entblößte ihren zahnlosen Unterkiefer. »Sonst wird noch jemand aufmerksam! Ich kenne überhaupt keinen Marian. Verschwinden Sie.«

Die Frau wollte die Tür wieder zuwerfen, doch dieses Mal war ich vorbereitet. Rasch schob ich meinen Fuß dazwischen. Gegen ihren Willen drängten Amadé und ich uns hinein.

Das Haus bestand aus einem einzigen schmutzigen Raum. Weil das Vorderfenster verklebt war, fiel lediglich durch eine Luke an der Rückseite der Baracke ein wenig Licht herein. Gerade genug, um die Lumpenhaufen, die anscheinend als Betten dienten, nackte Wände, von denen der Putz bröckelte, und den kahlen Lehmfußboden, auf dem ein mageres Kind mit dreckverschmiertem Gesicht spielte, in ein Flirren zu tauchen. Diese Leute besaßen nicht einmal Stühle! Nur einen Herd in der Ecke, auf dem ein gräulicher Brei Blasen warf. Auch hier drinnen herrschten eisige Temperaturen.

Ich fröstelte, vor allem weil eines auf den ersten Blick zu erkennen war: Marian war nicht hier.

»Was wollen Sie von uns?« Die Frau funkelte uns zornig an. Ihr Gesicht war hager. Falten durchzogen es wie Gräben, obwohl ihre Augen noch jung wirkten. In der Hand hielt sie den fast haarlosen Besen, den ich gestern noch vor dem Haus hatte lehnen sehen. Sie hielt ihn wie eine Waffe, bereit, sich zu verteidigen.

Das Kind begann beim Anblick von Amadés entstellten Zügen zu weinen.

»Wir sind auf der Suche nach Marian«, sagte ich. »Ich weiß, dass Sie ihn kennen. Ich habe gesehen, wie er letzte Nacht hergekommen ist.«

Die Frau schüttelte den Kopf. »Das muss ein Irrtum sein. Verlassen Sie mein Haus.«

»Bitte«, rief ich und senkte die Stimme gleich darauf zu einem Raunen. »Es geht um den Weißen Löwen. Ich habe Informationen über ihn, die Marian interessieren werden. Bitte, Sie müssen mir sagen, wo er ist.«

Kaum hatte ich den Stein erwähnt, ließ die Frau den Besen sinken. Einen Moment lang zögerte sie noch, es war ihr anzusehen, dass sie abwog, ob sie uns trauen konnte. Dann ging sie wortlos zu dem Lumpenhaufen an der gegenüberliegenden Wand. Mit dem Fuß schob sie die Fetzen zur Seite, sodass eine darunterliegende Falltür sichtbar wurde.

»Er ist dort unten«, war alles, was die Frau sagte, bevor sie sich abwandte und müde ihren Brei rührte, als wären wir gar nicht da.

Amadé und ich tauschten einen fragenden Blick. Was um alles in der Welt tat Marian in einem Keller unter einer Arbeiterbaracke?

Ich wusste es nicht, aber ich würde es gleich herausfinden. Mit beiden Händen zog ich an dem schweren Eisenring, der als Griff diente, und öffnete die in den Boden eingelassene Klappe. Ich staunte nicht schlecht, als ich die Leiter sah, die darunter zum Vorschein kam. Der Keller wurde von Fackeln erleuchtet, die in Halterungen an den Wänden steckten, und die Leiter war lang. So lang, dass ich ihr Ende nicht ausmachen konnte. Meine Knie bekamen bereits einen weiteren Puddinganfall, und dass auf Amadés Materienkiesel die Worte *Mann, das sind bestimmt hundert Meter!* erschienen, machte es nicht gerade besser.

Ich zögerte, bis es mir klar wurde: Dies war der einzige Weg, den ich gehen konnte. Der Kanzler hatte auf mysteriöse Weise herausgefunden, was ich über die Pyramiden wusste. Ihm fehlte noch die entscheidende Information, wo ich den Weißen Löwen dort versteckt hatte. Doch das würde ihn sicher nicht davon abhalten, schon einmal gründlich zu suchen. Zwar verstand ich noch immer nicht, was geschehen war, doch der Kanzler, so viel hatte ich begriffen, durfte den Stein nicht bekommen. Niemals, denn er führte nichts Gutes im Schilde, das spürte ich. Deshalb musste ich ihn aufhalten. Dringender denn je musste ich die Wahrheit herausfinden und dazu brauchte ich Marian.

Entschlossen schwang ich die Beine über den Rand des Lochs und begann zu klettern. Sprosse um Sprosse stieg ich hinab, gefolgt von Amadé und dem unguten Gefühl, gänzlich unvorbereitet in eine fremde Welt vorzustoßen. Je tiefer wir kamen, umso wärmer wurde es. Von fern drang rhythmisches Hämmern an mein Ohr, ebenso wie vereinzelte Rufe und ein Quietschen, das ich nicht so recht zuordnen konnte. Dies war definitiv kein Keller, so viel stand fest. Und was immer Marian dort unten machte, er tat es wohl nicht allein.

Längst schmerzten meine Arme und Beine vom Klettern. Schweiß rann mir über Schläfen und Nacken und einen halben Meter über mir keuchte auch Amadé vor Anstrengung. Dennoch gönnten wir uns keine Pause. Weiter und immer weiter hangelten wir uns in die Tiefe. Erst als die Eintönigkeit unserer Bewegungen schon etwas Hypnotisches an sich hatte, erreichten wir das Ende der Leiter.

Wir befanden uns nun in der Nische eines Ganges, in dessen Mitte ein Schienenstrang entlangführte. Gerade schob ein

Arbeiter eine mit schwarzen Kristallen beladene Lore darüber. Als er uns bemerkte, verzog er kurz das Gesicht, sagte jedoch nichts und hielt auch nicht an. Daher also das Quietschen, überlegte ich und erinnerte mich wieder einmal an meine Schulexkursion zur Zeche Zollverein in Essen. Fachmännisch betrachtete ich den Stollen und die von ihm abgehenden Quergänge, aus denen das Geräusch von Keilhauen, wie die Bergleute ihre Spitzhacken nannten, zu hören war. Dann wandte ich mich zu Amadé um und verkündete ihr feierlich: »Dies sind die Minen von Eisenheim.«

Amadé sah aus, als überlegte sie, ob es angebracht wäre, in Panik zu verfallen, ließ es dann aber. *Und wo ist Marian?*, erschien stattdessen auf ihrem Materienkiesel.

»Das sollten wir besser herausfinden.«

Der Gang war lang. Von unserer Nische aus konnten wir weder das eine noch das andere Ende ausmachen. Alle paar Meter ging ein Querstollen von ihm ab, mal so groß wie ein Garagentor, mal so klein, dass nur ein Kind hindurchpasste. Schon wieder kam ein Arbeiter mit einer Lore vorbei. Er hielt vor einem der Querstollen, aus denen zwei vor Dreck starrende Männer und ein Junge Körbe voll dunkler Kristalle heranschleppten, die sie in den Wagen kippten.

»Wir sind zu langsam«, sagte der Mann, der die Lore schob. »Der Steiger sagt, wir müssen Überstunden machen.«

Die anderen stöhnten auf. »Nach acht Stunden ohne Pause lässt die Kraft nun einmal nach. Und zwei von uns haben sich für heute schon in Luft aufgelöst«, sagte der ältere der beiden Männer. Er trug eine löchrige Hose, das Hemd klebte ihm schweißnass am

Körper und das Weiß seiner Augen blitzte aus seinem geschwärzten Gesicht hervor. Schwer atmend schulterte er die leeren Körbe. »Viel länger halten wir einfach nicht mehr durch.«

Der Mann an der Lore nickte. »Ich weiß, aber dem Steiger ist das leider egal«, erklärte er. »Er besteht auf zwei vollen Extrastunden von allen, die noch hier sind.«

Mit hängenden Schultern kehrte die kleine Truppe wieder in ihren Stollen zurück, während die Lore vor dem nächsten Quergang hielt, wo sich die Szene wiederholte. Zwei müde Männer und ein Kind, die Materienkristalle in den Wagen kippten und erfuhren, dass sie mal wieder viel zu langsam arbeiteten. Ich blickte den Gang entlang. Hier unten waren wahrscheinlich Tausende von Menschen und Marian konnte überall sein.

»Also«, sagte ich zu Amadé. »Das Wichtigste ist, dass wir uns merken, von wo wir gekommen sind.«

Amadé nickte. *Links oder rechts?*

»Rechts«, entschied ich, denn der Mann mit der Lore ging nach links. Es erschien mir sicherer, ihm nicht zu folgen und uns damit verdächtig zu machen.

Im flackernden Schein der Fackeln setzten wir uns in Bewegung. Die Luft hier unten war stickig und schwül. Schon das bloße Gehen trieb einem den Schweiß auf die Stirn. Wir blieben zunächst im Hauptstollen und folgten ihm eine Weile. Immer wieder spähte ich in die abgehenden Quergänge, in der Hoffnung, Marian darin zu entdecken. Vielleicht arbeitete er ja heimlich hier unten, um sich mit den Schlafenden solidarisch zu zeigen? Ich dachte an seine flammende Rede beim Treffen der Verfechter der

Freiheit des Schlafes. Als nach einer halben Stunde noch immer jede Spur von ihm fehlte, war mir das allerdings beinahe schon egal. Möglicherweise auch deshalb, weil ich stattdessen etwas anderes beobachtete.

Wir hatten einen Teil des Stollens erreicht, in dem anscheinend nichts mehr abgebaut wurde. Zumindest waren keine Hammerschläge zu hören und auch keine Stimmen. An den Wänden waren nur noch vereinzelt Fackeln angebracht, mehrere Quergänge hatte man mit grau-weiß gestreiftem Band abgesperrt.

Und in einem von ihnen sah ich diesen Schimmer.

Kaum mehr als ein Flirren.

Rot.

Mir fiel wieder ein, was mein Vater über die seltsamen Vorkommnisse in den Minen gesagt hatte. Etwas, was den Nordlichtern in der realen Welt ähnelte, wollte man hier unten entdeckt haben. Etwas, was bunt war.

Ein Hauch von Farbe in einer farblosen Welt.

Ohne zu zögern, tauchte ich unter dem Absperrband hindurch und ging auf das merkwürdige Licht zu, das jetzt langsam von Rot zu Grün wechselte. Dieser Stollen war schmaler als die übrigen. Zu eng, als dass Amadé und ich hätten nebeneinandergehen können. Ich spürte, wie sich ihre Hand von hinten auf meine Schulter legte und sie drückte. Als ich mich umsah, hielt sie mir ihren Kiesel entgegen.

In Eisenheim gibt es keine Farben, stand darauf und eine Sekunde später: *Wir sollten nicht hier sein.*

Ich nickte, blieb jedoch nicht stehen. Das Licht tanzte flackernd über die Felswände, huschte mal hierhin, mal dorthin und lockte mich immer tiefer in die Erde hinein. Überhaupt hatte sich in mir ein Gefühl breitgemacht, das mich in seiner Fremdartigkeit faszinierte und erschreckte zugleich. Da war plötzlich diese pulsierende Leere in meiner Brust und der unbändige Drang, sie zu füllen. Selbst wenn ich gewollt hätte, ich vermochte nicht, mich den Lichtern zu widersetzen. Sie riefen mich zu sich. Ein verheißungsvolles Flimmern in der Finsternis.

Der Druck auf meiner Schulter wurde stärker. Ich fühlte, dass Amadé versuchte, mich zurückzuhalten. Doch das war unmöglich. Wie ferngesteuert setzte ich einen Fuß vor den anderen. Ich folgte dem Licht, bis sich der schmale Gang unvermittelt zu einer Höhle öffnete.

Der Anblick verschlug mir die Sprache.

Noch nie.

Noch niemals hatte ich so etwas gesehen.

Mit zittrigen Fingern fuhr ich mir über die Augen. Blinzelte. Aber das Ding war noch immer da. Es stand im Zentrum der Höhle und hatte in etwa die Größe eines Backofens, nur dass es kein Ofen war, sondern eine Art Kessel. Einer, der von riesigen Flügelschrauben zusammengehalten wurde, als stände er unter Druck. An mehreren Stellen traten Rohre und Schläuche aus ihm hervor, die in Schleifen und Schnörkeln in die Höhe führten, wo sie so etwas wie einen Torbogen bildeten. Nebelschwaden hingen in dem Bogen, waberten umher und gaben dann und wann einen farbigen Lichtstrahl frei, der wie ein exotischer Vogel durch die Höhle flatterte.

Allerdings waren es weder der Kessel noch der Torbogen voller Rauch, die mich anzogen wie ein Magnet, und noch nicht einmal die Lichter. Nein, was mich alles um mich herum vergessen ließ, war eine silberne Halterung am höchsten Punkt des Bogens, gerade so groß, dass man den Weißen Löwen hineinstecken konnte. Und ein Teil von ihm befand sich tatsächlich darin. Grau und unscheinbar lag er dort oben, ein Splitter, nicht länger als mein Fingernagel.

Eine Welle der Wiedersehensfreude überrollte mich. Die Aura der Macht, die von ihm ausging, liebkoste mich und ergriff meinen Geist. Ich fühlte die Anwesenheit dieses winzigen Splitters mit jeder Faser meines Körpers. Er rief nach mir. Und nach dem Stein, zu dem er gehörte. Ich kniff die Augen zusammen und meinte tatsächlich zu sehen, wie der Splitter erzitterte vor Sehnsucht nach dem Weißen Löwen.

Der Weiße Löwe!

Vorsichtig näherte ich mich dem Nebeltor, Zentimeter für Zentimeter, und mit jedem Schritt wurde die Anziehung stärker, die der Splitter auf mich ausübte. Unwiderstehlich. Ich streckte die Hände aus, fuhr mir mit der Zunge über die trockenen Lippen. Gleich hatte ich ihn erreicht. Ich atmete aus, reckte mich und überlegte, ob ich wohl auf den Kessel klettern sollte, um ihn herunterzuholen.

Da entdeckte ich aus dem Augenwinkel heraus die Gestalt. Sie hockte auf der anderen Seite des Tores und hielt etwas in der Hand, was wie ein merkwürdig gebogener Schraubenzieher aussah. Weißblondes Haar hing ihr in die Stirn.

»Was ist das?«, flüsterte ich.

Marian, der mich anscheinend erst jetzt bemerkte, zuckte beim Klang meiner Stimme zusammen. »Das ... ist ein kosmologisches Materiophon. Es funktioniert noch nicht richtig, dazu fehlt der Weiße Löwe«, sagte er, stand auf und verschränkte die Arme vor der Brust. Mein Auftauchen kam ihm anscheinend ungelegen, doch das war mir momentan herzlich egal.

»Und wofür brauchst du es?«, fragte ich und trat noch einen Schritt näher an das Ding heran. Erst jetzt spürte ich die Hitze, die von ihm ausging und auf meinen Wangen brannte. Der Kessel musste glühend heiß sein.

»Für nichts«, sagte Marian und starrte plötzlich auf einen Punkt irgendwo hinter mir. »Okay, mach jetzt keine hastigen Bewegungen, ja?«

Ich schnaubte. »Das glaubst du doch wohl selber nicht! Was soll denn das heißen, für nichts?« Es war, als hätte man mir den Boden unter den Füßen weggezogen.

Marians Augen verengten sich zu Schlitzen. »Na, was es eben heißt«, sagte er. »Meine Eltern haben diese Maschine damals erfunden, um ... um etwas zu tun. Doch der Eiserne Kanzler bekam Wind davon und ließ meine Eltern umbringen, um das Materiophon für sich zu haben. Jahrelang hat er daran herumgeschraubt und jetzt fehlt ihm nur noch der Weiße Löwe, dann hat er seinen Durchgang in die reale Welt. Das Licht sucht sich bereits seinen Weg und mit ihm die Farben. Es ist ein Portal, durch das sich die Materiearten und damit ihre Welten vermischen werden, verstehst du, Flora?«

Ich schüttelte den Kopf. Hinter mir ertönte ein scharrendes Geräusch, doch ich beachtete es nicht. Dazu war ich gerade viel zu wütend. Mein Blick wanderte von Marian zum Materiophon und wieder zurück.

»Du hast meiner Seele vorgemacht, du wolltest dir den Stein ausborgen, um jemandem zu helfen«, stieß ich bitter hervor. Die Erkenntnis traf mich wie ein Schlag. »Dabei hast du die ganze Zeit über mit dem Kanzler unter einer Decke gesteckt.«

»Nein!«, rief Marian. »So ein Blödsinn! Niemals würde ich mit dem Kanzler zusammenarbeiten. Er hat meine Eltern getötet! Ich bin hier, um die Maschine zu sabotieren. Glaubst du etwa, ich will, dass es in der realen Welt plötzlich Dunkle Energie und einen unsterblichen Kanzler gibt?«

Ich betrachtete das Werkzeug in seiner Hand und die Stelle, an der er damit herumgewerkelt hatte. »Für mich sieht es eher so aus, als würdest du das Ding warten.«

Marian ließ den Schraubenzieher fallen. Das Klirren seines Aufschlags auf dem Boden sorgte für ein weiteres Scharren. »Das Ganze ist eben nicht so einfach.«

»Dann gibst du es also zu?«

Marian presste die Kiefer aufeinander.

»Und wofür wolltest du den Stein? Etwa nicht, um ihn hierherzubringen und in dieses Ding zu stecken?«

»Das verstehst du nicht.« Marian schlug die Augen nieder. »Ich hätte es ja nur kurz getan und dann – «

»Nein!«, rief ich. »Das verstehe ich allerdings nicht. Ich – «

Plötzlich war Marian bei mir, packte mich und drückte seine

Hand auf meinen Mund. Ich versuchte, mich loszureißen, doch ich hatte keine Chance.

»Still jetzt«, murmelte er direkt neben meinem Ohr. Dann zog er mich mit sich auf die andere Seite des Kessels und ich erstarrte. Endlich sah ich, wer oder besser gesagt was das Scharren hinter mir verursacht hatte.

Ich hätte geschrien, wäre da nicht Marians Hand gewesen, die mich daran hinderte.

Im Eingang der Höhle stand ein Ungeheuer. Es war pechschwarz und geschuppt von den krallenbesetzten Füßen bis zum drei Meter höher sitzenden deformierten Schädel, der einem zertretenen Riesenkürbis glich. Aus blinden Echsenaugen stierte es auf uns herab. Geifer tropfte von den langen Reißzähnen, die nicht in sein Maul passten und deshalb über die Unterlippe hinausragten. Ein stacheliger Schwanz peitschte über den Boden und in seinen scharfen Klauen hielt das Wesen Amadé!

Du meine Güte, Amadé!

»Tja«, raunte Marian mir zu. »Man sollte eben nicht meinen, der Kanzler würde sein Baby unbeaufsichtigt hier unten herumstehen lassen. Als Bewachung hat er natürlich sein ganz persönliches Monster engagiert.« Er lachte so höhnisch auf, dass mir ein Schauer den Rücken hinunterlief. Dann rief er etwas in einer unbekannten Sprache, woraufhin das Ungeheuer die Nüstern blähte und einen Sprung auf uns zu machte.

Amadés Arme und Beine schlenkerten hin und her, als wäre sie eine Puppe. Sie hielt die Augen geschlossen und bewegte stumm die Lippen. Anscheinend stand sie unter Schock. Nach allem, was sie bisher erlebt hatte, genügte vermutlich schon weit weniger als so ein Godzilla-Verschnitt, um sie aus der Fassung zu bringen. Die Ärmste, sie brauchte meine Hilfe, und zwar sofort!

Ich strampelte und versuchte, mich aus Marians Griff zu winden oder zumindest die Sichel in meiner Rocktasche zu erreichen. Doch weder das eine noch das andere gelang mir. Marian war einfach zu stark. Erneut rief er etwas in dieser merkwürdigen Sprache, die vielleicht Finnisch war. Das Ungeheuer heulte auf, dann schnaubte es und stieß eine Rauchwolke aus seinen Nüstern hervor. Warum nur musste Marian es noch mehr anstacheln? Ich blinzelte und hörte im selben Moment den dumpfen Aufprall eines Körpers auf dem Höhlenboden. Das Wesen hatte Amadé achtlos fallen lassen und wandte sich nun in unsere Richtung.

Unaufhörlich redete Marian nun auf das Monster ein, während Amadé auf der anderen Seite des kosmologischen Materiophons stolpernd auf die Beine kam.

Die Höhle erzitterte, als das Ungeheuer mit einem gewaltigen Satz neben uns landete. Sein stinkender Atem schlug mir ins Gesicht, ich schrie in Marians Handfläche, versuchte weiter, mich loszureißen, strampelte, zerrte und schaffte es in meiner Panik, einen Tritt gegen Marians Schienbein zu platzieren. Endlich bekam ich den Mund frei. Ich schnappte nach Luft.

»Hör zu, ich weiß, wo der Weiße Löwe ist«, keuchte ich. »Und wenn du ihn noch willst, solltest du mich nicht an dieses Vieh verfüttern!«

»Aber Flora, ich …«, begann Marian, verfiel jedoch mitten im Satz wieder in seinen finnischen Singsang.

Das Monster senkte den Kopf bis auf Augenhöhe zu uns herab. Seine blinden Pupillen glänzten feucht und weiteten und verengten sich im Rhythmus der Worte, die Marian sprach. Vor Angst wie versteinert stand ich da und wartete auf den tödlichen Biss, als plötzlich etwas durch die Luft sirrte und Marian mit solcher Wucht am Arm traf, dass er mich losließ. Noch ehe ich begriff, dass das unbekannte Flugobjekt Amadés Materienkiesel gewesen war, tauchte ich seitlich neben dem Ungeheuer weg und rannte los.

Ich spürte Amadé an meiner Seite, als wir den Hauptstollen entlanghasteten. Das Wesen folgte uns nicht, doch wir stürzten davon, als hinge unser Leben davon ab. Was auch gerade geschehen war, mein Verstand weigerte sich, es zu erfassen. Was war nur in Marian gefahren? Was für ein falsches Spiel trieb er mit mir und meiner Seele? Wer stand auf welcher Seite und welches war überhaupt die richtige? Auf keine dieser Fragen fand ich eine Antwort, denn all meine Gedanken stürzten in einen Strudel aus undurchdringlicher Schwärze, bevor ich sie zu Ende denken konnte. Wortlos kletterten Amadé und ich die schier endlose Leiter wieder hinauf und genauso wortlos liefen wir durch die Stadt zurück nach Notre-Dame.

Anderthalb Stunden später saß ich vor Fluvius Grindeauts Kaminfeuer und hielt eine Tasse Tee in der Hand, an der ich mir die Finger wärmte.

»Nun, Flora? Was gibt es denn so Wichtiges?« Der Großmeister musterte mich mit großväterlichem Lächeln. Er wirkte ganz und gar nüchtern, genau wie in der Nacht, in der ich ihm zum ersten Mal begegnet war. Sein Bart war gekämmt, seine sehnigen alten Hände ruhten auf den Armlehnen seines Sessels wie auf einem Thron. In seiner Robe sah er aus wie ein mächtiger Mann. Ein weiser Mann, dem das Schicksal seiner Welt am Herzen lag.

»Es ... gibt Neuigkeiten«, sagte ich langsam. »Amadé und ich waren in den Minen. Wir haben einiges herausgefunden.«

Der Großmeister nickte bedächtig. In seinen Augen sah ich, dass er bereits wusste, was ich ihm zu sagen hatte. Dennoch sprach ich es aus. »Meine Erinnerung ist zurückgekehrt«, erklärte ich ihm feierlich. »Morgen Nacht bringe ich Ihnen den Weißen Löwen.«

20
MATERIENSTURM

Am Sonntagvormittag setzte ich mich an meinen Computer und tippte »Pyramiden von Gizeh« in die Suchmaschine. Wie zu erwarten, ergab dies mehrere Tausend Treffer. Ich begann mich hindurchzuklicken, denn schließlich wäre es ziemlich dumm gewesen, sich ohne Vorbereitung in die Dinger hineinzuwagen. Bilder von Labyrinthen, Fallen, lebenden Mumien und giftigen Skarabäen spukten vor meinem inneren Auge herum, während ich mich durch die verschiedenen Einträge las. Noch immer war ich wild entschlossen, den Weißen Löwen zu holen und damit der ganzen Geschichte ein Ende zu machen. Sollte Fluvius Grindeaut ihn doch zerstören, dann hätte ich wenigstens endlich meine Ruhe und müsste mich nicht mehr andauernd bedrohen oder hintergehen lassen. Ich würde heute Nacht in die Pyramiden hineinspazieren, nach dem Weißen Löwen suchen und ihn dann ein für alle Mal loswerden, das war der Plan.

Unglücklicherweise stellte sich das Internet als wenig hilfreich heraus. Sicher, es war interessant, dass die Pyramiden von Gizeh bereits über 4500 Jahre alt und damit das älteste Weltwunder der Antike waren. Und, wow, obwohl die alten Ägypter damals weder das Rad noch einen Flaschenzug kannten, brauchten sie nur zwanzig Jahre, um die etwa 146 Meter hohe Cheopspyramide aus zweieinhalb Millionen tonnenschweren Kalksteinquadern zu errichten. Aber wie sollten mir diese Infos helfen, mich im Innern der Pyramiden zurechtzufinden? Es gab da zwar ein paar Fotos und auch den einen oder anderen Lageplan, jedoch bedeutete dies noch lange nicht, dass die Pyramiden in der Schattenwelt identisch mit den realen waren. Notre-Dame diente schließlich auch nicht als Kirche.

»Was machst du da?«

Erschrocken schloss ich das Internetfenster und wirbelte herum. »Schon mal was von Anklopfen gehört?«, fauchte ich.

Marian senkte den Blick. »Entschuldigung«, murmelte er. »Ich wollte nur ...«

»*Was?*«

»Na ja, ich wollte mit dir reden. Wegen heute Nacht.«

Ich stand so abrupt auf, dass Marian zurückspringen musste, um nicht von der Lehne meines Schreibtischstuhls in den Magen getroffen zu werden. Schon seit dem Aufstehen hatte ich ihn links liegen gelassen. Kapierte er denn nicht, wie wütend ich war? Er hatte mich belogen und verraten, was scherten mich seine dämlichen Ausflüchte?

Entschlossen stapfte ich zu meiner Zimmertür und hielt sie auf. »Wir haben uns nichts mehr zu sagen«, erklärte ich und stand plötzlich einem anderen Marian gegenüber. Einem Marian, der es nicht nötig hatte, sich zu entschuldigen. Einem Marian, dessen Blick so kalt geworden war, dass ich erschauderte.

»Na schön«, sagte er leise. Doch seine Wut ließ die Luft zwischen uns erzittern. »Wie du willst.« Ohne ein weiteres Wort verließ er den Raum und kurz darauf knallte nebenan eine Tür ins Schloss.

»Was hat er denn?«, fragte mein Vater, als ich das Wohnzimmer betrat. Er hatte es sich in seinem Sessel bequem gemacht und las in einem Bildband über Korallenriffe und ihre Bewohner.

»Keine Ahnung«, log ich und spürte, wie im selben Moment eine Idee in mir aufstieg. »Kann … äh, kann ich mal kurz mit dir reden?«

Mein Vater sah von seinem Buch auf und runzelte die Stirn. »Natürlich, das kannst du doch immer, mein Schatz. Worum geht es denn?«

Ich dachte an Marian im Arbeitszimmer und ergriff die Hand meines Vaters. »Könntest du kurz, äh, mitkommen?«, fragte ich, während ich ihn aus seinem Sessel und hinter mir her zog.

Mein Vater folgte mir brav durch die Diele und nach einem winzigen Moment des Zögerns ins Bad (in der Küche saß Christabel und strickte an einem Überzug für ihr neues Samuraischwert). Rasch verriegelte ich die Tür.

»Also gut«, flüsterte ich und lehnte mich gegen die Handtuchstange. »Ich habe eine Frage zu Eisenheim.«

Mein Vater saß auf dem Wannenrand und wirkte verwirrt. »Und die kannst du mir nur hier drinnen stellen? Im Badezimmer?«

Ich schüttelte den Kopf. »Das nicht, aber ich möchte nicht, dass

Christabel oder Marian etwas davon mitbekommen, weil, äh, weil mir das irgendwie peinlich wäre. Ich meine, ich weiß noch so wenig über die Schattenwelt, das muss ich ja nicht jedem auf die Nase binden.«

»Verstehe«, sagte mein Vater, klang dabei allerdings wenig überzeugt.

»Es geht um die ganzen Bauwerke in Eisenheim«, begann ich. »Die sind ja die gleichen wie in der realen Welt, richtig?«

Mein Vater nickte.

»Zum Beispiel habe ich den Eiffelturm gesehen und die Oper von Sydney und Notre-Dame und den Kreml. Und natürlich den Buckingham-Palast. Aber ... irgendwie sind die Gebäude ja doch auch anders, oder?«

Wieder nickte mein Vater, und als ich nicht weitersprach, räusperte er sich. »Ehrlich gesagt verstehe ich nicht so ganz, worauf du hinauswillst.«

»Na ja, der Palast sieht doch von innen ganz anders aus als der echte Buckingham-Palast. Und in Notre-Dame residiert der Graue Bund. Da habe ich mich gefragt, ob das bei allen Bauwerken so ist, dass sie anders als in der realen Welt sind. Ich habe mir überlegt, was zum Beispiel in ... äh, den Pyramiden von Gizeh untergebracht sein könnte.« Ich biss mir auf die Lippe.

Mein Vater wischte gedankenverloren einen Tropfen Wasser vom Duschvorhang. »Oh, ach so«, sagte er. »Grundsätzlich nutzen wir die meisten Gebäude schon sinnvoll. Das ist ja auch logisch, wo sie schon mal da sind, nicht wahr? Aber die Pyramiden beispielsweise stehen im Augenblick leider leer.«

»Ach?«

»Bis vor ein paar Jahren waren sie Sitz der Materienbörse. Aber seitdem diese während der Handelskrise zusammenbrach ...«

»Was für eine Krise war das?«, fragte ich.

»Eine komplizierte. Wir hatten einen Energieengpass, weil die Minen vorübergehend zu wenig abwarfen. Es gab Probleme mit dem Nichts in einigen Stollen. Jedenfalls konnte nicht genug Dunkle Energie gewonnen werden und deshalb gingen viele Firmen bankrott.« Mein Vater lächelte. »Aber solche Details musst du doch nicht wissen, Flora. Niemand würde dich deswegen auslachen.«

Ich tat so, als wäre ich erleichtert, hakte dann aber doch noch einmal nach. »Und diese Börse wurde dann dichtgemacht, ja?«

»Ganz genau. Wir haben dort also einen riesigen Komplex aus mehreren mit Marmor ausgekleideten und mit Büros und Tresoren vollgestopften Pyramiden herumstehen. Eigentlich wäre es mal an der Zeit, die Dinger wieder für irgendwas zu nutzen.«

»Ja«, sagte ich. »Man könnte dort wertvolle Sachen aufbewahren.«

Es passierte gegen 16 Uhr. Mein Vater und Christabel waren zum Laden gefahren, um die Fische dort zu versorgen, und Marian hockte noch immer beleidigt im Arbeitszimmer. Ich selbst hatte es mir auf der Couch gemütlich gemacht und sah mir eine alte Folge *Gilmore Girls* im Fernsehen an. Ich kannte die Episode zwar schon beinahe auswendig, doch sie lenkte mich wenigstens davon ab, andauernd an die bevorstehende Nacht zu denken oder

Wiebke anzurufen, die mich mit schönster Regelmäßigkeit wegdrückte. Ich hatte gerade beschlossen, mir eine Tafel Schokolade aus der Küche zu holen, als es geschah: Mein Handy klingelte.

»Linus«, verkündete die Anzeige.

Ich runzelte die Stirn. Wir hatten erst heute Morgen miteinander gesprochen. Ich wusste, er war auch in der letzten Nacht nicht gewandert. Sicher wollte er mich nur schon wieder dazu überreden, mich heute noch mit ihm zu treffen. Ich seufzte. Eine Sekunde lang spielte ich mit dem Gedanken, nicht dranzugehen. Dann tat ich es doch.

»Schatten!«, brüllte Linus in den Hörer. Er klang außer Atem. »Es sind mehrere und sie verfolgen uns. Wiebke kann sie auch sehen.«

Ich sprang auf. »Wo seid ihr? Wie viele sind es? Sind es einfach nur dunkle Flecken oder haben sie eine bestimmte Form?«

»Sie sind riesig. Und sie sehen aus wie ...« Er senkte die Stimme zu einem Flüstern. »Pferde mit Flügeln!«

»Schattenreiter!«, entfuhr es mir. Ich stolperte durch die Wohnung, tastete nach der Sichel in meiner Hosentasche, griff nach meiner Jacke und schlüpfte in das erstbeste Paar Schuhe. Im Telefon hörte ich Linus keuchen, er rannte noch immer. Und auch das Schlagen mächtiger Flügel drang durch den Hörer.

Plötzlich war Marian bei mir. Sein Gesichtsausdruck war hart und undurchdringlich. »Die Zwillinge?«, fragte er knapp, in diesem Augenblick ganz Kämpfer des Grauen Bundes.

Ich nickte. »Schattenreiter. Sie verfolgen sie.«

Marian zog sich ein Sweatshirt über den Kopf. »Wo?«

»Wo seid ihr?«, fragte ich noch einmal. »Linus? Sag mir, wo ihr seid!«

»Im ... Einkaufszentrum am Limbecker Platz. Wir wollten ins Kino, als diese Dinger aufgetaucht sind. Da sind wir hier rübergelaufen. Wir dachten, wir könnten sie abhängen, aber sie fliegen einfach durch die Leute hindurch.«

»Sie sollen sich irgendwo im Schatten verstecken, bis wir da sind. Da können die Reiter sie nicht sehen«, sagte Marian, der anscheinend mitgehört hatte. Inzwischen hasteten wir durch das Treppenhaus. Ich dachte daran, wie Marian Wiebke und mich im Schulgarten in den Schatten der Mauer gestoßen hatte, und verstand.

»Hör zu«, erklärte ich Linus. »Die Schattenreiter können euch nicht finden, wenn ihr selbst im Schatten seid. Sucht euch irgendein Versteck. Irgendwas, wo es dunkel ist. Wir sind gleich bei euch.«

»Alles klar. Ich melde mich wieder.«

»Okay!« Ich steckte das Handy in meine Jackentasche und spürte, wie ich im selben Augenblick in einen Strudel aus Panik fiel. Was war los? Was wollten die Schattenreiter von den Zwillingen? Und warum konnten die beiden sie überhaupt sehen? Ich hoffte inständig, sie fanden irgendeinen dunklen Winkel, in dem sie sich in Sicherheit bringen konnten. Doch was wäre, wenn wir es nicht rechtzeitig schafften? Mir war mittlerweile übel vor Angst, doch Marian schien es nicht zu bemerken. Er presste die Kiefer aufeinander, den Blick starr nach vorn gerichtet sprintete er neben mir her.

Wie ferngelenkt rannten wir zum Bahnhof, wo wir quälende

drei Minuten auf eine S-Bahn in Richtung Innenstadt warteten, fuhren die vier Minuten bis zur nächsten Station und stürzten dann durch die Fußgängerzone. Es war brechend voll, denn anscheinend hatte die Stadt für dieses Wochenende einen dieser verkaufsoffenen Sonntage eingerichtet. Als wäre es der Tag vor Heiligabend, schoben sich die Menschenmassen durch die Straßen, bepackt mit Tüten und Taschen.

Mit einem Mal kamen wir deutlich langsamer voran. Überall versperrten Körper und Einkäufe uns den Weg, das heißt, vor allem mir. Marian schien etwas an sich zu haben, was die Leute dazu bewegte, ihm von sich aus Platz zu machen. Bereitwillig teilte sich die Menge vor seiner grimmigen Gestalt. Unglücklicherweise schlossen sich die Lücken jedoch genauso unvermittelt, wie sie sich auftaten, meist, bevor ich hindurchhuschen konnte. So kam es, dass ich Marian schon nach wenigen Metern aus den Augen verlor und überrascht aufschrie, als er kurz darauf wieder auftauchte und mich resolut an sich zog.

Mit beiden Armen presste er mich an seine Seite, während wir weiterrannten. Mein Kopf lag an seiner Brust, der Stoff seines Pullovers scheuerte über meine Wange und ich konnte seinen Herzschlag hören, dunkel und gleichmäßig. Doch mir blieb keine Zeit, über die Nähe seines Körpers nachzudenken, die ich eigentlich nie wieder hatte zulassen wollen. Nicht nach dem, was letzte Nacht in den Minen geschehen war. Dennoch wehrte ich mich nicht, versuchte nicht, mich ihm zu entziehen. Meine Freunde brauchten meine Hilfe. Sie warteten auf mich und das war alles, was im Augenblick von Bedeutung war.

Meine Füße flogen über das Kopfsteinpflaster, gerade überquerten wir den Kennedyplatz und ich erinnerte mich daran, wie ich vor zwei Wochen hier gewesen war. Mit Wiebke. Wiebke, die mich zu all diesen verrückten Klamotten hatte überreden wollen. Meine Güte, hoffentlich ging es ihr gut!

Ich biss mir so heftig auf die Lippe, dass sie zu bluten begann, als schließlich der silbern-runde Bau des Einkaufszentrums Limbecker Platz vor uns in Sicht kam. Wie ein gigantisches Ufo aus einer anderen Dimension hockte er am Ende der Straße, ein Fremdkörper aus Glas und Stahl zwischen den deutlich älteren Gebäuden der Innenstadt. Er war erst vor einigen Jahren in Windeseile aus dem Boden gestampft worden, ein Milliardenprojekt, das nun unzählige Geschäfte beherbergte. Wir hatten es also beinahe geschafft.

Ich zückte mein Handy und wählte Linus' Nummer.

Das Freizeichen ertönte.

Noch einmal.

Ein drittes Mal.

Dann ging Linus dran. »Flora?«, flüsterte er.

»Wir sind gleich da«, keuchte ich, erleichtert, seine Stimme zu hören. »Wo seid ihr? Geht es euch gut?«

»Alles in Ordnung. Wir hocken im Tiefgeschoss, wo es zu den U-Bahnen geht. In einem verdammt engen Winkel hinter einer von den Rolltreppen.«

»Alles klar. Gebt uns noch zwei Minuten«, sagte ich und wollte schon auflegen, als Linus noch etwas einfiel.

»Wen meinst du eigentlich mit ›uns‹?«, fragte er.

»Na, Marian und mich.«

»Ah.« Im Hörer ertönte ein Schnauben. »Na dann, bis gleich also.«

Wir fanden die beiden an der beschriebenen Stelle. Während Linus sich betont lässig an die Wand lehnte, hockte Wiebke neben ihm, als habe sie einen Geist gesehen. Ihr ganzer Körper zitterte, das Haar klebte ihr schweißnass in der Stirn, ihre Augen waren schreckgeweitet.

Mit einem Satz war ich bei ihr und schloss sie in die Arme. Schluchzend vergrub sie das Gesicht an meiner Schulter. »Es ... es war so schrecklich, Flora«, murmelte sie in meine Jacke. »Sie waren riesig und sie haben uns verfolgt. Wie in einem Horrorfilm!«

»Ich weiß«, sagte ich und strich ihr über das Haar. »Aber jetzt sind wir ja da.«

»Wo habt ihr sie zuletzt gesehen?«, fragte Marian, der uns den Rücken zuwandte und fachmännisch Ausschau hielt.

»Im Grunde waren sie direkt hinter uns. Aber als wir diese Linie überquerten«, Linus deutete auf die Stelle, wo der Schatten der Rolltreppe begann, »da haben sie plötzlich abgedreht. Es waren drei riesige Pferde mit schwarzen Flügeln, glaube ich. Verrückt, oder?« Die Heiserkeit in seiner Stimme verriet, dass er die Sache lange nicht so cool wegsteckte, wie er vorgab.

Marian wiegte den Kopf hin und her. Noch einmal ließ er den Blick über die angrenzenden Geschäfte schweifen, doch von den Schattenpferden fehlte jede Spur. Langsam drehte Marian sich schließlich zu uns um und sah erst Linus, dann der immer noch schniefenden Wiebke tief in die Augen.

»Seltsam«, murmelte er. »Ihr beide seid Schlafende, daran besteht kein Zweifel. Und trotzdem habt ihr geflügelte Pferde aus Schatten gesehen?«

Die Zwillinge nickten. »Außer uns hat aber anscheinend niemand die Dinger wahrgenommen. Die Leute haben einfach weiter eingekauft. Was soll das heißen, wir wären Schlafende?«, sagte Wiebke.

Marian machte eine unwirsche Handbewegung. »Nichts Wichtiges. Aber das alles ist wirklich merkwürdig«, sagte er und betrachtete mich einen Augenblick lang mit der undurchdringlichen Miene des Kämpfers, bevor er eine Entscheidung traf: »Vielleicht sind sie hier noch irgendwo. Ich werde mich umsehen, ob die Luft rein ist. Und du, Flora, bleibst solange hier bei den beiden. Haltet euch weiter im Schatten und wartet auf mich. Für den Fall der Fälle hast du ja sicher deine Wunderwaffe dabei, oder?«

In meiner Hosentasche schlossen sich meine Finger um das kühle Metall. »Natürlich«, sagte ich, doch Marian war bereits davongeeilt.

»Ganz schön großkotzig heute, dein Freund«, sagte Linus und ließ sich neben uns auf den glänzend gefliesten Boden fallen.

Ich zuckte mit den Achseln, während Wiebke ein Taschentuch aus ihrer Handtasche hervorkramte und sich geräuschvoll die Nase putzte. Noch immer hielt ich sie im Arm.

»Kannst du auch mal an was anderes denken als an deine Eifersucht, Linus?«, schnaubte sie und richtete sich auf. »Viel wichtiger ist doch, was es mit diesen Pferde-Monster-Geister-Dingern auf sich hat. Das sind die Schatten, von denen du neulich gesprochen hast, nicht wahr, Flora?«

»Ja.«

»Und Linus sagt, ihr habt gestern früh auch schon einen gesehen und du warst nur deshalb bei uns zu Hause, nicht weil zwischen euch wieder irgendwas läuft?«

»Ja«, sagte ich wieder. Zum wohl hundertsten Mal innerhalb der letzten zwei Minuten fragte ich mich, wie ich den beiden alles beibringen sollte. Was sollte ich überhaupt sagen? Wie viel?

»Bitte, du musst uns erklären, was das zu bedeuten hat, Flora!« Tränen hatten dunkle Linien aus Wimperntusche über Wiebkes Wangen gezogen.

»Das ist nicht so leicht«, begann ich und legte das Kinn auf die Knie. »Das Erste, was ihr wissen solltet, ist, dass diese Wesen, die Schattenreiter, aus einer anderen Welt stammen. Und es ist vollkommen unnormal, dass Leute, die diese andere Welt gar nicht kennen, sie sehen können.«

Ungläubig starrten die Zwillinge mich an. »Eine ... andere Welt, ja?« Linus runzelte die Stirn. »Willst du uns verarschen?«

Ich schüttelte den Kopf, und während mein Blick die Ladenzeile gegenüber immer wieder nach flackernden Schwingen absuchte, berichtete ich meinen Freunden stockend von Eisenheim, meinem Vater und dem Weißen Löwen. Es tat gut, ihnen die Wahrheit zu sagen, der Felsbrocken, den ich nun schon so lange in meiner Brust trug, verwandelte sich langsam in einen mittelgroßen Kiesel. Nur was zwischen Marian und mir vorgefallen war, verschwieg ich, ebenso wie die Ausbeutung der Schlafenden.

Linus und Wiebke brauchten schließlich nicht zu wissen, dass ihre Seelen Nacht für Nacht wahrscheinlich in Lumpen gehüllt an irgendeinem Fließband standen und sich für einen Hungerlohn plagten.

Etwa eine Viertelstunde lang redete ich ununterbrochen und die ganze Zeit über starrten die Zwillinge mich mit offenen Mündern an. Fast schon befürchtete ich, sie würden mich im nächsten Augenblick auslachen. Sie mussten mich doch einfach für verrückt halten. Was ich ihnen erzählte, war Wahnsinn, vollkommen abgedreht! Aber als ich geendet hatte, schlang Wiebke die Arme um mich und drückte mich fest an sich.

»Du Ärmste! Da hast du in den letzten Wochen ja ganz schön was durchgemacht. Diese Schattenstadt ... und jede Nacht musst du dorthin ... Hätte ich diese Schattenpferde nicht selbst gesehen ... Das klingt unglaublich. Unglaublich schrecklich.«

»Wenn du mich fragst: Das klingt nach einem verdammten Haufen Scheiße, in den du da hineingeraten bist«, polterte Linus. »Was machen wir denn jetzt?«

Ich seufzte, weil mir Wiebkes Umarmung die Luft abdrückte, und befreite mich vorsichtig. Das Gefühl, niemals zuvor so erleichtert gewesen zu sein, breitete sich warm in meinem Magen aus. Linus und Wiebke wussten nun Bescheid, ich brauchte sie nicht mehr anzulügen! Endlich hatte ich meine besten Freunde wieder!

»Erst einmal warten wir, was Marian herausfindet«, verkündete ich und lehnte den Kopf an das Metall der Rolltreppe über uns.

Doch Linus schien meine plötzliche Ruhe nicht zu teilen.

Unruhig lief er in unserem schmalen Versteck auf und ab. »Oder wir unternehmen selbst etwas. Du weißt doch, wie man mit diesen Monstern umgeht, oder?« Linus verschränkte die Arme vor der Brust. »Ich traue diesem Finnen nämlich immer noch nicht über den Weg. Ganz egal, ob er nun zu dieser Schattenwelt-Sache gehört und dich angeblich beschützen soll oder nicht.«

»Linus!«, mahnte Wiebke und setzte zu einer Standpauke zum Thema unangebrachte Eifersucht in Extremsituationen an, während Linus' Worte mich wie eine Ohrfeige aus meinem Glückstaumel rissen. Mein Verstand hatte in den vergangenen Minuten anscheinend komplett ausgesetzt.

Denn ich konnte Marian tatsächlich nicht trauen, war ich mir dessen in den vergangenen Tagen nicht allzu bewusst geworden? Und nicht nur das: Hatte ich nicht seit gestern sogar allen Grund zu der Annahme, dass er in Wahrheit mit dem Eisernen Kanzler unter einer Decke steckte? Immerhin hatte er ein Monster auf mich gehetzt. Wer sagte mir, dass er es mit den Schattenreitern nicht genauso machen würde? In meiner Sorge um Linus und Wiebke hatte sich mein Hirn anscheinend in den Stand-by-Modus runtergefahren. Stattdessen hatte ich mich von meinen Gefühlen leiten lassen, denn tief in mir war da noch immer das, was ich für Marian empfand oder was von meinem anderen Ich irgendwann einmal empfunden worden war: Liebe und bedingungsloses Vertrauen.

Oh, wie hatte ich nur so dumm sein können?

Was, wenn das eine Falle war? Und meine Freunde lieferte ich gleich mit ans Messer!

Ich ballte die Hände zu Fäusten und sprang auf die Füße. »Linus hat recht«, rief ich. »Wir sollten die Sache selbst in die Hand nehmen.«

»Äh«, krächzte Wiebke, die plötzlich wieder blass geworden war. »Ich glaube, ausgerechnet jetzt wäre dafür kein besonders guter Zeitpunkt.«

Ich folgte ihrem Blick und erstarrte.

Es war bereits zu spät. Mitten im Gang, etwa einen halben Meter über den Köpfen der vorbeiströmenden Menschen, war Marians Schatten aufgetaucht. Zusammen mit einem der geflügelten Pferde, dessen Gestalt im Neonlicht flackerte, hing er dort. Mitten in der Luft lieferten sich die beiden einen erbitterten Kampf. Ich erschauderte. Wie alle anderen seiner Art trug auch dieser Reiter einen Backenbart und einen Zylinder und doch sah er irgendwie anders aus.

Marian und der Schattenreiter umkreisten einander vor der Schaufensterscheibe eines Nagelstudios und glitten dabei immer wieder teilweise durch das Glas. Die Peitsche des Reiters umzüngelte ihn wie schwarzer Rauch, die Schwingen des Pferdes strichen sachte über die Schultern der Schlafenden unter ihnen. Blitzschnell platzierte Marian mehrere Tritte gegen die Schulter des Reiters, sprang über ihn hinweg und tauchte unter der zischenden Peitsche durch.

Instinktiv zückte ich die Sichel des Bettlers und stellte mich schützend vor meine Freunde.

»Was hat das Monster?«, flüsterte Wiebke hinter mir. »Warum bewegt es sich so komisch?«

»Der Schattenreiter kämpft mit Marian, siehst du das nicht?«, sagte ich, wandte leicht den Kopf und bemerkte den verwirrten Gesichtsausdruck der Zwillinge. Ihre Blicke klebten an dem Schattenreiter im Gang. Doch Marian, der gerade unmittelbar vor uns ein geschicktes Ausweichmanöver unternahm, schienen sie nicht einmal wahrzunehmen.

Ich schluckte und umklammerte die Waffe in meiner Hand fester, spürte das feine Kribbeln, das von ihr ausging. Zwar glaubte ich nicht mehr, dass Marian den Schattenreiter auf uns hetzen würde, aber man konnte schließlich nie wissen.

Noch immer kämpften die beiden. Mit bloßen Händen malträtierte Marian seinen Gegner, duckte sich plötzlich weg und schwebte durch eine Gruppe Jugendlicher, die um einen Typen mit iPhone herumstanden. Zornig wendete der Reiter sein Pferd und setzte ebenfalls zum Sinkflug an.

Und da erkannte ich es.

Natürlich, die Gestalt des Schattenreiters war dunkel und flackernd, ihre Farbe schlug ins Negativ um und ihre Konturen erzitterten und kräuselten sich. Doch sie war nicht schwarz-weiß! Jedenfalls nicht vollständig.

Erschrocken starrte ich auf das Gesicht des Reiters. Blaue Adern, die sich unter der bleichen Haut abzeichneten, waren dort zu sehen. Und ein schmutziges Gelb, das seine Wangen bedeckte, als bestünde seine Haut aus Pergament. Was hatte das zu bedeuten?

Ich zuckte zusammen, als sich einen Wimpernschlag später Marians Faust in eben jenes Gesicht bohrte. Wie aus dem Nichts war er emporgeschnellt und griff nun nach den Zügen seines Gegners. Seine Finger fuhren in Haut und Fleisch, durchbrachen die Schattengestalt. Farben verwischten, als Marian seine Hand mit einem Ruck zurückzog.

Der Schrei des Schattenreiters gellte den Gang hinunter und übertönte sogar das Rauschen einer irgendwo unter uns einfahrenden U-Bahn. Ein Kreischen, das wie Eissplitter auf uns niederregnete.

»Wo ist er hin?«, fragten Linus und Wiebke beinahe gleichzeitig, während der Reiter die Hände vor das dunkle Loch presste, das einmal sein Gesicht gewesen war. Ein Röcheln entrang sich seiner Kehle, schwankend saß er im Sattel, drohte zu stürzen. Aber dann gab er dem geflügelten Pferd die Sporen und stob davon.

Fassungslos sah ich ihm nach, wie er in Windeseile den Gang entlangflog, eine gellende, sich aufbäumende Gewitterwolke über den Köpfen der ahnungslosen Einkäufer. Aus einem Lautsprecher unter der Decke verkündete eine Frauenstimme das Kennzeichen eines falsch parkenden Wagens. Auf der Höhe eines Klamottenladens taten die mächtigen Schwingen einen letzten Flügelschlag. Und plötzlich war es, als habe es in diesem Einkaufszentrum niemals einen geisterhaften Reiter gegeben, der es auf meine besten Freunde abgesehen hatte.

Marians Schatten schwebte noch immer vor dem Nagelstudio. Auch er wirkte verwirrt, als er sich schließlich langsam auf mich zubewegte und mir seine noch immer zur Faust geballte Hand entgegenstreckte.

»Sieh dir das an«, murmelte er und öffnete sie.

Blaue und gelbe Ascheflocken rieselten zu Boden. Sie zerfielen zu Staub, kaum dass sie die glänzenden Fliesen berührten.

»Bei den anderen beiden war es das Gleiche.«

»Was ...?«, fragte ich.

Doch Marian zuckte mit den Achseln, sein Blick blieb hart und verschlossen. »Es ist das Portal, Flora. Die Materienarten vermischen sich bereits. Noch nicht sehr, dazu reicht die Kraft des Splitters nicht aus. Aber gerade genug dafür, dass die Schattenreiter des Kanzlers für diejenigen Schlafenden sichtbar und spürbar werden, auf die er sie ansetzt.«

»*Ansetzt?*«, stammelte ich. »Du meinst, er hat seinen Leuten befohlen –?«

Marian nickte, bevor ich meine Frage beenden konnte.

»Was hat das zu bedeuten?«

»Keine Ahnung«, sagte Marian und plötzlich war da ein kaltes Lächeln auf seinen Zügen. »Und selbst wenn, wie hast du es doch vorhin noch so treffend formuliert: Wir beide haben uns nichts mehr zu sagen, nicht wahr?«

Ich schnaubte. »Sag mal, spinnst du? Es geht hier um meine Freunde!«, rief ich, doch Marian hatte sich bereits abgewandt. Wortlos schwebte sein Schatten davon, während Wiebke zaghaft eine Hand auf meine Schulter legte.

»Äh, mit wem redest du da?«

»Mit Marians Schatten«, sagte ich und seufzte. »Wir wissen zwar immer noch nicht, was die Schattenreiter von euch wollten, aber ihr seid zumindest vorerst in Sicherheit.«

Grinsend trat Linus ins Licht hinaus. »Und ihr beiden streitet euch, stimmt's?«

Ich schwieg, während Wiebke ihren Bruder in die Seite knuffte. »Sei nicht so schadenfroh, Mann.«

»Bin ich doch gar nicht. Habt ihr Lust auf einen Karamellmacchiato?«

21

DER WEISSE LÖWE

Auch wenn ich sie noch so gern aufgehalten hätte, die nächste Nacht kam und mit ihr der Schlaf und die Zeit, meinen Entschluss in die Tat umzusetzen. Nun, da die Schergen des Kanzlers sogar meine Freunde bedroht hatten, war es schließlich dringlicher denn je, dass ich der Jagd nach dem Weißen Löwen ein für alle Mal ein Ende setzte. Ganz egal, wer bei dieser Geschichte was bezweckte.

Eisenheim empfing mich mit seinem eisigen Atem.

Fluvius Grindeaut höchstpersönlich begleitete mich durch die Stadt. Der Großmeister trug die Kapuze seines grauen Mantels tief ins Gesicht gezogen und legte ein strammes Tempo vor, das ich ihm in seinem fortgeschrittenen Alter gar nicht mehr zugetraut hätte. Vor allem, da er in den Armen eine hölzerne Truhe trug, in der er, wie er mir erklärt hatte, die Werkzeuge und Materialien aufbewahrte, die er zum Zerstören des Steins benötigen würde.

Gemeinsam hasteten wir durch die Straßen, während sich der Nachthimmel über uns und die Stadt spannte wie eine Schneekugel aus schwarzem Glas. Unter ihm kam ich mir so winzig vor, als wären der Großmeister und ich nichts weiter als zwei verlorene kleine Punkte. Dass ausgerechnet wir auf dem Weg waren, etwas so Mächtiges und Wertvolles wie den Weißen Löwen an uns zu bringen, erschien mir fast schon unglaublich. Und doch war es so.

Wir durchquerten Krummsen und Graldingen auf verschlungenen Wegen, für den Fall, dass uns jemand folgte, und erreichten schließlich das Ufer des Hades. Vorbei an den raupenförmigen Hallen, in denen die Zeppeline untergestellt wurden, liefen wir am Wasser entlang, bis sie vor uns emporwuchsen, dreieckig und dunkel. Die Pyramiden von Gizeh.

Aus der Nähe betrachtet wirkten sie noch viel bedrohlicher, als ich es mir vorgestellt hatte. Wie schlafende Dämonen aus Staub und Stein. Das Wasser des Flusses fraß an ihren Fundamenten, der Geruch von Fäulnis wehte uns entgegen. Fluvius Grindeaut führte mich einmal um den Komplex herum bis zur Vorderseite der Cheopspyramide. In ihre Front war ein Portal aus geschnitztem Eichenholz eingelassen, dessen Flügeltüren eher zum Eingangsbereich einer britischen Bank als zu einem antiken Bauwerk gepasst hätten.

»Nun«, sagte der Großmeister mit brüchiger Stimme. »Dort wartet er also auf uns.«

Ich nickte. »Sieht ganz so aus.«

Der Großmeister legte eine Hand gegen die Tür und wollte sie aufstoßen, als ich ihn plötzlich zurückhielt. Erinnerungsfetzen wirbelten in meinem Kopf umher. *Ich sah diese Tür, ich spürte den Stein in meiner Hand.* »Bitte«, sagte ich. »Wenn ich ihn finden will, dann ... dann muss ich allein gehen.«

»Weshalb?« Fluvius Grindeaut musterte mich, in seinen in Nestern aus Runzeln sitzenden Augen glomm Skepsis auf.

Ich zuckte mit den Achseln. *Wieder fühlte ich das Gewicht des Steines, hörte meine eigenen Schritte auf marmornem Boden.* »Keine Ahnung. Meine Erinnerung ist seltsam verwischt. Aber ich weiß einfach, dass es so ist. Sie können doch hier auf mich warten, vielleicht nicht mitten auf dem Platz, wo Sie jeder sieht.« Ich deutete auf eine der kleineren Pyramiden, deren Eingang ein breites Vordach bildete. »Wie wäre es dort drüben?«

Der Großmeister setzte an, mir zu widersprechen, nickte dann aber doch. »Also gut. Ich werde warten«, sagte er und schlurfte in die Dunkelheit.

Ich wandte mich wieder der Cheopspyramide zu. Mit beiden Händen drückte ich gegen das Portal. Ich dachte an meinen Vater und Marian, Wiebke und Linus, den Eisernen Kanzler und den Weißen Löwen. Lautlos schwang die riesenhafte Tür auf. »Leuchte heller«, raunte ich Sieben zu, den ich dieses Mal nicht im Palast vergessen hatte, und trat ein.

Die Luft hier drinnen war abgestanden. Staubkörner tanzten in Siebens Glimmen wie ein feiner Nebel und meine Schritte hallten laut durch die Stille. Grabesstille. Wieder tauchten Kammern und Mumien und Fallen vor meinem inneren Auge auf, doch ich wischte diese Gedanken beiseite. Stattdessen blinzelte ich, legte den Kopf in den Nacken und versuchte mich zu orientieren. Langsam gewöhnten sich meine Augen an das Dämmerlicht, ich meinte, tatsächlich marmorne Fußböden zu erkennen, genau wie mein Vater gesagt hatte. Und ich bemerkte, dass ich mich keineswegs in einem Gang oder einer Kammer befand, sondern in einem gewaltigen Raum. So groß, dass sich die Wände bereits wieder in der Finsternis verloren, ehe mein Blick sie erreichte.

Es war, als hätte man die gesamte Pyramide von innen ausgehöhlt und mit einem hübsch glänzenden Rautenmuster gekachelt. Ein Stück von mir entfernt entdeckte ich etwas, was wie eine Gruppe geduckter Kämpfer des Grauen Bundes aussah. Als ich näher heranging, stellte es sich jedoch als eine von Tüchern verhängte Sitzgruppe heraus. Etwas weiter hinten standen mehrere Schreibtische mit wuchtigen Platten, die von Glaswänden mit Schiebefenstern umgeben waren und mich ein wenig an Bankschalter erinnerten. Unter der Decke, exakt in der Spitze der Pyramide, hing ein monströser Kronleuchter. Seine silbernen Arme schimmerten matt, als Siebens Licht darüberglitt. Ich erkannte Flecken und Spinnweben und erloschene Gaslichter. Ansonsten war der Raum vollkommen leer. Wie eine verlassene Messehalle nach einem Konzert, lange nachdem die Musik verklungen und der letzte Besucher gegangen ist.

Ich schritt über den Marmor und dachte nach. Viel gab es hier nicht zu sehen. Allerdings bedeutete dies immerhin auch: Allzu viele Versteckmöglichkeiten für den Weißen Löwen bot das Gebäude nicht. Ich ging zu einem der Schreibtische hinüber und zog an der Schiebetür des Glaskastens. Erst jetzt sah ich, dass alle Schubladen herausgerissen worden waren. Papiere lagen auf dem Boden darunter verstreut, achtlos durcheinandergeworfen. Ein Briefbeschwerer war zerbrochen, eine der hölzernen Schreibtischtüren aus den Angeln gerissen worden und in der Staubschicht, die den Boden bedeckte, erkannte ich frische Fußspuren, die nicht meine eigenen waren.

Rasch wandte ich mich dem nächsten Glaskasten zu. Und dem übernächsten. Doch überall bot sich mir das gleiche Bild der Verwüstung. Die Erkenntnis sickerte in meine Gedanken wie Gift: Jemand war hier gewesen und er hatte etwas gesucht. Der Kanzler. Natürlich.

Wie hatte ich nur so naiv sein können anzunehmen, ich würde ihm zuvorkommen? Der Eiserne Kanzler kannte das Versteck seit letzter Nacht und er hatte den ganzen Tag über Zeit gehabt herzukommen. Seine Seele wanderte schließlich nicht. Wahrscheinlich hatte er den Weißen Löwen längst an sich genommen!

Ich kickte eine geborstene Schublade zur Seite ... und begriff im selben Moment, dass es nicht so war. Der Kanzler hatte den Stein nicht gefunden, das konnte er gar nicht. Niemand konnte das außer mir. Ja, der Weiße Löwe lag immer noch in seinem Versteck und wartete auf mich, plötzlich war ich mir sicher. Der Stein war hier, ich spürte, dass er da war. Er rief nach mir und ich war gekommen, um mich für immer von ihm zu befreien.

In der Luft hing mit einem Mal ein Flirren. Eine Art unsichtbares Flackern legte sich über meinen Blick. Die Stille wurde ohrenbetäubend. Schon einmal hatte ich in diesem monströsen Raum gestanden. Ich erinnerte mich ...

Mein Atem ging keuchend und meine Lungen schmerzten, so lange hatte ich nichts anderes getan, als zu rennen. Da war diese mittlerweile schon vertraute Schwere in meinen Händen und das Dach der Pyramide hoch über mir.

Einen Wimpernschlag lang überlegte ich, den Stein in einem der Schreibtische zu verstecken. Doch dann entschied ich mich anders. Ich spürte förmlich, wie der Weiße Löwe mir etwas zuraunte. Wie er mich dazu aufforderte, tiefer in die Finsternis am Rande meines Blickfeldes hineinzugehen.

Wie von selbst folgte ich meiner Erinnerung in die Dunkelheit. Unaufhaltsam näherte ich mich der rückwärtigen Wand der Pyramide und dem Schatten, in dem sie lag. Das Flirren verstärkte sich mit jedem meiner Schritte und wurde allmählich zu einem Wispern. Mit allen Fasern meines Körpers tauchte ich ein in die Schwärze, die selbst von Sieben kaum noch erhellt wurde.

Dann blieb ich abrupt stehen und legte meine Hand auf eine der Bodenplatten. Meine Finger strichen über den Marmor. Er war glatt und hart. Ich fühlte die Kälte, die von ihm ausging, und ertastete etwas Rundes. Einen Ring.

Kaum hatte ich ihn umfasst, glitt die Platte beiseite und gab den Zugang zu einer Wendeltreppe frei, die steil in die Tiefe zu führen schien. Doch ich zögerte nicht. Im selben Augenblick, in dem die Öffnung erschienen war, hatte sich das Wispern verändert. Es war zu einem Murmeln geworden, einem Rauschen, das immer wieder die gleichen Silben formte: *Flo-ra! Flo-ra!* Mein Name lag in der Luft, kaum mehr als ein Zischen im Dunkel. Unwiderstehlich.

Rasch stieg ich die Stufen hinab und erreichte kurz darauf einen weiteren Raum. Er war beinahe ebenso riesig wie die Pyramide darüber. Allerdings schien er nicht von Menschenhand errichtet worden zu sein. Ich stand auf einem breiten Gesteinsvorsprung und sah mich um. Nirgendwo waren Kalkstein oder Marmor zu erkennen. Wände und Decke bestanden aus Fels, genau wie der Boden unter meinen Füßen. Grau und alt und unregelmäßig wölbte sich die Grotte über einer dunklen Ebene, die dalag wie schwarzer Lack.

Es dauerte einen Moment, bis ich begriff, dass es ein See war. Im Grunde wurde es mir erst klar, als ich einen Fuß hineinsetzte. Das Wasser war eisig, doch das störte mich nicht. Ich warf meinen weiten grauen Mantel ab und ging einfach weiter. Schon reichten mir die dunklen Fluten bis zur Hüfte. Mein eigener Name dröhnte in meinen Ohren. Ich wusste längst, dass es der Stein war, der mich lockte. Ein Ruf, dem zu widersetzen ich weder fähig noch willens war. Ich holte tief Luft, dann tauchte ich unter.

Der Weiße Löwe erwartete mich am Grund des Sees.

Und ich würde kommen, um ihn zu holen. Blind schwamm ich durch die Kälte, die mich umgab wie flüssiges Eis. Meine Haut brannte und meine Arme schmerzten mit jedem Zug, den ich tat. Es war mir egal.

Ich weiß nicht, wie lange ich die Luft anhielt, doch meine Fingerspitzen stießen erst auf den felsigen Grund des Sees, als ich das Gefühl hatte, jede Sekunde das Bewusstsein zu verlieren. Aber es war nicht nur der Sauerstoffmangel, der mich schwindelig machte, es war auch die unmittelbare Nähe des Weißen Löwen. Ich sah ihn nicht, aber ich fühlte ihn. Direkt unter mir. Verborgen *im* Fels.

FLORA! FLORA! FLORA! Mein Name gellte in meinen Ohren. Meine Lungen explodierten.

Wie damals, als ich durch die Fensterscheibe unseres Klassenzimmers getreten war, streckte ich die Hände aus. Als wäre ich ein Schatten, glitten sie durch das Gestein und schlossen sich um ... ihn!

Erinnerungen trafen mich wie Donnerschläge.

Ich war noch ein kleines Mädchen und lebte in einem Turm am äußersten Ende Eisenheims. Von meinem Fenster aus konnte ich in der Ferne das Nichts sehen. Ich beobachtete die Menschen auf den Straßen unter mir und ich spürte diese Sehnsucht nach dem Weißen Löwen, ohne zu wissen, was sie bedeutete. Niemals durfte ich den Turm verlassen. Niemals mit anderen Kindern spielen. Da war einzig und allein diese Frau, deren Gesicht ich nicht kannte, weil sie stets eine Maske aus weißem Gips trug. Nur ihre Augen waren durch sie zu sehen, blitzende helle Augen, die mich anlachten oder mir zürnten, wenn ich ungehorsam war.

Die Dame!

Die Dame, die eines Tages spurlos verschwand. Ich war sieben Jahre alt, als sie mir die Geschichte von einem verwunschenen Stein erzählte, der in der Nacht, in der ich geboren worden war, vom Himmel fiel. Von da an wusste ich, wonach ich suchte.

Die Jahre vergingen. Ich hörte auf, mit Puppen zu spielen, begann, Bücher zu lesen, und flehte die alte Frau, die nun auf mich aufpasste, an, mich hinaus in die Welt zu lassen. Noch immer fühlte ich diese Leere in meiner Brust, so, als fehle ein Teil von mir. Ich ahnte, dass dieser Teil außerhalb meines Gefängnisses lag, und mit der Zeit wuchs in mir ein Plan heran. Ein Plan, der schließlich zur reifen Frucht wurde: Flucht.

Ich kam wieder zu mir, als ich die Wasseroberfläche durchbrach.

Schmerzhaft strömte die Luft in meine Lungen. Ich japste, blinzelte mir das Wasser aus den Augen und erkannte, dass ich mich fast in der Mitte des Sees befand. Ich fror so erbärmlich, dass meine Zähne aufeinanderschlugen, doch in meiner Faust lag der Weiße Löwe! Er schmiegte sich in meine Handfläche, als wäre er dafür gemacht worden. Nur an meinem Daumen spürte ich scharfe Kanten, die Stelle, an der der Splitter herausgebrochen sein musste. Endlich hielt ich ihn wieder in den Händen, diesen mysteriösen Stein, nach dem ich mich mein Leben lang gesehnt hatte. Ich war glücklich in diesem Moment und gleichzeitig dabei zu erfrieren.

Mit ein paar kräftigen Schwimmzügen näherte ich mich dem Ufer, bis ich wieder stehen konnte. Dann stieg ich aus dem Wasser, streifte den triefnassen Wollpullover, unter dem ich lediglich ein Leinenhemd trug, ab und wickelte mich in meinen warmen Mantel. Andächtig sank ich in einen Schneidersitz und betrachtete, die Kapuze tief ins Gesicht gezogen, den Weißen Löwen in meinem Schoß.

Noch immer ging ein Wispern von ihm aus und noch immer klang es nach meinem Namen. Mit dem Fingernagel strich ich über die Kanten des seltsamen Kiesels, fuhr seine Maserung nach und versuchte zu ergründen, welche Macht ihm innewohnte und was diese Macht mit mir zu tun hatte.

Viel Zeit blieb mir dazu allerdings nicht, denn plötzlich war ich nicht mehr allein. Von einem Atemzug zum nächsten stand eine Gestalt vor mir und riss mich aus meinen Gedanken.

»Gib ihn mir«, sagte Marian so ruhig, dass ich erschrak.

Ich drückte den Weißen Löwen an meine Brust. »Nein!«

Marian ging vor mir in die Hocke, schob mir die Kapuze aus dem Gesicht und strich dabei eine Strähne meines nassen Haares zur Seite. Dann sah er mir direkt in die Augen. Sein gläserner Blick bohrte sich bis in mein Innerstes. »Du musst ihn mir geben, okay?«, sagte er langsam. »Ich brauche ihn.«

»Nein«, wiederholte ich kaum hörbar.

»Doch.« Seine Hand schnellte hervor, griff nach meinem Handgelenk und dem Stein. Ich schrie auf. Mit aller Kraft hielt ich die Faust geschlossen, während er versuchte, meine Finger zu lösen. Ich zog und trat um mich, doch es war zwecklos, er hielt meinen Arm wie in einem Schraubstock. Und in seinen Augen sah ich die Kraft der Verzweiflung.

»Gib schon her!«, stieß Marian zwischen zusammengebissenen Zähnen hervor. »Ich bekomme ihn doch sowieso.«

Tatsächlich hatte er es beinahe geschafft. Gleich würde er mir den Weißen Löwen entrissen haben. Ohne darüber nachzudenken, löste ich meine zweite Hand, mit der ich Marians Kehlkopf umklammert hatte, und schob sie in meine Hosentasche. Einen Wimpernschlag später hielt ich die glühende Sichel des Bettlers in meiner Hand. Sofort ließ Marian von mir ab.

Ohne den Blick von ihm zu wenden, drückte ich den Weißen Löwen an mich wie einen Säugling und schob ihn in eine der Innentaschen meines Mantels, während ich die Sichel noch immer kampfbereit hielt.

Marian war bleich geworden. Bleich vor Zorn. »Du willst mich also töten?«, flüsterte er. »*Das* würdest du tun?«

Ich schnaubte. »Und du willst mir den Stein wegnehmen, um ihn zum Kanzler zu bringen, obwohl du zuvor geholfen hast, ihn aus dem Palast zu stehlen? *Das* würdest du tun?«

»Natürlich nicht.« Marian presste die Kiefer aufeinander. »Ich würde ihn niemals dem Kanzler überlassen. Das habe ich schon mal gesagt. Ich …« Er seufzte. »Ich brauche den Stein, um ihn in das kosmologische Materiophon unten in den Minen einzusetzen.«

»Ach so. Das ist natürlich etwas anderes«, sagte ich und ließ das Lächeln auf meinem Gesicht zu Eis gefrieren. »*Vergiss es!*«

Wütend standen wir uns gegenüber, jeder an einer Seite des Felsplateaus, während unter uns das leise Plätschern des Sees zu hören war. Noch immer schlugen kleine Wellen gegen das Ufer, so sehr hatte mein Tauchgang die Oberfläche in Bewegung versetzt. Das bläuliche Licht der Sichel tauchte die Grotte in ein merkwürdiges Glimmen und ließ auch Marian anders als sonst aussehen. Älter. Zorniger. Verzweifelter.

»Woher wusstest du überhaupt, dass ich hier bin? Wie hast du mich gefunden?«, stieß ich hervor.

»Ich stand schon eine Weile hinter dir, als du heute Morgen online recherchiert hast«, sagte Marian ungehalten. »Aber das ist doch jetzt egal. Hör zu: Ja, ich weiß, ich habe dir nicht in allen Punkten die Wahrheit gesagt und das war falsch. Aber ich habe unsere Sache nicht verraten. Ich liebe dich, Flora, und ich brauche den Stein nicht für mich selbst, ich – «

Er benutzte beinahe die gleichen Worte wie in meiner Erinnerung. Bei ihrem Klang wurde mir schlecht.

»Halt den Mund«, rief ich und erschrak selbst darüber, wie schrill meine Stimme von der Felsengrotte widerhallte. »Du hast mich belogen, die ganze Zeit über. Du wolltest den Weißen Löwen gerade gewaltsam an dich bringen. Und gestern, gestern hast du ein Ungeheuer auf Amadé und mich gehetzt! Ich frage mich wirklich, wer hier wen töten will.« Die Sichel in meiner Hand zitterte.

Wie in Zeitlupe nickte Marian. Dann schüttelte er den Kopf, fuhr sich mit der Hand über die Augen und seufzte. »Aber heute Nachmittag habe ich dir geholfen, deine Freunde zu retten, weißt du nicht mehr? Ich war verletzt und wütend auf dich, aber ich bin nicht dein Feind, Flora, das musst du mir glauben. Die Sache ist nun mal die ...« Er zögerte, ich konnte sehen, wie schwer es ihm fiel, die nächsten Worte über die Lippen zu bringen. Gerade so, als bereite es ihm körperlichen Schmerz. »Das Ungeheuer in den Minen ist meine kleine Schwester«, sagte er schließlich langsam und beinahe tonlos. »Und ich habe sie nicht auf euch gehetzt. Ich habe sie beruhigt, damit sie euch nichts tut.«

Ich starrte ihn an. Hatte ich mich verhört? Hatte er wirklich gerade ...? »Äh ... *Schw-* ... *Schwester*?«, stammelte ich. »Das ist Ylva?«

»Ja«, sagte Marian und machte vorsichtig einen Schritt auf mich zu. »Manchmal geschieht es, dass eine Seele krank geboren wird. In der realen Welt ist sie kerngesund. Sie ist ein kluges Mädchen. Doch Nacht für Nacht, wenn sie wandert, verändert sich ihr Geist und sie wird zu diesem ... *Wesen*, das kaum weiß, was es tut. Und jeden Morgen erwacht sie mit der Erinnerung daran, Schreckliches getan zu haben, und mit dem Wissen, es schon bald wieder zu tun. Denn sie ist eine Wandernde, Flora. Wenn sie sich wenigstens nicht erinnern könnte ...« Er kam noch ein Stück näher. »Meine Eltern waren berühmte Wissenschaftler. Sie haben das kosmologische Materiophon entwickelt, um meine Schwester mithilfe des Weißen Löwen zu heilen. Der Kanzler erfuhr davon und ließ meine Eltern ermorden, um die Maschine in seine Gewalt zu bringen. Er wollte sie für seine Zwecke nutzen und ein Portal in die reale Welt erschaffen. Und Ylva hat er gleich mitgenommen.«

»Warum?«, flüsterte ich.

»Meine Eltern waren beinahe fertig mit der Arbeit an ihrer Erfindung, sie hatten Ylvas Seele bereits mit der Maschine verflochten. Meine Schwester kann sich seither nicht weiter als ein paar Meter von dem Ding entfernen. Nur wenn man den Weißen Löwen in die vorgesehene Halterung einsetzt, kann die unsichtbare Kette gelöst und Ylva befreit werden.« Er lachte bitter auf. »Dem Kanzler gefiel es natürlich, solange das Materiophon noch nicht vollständig umgebaut war, ein mitgeliefertes – wie du es nennst – *Ungeheuer* zur Bewachung zu haben.«

Ich ließ die Sichel sinken. Wir standen mittlerweile nah voreinander, ich hätte mich nur auf die Zehenspitzen stellen müssen, um einen Kuss auf Marians blasse Lippen zu drücken. Am liebsten hätte ich genau das getan. Ich sog den Duft von Holz und Erde ein und fühlte die Wärme seines Körpers unter seinem weiten Mantel. Doch etwas hielt mich zurück.

»Warum«, begann ich. »Warum hast du mir all das nicht schon früher erzählt?«

Marian schwieg. Er schloss für einen Moment die Augen und ich bemerkte, wie sich seine Hände zu Fäusten ballten, während ich die Antwort in seinem Gesicht las.

»Weil du wusstest, dass du den Weißen Löwen in die Maschine würdest einsetzen müssen und uns damit alle verraten«, stieß ich hervor. »Fluvius Grindeaut, meinen Vater, mich. Eisenheim und die reale Welt«, zählte ich auf und jetzt war ich es, die ihren Blick in seinen bohrte. »Der Durchgang würde geöffnet werden. Egal, wie kurz du den Stein einsetzen würdest.«

Sein Mund zuckte, während ich sprach, und verriet, dass ich recht hatte. Ich dachte an Wiebke und Linus und welchen Schrecken die Schattenreiter ihnen eingejagt hatten. Würde das Portal erst mit der Kraft des vollständigen Steins betrieben, gewänne der Kanzler auch in der realen Welt die Oberhand. Seine Schattenreiter würden für alle und jeden sichtbar und gefährlich werden, sie würden ein Schreckensregiment errichten. Ich erschauderte bei dem Gedanken daran, wie er die Schlafenden auch in der realen Welt würde versklaven können.

»Der Kanzler bekäme, was er will. Das Gleichgewicht der Welten wäre dahin. Marian! Du weißt, dass das nicht passieren darf.«

Marian nickte abgehackt. Ich sah, wie die Verzweiflung über seine Züge huschte. »Aber sie ist meine Schwester«, sagte er heiser. »Und ich bin der Einzige, den sie noch hat. Muss ich nicht alles tun, um sie zu retten? Muss ich nicht wenigstens alles versuchen? Du weißt nicht, wie es für sie ist.« Er hatte die Hand erneut gehoben. Unendlich langsam, jedoch mit schlafwandlerischer Sicherheit, bewegte sie sich auf die Innentasche meines Mantels zu.

»Ich ertrage es nicht länger, mitanzusehen, wie sie leidet.«

»Tu das nicht«, flüsterte ich.

»Habe ich denn eine andere Wahl?« Er senkte die Lider, um meinem Blick auszuweichen. Seine Fingerspitzen strichen über den Stoff.

Ich schloss meine Faust fester um die Waffe in meiner Hand. Würde ich sie nun doch gegen Marian richten? Musste ich den Weißen Löwen nicht mit allen Mitteln verteidigen? Hatte ich nicht eine Verantwortung gegenüber den Welten?

»Tu … das … nicht!«, wiederholte ich Wort für Wort und spürte, wie mir die Tränen in die Augen traten. »Bitte«, flüsterte ich. »Bitte, tu das nicht!«

Marian presste die Lippen aufeinander, bis sie bleich waren wie die eines Toten.

Mein Körper zitterte. Ich hielt die Luft an und –

»Pardon, meine Dame. Was sehe ich da? Belästigt Sie dieser Herr?«

Wie vom Blitz getroffen fuhren Marian und ich gleichzeitig herum. Am Fuße der Treppe stand jemand, ein Mann mit nur einem Bein und borstigem Haar. Er trug Lumpen, die Reste eines Fracks, der ihm in Fetzen um die mageren Schultern hing. An seinem Mund klebten gräuliche Bröckchen, die vielleicht Ascheklumpen waren.

Vor uns stand Barnabas, der Bettler.

Sein Blick ruhte auf der glühenden Sichel.

22
WAHRHEITEN

Sprachlos starrten wir ihn an. Mein Mund klappte auf und zu, doch kein Ton kam heraus. Marian ließ seine Hand sinken und rückte näher an mich heran. »Wie ich sehe, leistet mein Geschenk Ihnen treue Dienste«, sagte der Bettler und entblößte grinsend eine Reihe fauliger Zahnstummel.

Neben mir versteifte sich Marian. »Was hast du mit ihm zu schaffen?«, fragte er und ich erschrak über die Schärfe, die in seiner Stimme lag.

»Ich habe ihn in meiner ersten Nacht in Eisenheim getroffen und ...« Ich betrachtete abwechselnd Barnabas und die Sichel, die er mir gegeben hatte, während sich in mir ein merkwürdiges Gefühl breitmachte. Ich spürte, dass ich kurz davorstand, mich an etwas zu erinnern.

»Weißt du denn nicht, wer das ist?«, fragte Marian.

Ich dachte an die aufgebrachte Menschenmenge, die johlend dabei zugesehen hatte, wie ein Hüne Barnabas den Kiefer ausrenkte. In diesen Leuten war so viel Hass gewesen und plötzlich wusste ich, dass dieser Hass gerechtfertigt war.

»Und, Barnabas? Hast du sie?«, rief eine vertraute Stimme von oben die Treppe herab.

Im nächsten Moment betrat der Eiserne Kanzler die Höhle.

Er trug einen seidenen Zylinder und einen dazu passenden Mantel. Ein siegessicheres Lächeln umspielte seine Lippen, als er mich entdeckte.

Zornig biss ich die Zähne aufeinander, während hinter ihm zwei Schattenreiter die Treppe hinabstiegen. Zwischen sich schleiften sie einen vor Wut schäumenden Fluvius Grindeaut die Stufen herunter.

»Ich bin erfreut«, sagte der Kanzler und strahlte in die Runde, »dass wir uns nun endlich alle hier in dieser ... Grotte versammelt haben. Wirklich, Flora, ein nettes Versteck für unseren kleinen Liebling. Sie sind klüger, als ich dachte.« Er zwinkerte mir zu. »Aber die Sache mit dem Telechromaten haben Sie glücklicherweise dann doch nicht durchschaut.«

Telechromat? Es kam mir vor, als habe die Sichel in meiner Hand gerade ihr Gewicht verdoppelt. Aus der Tasche seiner Weste beförderte der Kanzler einen identischen Metallbogen hervor. Auch er glühte, allerdings in einem satten Rot.

»Dieses unscheinbare Gerät ist eine meiner neuesten Erfindungen. Es ermöglicht, Gedanken von einer Person zu einer anderen zu teleportieren, ohne dass der Beraubte es überhaupt merkt, und lässt sich auf beliebige Themen programmieren«, sagte er und klang dabei wie ein Sprecher im Teleshoppingkanal. Ich dachte an den seltsamen Helm, den ich im Labor des Großmeisters gesehen hatte. *Gedankenübertragung!*

»Fantastisch, nicht wahr, Flora? Wann immer Sie den Telechromaten benutzt haben, hat er mir Stück für Stück Ihre wiederkehrenden Erinnerungen zum Weißen Löwen übermittelt. Ich wusste, wenn es Barnabas gelingt, ihn Ihnen unterzuschieben – und das hat nebenbei bemerkt hervorragend funktioniert –, wäre es nur noch eine Frage der Zeit, bis Sie anfangen, ihn zu benutzen. Vor allem, wenn meine Schattenreiter ein wenig nachhelfen und Sie dann und wann in Panik versetzen.« Sein Grinsen wurde noch breiter. »Gegen mich ist er selbstverständlich wirkungslos, wie Sie bereits gemerkt haben. Nur für den Fall, dass Sie auf dumme Gedanken kommen sollten.«

Das metallische Klirren zu meinen Füßen wies darauf hin, dass ich die Sichel vor Entsetzen fallen gelassen haben musste. Ich dachte daran, wie ich gegen den Schattenreiter und die Sirenen gekämpft und erst gestern Nacht versucht hatte, den Kanzler anzugreifen. Es wollte einfach nicht in meinen Kopf, dass ich jedes Mal den neuesten Stand meiner Erinnerungen weitergegeben hatte. Dabei hatte ich dieses seltsame Prickeln in meinen Schläfen doch gespürt. Hätte es mir nicht eine Warnung sein müssen? Ich senkte den Blick. Nun war es zu spät.

»Deshalb wussten Sie von den Pyramiden!«, sagte ich.

Der Kanzler nickte. »Und deshalb weiß ich jetzt auch vom Grund des Sees.«

»Dann haben die Schattenreiter mich nur verfolgt, um mir Angst zu machen? Sie wollten mich nie wirklich fangen oder beschatten?«

»Oh doch. Beides, Flora, beides. Ich bin zu alt und habe zu viel erlebt, um nur auf eine Karte zu setzen«, sagte er und trat einen Schritt auf mich zu, bis er so nah vor mir stand, dass ich seinen Atem im Gesicht fühlte. »Und Ihre kleinen Freunde ein wenig in Panik zu versetzen, war auch nicht ganz unamüsant. Ich wusste, Sie würden ihnen zu Hilfe eilen und den Telechromaten noch einmal in die Hand nehmen.«

Gleißende Wut stieg in mir auf. Doch der Kanzler lächelte mich nur weiter an, als wäre das alles nichts weiter als ein Spiel. »Und jetzt«, flüsterte er, »holst du mir den Stein.«

Ich blinzelte. Zentnerschwer ruhte der Weiße Löwe in der Tasche meines Mantels. Ich spürte ihn so deutlich an meiner Brust, als wäre er ein lebendiges Wesen. Doch der Blick des Kanzlers war auf den lackschwarzen See hinter mir gerichtet, was nur eines bedeuten konnte – der Kanzler wusste es nicht. Aus irgendeinem Grund wusste er nicht, dass ich bereits getaucht war! Und er dachte an nichts anderes als an seinen Triumph. Nicht einmal meine nassen Haare und Kleider fielen ihm auf. Ich straffte die Schultern und funkelte ihn an. Solange ich die Sichel nicht wieder aufhob und damit kämpfte, war mein Geheimnis sicher.

»Niemals«, sagte ich mit fester Stimme. »Niemals werde ich den Weißen Löwen für Sie heraufholen.«

»Ja«, sagte der Kanzler. »Das dachte ich mir. Barnabas?« Er winkte den Bettler zu uns heran.

Seelenruhig schlenderte Barnabas auf mich zu, hob die Hand und griff mit Daumen und Zeigefinger in meine Halsbeuge, wo sich augenscheinlich ein wichtiger Nervenpunkt befand. Der

Schmerz jedenfalls durchzuckte mich so plötzlich und heftig wie der Stich einer glühenden Nadel, die in mein Fleisch getrieben wurde. Über die Schulter, den Arm hinunter und bis in meinen rechten Lungenflügel raste er, gleißend und scharf. Ich schrie auf. Keuchte. Wie aus weiter Ferne drang die Stimme des Bettlers an mein Ohr: »Sie ist ganz nass, Herr!«

Doch der Kanzler schien es gar nicht wahrzunehmen.

Aus dem Augenwinkel bemerkte ich, wie Marian versuchte, Barnabas zur Seite zu stoßen, doch der verstärkte nur seinen Griff, sodass mir für ein paar Sekunden die Luft wegblieb. Und in diesem Moment erinnerte ich mich.

Barnabas war kein Bettler. Er war einer der engsten Gefolgsleute des Kanzlers. Sein Folterknecht, von dem man in ganz Eisenheim nur hinter vorgehaltener Hand sprach. Barnabas, dessen größte und einzige Leidenschaft der Schmerz war. Barnabas, der nicht leben konnte, ohne sich und anderen Leid zuzufügen. Von dem man munkelte, er habe sein eigenes Bein verbrannt, Scheibchen für Scheibchen, und die Asche gegessen. Barnabas, der Amadé auf dem Gewissen hatte!

Ein schaler Geschmack breitete sich in meinem Mund aus. Endlich begriff ich, warum die Menschen in der Stadt ihn so hassten. Und ich wusste nun, warum er Dreck aß. Dreck, der in Wahrheit die Asche seiner Gliedmaßen war! Noch immer wütete der Schmerz in meiner rechten Körperhälfte und brach nun mit solcher Wucht durch meine Gedanken, dass mir schwarz vor Augen wurde. Ich taumelte, meine Knie sackten weg und dann, kurz bevor ich tatsächlich fiel, war es vorbei.

»Und?«, fragte der Kanzler, als ich endlich wieder klar sehen konnte. »Überzeugt?«

Ich schwieg, während Marian sich vor mich schob wie ein menschlicher Schutzschild. Wie damals im Schulgarten. An seinen breiten Schultern vorbei sah ich zu Barnabas hinüber, der mich anlächelte. Die Erinnerung an den Schmerz ließ meinen Körper erzittern. Würde ich das Ganze noch einmal aushalten können?

Das schien sich auch Fluvius Grindeaut am Fuße der Treppe zu fragen. Noch immer hielten die Schattenreiter ihm die Arme auf den Rücken, doch das hinderte ihn nicht daran, sich krächzend zu Wort zu melden. »Er darf den Stein nicht bekommen, das weißt du«, beschwor er mich. »Unter keinen Umständen!«

Ich nickte und atmete tief ein, wartete darauf, dass der Bettler sich an Marian vorbeikämpfte und erneut nach mir griff. Aber Barnabas rührte sich nicht. Stattdessen erklang das schallende Lachen des Kanzlers, der sich dem Großmeister zuwandte.

»Natürlich nicht, alter Mann!«, rief er. »Sie sollte den Weißen Löwen besser zu Ihnen bringen, nicht wahr? Da Ihre Absichten schließlich so edel sind.«

Fluvius Grindeaut hob den Kopf. Voller Stolz blickte er in die Runde. »Das sind sie in der Tat«, sagte er.

Wieder lachte der Kanzler. »So edel, dass Sie all Ihre Verbündeten belügen mussten?«, spottete er. »So edel, dass niemand wissen darf, woran Sie seit Neuestem in Ihrem Wald von einem Labor herumwerkeln?«

Der Großmeister senkte weder den Blick, noch verriet seine Miene seine Gedanken.

Sehr langsam trat Marian auf ihn zu. »Der Stein soll zerstört werden, und zwar so schnell wie möglich«, sagte er. »Und an einer Möglichkeit, dies zu tun, haben Sie gearbeitet. So ist es doch, oder? Sie würden uns doch niemals belügen.«

»Oh nein, niemals würde er das!«, rief der Kanzler übertrieben theatralisch. Der Nachklang seiner Worte hing gellend vor Hohn in der Luft zwischen uns. Fluvius Grindeaut presste die Lippen aufeinander und schwieg.

»Doch«, flüsterte ich, während vor meinem inneren Auge eine Flut von Bildern aufzog. »*Solltestnich hierseinflora*«, *lallte der Großmeister in seinem unterirdischen Labor. Ich stand zwischen gläsernen Stämmen und Farnen und starrte auf den riesigen Baum im Zentrum der Höhle. In seinem Wurzelwerk war eine Klappe geöffnet worden, ich entdeckte Zahnräder und Adern, in denen eine dunkle Flüssigkeit pulsierte, die bis hinauf in die feinsten Verästelungen der Krone gepumpt wurde. Zweige, die sich ineinander verschlungen hatten zu … einer Halterung, wie geschaffen, um den Weißen Löwen hineinzusetzen!* Kalte Wut kroch mir die Kehle hinauf. Spielte denn hier jeder ein falsches Spiel?

»Sie besitzen ebenfalls ein kosmologisches Materiophon!«, stieß ich hervor. »Sie wollen den Stein gar nicht zerstören!«

Marian wirbelte zu mir herum. Verwirrung lag auf seinen Zügen. Und eine seltsame Mischung aus Zorn und Furcht. Doch ich beachtete ihn kaum, meine Aufmerksamkeit galt dem ehrwürdigen Großmeister des Grauen Bundes.

»Ich …«, begann dieser und räusperte sich. Erst jetzt fiel mir auf, wie schwer der Alkohol seine Zunge auch in dieser Nacht machte. Anscheinend hatte er sich die Zeit, in der er auf mich gewartet hatte, mit dem einen oder anderen Schluck vertrieben. Dennoch setzte er zu einer Erklärung an. »Ich habe euch nicht belogen. Der Stein sollte zerstört werden, so lautete der Plan. Und als ich ihn euch verkündete, war ich vollkommen davon überzeugt, das Richtige zu tun. Später jedoch …« Verzweifelt bäumte er sich im Griff der Schattenreiter auf. »Du selbst sprachst davon, die ungeheuren Kräfte des Weißen Löwen nicht ungenutzt zu vergeuden, Marian. Ich habe darüber nachgedacht, viele Nächte lang, bis ich erkannte, wie viel Gutes der Stein unserer Welt zu geben imstande ist. Mit seiner Hilfe könnte ich die Wirkung der Dunklen Energie um ein Vielfaches verstärken. Nach und nach könnten wir alle Schlafenden von ihrer Unwissenheit erlösen und in den Kreis der Wandernden aufnehmen.« Seine Augen leuchteten. »Begreift ihr denn nicht, wie großartig das wäre?«

Was hatte der Großmeister noch beim Treffen der Verfechter der Freiheit des Schlafes gesagt? »Genügt es denn, wenn die Schlafenden nicht mehr für uns schuften müssen? Fängt die wahre Freiheit nicht bereits im Kopf an?«

Der Kanzler sah mich an. »Wäre das nicht wahrhaft großartig?«, fragte er und wurde mit einem Mal sehr ernst. »Nein, es wäre unser Untergang«, sagte er leise.

Fassungslos sah ich von dem Mann, der das Gleichgewicht der Welten aufs Spiel setzen und einen Durchgang in die reale Welt schaffen wollte, zu dem Mann, der alle Menschen, ohne sie zu fragen, zu Wandernden zu machen gedachte. Sowohl das eine als auch das andere bereitete mir Bauchschmerzen. Sicher, es war nicht recht, die Schlafenden in Eisenheim auszubeuten wie Sklaven. Aber durfte man deshalb ahnungslose Menschen dazu verdammen, für immer dieses merkwürdige Leben in zwei Welten zu führen? Ich dachte daran, was dies bei meinem Vater angerichtet hatte und wie es mir damit ging, eine Wandernde zu sein ...

»Wären Flora und Mafalda nicht dahintergekommen und hätten sie sich nicht gegen mich verschworen, ich hätte es schon längst getan«, rief Fluvius Grindeaut. »Dann wäre diese Welt eine bessere Welt!«

Ich schüttelte den Kopf. Endlich begriff ich, warum meine Seele den Weißen Löwen versteckt hatte. Und warum ich zur Wandernden geworden war. All das hatte ich nur getan, um den Stein zu beschützen!

Mein Blick fiel auf Marian, der mich vor wenigen Minuten noch hatte bestehlen wollen. Der wusste, welche Konsequenzen sein Handeln haben würde, und der doch nicht anders konnte.

Der alte Mann, der unsterbliche Kanzler und Marian, der mir alles bedeutete, alle drei standen sie da und schauten mich an. Mich, die den Schlüssel zu ihrem sehnlichsten Wunsch unter ihrem Mantel barg.

Der Weiße Löwe pochte an meiner Brust, als wäre er mein Herz, ein Teil von mir, eine innere Stimme, die nach mir rief. Ohne nachzudenken, tastete ich nach ihm, umschloss ihn mit meiner Faust und fühlte die Macht, die von ihm ausging. Mit einem feinen Prickeln überzog sie meine Haut und ich fragte mich, ob sie mir nicht dabei helfen konnte, diesen Wahnsinnigen hier unten zu entkommen.

Einen Wimpernschlag lang zögerte ich noch. Dann stürzte ich los. Ich stolperte mehr, als dass ich rannte, und versuchte, mich zwischen Marian und dem Kanzler hindurchzudrängeln. Dank des Überraschungsmoments schaffte ich es tatsächlich zwei Meter in Richtung Treppe, bevor sich die verdutzten Männer regten. Im nächsten Augenblick versperrte der Bettler mir den Weg.

Ich hielt inne und suchte nach einer Möglichkeit, an ihm vorbeizukommen, aber selbst mit seinem einen Bein war er jeder meiner Bewegungen einen Sekundenbruchteil voraus. Der Stein in meiner Hand war warm und durch den Stoff meines Mantels hindurch sah ich, dass er sachte glomm. Kaum mehr als ein Funkeln, doch hell genug, dass nicht nur ich es bemerkte.

»Sieh an«, sagte der Kanzler. In seinen Augen flackerte ein Hauch von Ehrfurcht auf, als er an mich herantrat, den Blick unverwandt auf das Leuchten unterhalb meines Schlüsselbeins gerichtet. »So nah«, flüsterte er und streckte die Finger seiner weißen, feingliedrigen Hand in meine Richtung wie Spinnenbeine. »So nah ist er.«

Ich drückte den Weißen Löwen fester an mich. Schmerzhaft bohrten sich seine Kanten in meine Haut. Das Licht wurde noch ein wenig heller, doch ansonsten geschah nichts. Dabei redeten alle andauernd von den phänomenalen Kräften des Steins! Konnte er da nicht ein paar winzige Blitze abfeuern oder mich sonst irgendwie beschützen? Ich betete, dass er es tat, während die Hand des Kanzlers sich bebend auf mich zubewegte. Doch der Stein blieb ein Stein. Ein wertvoller, glühender Stein. Ein Teil von mir. Aber nicht mehr.

Schließlich konnte ich nicht länger warten. Erneut stürzte ich nach vorn, direkt auf den Bettler zu. Vielleicht gelang es mir ja, ihn zur Seite zu stoßen.

Noch ehe ich meine Schulter in Barnabas' Brust rammen konnte, warf sich Marian zwischen uns. Zuerst glaubte ich, er habe es wieder auf den Stein abgesehen, dann erkannte ich jedoch den hölzernen Stab in der Hand des Bettlers. Er war denen der Kämpfer des Grauen Bundes nicht unähnlich, bloß bedeutend kürzer und an beiden Enden mit eisernen Nieten besetzt. Marian glitt mitten in den Schlag hinein, der eigentlich für mich bestimmt gewesen war.

Lauf, formten seine Lippen in der Sekunde, bevor der Stab mit solcher Wucht auf seinen Hinterkopf krachte, dass er zersplitterte. Ich sah noch, wie Marian die Augäpfel nach innen verdrehte, als er bewusstlos zusammenbrach, dann stürme ich auch schon los, getrieben von einem einzigen Gedanken: Ich muss den Weißen Löwen beschützen. Irgendwie. Koste es, was es wolle.

Zuerst hielt ich auf die Treppe zu, wo noch immer die Schattenreiter mit Fluvius Grindeaut in ihrer Mitte standen und Wache hielten. Achtlos stießen sie den Großmeister auf den Felsvorsprung und wandten sich mir zu. Mit ruckenden Köpfen fixierten sie mich, zwei breitschultrige Schattenreiter mit Raubvogelzügen, an denen ich niemals vorbeikommen würde, zumindest nicht ohne meine Waffe, die noch immer irgendwo am Rand des Plateaus lag.

Blitzschnell änderte ich die Richtung, schlug einen Haken und warf mich nach links. Zu den Seiten hin wurde das Felsplateau deutlich schmaler, ein kaum einen halben Meter breiter Vorsprung, der einmal um den lackschwarzen See herumzuführen schien. Das andere Ende der Grotte lag im Schatten, doch ich erkannte eine Nische im Gestein. Vielleicht gab es dort ja einen weiteren Ausgang? Das zumindest hoffte ich.

Mit dem Rücken zur Wand schob ich mich vorwärts, so schnell ich konnte. Am Rande des Plateaus lag Marian, reglos und blass. Sein Anblick schnürte mein Innerstes zusammen. Bitte, lass ihn nicht tot sein, dachte ich und blinzelte die Tränen fort, die mir in die Augen getreten waren. Zwar hatten die Schattenreiter ihren Posten am Fuß der Treppe nicht verlassen und auch der Bettler stand einfach nur da und sah auf den See hinaus, doch der Kanzler folgte mir. Ebenso wie Fluvius Grindeaut. Beide balancierten hinter mir über den Vorsprung. Einholen würden sie mich glücklicherweise nicht so leicht. Ich war viel kleiner als die beiden und kam schon allein deswegen deutlich schneller voran. Ein Viertel des Sees hatte ich bereits umrundet und zwischen mir und meinen Verfolgern lagen mehrere Meter Abstand.

»Bleib stehen, Flora«, rief Fluvius Grindeaut, dessen Gleichgewichtssinn ihn augenscheinlich im Stich ließ. Immer wieder taumelte er und musste sich an der Wand festhalten. »Dieser Stein ist das mächtigste Objekt, das die Schattenwelt seit Jahrhunderten gesehen hat. Er gehört nicht in die Hände eines Kindes. Du weißt doch gar nicht, was du tust!«

»Dieser Stein ist ein Teil von mir, okay?«, schnaubte ich und schob mich weiter voran, setzte immer einen Fuß vor den anderen.

»Warum? Weil er ausgerechnet am Tag Ihrer Geburt vom Himmel fiel?«, fragte der Kanzler ungläubig. »Das war doch nur ein Zufall. Wissen Sie, was an meinem 300. Geburtstag passiert ist? Das Nichts hat einen ganzen Stadtteil verschluckt. Na und? Das hatte sicher nichts mit meiner Person zu tun.«

»Da wäre ich mir nicht so sicher«, murmelte ich kaum hörbar und hielt inne. Das Sims, auf dem ich mich bewegte, war zusehends schmaler geworden und maß jetzt nur noch wenige Zentimeter. Bald wäre es nicht einmal mehr breit genug, um einen Fuß daraufzusetzen. Fieberhaft suchte ich das Gestein nach Vorsprüngen und Tritten ab. Bis zum anderen Ufer war es schließlich nicht mehr weit, nur noch ein paar Schritte. Doch die Felswand war viel zu glatt, um darin Halt zu finden.

Fluvius Grindeaut und der Kanzler holten rasch auf. Innerhalb weniger Sekunden verlor ich die Hälfte meines Vorsprungs.

»Komm schon, Flora«, sagte der Großmeister und sah mir in die Augen. Überraschend klar begann er zu sprechen: »Ich weiß, man hat dir schon als Kind vom Weißen Löwen erzählt. Über viele Jahre hinweg hast du all deine Hoffnungen und Sehnsüchte, alles, was dir in deinem Turm fehlte, auf den Stein projiziert. Und in deiner Vorstellung verkörpert er sie noch immer. Aber so ist es nicht. Der Weiße Löwe hat nichts mit dir zu tun, Flora. Nicht das Geringste.«

»Das ist nicht wahr«, sagte ich leise, obwohl ich spürte, dass der Großmeister in diesem Augenblick glaubte, was er sagte. Meine

Hand schmerzte bereits, so verkrampft hielt ich den Stein in meiner Faust umschlossen. Meinen Stein, der ein Teil von mir war. Schließlich konnte ich ihn fühlen, oder etwa nicht? Er war für mich wie ein lebendiges Wesen. Nein, Fluvius Grindeaut musste sich irren. Plötzlich war ich mir sicher.

»Der Weiße Löwe und ich gehören zusammen«, erklärte ich mit fester Stimme. »Deshalb werde ich ihn vor euch beschützen.« Mein Blick wanderte vom Kanzler über den Großmeister bis zum Plateau hinüber, auf dem noch immer Marians reglose Gestalt lag, umringt von Barnabas und den beiden Schattenreitern. »Und zwar vor euch allen!«, fügte ich grimmig hinzu und sprang einen Herzschlag später zum zweiten Mal in dieser Nacht in die eisigen Fluten.

Es war keine bewusste Entscheidung gewesen. Eher so eine Art Reflex. Ein Instinkt, dem ich folgte.

Das Wasser empfing mich mit offenen Armen. Es umschloss meinen Körper wie ein Kokon aus Dunkelheit, in dem Raum und Zeit bedeutungslos wurden. Die Kälte brannte auf meiner Haut und kroch mir in die Knochen. Doch ich achtete gar nicht darauf. Mit kräftigen Zügen tauchte ich in die Tiefe, weiter und immer weiter hinunter in die vollkommene Stille des Sees. Ich hörte nichts als meinen eigenen Puls, und als meine Finger erneut auf felsigen Grund stießen, wurde die Luft in meinen Lungen bereits knapp. Dennoch schwamm ich weiter, alles, was in diesem Augenblick von Bedeutung war, war, den Weißen Löwen in Sicherheit zu bringen. Meine Hände glitten in das Gestein hinein, ebenso meine Arme, meine Schultern ... Ich wusste, es war die Kraft des Steins, die mich dazu befähigte. Rasch tat ich einen weiteren Zug und spürte den Fels wie Sandpapier über meine Wangen streichen. Dann umschloss er meinen Nacken, meinen Rücken, meine Hüften und schließlich meine Beine.

Und noch immer tauchte ich weiter.

Tiefer und tiefer bahnte ich mir meinen Weg durch die Finsternis. Der Weiße Löwe pulsierte heiß an meiner Brust. Meine Lungen drohten zu zerbersten und ich spürte bereits, wie sich mein Bewusstsein ganz langsam in die hinterste Ecke meines Hirns verkroch.

Da sah ich das Licht.

Zuerst glaubte ich, der Stein in meiner Hand habe wieder zu leuchten begonnen. Im nächsten Moment erkannte ich jedoch, dass da gar nicht nur *ein* Licht war, sondern viele. So strahlend hell, dass ich blinzeln musste. Gleißend umfing es mich, geblendet legte ich eine Hand über die Augen und bemerkte, dass ich den Fels hinter mir gelassen hatte. Schwerelos hing ich in einem Raum aus Licht, so schien es mir. Alles um mich herum war makellos weiß, es dauerte einen Augenblick, bis ich die Marmorsäulen entdeckte, die das Deckengewölbe (oder den Fußboden?) trugen. Vielleicht war dies eine Halle, überlegte ich, obwohl ich die Wände nicht sehen konnte. Dafür entdeckte ich etwas anderes: Nicht weit von mir stand es, wie gemacht für den Weißen Löwen. Seiner würdig. Das ideale Versteck!

Ich schwamm durch das Licht. Ein letztes Mal betrachtete ich den Weißen Löwen in meiner Hand. Ein letztes Mal fuhr ich mit den Fingerspitzen über seine raue Oberfläche, zeichnete seine Maserung nach, fühlte seine Macht, die mich erzittern ließ.

Dann schloss ich ihn fort. Für immer sollte er hier unten ruhen. In Sicherheit am Ende der Welt.

Der Rückweg war das Schlimmste. Noch durchströmte mich die Macht des Steins wie ein weißes Glühen und ermöglichte es mir erneut, die Gesteinsmassen zu durchqueren. Doch diese Macht wurde rasch schwächer. Mit immer langsameren Bewegungen kämpfte ich mich durch Fels und Wasser, während meine Sinne schwanden. Einzig das Wissen darum, den Weißen Löwen verborgen zu haben, gab mir die Kraft weiterzumachen. Es war, als dringe die Schwärze durch jede Pore meines Körpers, um mich auszuhöhlen. Tonnenschwer drohten meine Kleider mich in die Tiefe zu ziehen. Rasch streifte ich Mantel und Schuhe ab. Meine Lungen brannten wie Feuer. Mein Kopf schmerzte vor Anstrengung. Doch auf irgendeine Weise, noch lange danach vermochte ich nicht zu sagen, wie, gelang es mir.

Wasser spritzte in alle Richtungen, als ich die Oberfläche durchbrach. Endlich konnte ich wieder atmen! Das Gefühl von Sauerstoff in meinen Adern berauschte mich. Gierig sog ich die Luft ein. Wieder und wieder.

Erst dann bemerkte ich, wo ich mich befand: Wie beim ersten Mal trieb ich etwa in der Mitte des Sees. Und nicht weit von mir entfernt entdeckte ich eine weitere Gestalt in den Fluten. Mit wenigen Zügen war der Kanzler bei mir. Wasser rann ihm über das ebenmäßige Gesicht, die perfekt geschwungenen Brauen. Sein langes Haar war noch dunkler als sonst und hing ihm wirr über die Schultern. Von seinem seidenen Zylinder fehlte jede Spur und nun sah er tatsächlich aus wie ein Junge. Nicht einmal das weise Glimmen in seinen Augen war zu sehen. In seinem Blick lag nichts als Wut. Der grenzenlose, eisige Zorn eines Jungen, dem man sein liebstes Spielzeug weggenommen hatte.

»Wo ist er?«, zischte er und packte mich bei den Schultern. »Du dreckiges Miststück! Ich habe den ganzen Grund nach dir abgetaucht. Wo warst du? Was hast du mit ihm gemacht?«

Ich merkte, wie sich ein Lächeln auf meine Züge stahl. Er schüttelte mich, griff grob nach meinem Arm und zerrte mich in Richtung Ufer. »Du willst es mir nicht sagen«, schrie er. »Na schön, dann werde ich dich eben dazu zwingen! Barnabas! Verdammt noch mal, wo bleibst du?«

Ich zuckte zusammen, als er seinen Folterknecht rief. Doch mein Lächeln blieb. Denn mir war eine Idee gekommen, eine zwar, gegen die sich mein Innerstes sträubte, allerdings: Wenn mir gelang, was ich vorhatte ... Während der Kanzler brüllte und tobte, bewegte ich unter Wasser ganz vorsichtig meine freie Hand. Langsam streckte ich sie dem Kanzler entgegen. Er war viel zu wütend, um es zu bemerken. Schon glitten meine Finger in die Tasche seiner Weste und da fand ich sie, die Sichel. Seine Hälfte des Telechromaten. Mit einer flinken Bewegung angelte ich den Metallbogen heraus und ließ ihn in meine Hosentasche rutschen.

Gerade noch rechtzeitig, bevor der Bettler mich packte und an Land zog. Ich tat so, als müsse ich zu Atem kommen, fuhr mir mit Daumen und Zeigefinger über die Augen und registrierte erleichtert, wie Barnabas dem Kanzler half, auf das Plateau zu klettern.

Unauffällig robbte ich über den Fels, dessen raue Oberfläche mir die Hände aufschürfte. Trotzdem schob ich mich weiter, es fehlte nur noch ein kleines Stück, dann schloss sich meine Hand um den zweiten Telechromaten, meine Sichel, die ich vorhin hatte fallen lassen. Rasch bedeckte ich meinen Fund mit dem Körper.

»Wo ist er?«, donnerte der Kanzler über mir. »Los, sag es! Sag es!«

»Gut«, murmelte ich. »Also gut.« Mühsam rappelte ich mich auf, kam auf die Knie und strich mir das nasse Haar aus dem Gesicht. Jeder meiner Muskeln schmerzte, mir war noch immer schwindelig. Aber schließlich stand ich dem triefnassen Kanzler und seinem Folterknecht gegenüber. Hocherhobenen Hauptes begegnete ich ihren Blicken.

»Nun, Flora, wo befindet sich der Weiße Löwe?«, fragte der Kanzler, der sich nun anscheinend wieder halbwegs im Griff hatte und sich sogar um einen zivilisierten Gesichtsausdruck bemühte.

»Ich habe ihn versteckt«, sagte ich. »So wie meine Seele es schon einmal getan hat.«

»Aber nicht auf dem Grund des Sees.«

»Nein, nicht auf dem Grund des Sees. Und dieses Mal müssen Sie mich auch nicht jagen und ausspionieren und bedrohen, um zu erfahren, was ich weiß. Dieses Mal werde ich es Ihnen freiwillig sagen, und zwar jetzt gleich.« Stumm betete ich darum, mich nicht zu irren. Denn wenn ein Telechromat bestimmte Erinnerungen zu einem zweiten weiterleitete, dann mussten zwei sich doch gegenseitig ... Die Vorstellung, es zu tun, ließ mich erschaudern. Gerade erst hatte ich mein Gedächtnis wiedergefunden. Wollte ich da wirklich, konnte ich da ...?

Der Kanzler hob eine Augenbraue und da wusste ich, mir blieb keine Wahl. Einen Herzschlag lang befürchtete ich, der Kanzler habe mich durchschaut. Doch dann wanderte sein Blick zu Barnabas und er begann zu lächeln, weil er glaubte, ich hätte Angst vor den drohenden Schmerzen.

»Freiwillig, ja?« Die Augen des Kanzlers glommen auf.

Ich nickte. »Gleich nachdem ich das hier getan habe«, sagte ich, holte noch einmal tief Luft und hob dann in einer plötzlichen Bewegung meine beiden Hände über den Kopf. In jeder von ihnen hielt ich eine der glühenden Sicheln. Ich spürte, wie ein roter und ein blauer Lichtschein über mein Gesicht glitten.

Das Lächeln des Kanzlers gefror zu Eis. Von einer Sekunde zur nächsten wurde er so blass, dass er nun beinahe durchscheinend erschien. »Nein!«, flüsterte er. »Nein! Tu das nicht!« Wie ein Wahnsinniger stürzte er auf mich zu. Mit einem Satz war er bei mir, riss an meinen Armen.

Aber es war zu spät.

In diesem Moment berührten sich die beiden Telechromaten und verbanden sich zu einem Reif. Ihre Spitzen tauchten ineinander ein, ihr Glühen vermischte sich zu einem tiefen Violett. Der Rückstoß warf mich zu Boden.

Wie ein Blitz durchzuckten mich all meine Erinnerungen an den Stein. *Ich rannte noch einmal durch die Tunnel, fühlte das Gewicht des Steins in meiner Hand, strich über seine Oberfläche, sprach mit Marian, stand vor den nachtschwarzen Pyramiden von Gizeh und tauchte hinab durch Fels und Licht. Noch einmal hörte ich, wie der Weiße Löwe meinen Namen wisperte.* Dann war es vorbei. Ich schlug die Augen auf, als erwachte ich aus einem fernen Traum. Verwirrt schüttelte ich den Kopf, blinzelte. Der Kanzler riss mir die Telechromaten aus den Händen.

Zähflüssig wanden sich die Gedanken durch mein Hirn und begannen kurz darauf zu rasen. Hatte es funktioniert? War es mir gelungen, meine Erinnerungen ein weiteres Mal zu manipulieren? Hatte ich mein Wissen über den Verbleib des Weißen Löwen erneut ausgelöscht?

Auch der Kanzler wollte nichts dringender wissen als die Antworten auf diese Fragen. »Wo ist der Stein?«, fragte er tonlos.

Ich durchforstete mein Gedächtnis. Ich wusste, der Weiße Löwe war mächtig. Er war wichtig und ein Teil von mir. Und ich hatte ihn verborgen. Unten, tief im Gestein unterhalb des Sees. Ich war durch Wasser und Fels getaucht und hatte diesen Raum gefunden … Ja, selbst jetzt noch spürte ich, dass der Stein dort unten auf mich wartete, hörte, wie er nach mir rief.

Ich seufzte. Meine Erinnerungen waren noch da, kristallklar und vollständig. War nun alles verloren? Würde der Kanzler doch noch bekommen, was er wollte? Meine Fingernägel krallten sich in die Haut meiner Oberarme.

»Wo ist er?«, brüllte er, jedes Wort ein wütender Aufschrei.

»Das …«, stammelte ich. Werde ich Ihnen niemals verraten, wollte ich den Satz beenden. Stattdessen kam mir etwas gänzlich anderes über die Lippen. »Das muss ich vergessen haben«, hörte ich mich selbst sagen und vergaß vor Überraschung beinahe weiterzuatmen.

Plötzlich war ich ganz ruhig. Es war nichts als ein Bluff. Wahnwitzig und gleichzeitig perfekt. Ein Bluff, der all meine Probleme lösen würde. Ich spürte, wie ich zu lächeln begann. Dann sah ich dem Kanzler direkt in die uralten Jungenaugen.

»Keine Ahnung«, flüsterte ich und erschrak selbst darüber, wie unheimlich meine Stimme vom Gewölbe der Grotte widerhallte.

Die Erkenntnis verformte das Gesicht des Kanzlers zu einer Fratze. Er öffnete den Mund und zuerst dachte ich, er würde schreien. Doch kein Ton kam heraus und dieses Schweigen war noch viel schlimmer. Es war das Schweigen eines Mannes, der gerade jede Hoffnung verloren hatte, jemals wieder das Tageslicht zu sehen oder Sonnenstrahlen auf seiner Haut zu fühlen. Stumm sackte der Kanzler in sich zusammen, fiel auf die Knie und barg das Gesicht in den Händen.

Weder die Schattenreiter noch Barnabas oder Fluvius Grindeaut rührten sich und auch ich konnte nicht anders, als den Kanzler anzustarren, der sich auf dem Fels krümmte, als leide er große Schmerzen. Eine endlose Minute lang war es, als stünde die Zeit still. Niemand sagte etwas. Niemand tat etwas. Nicht einmal das Plätschern des Sees war zu hören.

Schließlich erhob sich der Eiserne Kanzler und straffte die Schultern. Mit versteinerten Zügen sah er mich an, die Augen zwei glühende Kohlenstücke in ihren Höhlen.

Für eine halbe Ewigkeit stand er so da.

Er tat nichts, als mich anzustarren, und ich starrte zurück.

Keiner von uns beiden blinzelte. Wir schwiegen und doch gellten meine Ohren vor unausgesprochenen Worten. Meine Wangen brannten vor ungeschlagenen Ohrfeigen und mein Herz krampfte sich zusammen vor unsichtbarem Hass. Würde er mich nun töten? Ich wartete. Wartete, während die Verzweiflung den Kanzler in eine leblose Puppe zu verwandeln schien.

Da endlich hob er die Hand, gab Barnabas ein Zeichen. Der Bettler, der nur darauf gewartet hatte, packte mich so grob bei den Haaren, dass ich aufschrie.

Barnabas zückte einen Dolch und richtete die blitzende Klinge direkt auf mein Herz. Ich keuchte vor Angst.

Noch immer sah der Kanzler mich an, als wartete er darauf, Genugtuung zu finden. Vergeblich. Unendlich langsam schüttelte er den Kopf, und während Barnabas mich von sich stieß und ich unsanft auf meinem Steißbein landete, begriff ich es: Der Rachedurst des Kanzlers war zu groß. Mein Tod würde nicht genügen, um ihn zu stillen. Bei Weitem nicht.

Mit einem Knurren bedeutete der Kanzler seinen Schattenreitern, ihm zu folgen. Gemeinsam mit Barnabas stiegen sie die Treppe hinauf und ich eilte zu Fluvius Grindeaut und Marian, der noch immer bewusstlos am Rande des Plateaus lag.

Der Großmeister hatte sich über die reglose Gestalt gebeugt und hielt Marians Kopf auf seinen Knien. Als mein Blick auf die wächsernen Lippen und die geschlossenen Lider fiel, überrollte mich die Sorge, die ich bisher kategorisch aus meinen Gedanken verbannt hatte, wie eine Sturmflut.

Marian!

Mit zitternden Fingern strich ich ihm das weißblonde Haar aus der Stirn. Sie fühlte sich kalt an, obwohl ein dünner Schweißfilm darauf lag. Schmerzhaft langsam hob und senkte sich seine Brust.

»Marian? Kannst du mich hören?«

Ich legte meinen Zeigefinger an seinen Hals, um den Puls zu fühlen, doch der Großmeister stieß meine Hand zur Seite. »Verschwinde von hier, Flora«, sagte er. »Ich kümmere mich schon um ihn. Das habe ich immer getan, sein ganzes Leben lang.«

»Aber – «

»Er ist der beste Kämpfer, den der Graue Bund jemals gesehen hat, wusstest du das?«

Ich schüttelte den Kopf. Eine Träne löste sich aus meinem Augenwinkel und rollte über meine Wange.

Der Großmeister strich Marian über die schweißnasse Stirn. »Das ist er. Und wenn er aufwacht, wird es ihn nicht gerade freuen, dass es nun keine Möglichkeit mehr gibt, seine kleine Schwester zu befreien.«

Nein! Ich biss mir auf die Lippe. Einen Moment lang überlegte ich, ob ich ihm die Wahrheit sagen sollte, dass ich rein gar nichts vergessen hatte. Doch dann begriff ich: Es war besser so. Denn diese Möglichkeit hatte es schließlich auch vorher nicht gegeben. Marian hatte seine Schwester niemals befreien können, nicht ohne die Welten in Chaos zu stürzen, nicht ohne dem Kanzler und seinen Schattenreitern den Weg in die Realität zu ebnen. Und das wusste der Großmeister genauso gut wie ich. Dennoch bedurfte es anscheinend einer klaren Entscheidung und einer Person, die stark genug war, sie zu treffen. Und es sah ganz danach aus, als fiele diese Rolle mir zu.

Ich schlug die Augen nieder. Der Stein war verschwunden und mit ihm mein Wissen. Ich würde alle in diesem Glauben lassen.

Auch wenn sie mich dafür vielleicht hassten.

Mit einem Mal fühlte ich mich meiner schlafenden Seele so nahe wie nie. Auch dieses fremde Ich hatte alles dafür getan, den Stein zu verbergen. Obwohl es bedeutete, sich gegen den Mann zu entscheiden, den sie liebte. Es kostete mich all meine Willenskraft, den Blick von Marians durchscheinender Haut zu lösen und stattdessen den Großmeister anzusehen.

»Hatte ich denn eine andere Wahl?«, flüsterte ich. »Ich musste es doch tun.«

Ein merkwürdiger Ausdruck trat auf das runzlige Gesicht des alten Mannes. Ich war mir nicht sicher, ob es Wehmut oder Wut war, die unter den buschigen Brauen aufflackerte.

»Vielleicht«, sagte Fluvius Grindeaut langsam. »Fest steht allerdings, dass der Weiße Löwe nun für immer verloren ist. Damit wurde dieser Welt ein Stück Magie geraubt. Unwiederbringlich. Der Kanzler wird dir das niemals verzeihen und möglicherweise sollte ich das ebenfalls nicht tun. Und Marian …« Er seufzte. »Du meine Güte, Flora, geh endlich!«

Ich zögerte, dann nickte ich. Ein letztes Mal betrachtete ich den lackschwarzen See, der mir entgegenschimmerte. Unter seiner spiegelnden Oberfläche würde er sein mächtiges Geheimnis hoffentlich für alle Zeit bewahren.

»Also dann«, murmelte ich und wandte mich zur Treppe. Stufe um Stufe stieg ich sie empor und es kam mir vor, als entfernte ich mich mit jedem Schritt, den ich tat, ein bisschen mehr von mir selbst. Kurze Zeit später trat ich begleitet von Sieben hinaus in die

Straßen Eisenheims. Barfuß und vollkommen durchnässt rannte ich durch Kälte und Dunkelheit.

Und zu rennen war alles, was ich tat. Viele Stunden lang, selbst dann noch, als ich um vier Uhr morgens schweißgebadet in meinem Bett erwachte. Ich dachte nicht nach, als ich mich aufsetzte, die Decke zurückschlug und in Sweatshirt und Jogginghose schlüpfte. Ich stürzte den Flur entlang und riss die Tür des Arbeitszimmers auf. Und hatte in der nächsten Sekunde das Gefühl, der Boden unter meinen Füßen habe sich in Luft aufgelöst.

Sein Bett …

War leer!

Das Laken war zerwühlt, die Bettdecke zu einem Haufen am Fußende zurückgeschlagen. Auf dem Boden davor lag ein verschwitztes T-Shirt. In der Ecke hinter der Tür stand sein Rucksack. Doch Marian war fort.

Panisch lief ich von Raum zu Raum, suchte nach ihm. Im Bad, in der Küche, in meinem Kleiderschrank, unter der Couch. Erfolglos. Ich hatte es geahnt und kurz darauf kam die Gewissheit: Marian. War. Fort.

Plötzlich war es in der Wohnung furchtbar stickig. Und ich konnte an nichts anderes mehr denken als daran zu rennen. Zu rennen bis zum Ende der Welt und darüber hinaus. Nicht einmal den Haustürschlüssel steckte ich ein. Alles, was ich wollte, war laufen. Weiter und immer weiter durch die Finsternis der regennassen Straßen. Laufen, ohne mir Sorgen um Marian zu machen. Ohne mir das Gehirn zu zermartern, ob er lebte, ob er gegangen war, weil er mich nun hasste. Nur die eigenen Schritte hören, den

Rhythmus meines Atems dem meines Herzschlags anpassen ...

Ich beobachtete mich selbst, als wäre es jemand Fremdes, der durch das Treppenhaus nach unten stürmte und in die Nacht hinausschlüpfte.

Niemand war um diese Zeit unterwegs. Wie ausgestorben lag die Stadt da, keine Autos, die vorbeifuhren, keine Menschen. Nicht einmal Licht entdeckte ich in den unzähligen Fenstern des Häuserzugs. Kein Lüftchen regte sich. Nichts.

Kein Gedanke. Kein Schuldgefühl. Keine Angst.

Nur ich war hier, zusammen mit dem dumpfen Geräusch meiner Turnschuhe auf dem Asphalt.

Wie von selbst trugen meine Füße mich davon, die Straße entlang, weiter und weiter. Ich wusste nicht, wohin sie mich führen würden, und es war mir auch egal. Kühle Luft strömte in meine Lungen. Die Nacht war sternenklar und kalt, doch ich dachte nie an etwas anderes als den nächsten Schritt, das Zusammenspiel meiner Muskeln und Sehnen, den nächsten Atemzug.

Wind blies mir ins Gesicht und zerzauste mein Haar. Häuser und Straßen zogen an mir vorbei, die Schienenstränge der Straßenbahn, eine Baumgruppe, ein Friedhof voll uralter Grabstätten. Irgendwann bekam ich Seitenstechen. Ich wurde müde. Ich fror.

Doch ich wurde nicht langsamer.

Ich lief.

Lief immer weiter.

Denn ich ahnte, sobald ich anhielte, würden sie mich überrollen wie ein Tsunami. All diese Gedanken. All das, was heute geschehen war, was ich getan hatte. Meine Verzweiflung und ...

Nein, nicht einmal denken konnte ich seinen Namen in dieser Nacht.

Stattdessen rannte ich. Einen Hügel hinauf, quer über einen Sportplatz, vorbei an einer Apotheke, einer Bahnhaltestelle, einer Sparkassenfiliale, deren Werbetafeln einsam in die Stille hinausleuchteten. Und während ich rannte, verwandelte sich die Zeit in eine träge Masse. Sekunden wurden zu Stunden, Stunden zu Minuten.

Irgendwann erreichte ich einen Ort, den ich kannte. Kieswege, die unter meinen Füßen knirschten, Bäume und Rasenflächen, Bänke. Und ganz am Ende eine Straße, ein Haus mit blau gestrichener Fassade und einem Willkommen-Schild neben der Klingel. Beinahe wäre ich daran vorbeigestürzt, aber dann bemerkte ich es doch.

Mein Blick wanderte hinauf zu den Fenstern. Auch sie lagen im Dunkeln. Wiebkes ebenso wie das von Linus. Ich wusste, die beiden waren dort. Meine Freunde. Sie schliefen, genau wie mein Verstand, und ahnten nicht, was geschehen war. Was ich getan hatte. Dass das Klappbett in unserem Arbeitszimmer nun leer war.

Ich rannte, bis die ersten Sonnenstrahlen über den Horizont krochen und die Stadt in einen trüben Morgen tauchten.

Nirgendwo entdeckte ich einen Schattenreiter.

Nirgendwo den Jungen, den ich liebte und in dieser Nacht verloren hatte.

23
PALASTSCHATTEN

Mein Vater veranstaltete einen Ball, um mich seinen Untertanen offiziell vorzustellen. Mehr als einmal hatte ich in den vergangenen Tagen versucht, ihm zu erzählen, was vor mittlerweile über einer Woche in der Grotte unter den Pyramiden geschehen war. Aber mein Vater ... nun ja, er war eben, wie er war. Die Vorstellung, sein treuer Kanzler könnte ihn in irgendeiner Weise hintergangen haben, hielt er für so absurd, dass, was ich auch sagte, nicht einmal in die Nähe seines Verstandes vorzudringen schien. Meinen Part bei der ganzen Sache, die Tatsache, dass ich den Weißen Löwen versteckt und meine Erinnerungen daran angeblich gelöscht hatte, glaubte er mir hingegen durchaus. Und es erfreute ihn ganz und gar nicht.

»Dieser Stein war wertvoll, Flora, nicht einfach bloß ein großer Kiesel! Und egal, was du gedacht hast und welchem Missverständnis du erlegen bist, du hättest mit mir darüber sprechen können, bevor du so etwas tust. Zufällig gehörte der Weiße Löwe nämlich mir. Zufällig bin ich der Schattenfürst und weiß, was in dieser Welt vorgeht und was nicht«, hatte er mir erst vorhin wieder vorgehalten, bevor irgendein Minister ihn in ein Gespräch über Stollenbreiten verwickelt und in ein Hinterzimmer geführt hatte.

Allein mischte ich mich unter die Gäste, die sich bereits in großer Zahl im Thronsaal des Palastes tummelten. Überall um mich herum funkelten Diamantcolliers und Krawattennadeln im flackernden Licht. Über fünfhundert schwebende Kerzen erhellten den Saal in dieser Nacht und tauchten die mit Spiegeln und Seidentapeten beklebten Wände in ein geheimnisvolles Schimmern. Stimmengewirr hing in der Luft und verband sich mit den zarten Tönen des Streichquartetts in der Ecke und dem Geruch von Parfums und Rasierwassern zu einer wabernden, duftenden Klangwolke.

Ich spürte die neugierigen Blicke wie Regentropfen, die auf meine nackte Haut prasselten, als ich mich durch die Menge bewegte.

»Ist sie das?«, raunte jemand.

»Keine Ahnung.«

»Sie sieht ihm gar nicht ähnlich.«

»Aber ihrer Mutter.«

»Ich finde sie hübsch. Ein wenig klein vielleicht.«

Das Flüstern der Wandernden verfolgte mich wie ein Schatten, während ich vom einen Ende des Saals zum anderen schlenderte und … Ausschau hielt.

Längst hatte ich den Eisernen Kanzler entdeckt, der sich am Kopfende des Saals mit der Dame unterhielt, deren Gesicht wie immer hinter einer Maske verborgen lag. Er sah an diesem Abend umwerfend aus, strahlend jung, das blühende Leben. Nichts in seinem perfekten Gesicht wies darauf hin, welchen Verlust er vor Kurzem erst erlitten hatte. Es lag keine Spur von Hass oder Verzweiflung in seinem Blick, und wenn seine Lippen dann und wann verräterisch zu zucken begannen, dann nur, um sich zu einem Lächeln zu verformen. Ein Lächeln, das mir ein flaues Gefühl in der Magengegend verursachte. Ebenso wie die Selbstverständlichkeit, mit der er sich an den Thron meines Vaters lehnte.

Ich beschleunigte gerade meine Schritte, um rasch an den beiden vorbeizugehen, als ich einen Gesprächsfetzen aufschnappte.

»Oh nein, ich glaube nicht daran«, versicherte die Dame dem Kanzler und wiegte das ausdruckslose Maskengesicht. »Das alles sind doch nichts als Märchen.«

»Ich weiß nicht. Wäre es nicht ein allzu großer Zufall? Der Stein fällt am Tag ihrer Geburt vom Himmel und dann ist sie es, die – «

Ich hielt inne. Fast meinte ich aus dem Augenwinkel zu erkennen, wie der Kanzler mir zuzwinkerte.

»Dieses Fest ist wohl kaum der geeignete Ort, um von diesen Dingen zu sprechen«, unterbrach die Dame ihn. Der Kanzler sah nun ganz eindeutig in meine Richtung. Unsere Blicke trafen sich. Noch immer lächelte er. Ja, es war regelrecht ein Strahlen, mit dem er mich bedachte. Es jagte mir einen eisigen Schauer über den Rücken.

Entschlossen presste ich die Lippen aufeinander und tat, als wende ich mich einer Gruppe ältlicher Damen zu, die gerade die Beleuchtung des Saals bewunderten. Doch mit den Ohren verfolgte ich noch immer die Unterhaltung der beiden.

»›Ein Stern und ein Mädchen, deren Seelen verbunden.‹ Heißt es nicht so?«, fragte der Kanzler.

Ein seltsames Gefühl durchzuckte mich bei diesen Worten.

»Diese Prophezeiung ist das Gerede eines verwirrten alten Mannes, mein Lieber«, sagte die Dame, ihre Stimme fließend wie Honig.

»Trotzdem konnte sie den Weißen Löwen finden. Wie hätte sie das schaffen sollen, ohne ihn zu spüren?«

Ich musste alle Willenskraft aufbringen, um mich nicht umzudrehen. Was hatte das zu bedeuten? Von welcher Prophezeiung sprach der Kanzler da?

Anscheinend war der Dame nun auch aufgefallen, dass ich lauschte, oder etwas anderes hatte sie verärgert. »Schließlich war sie diejenige, die ihn zuvor dort versteckt hatte«, erwiderte sie ungehalten.

»Schon, doch wo ist er nun? Wie ist es ihr gelungen, ihn ein weiteres Mal zu verbergen?«

»Ich wiederhole mich nur ungern, doch dieses Fest ist wohl kaum der geeignete Ort für diese Spekulationen.«

Der Kanzler nickte. »Ja, natürlich. Sie haben recht. Bitte entschuldigen Sie mich, ich habe zu tun. Der Fürst braucht meine Unterstützung bei einer Unterredung von höchster Wichtigkeit«, sagte er und hastete davon.

Kurz überlegte ich, zur Dame hinüberzugehen, die nun ganz allein neben dem Thron stand und dem Kanzler nachblickte. *Ein Stern und ein Mädchen, deren Seelen verbunden.* Sollte ich sie fragen, was der Kanzler damit gemeint hatte? Was wusste sie über den

Weißen Löwen und mich? Zögerlich machte ich ein paar Schritte auf die Frau mit der Maske zu. Schon öffnete ich den Mund, um sie anzusprechen.

Doch in diesem Moment betrat Fluvius Grindeaut, begleitet von einer Gruppe grau gewandeter Gestalten, den Saal. Zielsicher steuerte der Großmeister auf den Stand mit den Getränken zu, während die übrigen Kämpfer des Grauen Bundes ihren Job erledigten und sich zu zweit oder dritt an sämtlichen Türen und auf den Fluren postierten.

Augenblicklich vergaß ich mein Vorhaben. Stattdessen eilte ich erneut quer durch den Raum, mein Blick schweifte nervös über die Gestalten mit den beeindruckenden Kampfstäben. Da waren Katharina und Amadé, Männer und Frauen, die ich nur flüchtig kannte, und … tatsächlich fiel mir in diesem Augenblick ein weißblonder Haarschopf ins Auge, gleich neben einem der zum Wintergarten führenden Torbogen.

Ich blinzelte, doch es gab keinen Zweifel: Marian wirkte blass und mitgenommen, aber er war da! Er lebte! Er war bei Bewusstsein! Es ging ihm gut genug, um herzukommen!

Vor Erleichterung stahl sich ein Seufzen aus meinem Mund. Allein ihn zu sehen, war mehr, als ich erwartet hatte. Denn Marian war seit jener Nacht verschwunden gewesen. Nur allzu deutlich hatte Fluvius Grindeaut mich wissen lassen, dass Marian mich nicht sehen wollte oder konnte, weder in dieser noch einer anderen Welt. Man ließ mich nicht einmal mehr ein, wenn ich an das Portal von Notre-Dame klopfte. Die ganze Zeit über hatte ich mich gefragt, ob dies so war, weil Marian zu wütend war, nachdem ihm der Großmeister berichtet hatte, was geschehen war, oder ob es schlicht daran lag, dass Marian gestorben war. Dass er im Koma lag und ich die Schuld daran trug. Und ich hatte in den vergangenen Nächten oft geklopft. Oder mir tagsüber zusammen mit Wiebke in endlosen Telefonaten überlegt, was ich sagen würde, sollte ich ihn jemals wiedersehen.

»Marian«, murmelte ich und wollte mich gerade zu ihm durchdrängeln, als mir plötzlich die Stille auffiel. Die Musik war verstummt, ebenso wie das Getuschel über mich oder das von Silberfäden durchwirkte Kleid, das ich trug und das meiner Mutter gehört hatte. Dafür sahen mich unzählige Augenpaare erwartungsvoll an. Verwirrt drehte ich den Kopf.

»Der Fürst möchte Sie vorstellen«, flüsterte jemand irgendwo hinter mir und ich nickte geistesabwesend.

Erst jetzt bemerkte ich meinen Vater, der vor seinem Thron stand und mich zu sich winkte, und die Gasse, die die Menge gebildet hatte, damit ich zu ihm gehen konnte. Langsam schritt ich durch den Saal, entfernte mich immer weiter von Marian, bis ich schließlich den Thron des Fürsten erreichte. Es war der Kanzler, der mir mit einer galanten Verbeugung die Hand reichte, um mir auf das Podest zu helfen. Als ich sie ergriff, durchfuhr mich ein Schaudern, so eiskalt war sie.

Mein Vater legte mir beide Hände auf die Schultern. »Verehrte Untertanen, dies ist Flora, meine einzige Tochter, die vor Kurzem zur Wandernden wurde. Flora, die zukünftige Fürstin der Schattenwelt!«, verkündete er feierlich.

Die Gäste applaudierten. »Auf Prinzessin Flora!«, riefen sie und erhoben die Gläser. Hunderte von Menschen lächelten mir zu, doch mein Blick hing an einer einzigen Gestalt auf der anderen Seite des Raumes.

Ich traf ihn im Wintergarten. Er lehnte an einem marmornen Pflanzkübel und starrte in die Dunkelheit. »Hey«, sagte ich leise. »Hast du …? Geht … es dir gut?« Er regte sich nicht. Auch nicht, als ich näher trat.

Gedämpfte Fetzen von Stimmengewirr und Musik drangen durch die Flügeltüren des Thronsaals. Es war spät geworden. Mehrere Stunden hatte ich damit verbracht, gemeinsam mit meinem Vater von einem Gast zum nächsten zu gehen und die Hände von Ministerinnen und Ministern, Industriellen und ihren Gattinnen zu schütteln. Erst jetzt, da die meisten sich bereits verabschiedet hatten oder auf ihre pferdelosen Kutschen warteten, hatte ich es geschafft zu entwischen.

Anscheinend hatte man vergessen, die Gaslaternen des Wintergartens zu entzünden. Nach der strahlenden Helligkeit des Festes brauchte ich einen Moment, bis sich meine Augen an das Halbdunkel gewöhnt hatten. Ich blinzelte und versuchte, Marians Gesicht zu erkennen, das im Schatten lag. Besonders gut gelang mir das nicht. Das Einzige, was ich wirklich sah, war das Funkeln seines glasharten Blickes, der auf mich gerichtet war. Und ich meinte zu bemerken, dass da wieder dieser seltsam entschlossene Zug um seinen Mund lag, der seinem Gesicht etwas Verzweifeltes verlieh. Fast schien es mir, als habe er sich nun für immer in seine Züge gegraben.

Ich dachte daran, wie er sich direkt in den Schlag des Bettlers geworfen hatte, um mich zu beschützen. Die Worte sprudelten aus mir heraus wie ein Wasserfall: »Also ... ich, äh, wollte dir unbedingt noch danken, dass du mir da unten geholfen hast. Ich meine, ich hatte Barnabas' Stab überhaupt nicht gesehen und ...«

Marians Hände krallten sich in die Marmorkante, an der er lehnte.

»Wenn du nicht gewesen wärst, hätte der Kanzler jetzt jedenfalls, was er wollte«, beeilte ich mich zu sagen. Noch immer ließ mich allein die Vorstellung einer durch die Schattenreiter tyrannisierten realen Welt vor Furcht erzittern. Doch ich hatte dafür gesorgt, dass dies niemals geschehen würde. Es war richtig gewesen, natürlich.

Aber Marian wollte es einfach nicht wahrhaben. »Und wenn du nicht gewesen wärst, wäre der Weiße Löwe nun nicht unwiederbringlich verloren«, stieß Marian mit solcher Heftigkeit hervor, dass ich zusammenfuhr.

Er ist ja gar nicht verloren, dachte ich und wusste, dass es zugleich doch so war. Er war es immer gewesen, auch wenn Marian das nicht verstehen konnte. Es schmerzte mich, ihn belügen zu müssen, doch ich hatte keine Wahl.

»Es tut mir leid, dass der Stein nun fort ist«, sagte ich. »Aber was hätte ich denn machen sollen?«

Marian zuckte mit den Achseln. »Irgendwas! Irgendwas anderes, nur nicht das!«, rief er. Seine Stimme wurde rau. »Jetzt wird Ylva für immer in diesem ... Zustand bleiben müssen. Und noch dazu gekettet an das kosmologische Materiophon. Eine Gefangene des Kanzlers tief in den Minen. Begreifst du nicht, was das für sie bedeutet? Sie kann nun niemals geheilt werden. Niemals!«

Ich wollte ihm tröstend die Hand auf die Schulter legen, doch er stieß sie weg. Mit Daumen und Zeigefinger umklammerte er mein Handgelenk so fest, dass es wehtat.

»Sie ist meine Schwester!«, rief er bebend.

Ich nickte. »Ja, ich weiß.«

»Nein«, murmelte er. Noch immer hielt er mich fest. »Du weißt gar nichts, Flora. Du ... weißt nicht, was das Schlimmste ist.«

»Dann sag es mir.«

Er sah mir in die Augen und zum ersten Mal seit jener Nacht trafen sich unsere Blicke. »Das Schlimmste«, flüsterte Marian, »ist die Erleichterung.«

Er zog mich näher zu sich heran. »Der Stein ist fort, Flora. Die Entscheidung ist gefallen und es gibt nichts, was ich daran noch ändern könnte. Es ist furchtbar, aber zugleich bedeutet es auch, dass ich dich nun nicht mehr verraten muss.« Er seufzte. »Ich bin froh darüber, aber das dürfte ich nicht sein. Ich müsste dich hassen.«

»Aber?«, hauchte ich.

»Das tue ich nicht«, sagte er und ich hatte das Gefühl, mein Innerstes würde vor Freude explodieren.

Marian legte die Arme um mich und hielt mich fest. »Ich habe es versucht«, raunte er in mein Haar. »Glaub mir.«

Ich trat einen halben Schritt zurück und sah zu ihm auf. Im nächsten Moment waren seine Lippen auf meinen, hart und besitzergreifend. Diesmal war es kein vorsichtiger Kuss, nicht einmal ein zärtlicher. Zorn lag darin. Und Verzweiflung. Dennoch erwiderte ich ihn, schmiegte mich an Marian und spürte eine Verletzbarkeit, die ich nie zuvor an ihm wahrgenommen hatte, während er mich hielt, als könne niemand uns jemals etwas anhaben.

Der Augenblick war perfekt.

»Glaubst du, du kannst mir jemals verzeihen?«, hörte ich mich fragen. Verzeihen, was ich nicht getan habe? Verzeihen, dass ich dich belüge? Am liebsten hätte ich mich selbst geohrfeigt. Warum kamen ausgerechnet jetzt wieder Zweifel in mir auf? Und warum konnte ich meine verdammte Klappe nicht halten?

Marian atmete schwer, seine Wangen wirkten dunkler, gerötet, wenn es in dieser Welt Farben gegeben hätte. Eine Sekunde lang musterte er mich, dann senkte er den Blick. Er rückte ein Stück von mir ab, bevor ihm die Antwort über die Lippen kam.

»Ich weiß es nicht«, gestand er. »Vielleicht in vielen Jahren. Vielleicht nie.«

Ich nickte. »Denkst du, es gibt eine andere Möglichkeit, deine Schwester zu befreien?«, flüsterte ich.

Marian atmete tief ein. »Wenn, dann werde ich sie finden. Das schwöre ich.«

Ich öffnete den Mund, um ihm zu sagen, dass ich ihm dabei helfen würde, schwieg dann aber doch.

Die Musik nebenan war verklungen und jemand öffnete die Tür des Wintergartens. Die Schritte der Diener und das Klappern von Geschirr wurden mit einem Schwall Kerzenlicht hereingespült.

»Marian?«, lallte Fluvius Grindeaut, der sich auf die Schulter eines Mädchens stützte. »Maaaaaaaaarian?«

»Hilf mir, ihn nach Hause zu bringen«, rief Katharina.

Marian strich mir über die Wange und lächelte traurig. »Ja«, murmelte er heiser. »Ich komme.«

Dann eilte er davon und kurz darauf war ich wieder allein in der Dunkelheit. Ich fröstelte in meinem dünnen Kleid, nun, da Marians Arme mich nicht länger umfingen, und ich fühlte ein merkwürdiges Ziehen in meiner Brust. Gerade so, als fehlte dort etwas. Da war ein Loch in meinem Herzen. Ein Teil von mir, der verschwunden war. Und jetzt, in der plötzlichen Stille, kam es mir so vor, als würde dieser Teil erneut meinen Namen rufen.

Kaum hörbar.

Draußen in der Finsternis Eisenheims.

INHALT

Prolog 5
1 Traumschatten 8
2 Ein ungebetener Gast 24
3 Eisenheim 38
4 Finstere Jäger 56
5 Schlafwanderung 77
6 Ein fremdes Leben 102
7 Dämmerungstraining 118
8 Die Dame 137
9 Der Angriff 151
10 Der eiserne Kanzler 168
11 Maskenball 181

12	Der Schattenfürst	205
13	Schattenflug	215
14	Festmahl	238
15	Unter Bestien	255
16	Fluvius Grindeaut	284
17	Himmelszeichen	307
18	Erinnerungen	328
19	Marian	352
20	Materiensturm	373
21	Der weiße Löwe	392
22	Wahrheiten	407
23	Palastschatten	434

DAS WILL ICH LESEN!

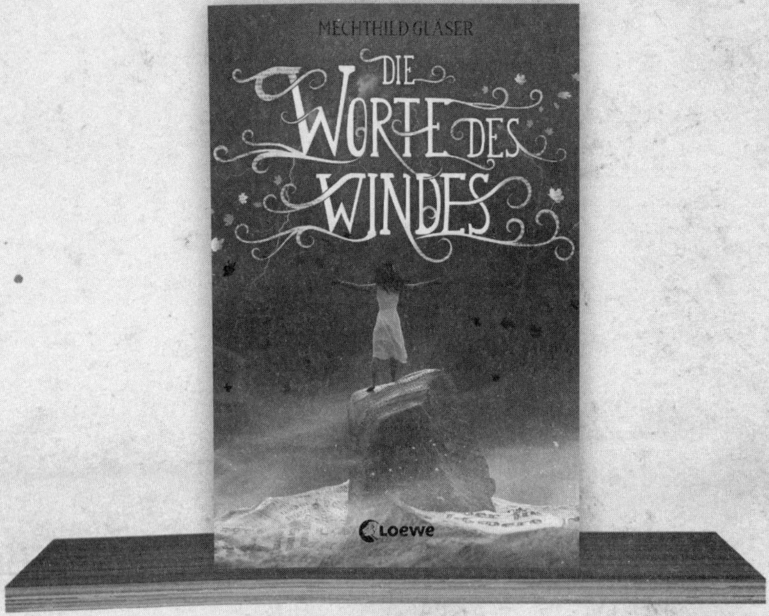

MECHTHILD GLASER

DIE WORTE DES WINDES

ISBN 978-3-7432-0456-0

Dem Wind zuflüstern, Gewitter in Kesseln brauen und Tsunamis verhindern - das alles gehört zu den Aufgaben der Wetterhexen. Seit die 16-jährige Robin von ihrem Volk verbannt wurde, vermisst sie all das schmerzlich. Von ihrer eigenen Familie gejagt, ist sie in der Menschenwelt untergetaucht. Bis der charmante Sturmjäger Aaron ihre Hilfe benötigt, um ihre Küstenstadt vor Donnerdrachen zu retten. Doch was Robin nicht weiß: Es steht noch weitaus mehr auf dem Spiel ...